唐寅集

〔明〕唐寅 著
周道振
張月尊 輯校

上海古籍出版社

圖書在版編目(CIP)數據

唐寅集/(明)唐寅著;周道振,張月尊輯校.—
上海:上海古籍出版社,2013.9(2023.8重印)
(中國古典文學叢書)
ISBN 978-7-5325-6414-9

Ⅰ.①唐… Ⅱ.①唐… ②周… ③張… Ⅲ.①中國文
學:古典文學—作品綜合集—明代 Ⅳ.①I214.82

中國版本圖書館CIP數據核字(2012)第050416號

中國古典文學叢書
唐寅集
[明]唐 寅 著
周道振 張月尊 輯校
上海古籍出版社出版发行
(上海市閔行區號景路159弄1—5號A座5F 郵政編碼201101)
(1)網址:www.guji.com.cn
(2)E—mail:gujil@guji.com.cn
(3)易文網網址:www.ewen.co
常熟人民印刷有限公司印刷
開本850×1168 1/32 印張22.75 插頁5 字數485,000
2013年9月第1版 2023年8月第8次印刷
印數:5,751—6,350
ISBN 978-7-5325-6414-9
I·2543 精裝定價:118.00元
如有質量問題,請與承印公司聯繫

前　言

唐寅（一四七〇—一五二四），字伯虎，一字子畏。晚皈心佛乘，號六如。吴縣人（今江蘇蘇州）。童髫入學，才氣奔放。舉明弘治十一年（一四九八）鄉試第一。會試時，爲江陰徐經賄通關節疑案所累，發浙藩爲吏，不就。寧王宸濠慕其名，厚幣聘之。寅察其有異志，佯狂使酒，露其醜穢，宸濠不能堪，放還。築室桃花塢，與客日般飲其中。工詩文書畫，與祝允明、文徵明、徐禎卿稱「吴中四才子」。畫名尤盛，與沈周、文徵明、仇英合稱「吴門四大家」。詩文初尚才情，晚年頹然自放，謂「後人知我不在此」，論者傷之。以書畫自給，畫直追唐宋。卒于嘉靖二年癸未，年五十四歲。

所知唐寅詩文集刻本，大致如下：

（一）唐伯虎集（簡稱袁刻本）二卷　明嘉靖十三年甲午（一五三四）袁袠刻。上卷詩三十二首，下卷文十六篇。袁袠有序。

（二）唐伯虎先生集（簡稱何刻袁本）二卷　明萬曆二十年壬辰（一五九二）何大成重刻袁刻本，何大成有序。

（三）唐伯虎先生外編（簡稱何刻外編）五卷　萬曆三十五年丁未（一六〇七）何大成刻。卷一：「伯虎逸詩」二一〇首。卷二：「伯虎遺文」六篇。卷三：「伯虎遺事」一〇二節。卷四：「伯虎志傳」二十一篇。卷五：「名公贈答」并附王世貞題唐寅畫。

（四）解元唐伯虎彙集（簡稱曹刻彙集）四卷　萬曆四十年壬子（一六一二）曹元亮刻。卷一：賦三篇，樂府、五古、七古等共四十五首。卷二：律詩、絶詩共二〇四首，詞三首。卷三：書、序、記共十八首。卷四：墓志、墓碣、墓表、祭文、疏文、啓、論、表、贊等共十八篇，聯句四聯。同時又刻唐伯虎外集一卷，内唐寅墓志、傳贊等五篇，紀事二十一節，末附唐寅撰曲十闋。曹元亮、張鼐序。（按：上海圖書館藏本於第一頁首行云「唐伯虎集卷□，茸城沈思及之輯次并書」。次行云「吴趨唐寅著，曹元亮寅伯校」。前曹元亮序文末亦云「謹校閲付梓」。則此集乃沈思編輯，曹元亮爲校閲刻木。而其餘諸跋，悉以屬之曹氏者何也？余亦從衆，附識如此。）

（五）袁中郎先生批評唐伯虎彙集（簡稱袁評本）四卷　以曹刻彙集本爲底本，加袁宏道批評刻成。刻年未詳，題序未見。（按：唐仲冕刻六如居士全集前載袁宏道序，繹大意蓋即跋此集，想必今所見袁評本有脱葉耳。）

（六）唐伯虎先生外編續刻（簡稱何刻續刻）十二卷　萬曆四十二年甲寅（一六一四）何大成刻。卷一：賦一篇。卷二：樂府二首。卷三：七言古詩十六首。卷四：五言絶句八首。卷五：七言絶句一百五十首。卷六：五言律詩六首。卷七：七言律詩五十四首。其中詩題異而詩同，已見外編者一首。卷八：詞十七首（按：其江南春一首，應入七言古詩）。卷九：曲十六套，散曲四十四闋。卷十：序三篇，記七篇。卷十一：志銘一篇，墓表一篇，書一篇，疏文二篇，啓一篇，贊六篇，聯五聯，墨銘一種。卷十二：鄉試題名録。又附刻六如先生畫譜三卷，唐寅有序。

後何大成以所重刻唐伯虎先生集二卷、唐伯虎先生外編五卷、唐伯虎先生外編續刻十二卷及六如先生畫譜三卷共二十二卷，合爲唐伯虎先生全集。

（七）六如居士全集（簡稱唐刻全集）七卷，末附補遺　清嘉慶六年（一八〇一），唐仲冕以袁評本四卷及何大成唐伯虎先生全集二十二卷彙刻，補以集外詩十六首，共七卷。末又附補遺。卷一：「賦」「樂府」「五言古詩」內補一首「七言古詩」。卷二：「五言律詩」「五言排律」「七言律詩」內補一首。卷三：「五言絶句」內補一首「六言絶句」「七言絶句」內補十三首。卷四：「詞」「曲」。卷五：「書」「尺牘」「序」「記」。卷六：「碑銘」「墓志銘」「墓碣」「墓表」「祭文」「招辭」「疏文」「啓」「論」「表」「贊」「聯句」「墨銘」。卷七：唐寅志傳、墓志銘。末附「補遺」，爲各體詩十七首，文一篇。又刻六如居士外集六卷。爲卷一：「遺事」。卷二：「詩話」。卷三：「題跋」。卷四：「贈答」「題畫詩」。卷五：明清人宴集、表墓等作，又祝允明夢墨亭記。卷六：「戊午鄉試題名録」一百三十五人姓名，考試官姓名簡歷及三場試題。又附刻六如居士畫譜三卷及六如居士制義。

按：乾隆、道光、光緒本蘇州府志及民國本吴縣志中藝文所載有唐寅畫册三卷，六如居士集二卷，重編唐伯虎集四卷。吴縣志于重編唐伯虎集四卷下注云：「一本五卷，唐仲冕編。」

考六如居士集二卷，當指袁袠刻本。重編唐伯虎集四卷，疑即曹元亮刻本或袁宏道評本，皆四卷也。吴縣志所云五卷本爲唐仲冕編者，「五卷」應是「七卷」之誤。至于唐寅畫册三卷，前北京文物出版社所印明版畫譜八卷中有唐解元仿古今畫譜（又名唐六如畫譜）一卷，前有唐寅序，恐非指此，或是六如居士畫譜三卷之誤。

本集乃彙輯所見七種刻本爲唐伯虎全集之原集六卷。其詩文卷數次序，悉依唐仲冕所刻前六卷排列。袁宏道評亦附入。以六如居士畫譜及六如居士制義編爲附集四卷。以所見詩文詞曲爲各本所未刻者編爲補輯六卷。

又以何刻外編、何刻續刻、曹刻彙集及唐刻外集中所載「志傳」「遺事」「贈答」等加所見諸集未載者補充爲附録六卷。卷一：「原集序跋」，卷二：「史傳銘贊」，卷三：「軼事」，卷四：「評論詩話」，卷五：「交游詩文」，卷六：「年表」。至于鄉試題名録及書畫題跋，暫予删去。他日或另編書畫録，以所見書畫記録至夥，非附録所能盡載。

余於一九七九年退休後，續於上海圖書館得盡讀明刻唐寅諸集，古籍組諸君如王翠蘭、陳君輝等先生皆樂予協助；而此書出版，實出陳先行先生推薦，皆所深感。

方余編文徵明集時，兼及唐寅詩文，先室張月尊爲整理抄録。至今將六十年，始彙編成集，而先室去世已九年矣。

所編必有脱漏，則以俟後之君子。

此集承顧起潛先生題簽，張觀教先生及先兄逢儒商確點定，又承張伯仁先生代攝唐寅墓照片，三姪邦任協供資料，敬此志感。

一九九七年十一月一日，無錫周道振識。時年八十一。

唐寅集目録

卷第三　五言絶句　六言絶句　七言絶句

卷第四 詞　曲

卷第五 書 尺牘 序 記

卷第六 碑銘 墓志銘 墓碣 墓表 祭文 招辭 疏文 啓 論 表 贊 聯句 墨銘

補輯卷第一　賦　四言古詩　五言古詩
七言古詩　五言排律　七言排律

補輯卷第二 五言律詩 七言律詩

補輯卷第五 詞曲

補輯卷第六 序 說 記 手柬 祭文 跋 自跋 贊 墓志銘

唐寅集卷第一

賦

嬌女賦

臣居左里，有女未歸；長壯妖潔，聊賴善顧；態體多媚，窈窕不妒；既閒巧笑，流連雅步。二十尚小，十四尚大。兄出行賈，長嫂持户。日織五丈，罷不及暮。三丈縫衣，餘剪作袴。抱布貿絲，厭浥行露；負者下檐，行者佇路。來歸室中，嘖嘖怨怒；策券折閲，較索羨貨。着屐入被，不食而嘔；雙耳嘈雜，精宕神怖。形之夢寐，彷佛會晤；咀桂嚼杜，比象陳賦。蝤蛴夏蜕，額廣平而；春蛾出蛹，修眉揚而。白雲懷山，黛浮明而；朝星流離，目端詳而。華瓠列犀，齒微呈而；含桃龜膚，口欲言而。菡萏承露，舌含藏而；蝦蟆蝕月，顛髮圓而。毒蠆摇尾，髻含風而；鴉羽齊奮，飾梳壯而。游魚吹日，口輔良而；蝶翅輕暈，鼻端中而。恒月沐波，大宅黄而；琵琶曲項，肩削成而。蝤蠐嚙李，領文章而；霧素一束，腰無憑而。鼠姑舒合，體修長而；酥凝脂結，衽微傾而。鶤翎半擘，爪有光而；玉鉤聯屈，指節纖而。蓮本雪素，臂仍攘而；角弭脱韝，履高墻而。輕飈卷霧，行褰裳而；梨花轉夜，睡未明而。温泉浸玉，澡蘭湯而；陽和駘宕，醉敖翔而。咏曰：纚火齊兮瑱木難，簪鳴凰兮釵琅玕。絡琴瑟兮銀指環，被珠綬兮龍係臂。珮璜而澼兮褶翡翠，金裾鈎兮繡曳地。襜黄潤兮袖方空，綈倒頓兮玉膏箾。綦丹縠兮素五綜，麗炎炎兮倫無雙。袁刻本卷下　何刻袁本卷下　曹刻彙集卷一　袁評本卷一　唐刻全集卷一

袁宏道評：中有畫筆。

金粉福地賦

閩山右姓，策將袁評本、何刻續刻作「府」元勳；玉節凌霄而建，金符奕世而分。位定高明，補媧天以五石；職俾貞觀，捧堯日以三雲。四庫唐書，祕殿分球琳之賜；九州禹迹，丹書鐫帶礪之文。館備鳳鸞之佳客，衛總虎貔之禁軍。載賦卜居，當清谿之曲；列陳支戟，倚赤山之氛。揆定星于北陸，察景日于南薰。簇粉釵金，借靈光于織女；移山變海，假

福地于茅君。竹苞矣而秩秩，木向榮而欣欣。由余論制，般輸運斤。屈戍垂環，朱提涂其獸紐；觚稜戴刃，白荅染其蠶紋。碧瑣離離，素女窺月中之影；白榆歷歷，青龍伏天上之群。麗抗萬金，名齊百子。貯四姓之良家，延諸姑與伯姊。鳴屧回廊，探瓢曲水。行行細襇，袁評本作「簡」石榴蹙抱柱之裙；矗矗高墻，海馬繡淩波之履。婉孌無名，穠纖合軌。賦成洛水，陳王盡八斗之才；夢出巫山，楚帝薦三杯之醴。蝴蝶以胭脂作隊，玉樹以芙蓉爲蕊。瑶池疏潤，演麗于九春；析木分輝，流光于千里。香合麝臍，痕勻獺髓。九華妝篋，長緘楚國之蘅蘭；八寶鏡臺，爛鬥武家之桃李。映陽光而獨照，攬輕塵而四起。習成雅步，風細細而無聲；學得宫妝，月亭亭而不倚。麗軼先施，唐刻全集作「西施」賢過鄧曼。冠南都之顏色，充中庭之舞萬。連環不解，明珠度寸。扶桑宫裏，有夫壻之侯；芳草天涯，無唐刻全集作「有」王孫之怨。傳霓裳于廣寒，織雲錦于靈漢。常山罷玉釵之詠，阿谷置銀璜之翰。繡幕圍兮，春盃長夜；錦衾燦兮，宵燈獨旦。别有沙堤，曲通珣岸。黄金建百尺之臺，白玉作九成之觀。屏裁雲母，隔閬風而不疎；梁鏤鬱金，承朝陽而長爛。珠璣錯三千之履，紫絲垂七十之幔。粤若富春，樂彼韶年。河陽之花似霰，宜城之酒如泉。分曹打馬，對局意錢。織錦竇姬，薦朝陽之賦；卷衣秦女，和夜夜袁評本、唐刻全集作「夜月」之篇。竇葉映綦履而雅步，銀花逐笑靨而同圓。麗色難評，萬樹過墻之杏；韶光獨占，一枝出水之蓮。四坐吐茵，無非狎客；兩行垂珮，共號神仙。風裏擘衣，接金星而燦爛；月中試管，倚玉樹而嬋娟。青鳥黄鳥，盡是瑶池之佳俠；唐刻全集作「使」大喬小喬，無非銅臺之可憐。單衫裁生仁之杏子，鬆鬢擁脱殼之蜩蟬。錦袖琵琶，眼留青于低首；袁評本作「頭」金釵宛轉，面發紅于近前。一笑傾城兮再傾國，胡然而帝也胡然天。樂句雕香，舞衣裁縞。步摇擁翠，葳蕤却火之珠；充耳以黄，聯絡澄泥之寶。鴛鴦在粱，永錫難老；金玉滿堂，惟躬是保。北門文學，銜題鸞鳳；上苑英華，使稱花鳥。秋千院落，日五丈而花陰陰；燈火樓臺，月三更而人擾擾。嗛影内堂，鎖聲别沼。浮閒館于波心，飛重闌于木杪。沐池分北湖之新漲，妝鏡開西山之清曉。屈曲回屏，唐刻全集作「圍屏」高低覆橑。蜘蛛織三更之雨，蘼蕪詠一庭之草。珠簾以珊瑚作鉤，翠帳以芙蓉爲葆。左思解賦，煉詞以十年；竪亥健步，尋源于三島。神仙多戲，造化無私。海中之地可縮，壺里之天鮮窺。萬里石塘，貫八垓之機軸；三重銀户，入九曲之摩尼。凌歊袁評本作「熇」借地，嘉福分基。東園頌蛺蝶之嘻矣，南浦賦芍藥之伊其。抱明月而長游，乘清風而忘歸。畢媒珍異，總攝裒袁評本作「褒」奇。泛神柤于八月，飛車較于三危。漢帝望仙，空駐八公之蹕；淮王好士，漫著三山之詞。仰看銀榜，俯即瑶池。高唐狀如日也，弱水可以航之。合天淵于跬步，渾聖凡之二岐。況復主人，實爲國華。食客三千之田氏，去天尺五之韋家。丱角領留都之鎮，十年開扈從之銜。忘形下士，莊生之鵬鷃；投身事主，介子之龍蛇。臯陶明允，吉甫柔嘉。珠出胎而特瑩，玉截肪而無瑕。明哲猶冰之生水，正直豈蓬之在麻。不忮不求，何所用而不臧；盡善盡美，將無譽之可加。游藝餘情，誦折枝之句；撫綏乘間，燕辭樹之花。羅敷罷蠶，碧玉破瓜。神鸞作駕，姮娥離二八之月；靈鵲成橋，天孫下七夕之車。釵珮相磨，笙歌遞出。展黛蕊于雙眉，門黄花于半額。桃葉渡頭，問團扇之新聲；梅根渚上，邀長檣之行客。悠悠萬事，付半紙之埃塵；默默微情，託一箱之朱碧。盡將冶麗之叢，轉託高明之宅。後檻前屏，終南少室。樹號長春，酒名千日。猶二士之入桃，比四仙之居橘。論道不殊，謀揆則一。借王勃之風，奮江淹之筆。咀蘭成詠，漢殿分香；刻葉爲題，鄭公借術。竭雕蟲之薄技，傾鉛華而盡述。曹刻彙集卷一　袁評本卷一　何刻續刻卷一　唐刻全集卷一

惜梅賦

縣庭有梅株焉，吾不知植于何時。蔭一畝其疏疏，香數里其披披。侵小雪而更繁，得隴月而益奇。然生不得其地，俗物混其幽姿。前胥吏之紛拏，後囚系之嚶咿。雖物性之

自適，揆人意而非宜。既不得薦嘉賓於商鼎，效微勞于魏師；又不得托孤根于竹間，遂野性于水涯。悵驛使之未逢，驚羌笛之頻吹。恐飄零之易及，雖清絶而安施？客猶以爲妨賢也，而諷余以伐之。袁評本作「代之」嗟夫！吾聞幽蘭之美瑞，乃以當户而見夷。玆昔人之所短，顧仁者之不爲。吾迂數步之行，而假以一席之地。對寒豔而把酒，嗅清香而賦詩可也。曹刻彙集卷一　袁評本卷一　唐刻全集卷一

袁宏道評：清老。

樂府

短歌行

尊酒前陳，欲舉不能；感念疇昔，氣結心冤。日月悠悠，我生告遒；民言無欺，秉燭夜遊。昏期在房，蟋蟀登堂；伐絲比簧，庶永百家詩作「庶遠」憂傷。憂來如絲，紛不可治；綸山布谷，欲出無岐。頬頬若穴，熒熒莫絶；無言不疾，鼠思泣血。霜落飄飄，鴉栖無

巢；毛羽單薄，雌伏雄號。緣子素纓，灑掃中庭；躑躑躅躅，仰見華星。來日苦少，去日苦多；民生安樂，焉知其他。袁刻本卷上　何刻袁本卷上　曹刻彙集卷一　袁評本卷一　唐刻彙集卷一　列朝詩集丙集第九　盛明百家詩唐伯虎集

相逢行

相逢狹邪間，車窒馬不旋；雖言異鄉縣，豈非往世緣？脱轂且卷鞭，高揖問君塵；女弟新承寵，阿大李延年。何以結歡愛；渠碗出于闐；女蘿與青松，本是當纏綿。袁刻本卷上　何刻袁本卷上　曹刻彙集卷一　袁評本卷一　唐刻全集卷一　列朝詩集丙集第九

出塞二首

烽火照元菟，嫖姚召僕夫；朱家薦逋虜，刀詩集作「刁」間出黥奴。六郡良家子，三輔弛刑徒；笳度烏啼曲，旗參虎落圖。寶刀裝鞸琫，名駒被鏤渠；摐金出孤竹，飛旗百家詩作「旌」掩二榆。妖雲厭亡塞，珥月照窮胡；勤兵詩集作「勒兵」收日逐，潛軍執骨都。姑衍山

重禪，燕然石再刳；功成肆郊廟，雄郡却分符。列朝詩集

袁宏道評：收拾殆盡。

烽火通麟殿，嫖姚拜虎符；馬聲分内廄，旗影發前驅。六郡良家子，三輔弛刑徒；以上二句百家詩無夜帳傳刁斗，秋風感蟪蛄。功成築京觀，萬里血糊涂。袁刻本卷上　何刻袁本卷上　曹刻彙集卷一　袁評本卷一　唐刻全集卷一　盛明百家詩唐伯虎集

紫騮馬

紫騮垂素繮，光輝照洛陽；連錢裁璧玉，障泥圖鳳凰。夜赴期門會，朝逐羽林郎；陰山烽火急，展策願超驤。袁刻本卷上　何刻袁本卷上　曹刻彙集卷一　袁評本卷一　唐刻全集卷一　盛明百家詩唐伯虎集

驄馬驅

悠悠驄馬驅，道阻歲云晚；豈無同袠士，念子百家詩作「予」不能飯。木脱辭故枝，去家日

已遠；鳴鷄戒前道，夕暝猶驅蹇。筋力已非舊，淚下不可卷。袁刻本卷上　何刻袁本卷上　曹刻彙集卷一　袁評本卷一　唐刻全集卷一　盛明百家詩唐伯虎集

袁宏道評：入格。

俠客

俠客重功名，西北請專征；慣戰弓刀捷，酬知性命輕。孟公好驚坐，郭解始横行；相將李都尉，一夜出平城。袁刻本卷上　何刻袁本卷上　曹刻彙集卷一　袁評本卷一　唐刻全集卷一　列朝詩集丙集第九　盛明百家詩唐伯虎集

袁宏道評：「酬知性命輕」，畫出俠來。

隴頭

隴頭寒多風，卒伍夜相驚；轉戰陰山道，暗度受降城。百萬安刀靶，千金絡馬纓；日晚塵沙合，虜騎亂縱横。袁刻本卷上　何刻袁本卷上　曹刻彙集卷一　袁評本卷一　唐刻全集卷一　盛

隴頭水

隴水分四注，隴樹雜雲烟；磨刀共斂甲，飲馬并投錢。朔地風初合，交河冰復堅；寒禁百家詩作「噤」不能語，烏孫掠酒泉。袁刻本卷上　何刻袁本卷上　曹刻彙集卷一　袁評本卷一　唐刻全集卷一　列朝詩集丙集第九　盛明百家詩唐伯虎集

咏春江花月夜

嚳月重輪三五夜，玉人聯槳出靈娥；内家近製河詩集作「横」汾曲，百家詩作「横分曲」樂府新諧役鄧歌。十里花香通采殿，萬枝燈燄照春波；不關仙客饒芳思，晝短歡長奈樂何！袁刻本卷上　何刻袁本卷上　曹刻彙集卷一　袁評本卷一　唐刻全集卷一　列朝詩集丙集第九　盛明百家詩唐伯虎集

春江花月夜二首

嘉樹鬱婆娑，燈花月色和；春江流粉氣，夜水濕裙羅。

夜霧沉花樹，春江溢月輪；歡來意不持，樂極詞難陳。袁刻本卷上　何刻袁本卷上　曹刻彙集卷一　袁評本卷一　何刻續刻卷二　唐刻全集卷一　列朝詩集丙集第九　盛明百家詩唐伯虎集

五言古詩

白髮

清朝攬明鏡，元袁評本作「玄」首有華絲；愴然百感興，雨泣忽成悲。憂思固逾度，榮衛豈及衰；夭壽不疑天，功名須壯時。涼風中夜發，皓月經天馳；君子重言行，努力以自私。袁刻本卷上　何刻袁本卷上　曹刻彙集卷一　袁評本卷一　唐刻全集卷一

伏承履吉王君以長句見贈作此以百家詩作「爲」答

歲月信言邁，吾生已休焉；百家詩、全集作「焉休」春滋未淹晷，暑退大火流。灑掃庭户間，整飾衣與裘；元百家詩作「猿」鳥樂高蔭，攀援聊淹留。仲尼悲執鞭，富貴不可求；楊朱泣路歧，彷徨何所投？袁刻本卷上　何刻袁本卷上　曹刻彙集卷一　袁評本卷一　唐刻全集卷一　盛明百家詩唐伯虎集

聞蛩

孟夏蟋蟀鳴，白露零蔓草；四時序相代，候物興何早？游子尚寒襦，佇聽傷懷抱；隙景無淹晷，壯志坐衰老。袁刻本卷上　何刻袁本卷上　曹刻彙集卷一　袁評本卷一　唐刻全集卷一

夜中思親

元序潛代運，穠華不久鮮；仰視鴻雁征，俯悼丘中賢。迅駕杳難追，庭止念周旋；殺身良不惜，顧乃二人憐。嘉時羞芰棗，涕泗徒留連。袁刻本卷上　何刻袁本卷上　曹刻彙集卷一　袁評本卷一　唐刻全集卷一

傷内

淒淒白露零，百卉謝芬芳；槿花易衰歇，桂枝就銷亡。迷途無生唐刻全集作「往」駕，款款何從將？曉月麗塵梁，白日照春陽。撫景念疇昔，肝裂魂飄揚。袁刻本卷上　何刻袁本卷上　曹刻彙集卷一　袁評本卷一　唐刻全集卷一

贈文學朱君別號簡庵詩

居敬以行簡，仲尼之所珍；易簡合至道，乃可臨夫民。邇來太樸散，瑣尾而頑嚚；朱君何所見？爰以簡自云。吉人之詞寡，長者之情真；言寡則可信，情真則可親。皆是簡之要，料能體諸身；我全集作「吾」欲君念兹，作詩爲重陳。何刻外編卷一　曹刻彙集卷一　袁評本卷一　唐刻全集卷一

咏懷詩二首

鬱鬱梁棟姿，落落璠璵器；空山歲歷晚，冰霰交如至。朽腐何足論，壯哉風雲氣；書生空白頭，三歎横流涕。

灌木寒聲味水軒作「氣」集，叢篠静味水軒作「篁浄」色深；冰霜歲聿暮，方昭君子心。射干蔽豫章，嘅全集作「慨」惜自古今；嶰谷失黄鍾，大雅變圖目作「無」正音。爲子酌大斗，爲我調鳴琴；仰偃草木間，世道隨味水軒作「從」浮沉。味水軒日記　中國古代書畫圖目十六　何刻外編卷

一　唐刻全集卷一

按：第二首以題所作灌木叢篁圖。

失題

樂在村中住，爲識村中樂；矮屋竹篠蓋，低墻藤蘿絡。明窗鋪筆硯，爛飯飽藜藿；鄰里別鷄豚，昏曉喧鳥雀。竈烟裊屋顔，瓶湯鳴牀脚；老酒煮黄精，小菜簇烏藥。土空窖蕷粟，墻居寄杯橐；秋葉紅騣驕，春花香作惡。無火借石敲，有井當庭鑿；有鹽虀富貴，無燈書寂寞。夫妻八尺牀，風雨一雙屩；于人無忮求，于世無乞索。天下方太平，鄉里免漂泊；君能知此趣，吾詩所以作。唐刻全集卷一

戲題

休采花，采花蝴蝶飛；休撲蝶，撲蝶傷花枝。娟娟戲雙蝶，臨風對花不忍折。君似蝶，妾似花；花開能幾日？蝴蝶過西家。何刻外編卷二

七言古詩

詠梅次楊廉夫韻

北風着面刮起霜，臘月何處尋紅芳？瘦笻曳盡湘竹節，雙鞋踏倒江莎芒。谿橋突兀田塍裂，雪裏梅開梅勝雪；不妨地上有微冰，且是江南好明月。羅浮仙子麗風韻，廣平才人領花信；胸中漫有鐵石腸，眼前且看鴉雛鬢。三更炙燈雁足釭，十千沽酒螭頭觴；折得隴頭逢驛使，先與天下頒春王。衲衣結鶉何愁冷，醉眼糢糊長不醒；游遍西湖夜繼明，休把東風負俄頃。曹刻彙集卷一　袁評本卷一　何刻續刻卷三　唐刻全集卷一

江南春次倪元鎮韻　拓本有「正德丁丑清明日」

梅子墮花茭孕筍，江南山郭朝暉静；殘春鞖韤試東郊，綠池横浸紅橋影。古人行處青苔冷，館娃宮鎖西施井；低頭照井脱紗巾，驚看白髮已如塵。人命促，光陰急，淚痕漬

酒青衫濕；少年已去追不及，仰看烏没郁氏、拓本作「烏没」天凝碧。鑄鼎銘鐘封爵邑，功名讓與英雄立；浮生聚散是郁氏作「似」浮萍，何須日夜苦蠅營！曹刻彙集卷一　袁評本卷一　何刻續刻卷八　唐刻全集卷一　文唐合璧江南春拓本　郁氏書畫題跋記卷十

按：江南春在倪集詩詞分類入詩類，其體詩也，非詞也。

姑蘇八詠 何刻外編作「姑蘇八景詩」

其一

天平之山何其高，巖巖突兀凌青霄；風回松壑烟濤緑，飛泉漱石穿平橋。千峰萬峰如秉笏，崚崚嶒嶒相壁立；范公祠前映夕暉，盤盤彙集、袁評、全集作「盤空」翠黛寒雲濕。右天平山

袁宏道評：此中有畫。

其二

高臺築近姑蘇城，千年不改姑蘇名；畫棟雕楹結羅綺，面面青山如翠屏。吴姬窈窕稱

絶色，誰知一笑傾人國！可憐遺址俱荒涼，空林落日寒烟織。右姑蘇臺

袁宏道評：畫。

其三

昔傳洲上百花開，吴王遊樂乘春來；落紅亂點溪流碧，歌喉舞袖相徘徊。王孫一去春無主，望帝春心歸杜宇；啼向空山不忍聞，凄凄芳草迷烟雨。右百花洲

袁宏道評：凄絶。

其四

花開爛熳滿邨塢，風烟酷似桃源古；千林映日鶯亂啼，萬樹圍春燕雙舞。青山寥絶無烟埃，劉郎一去不復來；此中應有避秦者，何須遠去尋天台。右桃花塢

袁宏道評：「圍春」二字妙。

其五

繁花漫道當年甚，舉目荒涼秋色凜；寶琴已斷鳳皇吟，碧井空留麋鹿飲。響屧長廊故

幾間，于今惟見草斑斑！山頭只有舊時月，曾照吴王西子顔。右響屧廊

袁宏道評：淒絶。

其六

金閶門外楓橋路，萬家月色迷烟霧；譙閣更殘角韻悲，客船夜半鐘聲度。樹色高低混有無，山光遠近成糢糊；霜華滿天人怯冷，江城欲曙聞啼烏。右寒山寺

其七

長洲苑内饒春色，潑黛巒光翠如濕；銀鞍玉勒鬥香塵，多少游人此中集。薄暮山池風日和，燕兒學舞鶯調歌；當年勝事空陳迹，至今遺恨流滄波。右長洲苑

其八

具區浩蕩波無極，萬頃湖光浄凝碧；青山點點望中微，寒空倒浸連天白。鴟夷一去經千年，至今高韻人猶傳；吴越興亡付流水，空留月照洞庭船。右洞庭湖　何刻外編卷一　曹刻彙集卷一　袁評本卷一　唐刻全集卷一

登法華寺山頂

昔登銅井望法華，嵸巃螺黛浮蒹葭；今登法華望銅井，湖水迷茫烟色暝。法華洞井咫尺間，今昔登臨隔五年；湖山依舊齒髮落，五年一睫渾如昨。城中離山半日程，予輩好事多友生；耳聞二山眼未識，欲謀一行不可得。我于二山有宿緣，彼此登臨盡偶然；法華看梅借僧屐，洞庭遊山隨相國。兩山俯仰跡成陳，得來反羨未來人；來游固難去不易，未擬重來酒深酹。何刻續刻卷三　唐刻全集卷一

三高祠歌

君不見洛陽記室雙鬢皤，不忍荆棘埋銅駝；西風忽憶鱸魚多，歸來江上眠秋波。又不見甫里先生心更苦，河朔生靈半黄土；夕陽蓑笠二頃田，口誦羲皇思太古。二生隱淪豈得已，一生不及鴟夷子；吴宫鹿走越山高，脱纓竟濯滄浪水。丈夫此身繫乾坤，豈甘便老菰蒲根？古今得失一巵酒，我亦起酹沙鷗魂。何刻續刻卷三　唐刻全集卷一

桃花庵歌 拓本有「弘治乙丑三月」

桃花塢裏桃花庵，桃花庵裏桃花仙；桃花仙人種桃樹，又摘桃花換酒錢。拓本作「又折花枝當酒錢」酒醒只來曹刻彙集、袁評本、唐刻全集、拓本作「在」花前坐，酒醉還來拓本作「還須」花下眠；半醒半醉拓本作「花前花後」日復日，花落花開拓本作「酒醉酒醒」年復年。但願老死花酒間，不願鞠躬車馬前；拓本此兩句上下對調車塵馬足貴者趣，酒盞花枝貧賤曹刻彙集、袁評本、唐刻全集、拓本作「者」緣。若將富貴比貧者，拓本作「貧賤」一在平地一在天；若將花酒全集作「貧賤」比車馬，他得驅馳我得閒。別人拓本作「世人」笑我忒風騷，曹刻彙集、袁評本、唐刻全集、拓本作「顛」我笑他人拓本作「世人」看不穿；不見拓本作「記得」五陵豪傑墓，無花無酒鋤做唐刻全集作「作」田。何刻外編卷一　曹刻彙集卷一　袁評本卷一　唐刻全集卷一　拓本詩幅

花下酌酒歌

九十春光一擲梭，花前拍手袁評本、曹刻彙集作「酌酒」唱山歌；曹刻彙集、袁評本、唐刻全集、扇頁作

「高歌」枝上花開能幾日？世上人生能幾何？昨朝花勝今朝好，明朝袁評本、曹刻彙集、唐刻全集、扇頁作「今朝」花落隨曹刻彙集、袁評本、唐刻全集、扇頁作「成」秋草；花前人是去年身，去年身曹刻彙集、袁評本、唐刻全集、扇頁作「人」比今年老。昨日曹刻彙集、袁評本、唐刻全集、扇頁作「今日」花開又謝袁評本、曹刻彙集作「一」枝，明日來看知是誰？明年今日花開否？今日明年誰得知？天時不測多風雨，人事難量多齟齬；天時人事兩不齊，便袁評本、曹刻彙集、唐刻全集作「莫」把春光付流水。好花難種不長開，少年易老不重來；人生不向花前醉，花笑人生也是呆。何刻外編卷三　曹刻彙集卷一　袁評本卷一　唐刻全集卷一　中國古代書畫圖目第二明唐寅花下酌酒歌扇頁

把酒對月歌

李白前時原有月，惟有李白詩能説；李白如今已仙去，月在青天幾圓缺。今人猶歌李白詩，明月還如李白時；我學李白對明月，月與李白安能知？李白能詩復能酒，我今百杯復千首；我媿何刻外編作「醜」應誤雖無李白才，料應月不嫌我醜。我也不登天子船，我也不上長安眠；姑蘇城外一茅屋，萬樹桃花月滿天。何刻外編卷一　曹刻彙集卷一　袁評本

卷一　唐刻全集卷一

一年歌

一年三百六十日，春夏秋冬各九十；冬寒夏熱最難當，寒則如刀熱如炙。春三秋九號温和，天氣温和風雨多；一年細算良辰少，况又袁評本作「有」難逢美景何？何刻外編及圖録作「和」美景良辰儻遭遇，又有賞心并樂事；不燒高燭對芳樽，也是虚生在人世。古人有言亦達哉，曹刻彙集作「達無哉」，圖録作「達矣哉」勸人秉燭夜游來；春宵一刻千金價，我道千金買不回。何刻外編卷一　曹刻彙集卷一　袁評本卷一　唐刻全集卷一　中國繪畫總合圖録

一世歌

人生七十古來少，前除幼年郁氏作「少年」後除老；中間光景不説聽作「没」多時，又有炎霜與煩惱。説聽、郁氏有「過了中秋月不明，過了清明花不好」兩句花前月下得高歌，急須滿把金尊倒；世人錢多賺不盡，朝裏説聽作「内」官多做不了。兩句郁氏作「朝裏官多做不盡，世上錢多賺不了」官

大錢多心轉憂，落得自家頭白早；春夏秋冬撚指間，鐘送黄昏雞報曉。說聽無以上兩句請君細看說聽作「試點」，袁評本、郁氏作「細點」眼前人，一年一度埋芳草；草裏高低多少墳，一年說聽作「年年」一半無人掃。何刻外編卷一　曹刻彙集卷一　袁評本卷一　唐刻全集卷一　郁氏書畫題跋記卷十二　說聽卷上

默坐自省歌

曹刻彙集、袁評本、唐刻全集作「焚香默坐歌」

焚香默坐自省己，口裏喃喃想心裏；心中有甚陷人曹刻彙集、袁評本、唐刻全集作「害人」謀？口中有甚欺心語？爲人能把口應心，孝弟忠信從此始；其餘小德或出入，焉能磨涅吾行止？頭插花枝手把盃，聽罷歌童看舞女；食色性也古人言，今人乃以之爲恥。及至心中與口中，多少欺人滅曹刻彙集、袁評本、唐刻全集作「没」天理；陰爲不善陽掩之，則何益矣徒勞耳！請坐試聽曹刻彙集、袁評本、唐刻全集作「且聽」吾語汝，凡人有生必有死；死見閻公曹刻彙集、袁評本、唐刻全集作「先生」面不慚，才是堂堂好男子。何刻外編卷一　曹刻彙集卷一　袁評本卷一　唐刻全集卷一

袁宏道評：說盡假道學。

醉時歌

何刻外編有識云：「醉時所歌，醒忘之矣。生有所得，死失之矣。大觀之士，能同醉醒，合死生而一之，此作歌之本旨也。弘治乙丑，唐寅呈浮觀先生請教。」

地水火風成假合，合色聲香味觸法；世人癡呆認做我，惹起塵勞如海闊。貪嗔癡作殺盜淫，因緣妄想入無明；無明即是輪迴始，信步將身入火坑。朝去求名暮求利，面詐曹刻彙集、袁評本、唐刻全集作「面作」心欺全不計；上牀半夜曹刻彙集、袁評本、唐刻全集作「夜半」別鞋子，方悔昨來曹刻彙集、袁評本、唐刻全集作「昨朝」搬鬼戲。袁評本、曹刻彙集作「鬼搬戲」它來曹刻彙集、袁評本、唐刻全集作「它人」謀我我謀你，曹刻彙集、袁評本作「它」，唐刻全集作「他」冤冤報報曹刻彙集、袁評本、唐刻全集作「相報」不曾差；一身欠債還他債，請君喞曹刻彙集、袁評本、唐刻全集作「嗛」鐵去拖車。種堪愛惜色堪貪，它家妻子自家男；不是冤家頭不聚，鐵枷自有愛人擔。幾番死兮幾番活，大夢無憑閒聒聒；都是自家心念生，無念無生即解脱。死生無常繫雙足，莫待這番重瞑目；人身難得法難聞，如針拈芥曹刻彙集、袁評本、唐刻全集作「投芥」龜鑽木。自補衲衣求飯吃，此道莫推行不得；拚却這條窮性命，刀山劍嶺須經歷。曹刻彙集、袁評本、唐刻全集作「不成些事何須惜」數息隨止戒曹刻彙集、袁評本、唐刻全集作「界」還靜，休取無生曹刻彙集、袁評本、唐刻全集作「修願修行」入真定；空山落木狼虎中，十卷楞嚴親考訂。不二法門曹刻彙集、袁評本、唐刻全集作「門中」開鎖鑰，烏龜生毛免生角；諸行無常一切空，阿耨多羅大圓覺。盡入虛空撥因果，曹刻彙集、袁評本、唐刻全集作「一念歸空拔因果」墮落空見仍遭禍；破除空想着空魔，曹刻彙集、袁評本、唐刻全集作「禪人舉有着空魔」猶如避溺而投火。曹刻彙集、袁評本、唐刻全集作「遭火」不有不無皆是錯，曹刻彙集、袁評本、唐刻全集作「説有説無皆是錯」夢境眼花尋下落；翻身跳出斷腸坑，生滅滅兮寂滅樂。何刻外編卷一　曹刻彙集卷一　袁評本卷一　唐刻全集卷一

袁宏道評：該哭。

按：此詩上海圖書館藏何刻本有硃書注云：「考吴門有陸觀字海觀，爲六如前輩。上浮字疑誤刊。」經查乃陸南字海觀。亦非前輩，乃同時人。

解惑歌

紛紛眼底人千百，或學神仙或學佛；學仙在煉大還丹，學佛來尋善知識。彼要長生享富豪，此要它生饒利益；忠孝于其道不同，且把將來掛東壁。我見此輩貪且癡，漫作長

歌解其惑；學仙學佛要心術，心術多從忠孝立。惟孝可以感天地，惟忠可以貫金石；天地感動金石開，證佛登仙如芥拾。佛知過去未來事，仙有通天徹地力；任你嘍囉閃賺高，這兩箇人瞞不得。神仙福地是蓬萊，釋迦天宫號兜率；不在西天與東海，只在人心方咫尺。曹刻彙集卷一　袁評本卷一　何刻續刻卷三　唐刻全集卷一

袁宏道評：説盡世態。

世情歌

淺淺水，長長流，水曹刻彙集、袁評本、唐刻全集作「來」無盡，去無休；翻海狂風吹白浪，接天尾閭吸不收。即如我輩住人世，何榮何辱？何樂何憂？有時邯鄲夢一枕，有時華胥酒一甌。古今興亡付詩卷，勝負得失歸松楸；清風明月用不竭，高山流水情相投。蓂莢自晦朔，蘭菊自春秋；我今視昔亦復爾，後來還與今時侔。君不見，東家暴富十頭牛；又不見，西家暴貴萬户侯；雄聲勢赫掀九州，有如洪濤洶湧，世界欲動天將浮。忽然一日風打舟，斷篷絶纜何刻續刻、唐刻全集作「梗」無少留；桑田變海海爲洲，昔時聲勢空喧啾。嗚呼！何如淺淺水，長長流？曹刻彙集卷一　袁評本卷一　何刻續刻卷二　唐刻全集卷一

袁宏道評：以「十頭牛」對「萬户侯」，甚惡。

悵悵詞 唐刻全集作「悵悵詞」，二科志作「悵悵詩」

悵悵唐刻全集、二科志作「悵悵」莫怪少時年，百丈游絲易惹牽；何歲逢春不惆悵？何處逢情列朝詩集注中作「逢春」不可憐？杜曲梨花杯上雪，灞陵芳草夢中烟；前程兩袖黄金淚，公案三生白骨禪。老我四友齋作「老去」，袁評本、二科志作「老後」思量應不悔，衲衣持盃唐刻全集作「盞」，四友齋作「鉢」院門前。曹刻彙集卷一　袁評本卷一　唐刻全集卷一　吴郡二科志　四友齋叢説卷二十六

百忍歌

百忍歌，百忍歌，人生不忍將奈何？我今與汝歌百忍，汝當拍手笑呵呵。朝也忍，暮也忍；恥也忍，辱也忍；苦也忍，痛也忍；饑也忍，寒也忍；欺也忍，怒也忍；是也忍，非也忍；方寸之間當自省；道人何處未歸來，癡雲隔斷須彌頂。脚尖踢出一字關，萬里西風吹月影；天風泠泠山月白，分明照破無爲鏡。心花散，性地穩，得到此時夢初醒。

君不見：如來割身痛也忍，孔子絶糧饑也忍；韓信胯下辱也忍，閔子單衣寒也忍；師德唾面羞也忍，劉寬污衣怒也忍；不疑誣金欺也忍，張公九世百般忍。好也忍，歹也忍，都向心頭自思忖；囫圇吞却栗棘蓬，恁時方識真根本！何刻外編卷一　唐刻全集卷一

嘅歌行

嘅東南之原，嗟西北之阡。廢田爲丘，廢丘爲田；翻兮覆兮，倏焉忽焉。一犁春雨今朝隴，一抔黄土明朝塚；塚前松柏身依依，隴頭禾黍還離離。阡之南兮阡之北，原之東兮原之西；誰得之？誰失之？今來古往，物换人非。智者狡兮愚者癡，强者畏兮弱可欺；富連阡兮累陌，貧無地兮卓錐。千年之田，八百其主；百歲之人，七十者稀；總然席捲吾與汝，借與眼看能幾時？豈不見：挽長弓，揮短鏑；挽長戈，操短戟；投鞭絶流，麾兵赤壁；志小鴻溝，眼高絶域。又不見：樓上樓，屋上屋；置黄金，藏白玉；紫標身，紅腐粟；錦帳五十里，胡椒八百斛；貴爲萬户侯，富食千鍾禄。英雄富貴安在哉？北邙山下俱塵埃！何刻外編卷一　唐刻全集卷一

進酒歌

吾生莫放金叵羅，請君聽我進酒歌：爲樂須當少壯日，老去蕭蕭空奈何！朱顏零落不復再，白頭愛酒心徒在；昨日今朝一夢間，春花秋月寧相待？洞庭秋色儘可沽，吴姬十五笑當壚；翠鈿珠絡爲誰好，唤客那問錢有無？畫樓綺閣臨朱陌，上有風光消未得；扇底歌喉窈窕聞，尊前舞態輕盈出。舞態歌喉各盡情，嬌癡索贈相逢行；典衣不惜重酩酊，日落月出天未明。君不見劉生荷鍤真落魄，千日之醉亦不惡；又不見畢君拍浮在酒池，蟹螯酒盃兩手持。勸君一飲盡百斗，富貴文章我何有？空使今人羨古人，總得浮名不如酒。何刻續刻卷三　唐刻全集卷一

閒中歌

人生七十古來有，處世誰能得長久？光陰真是過隙駒，緑鬢看看成皓首。珊瑚網、郁氏作「白首」積金到斗都珊瑚網、郁氏作「俱」是閒，幾人買斷鬼門關；不將尊酒送歌舞，郁氏作「不將

歌舞送樽酒」徒把郁氏作「廢」鉛汞燒金丹。以上兩句珊瑚網無白日昇天無此理，畢竟珊瑚網、郁氏作「自古」有生還有死；眼前富貴一枰棋，身後功名半張紙。古稀珊瑚網、郁氏作「古稱」彭祖壽最多，八百歲珊瑚網、郁氏作「年」後還如何？請君與我舞且歌，珊瑚網、郁氏作「請君聽我歌且舞」生死珊瑚網作「窮通」壽夭皆由他。何刻續刻卷三　唐刻全集卷一　珊瑚網書録卷十六　郁氏書畫題跋記卷十一

妒花歌

昨夜海棠初着雨，數朵輕盈嬌欲語。佳人曉起出蘭房，折來對鏡比紅粧。問郎「花好奴顏好」？袁宏道評云：好。郎道「不如花窈窕」。佳人見話袁評本、曹刻彙集、唐刻全集作「語」發嬌嗔，不信死花勝活人！將花揉碎擲郎前，請郎今夜伴花眠。何刻外編卷二　曹刻彙集卷一　袁評本卷一　唐刻全集卷一

袁宏道評：竟能盡態。説得有理。

七十詞

人年七十古稀，我年七十爲奇。前十年幼小，後十年衰老；中間止有五十年，一半又在

夜裏過了。算來止有二十五年在世，受盡多少奔波煩惱。何刻外編卷一　唐刻全集卷一

江南四季歌

江南人住神仙地，雪月風花分四季；滿城旗隊看迎春，又見鰲山燒火樹。千門挂彩六街紅，鳳笙鼉鼓喧春風；歌童遊女路南北，王孫公子河西東。看燈未了人未絶，等閒又話清明節；呼船載酒競遊春，蛤蜊上巳爭嘗新。吴山穿繞横塘過，虎丘靈巖復玄墓；提壺挈榼歸去來，南湖又報荷花開；錦雲鄉中漾舟去，美人鬢壓琵琶釵。銀箏皓齒聲繼續，翠紗汗衫紅映肉；金刀剖破水晶瓜，冰山影裏人如玉。一天火雲猶未已，梧桐忽報秋風起；鵲橋牛女渡銀河，乞巧人排明月裏。南樓雁過又中秋，悚然毛骨寒颼颼；登高須向天池嶺，桂花千樹天香浮。左持蟹螯右持酒，不覺今朝又重九；一年好景最斯時，橘緑橙黄洞庭有；滿園還剩菊花枝，雪片高飛大如手。安排煖閣開紅爐，敲冰洗盞烘牛酥；銷金帳掩梅梢月，流酥潤滑鈎珊瑚；湯作蟬鳴生蟹眼，罐中茶熟春泉鋪。寸韭餅，千金果，鼇裙鵝掌山羊脯；侍兒烘酒暖銀壺，小婢歌闌欲罷舞；黑貂裘，紅氊毺，不知蓑笠漁翁苦！何刻續刻卷三　唐刻全集卷一

七夕歌

人間一葉梧桐飄，蓐收行秋回斗杓；神官召集役靈鵲，直渡銀河横作橋。河東美人天帝子，機杼年年勞玉指；織成雲霧紫綃衣，辛苦無歡容不理。帝憐獨居無與娱，河西嫁與牽牛夫；自從嫁後廢織紝，緑鬢雲鬟朝暮梳。貪歡不歸天帝怒，責歸却踏來時路；但令一歲一相見，七月七日橋邊渡。别多會少如唐刻全集作「知」奈何，却憶從前歡愛多；匆匆萬事説不盡，玉龍已架隨羲和。河橋靈官催曉發，令嚴不肯輕離别；便將淚作雨滂沱，淚痕有盡愁無歇。吾言「織女君莫嘆，天地無窮會相見；猶勝姮娥不嫁人，夜夜孤眠廣寒殿」。曹刻彙集卷一　袁評本卷一　何刻續刻卷三　唐刻全集卷一

按：此是宋張耒所作。袁、何諸人誤收。

漁樵問答歌

漁翁舟泊東海邊，樵夫家住西山裏；兩人活計山水中，東西路隔萬千里。忽然一日來

相逢，滿頭短髮皆蓬鬆；盤桓坐到日卓午，互相話説情何濃？一云「深山有大木，中有猛獸吃人肉；不如平園采短薪，無慮無憂更無辱」。一云「江水有巨鱗，滔天波浪驚殺人；不如蘆花水清淺，波濤不作無怨心」。「吾今與汝要知止，凡事中間要謹始；生意宜從穩處求，莫入高山與深水。」曹刻彙集卷一　袁評本卷一　何刻續刻卷三　唐刻全集卷一

烟波釣叟歌

太湖三萬六千頃，渺渺茫茫浸天影；東西洞庭分兩山，幻出芙蓉翠翹嶺。鷓鴣啼雨烟竹昏，鯉魚吹風浪花滾；阿翁何處釣魚來？雪白長鬚清凜凜。自言生長江湖中，八十餘年泛萍梗；不知朝市有公侯，只識烟波好風景。蘆花蕩裏醉眠時，就解蓑衣作衾枕；撑開老眼恣猖狂，仰視青天大如餅。問渠姓名何與誰？笑而不答心已知；元真之孫好高士，不尚功名惟尚志。緑蓑青笠勝朱衣，斜風細雨何思歸？筆牀茶竈兼食具，墨筒詩稿行相隨。我曹亦是豪吟客，萍水相逢話荆識；飄飄敞袖青幅巾，清談捲霧天香生。兩舟并泊太湖口，我吟詩兮君酌酒；酒杯到我君亦吟，詩酒賡酬不停手。大瓢小杓何曾乾？長篇短句隨時有；飲如長鯨吸巨川，吞天吐月鼉鼉吼。吟似行雲流

水來，星辰摇落珠璣走；天長大紙寫不盡，墨汁蘸乾三百斗。何刻續刻卷三　唐刻全集卷一

詠漁家樂

世泰時豐芻米賤，買酒頗有青銅錢；夕陽半落風浪舞，舟船入港無危顛。烹鮮熱酒招知己，滄浪迭唱仍扣舷；醉來舉盞酹明月，自謂此樂能通仙。遥望黄塵道中客，富貴于我如雲烟。曹刻彙集卷一　袁評本卷一　何刻續刻卷三　唐刻全集卷一

怡古歌

人心不古今非昨，大雅所以久不作；宣尼嘆生觚不觚，良爲真純日雕琢。大禹寶鼎沉泥沙，宣王石鼓已剥落；世間耳目狃時俗，聞見安能免齷齪？沛國劉君天下賢，形體則人心則天；好尚獨與時俗異，神遊直出羲農前。三王唐刻全集作「三皇」制作列鼎鼐，四壁圖畫飛雲烟；汗牛充棟不可計，怡然尊唐刻全集作「蹲」偃于其間。君之此志無人識，我將管蠡聊窺測；心期欲見古之人，不見古人愛古物。漢唐蕭曹與房杜，夏商伊周并契

稷；上下三千六百年，與君同心復同德。曹刻彙集卷一　袁評本卷一　何刻續刻卷三　唐刻全集卷一

席上答外編作「贈」王履吉

我觀古昔之英雄，慷慨然諾盃酒中；義重生輕死知己，所以與人成大功。我觀今日之才彥，交不以心惟以面；面前斟酒酒未寒，面未變時心已變。區區已作老郵莊，英雄才彥不敢當；但恨今人不如古，高歌伐木天曹刻彙集、唐刻全集作「矢」滄浪。感君稱我爲奇士，又言天下無相似；庸庸碌碌我何爲，曹刻彙刻、袁評本、唐刻全集作「奇」有酒與君斟酌之！

袁刻本卷上　何刻袁本卷上　曹刻彙集卷一　袁評本卷一　唐刻全集卷一　列朝詩集丙集第九

袁宏道評：説盡。

世壽堂詩

長山大谷出壽木，雨露沾濡元氣足；大枝爲天立四極，小枝爲君作重屋。太平熙皞出

壽人，皇風蒸煦壽域春；鷄窠小兒是鼻祖，鳩枝老子爲耳孫。我朝列聖傳仁義，仁覆義載同天地；六合拈歸壽域中，壽木壽人同出世。木爲明堂坐軒虞，人爲老聃歌康衢；固然聖德陶甄就，亦是君家積慶餘。周君四世爲人瑞，曾元耆耋祖百歲；從此堂將世壽名，龐眉皓髪宜圖繪。願人同德復同心，同心同德助當今；天下同歸仁壽域，方顯君王德澤深。何刻續刻卷一　唐刻全集卷一

題五王夜燕圖

積善坊中五王宅，重樓複閣輝金碧；大衾長枕共春秋，鬥鷄走狗連朝夕。花萼樓前夜開宴，沈水凝咽燈吐燄；列坐申王與岐薛，讓皇降席同南面。崑崙琵琶涼州歌，當時進御雜雲和；宮聲不屬商聲暴，琵聲起少琶聲多。獨有汝陽知律吕，曾把流離陳明主；他日回鑾蜀道中，不教審聽鈴淋雨。曹刻彙集卷一　袁評本卷一　何刻續刻卷三　唐刻全集卷一

袁宏道評：　的是筆頭有舌。

題潯陽送別圖

寂落潯陽白司馬，青衫掩骭官僚下；獻納親曾批逆鱗，忽以讒言弃于野。當時藩鎮在謀逆，謀以如公不易得；欲濟時艱唐刻全集作「難」須異才，瑣尾小人有何益！讜言不用時事危，忠臣志士最堪悲；一曲琵琶淚如把，况是秋風送別時。是非公論日紛紛，不在朝廷在野人；他日江州茅屋底，年年伏臘賽鷄豚。曹刻彙集卷一　袁評本卷一　何刻續刻卷三　唐刻全集卷一

袁宏道評：淒絶。

七夕賦贈織女

神雲矯矯月唐刻全集作「日」離離，帝子飄飄袁評本、唐刻全集作「飄飖」即故期；銀臺極夜留魚鑰，珠殿繁更繞鳳旗。靈津駕鵲將言就，咸市沐髮會令晞；含情忍態辭文席，七襄仍弄昨朝絲。曹刻彙集卷一　袁評本卷一　唐刻全集卷一

按：唐刻全集此詩在七言律詩。

袁宏道評：忍態二字妙。

招仙曲二首

鬱金步摇銀約指，明月垂璫交龍綺。秋河拂樹蒹葭霜，那能夜夜掩空床？

烟中滉滉暮江摇，月底纖纖露水飄。今夕何夕良讌會？此地何地承芳珮？唐刻全集補遺

唐寅集卷第二

五言律詩

游焦山

亂流尋梵刹，灑酒瀉襟期；西北分天塹，東南缺地維。高臺平落鶩，清磬起潛螭；千古基王業，來游有所思。袁刻本卷上　何刻袁本卷上　曹刻彙集卷二　袁評本卷二　唐刻全集卷二

袁宏道評：起句肖景。

聽彈琴瑟

高厦列明燈，展瑟復張琴；柔絲亂弱指，遞節赴繁音。寶雁難齊布，金星合漫尋；相逢

且相樂，不惜解羅襟。袁刻本卷上　何刻袁本卷上　曹刻彙集卷二　袁評本卷二　唐刻全集卷三　盛明百家詩唐伯虎集

送王履約會試

雨雪關河晚，風沙鴻雁來；送君携袁評本作「將」寶劍，携手上金臺。錦繡三千牘，天人第一才；揚雄新賦就，聲價重蓬萊。袁刻本卷上　何刻袁本卷上　曹刻彙集卷二　袁評本卷二　唐刻全集卷二

袁宏道評：自在。

送行

牢落三杯酒，飄飄一葉舟；行人還遠路，寒色上貂裘。此日傷離別，還家足唱酬；蕭齋煩掃榻，爲我醉眠謀。曹刻彙集卷二　袁評本卷二　何刻續刻卷六　唐刻全集卷二

袁宏道評：妙。

贈壽

滄海黄金闕，蓬萊白玉樓；仙遊騎鶴背，天遣戴鰲頭。潮汐無時定，簾櫳總駕浮；乘桴羡高蹈，試問幾添籌？何刻外編卷一　唐刻全集卷二

桃花庵與祝允明黄雲沈周同賦五首

袁評本、何刻續刻、曹刻彙集作「桃花庵與祝希哲諸君同賦五首」。

茅茨新卜築，山木野花中；燕婢泥銜紫，狙公果獻紅。梅梢三鼓月，柳絮一簾風；匡廬與衡岳，仿佛夢相通。按：此詩外編無，見何刻續刻卷五，題作「桃花庵與祝希哲諸君同賦」。

袁宏道評：好。

列伍分高下，栖盤集俊賢；五陵通俠逸，四姓號神仙。春月禁期好，秋風下射聯；遥知文集處，伐木有詩篇。

袁宏道評：好。

泉源深透迤，嘉樹亂芳妍；地縮武陵脉，軒開欝藍天。唐刻全集作「蔚藍天」寄情聊蚱蜢，袁評本、曹刻彙集作「虴蜢」隨手奏觥船；别撰游仙調，臨池促管弦。

昔聞袁評本、曹刻彙集作「借問」竹谿逸，今見竹谿亭；陳跡難題品，清風尚典刑。密叢圍曲砌，高節映疏欞；借看應容我，西風兩眼青。

袁宏道評：好。

六尺青苔骨，疑「滑」字之誤酣齁稱醉眠；不勞人荷鍤，喜有葉如氈。白眼西風裏，黄花小徑邊；嘯聲多伴侣，何袁評本、曹刻彙集作「可」惜一陶然。何刻外編卷一　曹刻彙集卷二　袁評本卷二　唐刻全集卷二

袁宏道評：好。

偶成

還丹難煉藥，粘日苦無膠；沽酒衣頻典，催花鼓自敲。功名蝴蝶夢，家計鷦鴣巢；世事燈前戲，人生水上泡。何刻續刻卷六　唐刻全集卷二

題張夢晉畫

緑崖入翠微，嵐氣溼羅衣；澗水浮花出，松雲伴鶴飛。行歌樵互答，醉卧客忘歸；安得依書屋，開窗碧四圍。何刻續刻卷六　唐刻全集卷二

題谿山疊翠卷

春林通一徑，野色此中分；鶴跡松影見，泉聲竹裏聞。草青經宿雨，山紫帶斜曛；采藥知何處？柴門掩白雲。曹刻彙集卷二　袁評本卷二　何刻續刻卷六　唐刻全集卷二

袁宏道評：好。

題畫

鞋襪東城路，清和四月時；游姬香滿袖，明月水平池。畫燭留錫市，酸風颭酒旗；少年

行樂地，不許衆人知。何刻續刻卷六　袁評本卷二　唐刻全集卷二　列朝詩集

袁宏道評：好。

馬

天上飛龍厩，關西犢鼻騧；承恩披玉鐙，弄影浴金沙。舞獻甘泉酒，驕嗛内苑花；丹青流落處，駑馬尚堪誇。曹刻彙集卷二　袁評本卷二　何刻續刻卷六　唐刻全集卷二

袁宏道評：好。

五言排律

賀松郡伯壽誕

傅相騎箕宿，申侯降岳神；百年生國士，一德格天人。君子宏斯道，皇王福下民；登庸第高等，簡在命來旬。冀北空豪傑，江南失屢貧；席香留粉署，露冕駕朱輪。襦袴今歌

惠，絲綸待秉鈞；初筵稱誕節，獻歲發陽春。進酒梧擎玉，行廚脯擘麟；蕪詞何以祝？海底看揚塵。曹刻彙集卷二　袁評本卷二　何刻續刻卷六　唐刻全集卷二

袁宏道評：妙。

七言律詩

登吴王郊臺

昔人築此不論程，今日牛羊向上行；吴兒越女齊聲唱，菱葉荷花無數生。南山含雨眉俱潤，西湖映日掌同平；本由萬感銷非易，詎言哀樂過群情。袁刻本卷上　何刻袁本卷上　曹刻彙集卷二　袁評本卷二　唐刻全集卷二　列朝詩集

仲夏三十日陪弘農楊禮部丹陽都隱君虎丘汎舟

朱明麗景屬炎州，蘭橈桂檝遂娱游；逐蔭追飈暫容與，回波轉藻若夷猶。日承綺扇釵

光發，山入仙栖酒氣柔；幸奉瑶麾論所願，皓首期言伏此丘。袁刻本卷上　何刻袁本卷上　曹刻彙集卷二　袁評本卷二　唐刻全集卷二

沈徵德飲予于報恩寺之霞鶩亭酒酣賦贈

水檻憑虚六月風，豪英相聚一尊同；水光錯落浮瓜緑，日影玲瓏透樹紅。謬以上筵尊漫客，喜留新契在禪宫；雲衢萬里諸公去，馬笠不知何處逢？曹刻彙集卷二　袁評本卷二　何刻續刻卷七　唐刻全集卷二

正德己卯承沈徵德顧翰學置酌禪寺見招猥鄙栖酒狼藉作此奉謝

三松堂作「正德己卯承徵德沈賢良子江郁校理廷茂顧翰學携酒禪家見召猥賤杯盤狼藉作詩奉謝」

陶公一飯期三松堂作「祈」冥報，杜老三栖欲托身；今日給孤園共醉，古來文學士皆貧。就題律句紀行跡，更乞侯鯖賜以上三字三松堂作「餘情饋」美人；公道吾癡吾道樂，要知朋友要

情真。曹刻彙集卷二　袁評本卷二　何刻續刻卷七　唐刻全集卷二　三松堂書畫記

春日城西

衣試新裁襪試穿，闔閭詩卷作「姑蘇」城外暮春天；閒書朱墨鄉村旆，互界青黄菜麥田。食祿有方生樂土，詩卷作「長老有言稱樂土」太平無象是豐年；兆民仰書扇作「盡」賴君王慶，難報惟詩卷、書扇作「維」擎額上拳。曹刻彙集卷二　袁評本卷二　何刻續刻卷七　唐刻全集卷二　詩卷墨蹟

城西詩書扇

袁宏道評：好。

閶門即事

世間樂土是吳中，中有閶門更擅雄；翠袖三千樓上下，黄金百萬水西東。五更市買何曾絕？四遠方言總不同；若使畫師描作畫，畫師應道畫難工。曹刻彙集卷二　袁評本卷二　何刻續刻卷七　唐刻全集卷二

袁宏道評：實録。

雨中小集即事 袁評本無「即事」二字

烟蓑風笠走輿臺，邀取群公赴社來；蕉葉共聽窗下雨，蟹螯分弄手中桮。能容緩頰邨夫子，戲謔長眉老辨才；酒散不妨無月色，夾堤燈火棹船回。曹刻彙集卷二　袁評本卷二　何刻續刻卷七　唐刻全集卷二

桃花庵與希哲諸子同賦三首

完唐刻全集作「石」無刓刻古頑蒼，名借平泉出贊皇；合寘賓筵銘敬德，從來沫袁評本、曹刻彙集作「洙」郡戒沉荒。屈原特立昭忠節，王績冥逃入醉鄉；付與子孫爲砥礪，豈因快適縱壺觴！

袁宏道評：腐。

傲吏難容俗客陪，對談惟鶴夢惟梅；羽衣性野契偏合，紙帳更寒曉未開。長嘯九皋風

淅淅，高眠一枕雪皚皚；滿腔清思無人定，付與詩篇細剪裁。萬疊奇峰一片雲，纖纖鳥道合還分；江山只在晴時出，笑語傳從別處聞。遥望盡疑蛟蜃氣，近來每有鹿麋群；登臨未擬何時節，我欲一探星斗文。何刻外編卷一　曹刻彙集卷二　袁評本卷二　唐刻全集卷二

桃花塢祓禊

穀雨芳菲集麗人，當筵飣餖一時新；轢絃護索仙韶合，扠手摇頭酒令新。白日不停檐下轍，黄金難鑄鏡中身；莫辭到手金螺滿，一笑從來勝是嗔。何刻續刻卷七　唐刻全集卷二

社中諸友携酒園中送春　壬寅題作「立夏」

三月盡頭剛立夏，一杯新酒壬寅作「滿斟芳酎」送殘春；共嗟時序隨壬寅作「如」流水，况是筋骸欲老人。眼底風波驚不定，江南櫻笋又嘗新；芳園正在壬寅作「路屬」桃花塢，欲壬寅作

「擬」伴漁郎去問津。何刻續刻卷七　唐刻全集卷二　壬寅銷夏録

姑蘇雜詠四首

門稱閶闔與天通，臺號姑蘇舊帝宫；銀燭金釵樓上下，燕檣蜀柁水西東。萬方珍貨街充集，四牡皇華日會同；獨悵要離一抔土，年年青草没城壖。

長洲茂苑占通津，風土清嘉百姓馴；小巷十家三酒店，豪門五日一嘗新。市河到處堪摇櫓，街巷通宵不絶人；四百萬糧充歲辦，供輸何處似吴民？

江南人盡似神仙，四季看花過一年；趕早市都清早起，遊山船直到山邊。貧逢節令皆沽酒，富買時鮮不論錢；吏部門前石碑上，蘇州兩字指摩穿。

繁華自古説金閶，略説繁華話便長；百雉高城分亞字，千年名劍殉吴王。龍蟠左右山無盡，蛇委西東水更長；北去虎丘南馬澗，笙歌日日載舟航。何刻續刻卷七　唐刻全集卷二

齊雲巖縱目

摇落郊園九月餘，秋山今日喜登初；霜林着色皆成畫，雁字排空半草書。麴糵才交情誼厚，孔方兄與往來疏；塞翁得失渾無累，胸次悠然覺静虚。何刻外編卷一　唐刻全集卷二

與朱彦明諸子同游保叔寺

筕輿銜尾試臨汀，蘭若從頭遍叩扃；晨唄香凝通殿霧，夜漁燈散滿湖星。登高新酒傾鄭白，吊古空山湧帝青；又算一番行樂處，詩成吟與故人聽。曹刻彙集卷二　袁評本卷二　何刻外編卷一　唐刻全集卷二

袁宏道評：好。

松陵晚泊

晚泊松陵繫短篷，埠頭燈火集船叢；人行烟靄長橋上，月出蒹葭漫水中。自古三江稱禹跡，波濤五夜起秋風；鱸魚味美邨醪賤，放筯金盤不覺空。曹刻彙集卷二　袁評本卷二　何刻續刻卷七　唐刻全集卷二

袁宏道評：入畫。

焦山

鹿裘高士書畫集作「鹿冠高士」帝王師，井竈猶存舊隱基；日轉露臺明野溆，潮隨齋磬韻江湄。天從西北開天塹，地到東南缺地維；翹首三山何處所？却看身世使人悲。書畫集作「轉堪悲」　袁刻本卷上　何刻袁本卷上　袁評本卷二　曹刻彙集卷一　唐刻全集卷二　盛明百家詩唐伯虎集　臺灣歷史博物館明代四大家書畫集

袁宏道評：大。

遊金山

孤嶼崚嶒插水心，亂流携酒試登臨；人間道路江南北，地上風波世古今。春日客途悲白髮，給園兵燹廢黃金；闍黎肯借翻經榻，烟雨來聽龍夜吟。袁刻本卷上　何刻袁本卷上　曹刻彙集卷一　袁評本卷二　唐刻全集卷二　盛明百家詩唐伯虎集

袁宏道評：可作金山譜。

同諸公登金山

原注云：「此詩見三山志，與前詩不同。」壬寅作「春日與喬白巖登金山」

山峙清江萬里深，上公乘興命登臨；憑尊壬寅作「闌」指顧分吳楚，滿眼風波自古今。春日客途悲白髮，祇園兵燹廢黃金；日斜未放滄浪渡，飽酌中泠洗宿心。何刻續刻卷七　唐刻全集卷二　壬寅銷夏録

廬山　明賢墨蹟作「遊廬山開先寺」，吴門、吴越録作「遊廬山」

匡廬山高高幾重？山雨山烟濃復濃；移家吴門、吴越録作「燒丹」未住書畫鑑影、明賢墨蹟作「欲住」屏風疊，騎驢來看香爐峰。江上烏帽誰渡水？巖際白衣人采松；古句磨崖留袁評本作「留崖磨」歲月，讀之漫滅爲修容。袁刻本卷上　何刻袁本卷上　曹刻彙集卷一　袁評本卷一　唐刻全集卷二　書畫鑑影卷二十一　商務印書館印本明賢墨蹟　明吴門四君子法書印本　吴越所見書畫録卷三

嚴灘　吴門、吴越録作「過嚴灘」，補遺作「嚴子陵釣磯」

漢皇故人釣魚磯，漁磯猶書畫集作「自」昔世人非；補遺作「自昔世寰非」青松滿山響樵斧，白舸落日曬客衣。眠牛立馬誰家牧？鸂鶒鸕鷀無數飛；嗟余漂泊隨饘粥，渺渺江湖何所歸？袁刻本卷上　何刻袁本卷上　曹刻彙集卷一　袁評本卷一　唐刻全集卷二　唐刻全集補遺　明吴門四君子法書印本　吴越所見書畫録卷三　臺灣歷史博物館明代四大家書畫集

袁宏道評：好。

觀鰲山四首

禁籞森嚴夜泬寥，燈山忽見翠岧嶢；六鰲并駕神仙府，雙鵲聯成帝子橋。星振珠光鋪錦繡，月分金影亂璚瑶；顧身已自登緱嶺，何必秦姬奏洞簫。

袁宏道評：大。

金吾不禁夜三更，寶斧修成月倍明；鳳蹴燈枝開夜殿，龍銜火樹照春城。蓮花捧上霓裳舞，松葉纏成熱戲棚；栢進紫霞君正樂，萬民齊口唱昇平。

袁宏道評：好。

仙殿深嚴號太霞，寶燈高下綴靈槎；曹刻彙集、袁評本作「柤」 沈香連理三珠樹，結采分行四照花。水激葛陂龍化杖，月明緱嶺鳳隨車；簫韶沸處開宮扇，法杖當墀雁隊斜。盛明百家詩

袁宏道評：好。

上元佳節麗仙都，内殿歡游愜睿圖；壁際金錢銜鸑鷟，水中鐵網出珊瑚。鼓將百戲分爲埒，燈把三山挈入壺；不是承恩參勝賞，歌謡安得繼康衢。盛明百家詩　袁刻本卷上　何

刻袁本卷上　袁評本卷二　曹刻彙集卷二　唐刻全集卷二

袁宏道評：甚似太平世界。

謁故福建僉憲永錫陳公祠

封章曾把逆鱗批，三逐雖危志不迷；諫艸猶餘幾行墨，遺書今掩一箱綈。常山臢有孤忠氣，新廟無慚直道題；私淑高風重拜謁，秋林殘日古城西。何刻續刻卷七　唐刻全集卷二

贈南野

野人茅屋向陽開，荆織雙扉土築臺；儘有鷄豚供伏臘，喜無玉步到蒿萊。曉依寒日暴毛褐，夜對中星舉酒杯；我亦陸沉斯世者，買鄰何日許相陪？曹刻彙集卷二　袁評本卷二

何刻續刻卷七　唐刻全集卷二

領解後謝主司

壯心未肯逐漁樵，何刻續刻作「樵漁」泰運咸思備掃除；劍責百金方折閲，玉遭三黜忽沽諸。紅綾敢望明年餅，黃絹深慚此日書；三策舉場非古賦，上天何以得吹噓。曹刻彙集卷二 袁評本卷二 何刻續刻卷七 唐刻全集卷二

袁宏道評：好。

送李尹

征途驅策信良堅，祖席驪歌散曉烟；花滿邑中無犬吠，塵疑唐刻全集作「塵凝」梁上有魚縣。每遊緣地留詩榜，只把清風折俸錢；遺愛在民齊仰望，青雲一鶚正喬遷。曹刻彙集卷二 袁評本卷二 何刻續刻卷七 唐刻全集卷二

長洲高明府過訪山莊失于迎迓作此奉謝

重茅小搆向城陬，杕杜何煩顧道周？題鳳在門驚迅筆，驅鷄上樹避鳴騶。望塵有失迎車拜，掃徑還期下榻留；莫道腐儒貧徹骨，濁醪猶可過墻頭。曹刻彙集卷二　袁評本卷二　何刻續刻卷七　唐刻全集卷二

别劉伯耕

一别光輝二十年，中間消息兩茫然；忽銜敕命來英苑，何刻續刻、唐刻全集作「吴苑」過訪貧家值暑天。路上青雲看鶚舉，栖臨紅燭語蟬連；料知别後應相念，盡贈江東日暮烟。曹刻彙集卷二　袁評本卷二　何刻續刻卷七　唐刻全集卷二

袁宏道評：好。

顧君滿考張西溪索詩餞之故爲賦此

渺涉平蕪接遠津，匆匆行李送行人；三年幕下勞王事，十月江南應小春。收攝琴尊登梓道，好將辭賦獻楓宸；功名發軔青雲路，長願存心在澤民。何刻續刻卷七　唐刻全集卷二

贈徐昌國　詩集作「贈昌國」

書籍不如錢一囊，少年何苦擅文章？十年掩骭青衫敝，八口啼饑白稻荒。草閣續經冰滿硯，布衾棲夢月登床；三千好獻東方牘，來伴山人讚法王。何刻續刻卷七　唐刻全集卷二

列朝詩集丙集第九

寄郭雲帆

我住蘇州君住杭，蘇杭自古號天堂；東西只隔路三百，日夜那知醉幾場。保叔塔將湖

影浸，館娃宮把麝臍香；只消兩地堪行樂，若到他鄉没主張。曹刻彙集卷二　袁評本卷二　何刻續刻卷七　唐刻全集卷二

袁宏道評：俗。

檢齋

愛日吟廬作「武塘於君別號檢齋葛宗華索詩贈之因爲賦此」

檢束斯身益最深，檢身還要檢諸心；鞠躬暗室如神在，恭己虚齋儼帝臨。視聽動言皆有法，盃盤几愛日吟廬作「鏡」席盡書箴；遥知危坐焚香處，默把精微義理尋。曹刻彙集卷二　袁評本卷二　何刻續刻卷七　唐刻全集卷二　愛日吟廬書畫續録卷二

袁宏道評：極似朱文公作。

上寧王

信口吟成四韻詩，自家計較説和誰？白頭也好簪花朵，明月難將照酒巵。得一日閒無量福，做千年調笑人癡；是非滿目紛紛事，問我如何總不知。何刻外編卷一　唐刻全集卷二

壽王少傅

舒卷絲綸奉禁闈，夢思桑梓賦遄歸；古聞南極稱天老，今見東方有衮衣。蓮社酒杯陶靖節，獺囊詩句謝玄暉；無疆獻上諸生祝，萬丈岡陵不算巍。唐刻全集補遺

奉壽海航俞先生從德卿解元之請也

七十流年古所稀，一經衰晚竟同歸；冰生虀甕貧能樂，雪滿柴門世與違。帽上是天隨造化，尊中有物任真機；蕭然掃榻高眠在，那管簷前日月飛。何刻外編卷一　唐刻全集卷二

壽嚴民望母八十

八旬慈母女中仙，九轉丹成妙入玄；階暗彩衣娱白髮，月明黃鶴下青天。帨懸錦帶遥稱誕，酒灩金巵共祝筵；壽算欲知多少數，蟠桃一熟九千年。曹刻彙集卷二　袁評本卷二

五十詩

五十年來鬢未華，兩朝全盛樂無涯；子孫滿眼衣裁彩，賓客盈門酒當茶。煉成金鼎長生藥，來看江南破臘花；誕日何須祝千歲，由來千算比洹沙。何刻外編卷一　唐刻全集卷二

花酒

戒爾無貪酒與花，纔貪花酒便忘家；多因酒浸花心動，大抵花迷酒性斜。酒後看花情不見，花前酌酒興無涯；酒闌花謝黄金盡，花不留人酒不賒。何刻外編卷一　唐刻全集卷二

寄妓

相思兩地望迢迢，清淚臨風落布袍；楊柳曉烟情緒亂，梨花暮雨夢魂銷。雲籠楚館虛

金屋，鳳入巫山奏玉蕭；明日河橋重回首，月明千里故人遥。何刻外編卷一　唐刻全集卷二

戲題機山

無絲無綫又無繩，何故當時有此名？楊柳作經青錯落，薜蘿爲緯緑縱横。黄鸝擲過金梭小，紫燕裁來鐵剪輕；一抹晚霞斜掛處，恍疑新織綺羅成。何刻外編卷一　唐刻全集卷二

題碧藻軒

畫堂基構畫船通，碧水漣漪碧藻叢；波弄日光翻上棟，窗含烟景直浮空。簾垂菡萏花開上，魚戲闌干倒影中；試倩詩人略評品，不妨唤作水晶宫。曹刻彙集卷二　袁評本卷二　何刻續刻卷七　唐刻全集卷二

袁宏道評：妙。

題沈石田先生後集

先生守硯石爲田，水似秋鴻振滿天；千首新詩驚醉飲，一簞脱粟共枯禪。移山入眼成青色，和雪勞心顯白顛；自是隨行常捧席，故將名姓附餘編。何刻外編卷一　唐刻全集卷二

和沈石田落花詩三十首

今朝春比昨朝春，北阮珊瑚網作「南阮」翻成南阮珊瑚網作「北阮」貧；借問牧童應没酒，試嘗梅子又生仁。六如偈送錢塘妾，八斗才逢洛水神；多少好花空落盡，不曾遇着賞花人。

珊瑚網畫録卷十六　列朝詩集丙集第九

袁宏道評：不作落花，而言落花之人，亦超。

夕陽芳草笛悠悠，春事珊瑚網作「春盡」驚看又轉頭；淅瀝風光摇草樹，驂驔時節逐川流。臨階忍珊瑚網作「思」數脂千片，遶樹空煩繡半鈎；珊瑚網作「句」九十繁華珊瑚網作「韶光」梭脱手，多情又作一番愁。珊瑚網畫録卷十六　列朝詩集丙集第九

忍把殘紅掃作堆，紛紛雨裏毀垣頹；蛤蜊上市驚新味，鷃鳩催人再洗梧；肯唱曹刻彙集、袁評本、唐刻全集作「豈唱」驪歌送春去，悔教羯鼓徹明催；爛開賺我平添老，知到來年可爛開？　珊瑚網畫録卷十六　列朝詩集丙集第九

能賦相如已倦游，傷春杜甫不禁愁；頭扶殘醉珊瑚網作「殘酒」方中酒，珊瑚網作「中醉」面對飛花怕倚樓。　萬片風飄難割捨，五更人起可能留？　妍媸雙脚撩天去，千古茫茫土一丘。　珊瑚網畫録卷十六

芒鞋布襪罷春游，粉蝶黄蜂各自愁；池面風迴公族珊瑚網作「簇」聚，陌頭人散袁評本、曹刻彙集作「向」踘場休。　膠黏日月無長策，酒對荼蘼有近憂；蘇小堤頭試翹首，碧雲暮合隔紅樓。　珊瑚網畫録卷十五

谿水東流日轉西，杏花零落草萋迷；山翁既醒依然醉，珊瑚網作「既醉依然醒」野鳥如歌復似啼；　六代寢陵埋國媛，五侯珊瑚網作「陵」車馬鬭家⿰女奚；　珊瑚網作「姬」鄰東謝却看花伴，陌上無心手共携。　珊瑚網畫録卷十六

袁宏道評：　淡甚。

春歸不得駐須臾，花落寧曹刻彙集、袁評本、唐刻全集作「仍」知剩有無；　新草漫浸珊瑚網作「生」天際緑，衰顔又改鏡中朱。　映唐刻全集作「應」門未遇偷香珊瑚網作「書」掾，墜溷翻成逐臭

夫；無限傷心多少淚，朝來枕上眼應枯。珊瑚網畫録卷十六

蟄燕還巢未定時，山翁散社醉扶兒；紛紛花事成無賴，默默春心怨所珊瑚網作「欲」私。雙臉胭脂開北地，五更風雨葬西施；匡牀自拂眠清晝，一縷茶烟颺鬢絲。珊瑚網畫録卷十六

列朝詩集丙集第九

袁宏道：好。

春盡愁中與病中，花枝遭雨又遭風；鬢邊舊白添珊瑚網作「增」新白，樹底深紅換淺紅。漏刻已隨香篆了，錢囊甘爲酒栝空；向來行樂東城畔，青草池塘亂活東。珊瑚網畫録卷十六

列朝詩集丙集第九　原注云：「活字疑誤。但活東是蝦蟆聲不誤。」

袁宏道評：妙。

崔徽自寫鏡中真，洛水誰傳賦裏神？節序推移比彈指，鉛華狼籍又辭春。紅顔仙蜕袁評本作「悦」，應誤三生骨，紫陌香消一丈塵；遶樹百回心語口，明年勾管是何人？列朝詩集丙集第九

簇簇雙攢出縨眉，淹淹獨立詩集、海山仙館作「倚」曲闌時；千年青塚空埋怨，重到玄都好賦詩。瓦竈酒香燒柿葉，畫梁燈暗落塵絲；尋芳了却今年債，又見成陰子滿枝。海山仙館藏真三刻　列朝詩集丙集第九

花開共賞物華新，花謝同悲行跡塵；可惜錯抛傾國色，無緣逢着買金人。潑潑袁評本、曹刻彙集作「熒熒」愛水衫前淚，渺渺游魂樹底春；一霎悲歡因色相，欲從調御唐刻全集作「羽調」懺癡嗔。

天涯晻溘碧雲橫，春社園林紫燕輕；桃葉參差誰問渡？杏花零落憶題名。日高蘚雜蝸黏壁，雨過鶯啼唐刻全集作「啼鶯」葉滿城；邀得大堤諸女伴，海山仙館作「伴女」踏歌何處海山仙館作「無處」和盈盈。海山仙館藏真三刻　列朝詩集丙集第九

袁宏道評：妙。

節當寒食半陰晴，花與蜉蝣共死生；白日急隨流水去，青鞋空作踏莎行。收燈院落雙飛詩集作「棲」燕，細雨樓臺獨囀鶯；休向東風訴恩怨，自來春夢不分明。列朝詩集丙集第九

袁宏道評：妙，妙。

紅塵拂面望春門，緑草齊腰金谷園；鶴篆遍書苔滿徑，詩集作「砌」犬聲遥在月明邨。春風院院深籠鎖，細雨紛紛欲斷魂；拾得殘紅忍抛却，阿咸頭上伴銀旛。列朝詩集丙集第九

袁宏道評：好。

春來赫赫去匆匆，刺眼繁華轉眼空；杏子單衫初脱暖，梨花深院自詩稿、蔬香館作「恨」多風。燒燈坐惜曹刻彙集、袁評本、詩稿、唐刻全集作「盡」千金夜，對酒空思一點紅；倘是東君問

魚雁，心情説在雨聲中。蔬香館帖　列朝詩集丙集第九　落花詩稿

袁宏道評：妙，妙。

舊酒新啼滿袖痕，憐香惜玉竟難存；鏡中紅粉春風面，燭下銀屏夜雨軒。奔月已憑丹換骨，墜樓端把死酬曹刻彙集、袁評本作「詶」恩；長洲日暮生芳草，消盡江淹黯黯魂。列朝詩集丙集第九

袁宏道評：好。

嗚嗚曉角起春城，巧作東風撼地聲；燈照檐花開且落，鴉棲庭樹集還驚。紅顔不爲琴心駐，緑酒休辭盞面盈；默對妝奩閑自較，鬢絲又算曹刻彙集、袁評本作「見」，蔬香館作「是」一年贏。蔬香館帖

萬紫千紅莫謾誇，今朝粉蝶過鄰家；昭君偏遇毛延壽，高熲不憐張麗華。深院青春空自鎖，平原紅日又西斜；小橋流水閒村落，不見啼鶯有吠蛙。

滿堂歡笑强相陪，詩稿作「追陪」别有愁腸日九迴；時序詩稿、蔬香館作「時節」又驚唐刻全集作「忽驚」梁燕乳，年華詩稿、蔬香館、海山仙館作「鉛華」偏愛詩稿作「無奈」，蔬香館作「又驚」隙駒詩稿作「車」催。香消衣帶傷腰瘦，夢斷遼陽没信來；門掩黄昏花落盡，牛酥且薦掌中杯。蔬香館帖

袁宏道評：好。

貌嬌命薄兩難全，鶯老曹刻彙集、袁評本、唐刻全集作「月暗」花殘謝世緣；年老詩稿、蔬香館作「年長」盧姬悲晚嫁，日高黄鳥唤春眠。人生自古稀七十，斗酒何論價十千；痛惜穠纖又遲暮，好燒銀燭覆觥船。蔬香館帖　落花詩稿

花落花開總屬春，開時休羨落休詩集作「時」嗔；好知青草髑髏冢，就是紅樓掩面人。山屐已教休汎蠟，蔬香館作「臘」柴車從此不須巾；仙塵佛劫同歸盡，墜處何須論厠茵。蔬香館帖　列朝詩集丙集第九　落花詩稿

亞字城邊麋鹿臺，春深情況轉幽哉；詩集、詩稿、蔬香館、海山仙館作「悠哉」襞衣玉貌乘風去，對酒蓬窗帶雨推。何刻外編作「堆」，應誤結子桃花如雨落，挾雌蝴蝶過墻來；江南多少閑庭館，朱户依然鎖緑苔。蔬香館帖　海山仙館藏真三刻　列朝詩集丙集第九　落花詩稿

桃蹊李徑謝春榮，斗酒芳心與夜争；陌上新楊詩稿、蔬香館作「蒻」麴塵暗，墻頭圓月玉盤傾。青簾巷陌無行跡，繡褶腰肢覺瘦生；莫道無情何必爾，自緣我輩正鍾情。蔬香館帖　列朝詩集丙集第九　落花詩稿

惻惻凄凄憂自惔，詩集作「揫」花枝零落鬢絲添；週遮燕語春三月，蕩漾波紋日半簾。病酒不堪朝轉劇，聽風且喜晚來恬；緑楊影裏蒼苔上，爲惜殘紅手自拈。列朝詩集丙集第九

落花詩稿

袁宏道評：好。

楊柳樓頭月半規，笙歌院裏夜深時；花枝的的詩稿、蔬香館作「灼灼」難長好，漏水丁丁不肯遲。金釧詩集、蔬香館作「串」袖籠新藕滑，翠眉匳映小蛾詩稿、蔬香館作「蛑」垂；風情多少愁多少，百結愁腸説與誰？蔬香館帖　列朝詩集丙集第九　落花詩稿

袁宏道評：妙。

春朝詩稿作「來」何處詩稿、蔬香館作「事」默憑闌？庭草鶯看露已團；花并淚絲飛點點，絮飛詩稿、蔬香館作「飄」眼纈望漫漫。書當無意開孤憤，帶蔬香館作「蒂」有何心唐刻全集作「同心」綰合歡；且喜殘叢猶自曹刻彙集、袁評本、唐刻全集作「有」在，好隨修竹報平安。蔬香館帖　海山仙館藏真三刻　落花詩稿

桃花净盡杏花空，開落年年約略同；自是節臨三月暮，何須人恨五更風？撲簷直破簾衣碧，上砌如欺地錦紅；拾向砑羅方帕裏，鴛鴦一對正詩集、詩稿、蔬香館作「共」當中。蔬香館帖　列朝詩集丙集第九　落花詩稿

袁宏道評：好。

春夢三更雁影邊，香泥一尺馬蹄前；難將灰酒灌詩集、袁評本、詩稿、曹刻彙集、蔬香館、海山仙館

作「灌」新愛，只有香囊曹刻彙集、袁評本、唐刻全集作「書囊」報可憐。深院料應花似霰，長門愁鎖日如年；憑誰對却閑桃李，説與悲歡石上緣。蔬香館帖　海山仙館藏真三刻　落花詩稿　列朝詩集丙集第九

袁宏道評：好。

花朵憑風着意吹，春光棄我竟如遺；五更飛夢環巫峽，九畹招魂費楚詞。衰老形骸無昔日，凋零草木有榮時；和詩三十愁千萬，此意東君知不知？蔬香館作「腸斷春風誰得知」，詩稿作「腸斷東風誰得知」　蔬香館帖　落花詩稿　何刻外編卷一　曹刻彙集卷二　袁評本卷二　唐刻全集卷二

按：蔬香館帖所刻三十首，與原集詞句大異者十七首，編入補遺。

歲朝

海日團團生紫烟，門聯處處揭紅箋；鳩車竹馬兒童市，椒酒辛盤姊妹筵。鬢插梅花人蹴踘，架垂絨綫院秋千；仰天願祝吾皇壽，一箇蒼生借一年。何刻外編卷一　曹刻彙集卷二　袁評本卷二　唐刻全集卷二

袁宏道評：妙，妙。

元宵　吴越録作「元夕」

有燈無月不娛吴門作「悮」人，有月無燈不算春；春到人間人似玉，燈燒月下月如銀。滿街珠翠游邨女，沸地笙歌賽社神；吴門、壬寅作「酺神」，故宫藏詩卷作「土神」不展芳尊開口笑，吴越録、吴門、故宫藏詩卷、壬寅作「笑口」如何消得此良辰？曹刻彙集卷二　袁評本卷二　何刻續刻卷七　唐刻全集卷二　明吴門四君子法書　北京故宫博物院藏唐寅行書七言詩卷　壬寅銷夏録　吴越所見書畫録卷三

袁宏道評：俚甚。

花月詩十首　曹刻彙集、袁評本、唐刻全集作「花月吟效連珠體十一首」

花香月色兩相宜，惜月憐花卧轉遲；月落漫憑花送酒，花殘還有月催詩。隔花窺月無多影，帶月看花别樣姿；多少花前月下客，年年和月醉花枝。何刻外編卷一

月臨花徑何刻外編作「鏡」影交加，花自芳菲月自華；愛月眠遲花尚吐，看花起早月方斜。

長空影動花迎月，深院人歸月伴花；羨却人間花月會，何刻外編作「意」撚花玩月醉流霞。何刻外編卷一

袁宏道評：好。

春宵花月直千金，愛此花香與月陰；月下花開何刻外編、唐刻全集作「月愛花香」春寂寂，花梢月轉何刻外編、唐刻全集作「花羞月色」夜沉沉。栖邀月影何刻外編作「月飲」臨花醉，手弄花枝對月吟；明月易虧花易老，月中莫負賞花心。何刻外編卷一

花開爛熳月光華，月思花情共一家；月爲照花來院落，花因隨月上窗紗。十分皓色花輪月，一徑幽香月讓花；花月世間成二美，何刻外編、唐刻全集作「稱二絶」傍花賞月酒須賒。何刻外編卷一

袁宏道評：好。

有花無月恨茫茫，有月無花恨轉長；花美似人臨月鏡，月明如水照花香。扶何刻外編、唐刻全集作「拖」笻月下尋花步，携酒花前對唐刻全集作「帶」月嘗；如此好花如此月，莫將花月作尋常。何刻外編卷一

一庭花月正春宵，花氣芬芳月正饒；風動花枝探月影，天開月鏡照花妖。月中漫擊催花鼓，花下輕傳弄月簫；只恐月沉花落後，月臺花榭何刻外編、唐刻全集作「樹」兩蕭條。何刻

外編卷一

袁宏道評：好。

高臺明月照花枝，對月看花有所思；今夜月圓何刻外編、唐刻全集作「明」花好處，去年花病月虧何刻外編、唐刻全集作「月昏」時。飲梧酬月澆花酒，做首評花問月何刻外編、唐刻全集作「詠月」詩；沉醉欲眠花月下，何刻外編、唐刻全集作「沉醉會吟花下月」只愁花月笑何刻外編、唐刻全集作「照」人癡。何刻外編卷一

袁宏道評：好。

春花秋月兩何刻外編、唐刻全集作「本」相宜，月競光華花競姿；花發月中香滿樹，月籠花外影交枝。梅花月落江南夢，桂月花傳郢北詞；花却何情月何意？我隨花月汎金巵。何刻外編卷一

袁宏道評：妙，妙。

月轉東墻花影重，花迎月魄若爲容；多情月照花間露，解語花摇月下風。雲破月窺花好處，夜深花睡月明中；人生幾度花和月，月色花香處處同。何刻外編卷一

袁宏道評：妙，妙。

花正開時月正圓，何刻外編作「明」花如羅綺袁評本、曹刻彙集作「紅錦」月如銀；溶溶月裏花千

朵，燦燦花前袁評本、曹刻彙集作「迎」月一輪。月下幾般花意思？花間何刻外編作「花前」多少月精神？待看月落何刻外編、唐刻全集作「缺」花殘夜，愁殺尋花問月人！何刻外編卷一

袁宏道評：好。

花發千枝月一輪，天將花月付閒身；或爲月主爲花主，纔做花賓又月賓。月下花曾留我酌，花前月不厭人貧；好花好月知多少？弄月吟花有幾人？曹刻彙集卷二　袁評本卷二　唐刻全集卷二

按：何刻外編無末一首。

江南送春

細雨簾櫳復送春，倦遊肌骨對宗人；詩集作「愁人」一番櫻筍江南節，九十光陰鏡裏塵。夜與琴心争密燭，詩集作「蜜燭」酒和香篆送花神；東君類我皆行客，萍水相逢又一巡。曹刻彙集卷二　袁評本卷二　何刻續刻卷七　唐刻全集卷二　列朝詩集丙集第九

袁宏道評：好。

霜中望月悵然興懷

高天緑色静沉沉，銀月飛光彩霧深；來鴻去雁無留影，鳴機急杵動愁心。色連太液珠迷海，影照扶桑雪作林；不是王生悲異國，自緣風物重沾襟。袁刻本卷上　何刻袁本卷上　曹刻彙集卷二　袁評本卷二　唐刻全集卷二

和雪中書懷

窗撲春蛾雪打團，栖浮緑蟻酒衝寒；挑來野菜和根煮，尋着江梅帶蘚搬。暗笑無情牙齒冷，孰看唐刻全集作「熟看」人事眼睛酸；筋骸誰何刻續刻、唐刻全集作「雖」健頭顱老，脱屣塵埃已不難。曹刻彙集卷二　袁評本卷二　何刻續刻卷七　唐刻全集卷二

四十自壽 原言懷二首之第一首

田衣稻衲擬詩集作「了」終身，彈指流年了何刻續刻改作「到」，詩集作「已」四旬；善亦嬾爲何况惡？富非所望不詩集作「莫」憂貧！何刻續刻改作「莫添貧」山房一局金縢原作「金藤」應誤着，野店三栢石凍春；只此便爲吾事辦，何刻續刻改作「如此福緣消不盡」，詩集作「但願今生只如此」半生落魄太平人。詩集作「無榮無辱太平人」按：何刻續刻卷七另有四十自壽及改作各一首。其改作詩句與此略有不同，兹以小字校注詩中。曹刻彙集卷二　袁評本卷二　何刻續刻卷七　唐刻全集卷二　列朝詩集

袁宏道評：腐。

四十自壽

魚羹道衲水雲身，西洲詩、筆嘯軒作「好終身」，吳門作「且安身」彈指流年了西洲詩、吳門、筆嘯軒作「到」四旬；善亦嬾爲何况惡？富非所望豈西洲詩、吳門、筆嘯軒作「不」憂貧！山房西洲詩作「僧房」，筆嘯軒作「閒時」一局金縢原作「金騰」應誤着，野店筆嘯軒作「興處」千栢西洲詩、吳門、筆嘯軒作「三

栖」石凍春；如此福緣消不盡，西洲詩作「自恨不才還自慶」，吴門作「慶幸不才逢治世」，筆嘯軒作「自慶不才還自樂」半生無事太平人。何刻續刻卷七　唐刻全集卷二　與西洲詩卷墨蹟　明吴門四君子法書印本　筆嘯軒書畫録

五十自壽　原言懷二首之第二首。石渠、壯陶閣有「與西洲别凡三十年，偶爾見過，因書鄙作并圖請教，病中殊無佳興，草草見意而已」。

笑舞故宫詩卷、西洲詩、石渠、壬寅、壯陶閣作「醉舞」狂歌五十年，花中行樂月中眠；漫勞海内傳名字，故宫詩卷作「詩句」誰論故宫詩卷、西洲詩、石渠、壬寅、壯陶閣作「誰信」腰間缺故宫詩卷、西洲詩、石渠、壬寅、壯陶閣作「没」酒錢。詩賦故宫詩卷作「名姓」，西洲詩、石渠、壬寅、壯陶閣作「書本」自慚稱作者，故宫詩卷、西洲詩、石渠、壬寅、壯陶閣作「學者」衆人多道故宫詩卷作「都道」，西洲詩、石渠、壬寅、壯陶閣作「疑道」我故宫詩卷、西洲詩、石渠、壬寅、壯陶閣作「是」神仙；些須做得功夫處，莫損心頭一寸天。故宫詩卷作「湛湛胸前一片天」，西洲詩、石渠、壬寅、壯陶閣作「不損胸前一片天」　曹刻彙集卷二　何刻續刻卷七　唐刻全集卷二　北京故宫博物院藏唐寅行書七言詩卷　與西洲詩畫卷墨蹟　石渠寶笈三十八　壬寅銷夏録　壯陶閣書畫録卷十

袁宏道評：俗。

漫興十首

十載鉛華夢一場，都將心事付滄浪；內園歌舞黃金盡，南國飄零白髮長。滿榻吳門作「一榻」亂書塵漠漠，數聲羌笛落花詩卷作「漁笛」，吳門作「長笛」月蒼蒼；不才贏得吳門作「剩得」腰堪把，病對吳門作「卧對」緋桃檢落花詩卷作「勘」藥方。北京中國美術館唐寅行書落花詩卷　明吳門四君子法書印本

此生甘分老吳閶，萬卷圖書一草堂；龍虎榜中題姓氏，笙歌隊裏賣文章。以上二句詩卷、落花詩卷作「秋榜才名標第一，春風弦管醉千場」跏趺說法蒲團軟，鞋襪尋芳杏酪香；只此便爲吾事了，孔明何必起南陽！落花詩卷作「笑他諸葛起南陽」　北京中國美術館唐寅行書落花詩卷　列朝詩集　行書詩卷墨蹟

一身憔悴挂衣襟，半壁藤蘿覆釜鬵；詩集作「半壁藤牀倚樹林」已息心機成落托，任教世態有升沉。吳越、詩卷、詩集作「去日苦多休檢曆，知音諒少莫修琴」平康驢背馱殘醉，穀雨花壇費朗吟；老向酒栢棋局畔，此生何望不甘心！列朝詩集　吳越所見書畫録卷三　行書詩卷墨蹟

悵悵暗數少時年，陳跡關心自可憐；杜曲梨花盃上雪，灞陵芳草夢中烟。前程兩袖黄金淚，公案三生白骨禪；老後思量應不悔，衲衣乞食詩集、吴門作「持鉢」院門前。列朝詩集　明吴門四君子法書印本　北京中國美術館唐寅行書落花詩卷

驅馳南北詩集作「京國」罨頭塵，襤褸衣衫墊角戒庵作「折角」巾；萬點落花俱是恨，滿杯明月即忘貧。香鐙不起維摩病，櫻筍難消詩集作「難酬」穀雨春；鏡裏自看成一笑，詩集作「老大」半生傀儡下場人。詩卷、吴越作「戲兒棚上下場人」，曹刻彙集、袁評本末三字作「局中人」　按：曹刻彙集、袁評本所刻漫興十首，此是第三首。　列朝詩集　吴越所見書畫録卷三　行書詩卷墨蹟

袁宏道評：好。

平康巷陌倦遊人，壯陶閣作「身」狼藉康肇簠作「零落」桃花中酒康肇簠、吴門、落花詩卷作「病酒」身；壯陶閣作「病酒人」短夢風烟千里蝶，多情絃索一牀塵。黄金誰買長門賦？黛筆難描壯陶閣、康肇簠、吴門作「空描」滿頷顰；惟有所歡知此意，對燒落花詩卷、詩卷、康肇簠、吴門、吴越、壯陶閣作「共燒」高燭送殘春。北京中國美術館唐寅行書落花詩卷　行書詩卷墨蹟　明吴門四君子法書印本　康肇簠齋帖　吴越所見書畫録卷三　按：壯陶閣書畫録卷二十明唐子畏詩扇有款識云：「贈可人意珠書博枝山學長兄一笑勿出袖也。唐寅。」

自怨迂疏落花詩卷、吴門作「疏慵」更自憐，焚香掃榻枕書眠；落花詩卷作「土墻茅屋枕書眠」，吴門作

「土墻茅屋便年年」蘇秦捫頰猶存舌，趙壹探囊吳門作「傾囊」已没錢。滿腹有文落花詩卷、詩卷、吳門、吳越作「有言」難駡鬼，措身無地反憂天；多愁多恨吳門作「多情多感」多傷壽，且酌深杯看月圓。北京中國美術館唐寅行書落花詩卷　行書詩卷墨蹟　明吳門四君子法書印本　吳越所見書畫録卷三

踏遍迴廊細自籌，騰騰無語重低頭；四更中酒半床病，三月傷春滿鏡愁。白面書生空鵬賦，落花詩卷作「鵬鵡」黄金遊客剩貂裘；年來踪跡尤飄泊，落花詩卷作「猶堪畫」，詩卷、吳越作「真堪畫」，吳門全句作「相知要覓新踪跡」飛葉僧房細雨舟。吳門作「黄葉僧家黑雨舟」　北京中國美術館唐寅行書落花詩卷　明吳門四君子法書印本　吳越所見書畫録卷三　行書詩卷墨蹟

盡怪趨蹌總不能，自知才命兩無憑；難尋萱草酬知己，且摘蓮花供聖僧。兩字功名成蝶夢，百年蔬水曲吾肱；盡嘗世味猶存舌，荼薺隨緣敢愛憎？

造物元來最忌名，落花詩卷作「造物何嘗苦忌名」，吳門作「造物何曾苦忌名」太平又合落花詩卷作「端合」老無能；吳門作「太平端合棄無能」交遊零落綈袍冷，風雪飄飄吳門作「侵淩」瓦罐冰。二頃未謀田吳門作「未成諶」負郭，一餐隨分欲落花詩卷作「粥」依僧；醉時落花詩卷、吳門作「醉來」試倩家人道，消盡粗疏落花詩卷、吳門作「粗豪」氣未曾？北京中國美術館唐寅行書落花詩卷　明吳門四君子法書印本　何刻外編卷一　唐刻全集卷二　戒庵老人漫筆卷五

又漫興十首

何刻外編有「戒庵老人漫筆云：唐伯虎漫興十首，余見其親筆行書者，兩處互有不同，想隨意點竄，未有定者，因并録之」。曹刻彙集、袁評本均小字録此，末加「今删刻十首」。考：曹刻彙集、袁評本所删刻十首，有非戒庵所録者。

十載鉛華夢一場，都將心事付滄浪；內園歌舞黄金盡，南國飄零白髮長。髀裏肉生悲老大，斗間星暗誤文章；不才剩得腰堪把，病對緋桃檢藥方。曹刻彙集卷二　袁評本卷二　列朝詩集　按：曹刻彙集、袁評本爲第一首。

袁宏道評：悲壯。

此生甘分老吴閶，寵辱都無賸有狂；吴越作「萬卷圖書一草堂」，吴門作「絶意功名信意狂」秋榜才名吴門作「姓名」標第一，春風弦管吴門作「脂粉」醉千場。跏趺説法蒲團軟，鞵韈尋芳杏酪香；只此便爲吴門作「已爲」吾事了，孔明何必起南陽！明吴門四君子法書印本　吴越所見書畫録卷二　按：曹刻彙集、袁評本爲第七首。

久遭名累怨青衿，不變貧交托素歆；戒庵作「喜素琴」，曹刻彙集、袁評本全句作「半壁藤蘿覆釜鬵」去日苦多休檢曆，知音諒少莫修琴。平康驢背馱殘醉，穀雨花壇費朗吟；老向酒桮棋局畔，此生甘分曹刻彙集、袁評本作「何望」不甘心。按：曹刻彙集、袁評本爲第二首。

悵悵莫怪少時年，百丈游絲易惹牽；杜曲梨花杯上雪，灞陵芳草夢中烟。前程兩袖黄金淚，公案三生白骨禪；老後思量應不悔，衲衣持鉢院門前。

龍頭濫厠棘闈文，草榻今眠墊戒庵作「墅」跡塵；萬點落花俱是恨，滿杯明月即忘貧。香鐙不起維摩疾，櫻筍難酬穀雨春；鏡裏自看成老大，戲兒棚上下場人。

平康巷陌倦遊人，狼藉桃花病酒曹刻彙集、袁評本作「中酒」身；短夢風烟千里笛，多情弦索一牀塵。黄金誰買長門賦？黛筆空描曹刻彙集、袁評本作「難描」滿額顰；惟有所歡知此意，共燒曹刻彙集、袁評本作「對燒」高燭賞餘春。按：曹刻彙集、袁評本爲第八首。

袁宏道評：好。

落魄迂疏自可憐，棋爲日月酒爲年；曹刻彙集、袁評本作「焚香掃榻枕書眠」蘇秦曹刻彙集作「張儀」捫頰猶存舌，趙壹傾囊曹刻彙集、袁評本作「探囊」已没錢。滿腹有文難罵鬼，措身無地反憂天；多愁多感曹刻彙集、袁評本作「多恨」多傷壽，且酌深杯看月圓。列朝詩集　按：曹刻彙集、袁評本爲第九首。

擁鼻行吟水上樓，不堪重數少年游；四更中酒半牀病，三月傷春滿鏡愁。白面書生期馬革，黄金遊客曹刻彙集、袁評本作「説客」賸貂裘；近來檢校行藏處，曹刻彙集、袁評本作「年來踪跡尤漂泊」，戒庵作「近來踪跡尤飄泊」飛葉僧房細雨舟。列朝詩集　按：曹刻彙集、袁評本爲第四首。

袁宏道評：悲壯。

謝遣歌兒解臂鷹，半瓢詩稿一枝藤；難尋萱草酬知己，且摘蓮花供聖僧。時事百年蝸角戰，酒杯三月鳳頭燈；盡嘗世味猶存舌，荼薺隨緣敢愛憎。列朝詩集　按：曹刻彙集、袁評本爲第十首。

造物何曾曹刻彙集、袁評本作「何嘗」苦忌名，太平端合老無能；親知散去曹刻彙集、袁評本作「交游零落」綈袍冷，風雪欺貧曹刻彙集、袁評本作「飄飖」瓦罐冰。二頃未謀田負郭，一餐隨分欲依僧；醉時還倩曹刻彙集、袁評本作「試倩」家人道，消盡英雄曹刻彙集、袁評本作「粗疏」氣未曾？

按：曹刻彙集、袁評本爲第五首。何刻外編卷一　唐刻全集卷二　戒庵老人漫筆卷五

感懷　曹刻彙集、袁評本爲漫興十首中第六首

不煉金丹不坐禪，饑來吃飯倦來眠；曹刻彙集、袁評本作「半隨時俗半隨緣」生涯畫筆兼詩筆，踪跡花邊與柳邊。曹刻彙集、袁評本作「踪跡花船與酒船」鏡裏形骸春共老，燈前夫婦月同圓；萬場快樂千場醉，曹刻彙集、袁評本作「東家歡樂西家醉」世上閒人曹刻彙集、袁評本作「天上閒星」地上僊。何刻外編卷一　曹刻彙集卷二　袁評本卷二　唐刻全集卷二

袁宏道評：快活。

睡起　吴門、詩卷作「晏起」

紙帳空明暖氣生，布衾柔軟吴門作「温軟」曉寒輕；半窗紅日摇松影，一甑黄粱煮浪聲。袁評本、何刻續刻作「浪馨」，詩卷作「滚浪聲」殘睡無多有滋味，中年到底没心情；世人多被雞催起，自不由身爲吴門作「由」利名。末兩句詩卷作「不知窗外鷄聲裏，多少忙人上路程」　曹刻彙集卷二　袁評本卷二　何刻續刻卷七　唐刻全集卷二　行書詩卷墨蹟　明吴門四君子法書印本

袁宏道評：妙。

散步

吴王城何刻續刻作「宫」裏柳成畦，齊女門前水拍堤；詩卷作「柳拂堤」，吴門作「草滿堤」賣酒當罏人裊娜，落花詩卷、吴門作「夕陽」流水路東西。平頭衣詩卷、吴門作「衩」襪和鞋試，弄舌鈎輈繞樹啼；此是吾生行樂處，若爲詩句不留題。曹刻彙集卷二　袁評本卷二　何刻續刻卷七　唐刻全

集卷二　列朝詩集　行書詩卷墨蹟　明吳門四君子法書印本

獨宿

白木棲牀厚砌氈，烏綾裌被薄裝綿；無燈不做欺心夢，有酒何愁縮脚眠。日占千間忙箇甚？天明萬事又相牽；不如自學安身法，便是來參没眼禪。何刻續刻卷七　唐刻全集卷二

尋花

偶隨流水到花邊，便覺心情似昔年；春色自來皆夢裏，人生何必盡尊前？平原席上三千客，金谷園中百萬錢；俯仰繁華是陳迹，野花啼鳥謾留連。何刻續刻卷七　唐刻全集卷二

夜讀

夜來欹枕細思量，獨卧殘燈漏轉長；深慮鬢毛隨世白，不知腰帶幾時黄。人言死後還

三跳，我要生前做一場；名不顯時心不朽，再挑燈火看文章。何刻續刻卷七　唐刻全集卷二

嘆世

富貴榮華莫强求，强求不出反成羞；有伸脚處須伸脚，得縮頭時且縮頭。地宅方圓人不在，兒孫長大我難留；皇天老早安排定，不用憂煎不用愁。何刻續刻卷七　唐刻全集卷二

避事

多憑乖巧討便宜，我討便宜便是癡；繫日無繩那得住？待天倚杵是何時？隨緣冷煖開懷酒，懶算輸贏信手棋；七尺形骸一丘土，任他評論是和非。何刻續刻卷七　唐刻全集卷二

自笑

兀兀騰騰自笑癡，科名如鬢西洲詩作「夢」髮如絲；百年障眼書千卷，四海資身筆一枝。陌

上花開尋舊跡，被中酒醒鍊新詞；無邊西洲詩作「誰知」意思悠長處，欲老光陰未老時。何刻續刻卷七　唐刻全集卷二　與西洲詩卷墨蹟

夢

二十年餘别帝鄉，夜來忽夢下科場；鷄蟲得失心猶悸，筆硯飄零業已荒。自分已無三品料，若爲空惹一番忙；鐘聲敲破邯鄲景，依舊殘燈照半牀。何刻續刻卷七　唐刻全集卷二

附　錢仁夫次唐子畏韻自道鄙懷

上疏乞恩歸故鄉，脱身名利是非場；兩湖風月久相待，三徑菊松全未荒。釣水采山聊自給，吟詩作字爲人忙；近來也有些兒嬾，睡足日高纔下牀。

新春作

曹刻彙集、袁評本、列朝詩集、唐刻全集作「春日寫懷」，扇頁作「春日書寄社友」，吴越録作「春來」

春來扇頁、曹刻彙集、袁評本、列朝詩集、唐刻全集作「新春」蹤跡轉飄蓬，多在烟花扇頁、吴越録、曹刻彙集、袁評本、列朝詩集、唐刻全集作「鶯花」野寺中；昨日醉連今日醉，眠燈扇頁、唐刻全集作「試燈」風接落燈風。苦拈扇頁、吴越録作「漫吟」險韻邀僧和，煖簇薰籠與妓烘；借問扇頁、曹刻彙集、袁評本、列朝詩集、唐刻全集作「寄問」社中諸契友，列朝詩集作「好友」心情可與我吴越録、扇頁作「比我可」相同？何刻外編卷一　曹刻彙集卷二　袁評本卷二　列朝詩集　唐刻全集卷二　扇頁　吴越所見書畫録卷三

早起偶成

曹刻彙集、袁評本作「枕上聞鷄鳴」，壬寅作「聞鷄」

三通鼓角四通鷄，天漸黎明月漸低；曹刻彙集、袁評本、郁氏作「曙色升高月色低」，西洲詩作「天色將明月色低」時序秋冬復孟夏，曹刻彙集、袁評本作「新冬又春夏」，郁氏作「又春夏」，吴越録、西洲詩、壬寅作

「復春夏」舟車南北與曹刻彙集、袁評本、郁氏作「更」東西。眼前次第人都老，曹刻彙集、袁評本、郁氏作「鏡中次第人顔老」世上參差事不齊；若要自家吴越録、壬寅作「要向其間」求穩便，曹刻彙集、袁評本、郁氏作「若向其間尋穩便」一壺濁酒一餐虀。何刻外編卷一　曹刻彙集卷二　袁評本卷二　何刻續刻卷七　唐刻全集卷二　與西洲詩卷墨蹟　郁氏書畫題跋記卷十　壬寅銷夏録　吴越所見書畫録卷三

按：何刻續刻枕上聞鷄鳴詩一首，字句同。

袁宏道評：似傲似達。

蒲劍

三尺青青太古阿，舞風砟破一川波；長橋有影蛟龍懼，江水無聲日夜磨。兩岸帶烟生殺氣，五更彈雨和漁歌；秋來只恐西風惡，削破鋒稜恨轉多。何刻外編卷一　唐刻全集卷二

山家見菊

白雲紅葉襯殘霞，携酒看山日未斜；黄菊預迎重九節，短籬先放兩三花。喜看嫩葉

□□面，笑折新苞插鬢丫；可惜國香人不識，却教開向野翁家。何刻外編卷一　唐刻全集卷二

聞江聲

歲事悤悤兩鬢星，坐看簷影下虛屏；寒梅向煖商量白，舊草迎春接續青。夢似俗牽終夜惡，酒因愁敵片時新；秦山暮雪巴山雨，不似江聲不奈聽。何刻外編卷一　唐刻全集卷二

除夜坐蛺蝶齋中 吴門、書畫集作「除夜」

燈火蕭蕭歲吴門、書畫集作「夜」又除，盤餐草草食無魚；衰遲日月辭殘曆，憔悴頭顱詠後車。書畫集作「役車」一卷文章塵覆瓿，吴門作「缶」兩都蹤跡雪隨驢；明朝轉眼更時事，書畫集作「時變」細雨荒鷄漫倚廬。何刻續刻卷七　唐刻全集卷二　明吴門四君子法書印本　臺灣歷史博物館明四大家書畫集

正旦大明殿早朝

繡傘齊擎御道中，鳴鞭將下息朝鐘；仙班接仗星辰近，法駕臨軒雨露濃。百尺罘罳宿威鳳，九重閶闔擁神龍；履新萬國朝元日，堯德無名祝華封。曹刻彙集卷二　袁評本卷二

何刻續刻卷七　唐刻全集卷二

嘉靖改元元旦作　行書詩卷作「嘉靖改元新正試筆」

世運循環世復新，行書詩卷作「清」物情熙皞物咸亨；一人正位山河定，萬國朝元日月明。黃道中天華闕迥，紫微垂象泰階平；區區蜂蟻誠歡喜，鼓腹歌謡竟此生。曹刻彙集卷二

袁評本卷二　何刻續刻卷七　唐刻全集卷二　北京故宫博物院唐寅行書七言詩卷　行書詩卷墨蹟

歎世六首

一寸光陰不暫抛，徒爲百計苦虛勞；觀生如客豈能久？信死有期安可逃？緑鬢易凋愁漸改，黄金雖富鑄難牢；從今莫看惺惺眼，沉醉何妨枕麯糟！

舉世不忘渾不了，寄身誰識等浮漚？謀生盡作千年計，公道還當一死休。西下夕陽難把手，東流逝水絶回頭；世人不解蒼天意，空使身心夜半愁。

坐對黄花舉一觴，醒時還憶醉時狂；丹砂豈是千年藥，白日難消兩鬢霜。身後碑銘徒自好，眼前傀儡任渠忙；追思浮世真成夢，到底終須有散場。

忙忙展枕逐鷄棲，碌碌梳頭鷄又啼；傀儡一棚真是假，髑髏滿眼笑他迷。昨朝青鬢今朝雪，方始黄金又始泥；幸有一杯酬見在，有詩還向醉時題。

人生在世數蜉蝣，轉眼烏頭换白頭；百歲光陰能有幾？一張假鈔没來由。當年孔聖今何在？昔日蕭曹盡已休；遇飲酒時須飲酒，青山偏會笑人愁。

萬事由天莫强求，何須苦苦用機謀？飽三餐飯常知足，得一帆風便可收。生事事生何日了？害人人害幾時休？冤家宜解不宜結，各自回頭看後頭。何刻外編卷一　唐刻全集卷二

警世八首

措身物外謝時名，着眼閒中看世情；人算不如天算巧，機心争似道心平。過來續跋、珊瑚網作「思量」昨日疑前世，睡起今朝覺續跋、珊瑚網作「是」再生；説與明人應曉得，與愚人説也分明。珊瑚網書録卷十六　續書畫題跋記卷十二

世事如舟挂短篷，或移西岸或移東；幾回缺月還圓月，數陣南風又北風。歲久人無千日好，春深花有幾時紅？是非入耳君須忍，半作癡呆半作聾。

但凡行事要知機，斟酌高低莫亂爲；烏江項羽今何在？赤壁周瑜業更誰？贏了我時何足幸？且饒他去不爲虧；世事與人争不盡，還他一忍是便宜。

萬事由天莫苦求，子孫綿遠福悠悠；飲三杯酒休胡亂，得一帆風便可收。生事事生何日了？害人人害幾時休？冤家宜解不宜結，各自回頭看後頭。

爲人須是要公平，不可胡爲肆不仁；難得生居中國内，况兼幸作太平民。交朋切莫交無義，做鬼須當做有靈；萬類之中人最貴，但行好事莫相輕。

貪利圖名滿世間，不如布衲道人閑；籠鷄有食鍋湯近，海鶴無糧天地寬。富貴百年難

保守，輪迴六道易循環；勸君早向生前悟，一失人身萬劫難。爽口物多終仁者難逢思有常，平居慎勿恃無傷；争先徑地機關險，退後語言滋味長。作疾，快心事過必爲殃；休言病後能求藥，孰若病前能預防！有藥駐顔真去歲殘花今又開，追思年少忽成呆；數莖白髮催將去，萬兩黄金買不回。是妄，無繩繫日轉堪哀；此情莫與兒郎説，直待兒郎老自來。

何刻續刻卷七　唐刻全集卷二

哭妓徐素

清波雙珮寂無蹤，情愛悠悠怨恨重；殘粉黄生銀撲面，故衣香寄玉闌胸。月明花向燈前落，春盡人從夢裏逢；再托生來儂未老，好教相見夢姿容。何刻續刻卷七　唐刻全集卷二

白燕

驚見玄禽故態非，霜翎玉骨世應稀；越裳雉尾姬周化，瀚海烏頭漢使歸。悮入梨花惟聽語，輕沾柳絮欲添衣；朱簾不隔揚州路，任爾差池上下飛。何刻外編卷一　唐刻全集卷二

西疇圖爲王侍御作

鐵冠仙史隱城隅，西近平疇宅一區；準例公田多種秫，不教詩興敗催租。秋成爛煮長腰米，春作先驅丫髻奴；鼓腹年年歌帝力，不須祈穀幸操壺。曹刻彙集卷二　袁評本卷二　何刻續刻卷七　唐刻全集卷二

袁宏道評：好。

題友鶴圖爲天與

名利悠悠兩不羈，閒身偏與鶴相宜；憐渠縞素真吾匹，對此清臞即故知。月下吟行勞伴侶，松陰夢覺許追隨；日來養就昂藏志，不逐鷄群伍細兒。唐刻全集卷二

題輞川

輞川風景更如何？天色秋光趣益多；白日蒼松塵外想，清風明月醉時歌。林間鹿過雲還合，溪面魚遊水自波；高隱不求軒冕貴，且將蹤跡寄烟蘿。何刻續刻卷七　唐刻全集卷二

題畫

湖上仙山隔渺茫，世塵不上渡頭航；白蘋開處藏漁市，紅葉中間放鹿場。落日沈沙罾有影，新霜着樹橘生香；遥聞逋老經行處，芝草葳蕤滿路傍。曹刻彙集卷二　袁評本卷二　何刻續刻卷七　唐刻全集卷二　列朝詩集丙集第九

唐寅集卷第三

五言絶句

美人蕉

大葉偏鳴雨，芳心又展風；愛他新緑好，上我小庭中。曹刻彙集卷二　袁評本卷二　何刻續刻卷四　唐刻全集卷三

袁宏道評：好。

對菊

天上秋風發，巖前菊蕊黄；主人持酒看，漫飲吸清香。何刻外編卷一　唐刻全集卷三

題枯木竹石

翠竹並奇石，蒼松留古柯；明窗坐相對，試問興如何？曹刻彙集卷二　袁評本卷二　何刻續刻卷四　唐刻全集卷三

袁中郎評：好。

題畫　美術生活「題文衡山畫雲山圖」

晚雲明漏日，春水緑浮山；半醉驢行緩，洞庭黄葉間。曹刻彙集卷二　袁評本卷二　何刻續刻卷四　唐刻全集卷三　美術生活第三十七期

袁宏道評：好。

題畫九首

促席坐鳴琴，寫我平生心；平生固如此，松竹諧素音。何刻外編卷一　唐刻全集卷三

寒溜浸幽壑，危亭點翠微；忽驚雙鶴唳，有客款荊扉。何刻續刻卷四　唐刻全集卷三

淡霧滃山腰，清風集樹梢；聽泉人習静，竚立面平橋。曹刻彙集卷二　袁評本卷二　何刻續刻卷四　唐刻全集卷三

潦静泉聲澀，秋高木影疏；天涯來旅雁，江上有鱸魚。何刻外編卷一　唐刻全集卷三

空山絶人跡，闃絶如隔世；泉頭自趺坐，鶻聲出楓樹。何刻外編卷一　唐刻全集卷三

虚亭林木裏，傍水着闌干；試展蒲團夢園、藝苑作「團蒲」坐，葉聲生早寒。曹刻彙集卷二　袁評本卷二　何刻續刻卷四　唐刻全集卷三　夢園書畫録卷十　藝苑掇英第三十九期

袁宏道評：好。

虚閣静潭潭，千山紫翠攢；幽人無世事，終日倚闌干。何刻續刻卷四　唐刻全集卷三

落日山逾碧，孤亭景自幽；蒼江一作「滄江」寒更急，客興自中流。曹刻彙集卷二　袁評本卷二　唐刻全集卷三

綠樹含春雨，青山護曉烟；攜笻出磯上，何似地行仙？何刻續刻卷四　唐刻全集卷三

題畫三首

衹爲憐春色，新紅折一枝；餘香盈翠袖，偏惹蝶蜂隨。何刻外編卷一　唐刻全集卷三

秋月攀仙桂，春風看杏花；一朝欣得意，聯步上京華。唐刻全集卷三

野菊日爛熳，秋風隨分開；寒香與晚色，消受掌中杯。何刻外編卷一　唐刻全集卷三

題琵琶美人圖

夢斷碧紗橱，窗外聞鵾鳩；清怨托琵琶，怨極終難説。何刻外編卷一　唐刻全集卷三

自題畫扇

席帽短緣裙，衩韈寬拴帶；古檜拉鳴颸，空江響鷩澳。唐刻全集補遺

六言絶句

題畫

山迴水抱獨往，路深樹密迷家；有客隔林借問，驚禽蹴落藤花。何刻外編卷一　唐刻全集卷三

七言絶句

溪上

溪上藤陰覆緑苔，溪邊山色畫屏開；此情遠在烟霞裏，休言傍人喚不回。何刻續刻卷五　唐刻全集卷三

登靈巖

山鬼踉蹌佛殿荒，老僧指點説吴王；銀瓶化去餘宫井，柹葉飛來滿屧廊。何刻續刻卷五　唐刻全集卷三

五陵

五陵昔日繁華地，今日漫天草蔓青；蔓草不除陵寢廢，當時一寸與人争。曹刻彙集卷二　袁評本卷二　何刻續刻卷五　唐刻全集卷三

題子胥廟

白馬曾騎踏海潮，由來吴地説前朝；眼前多少不平事，願與將軍借寶刀。曹刻彙集卷二　袁評本卷二　唐刻全集卷三　説聽卷上

送陳憲章

僧房酌酒送君行，把臂西風無限情；此際若爲銷別恨，兩行紅粉囀春鶯。曹刻彙集卷二

袁評本卷二　何刻續刻卷五　唐刻全集卷三　列朝詩集丙集第九

贈杜檉居

白眼江東老杜迂，十年流落一囊書；長安相見紅塵裏，只問吴王菜煮魚。唐刻全集卷三

金閶送别王尚寶二首

愛我惟君衆所知，君今去我我誰依？閶門十里官楊柳，誰把枝柯比淚垂？

投契于君二十年，尋常花月酒杯前；酒杯今日將君别，花爲誰開月自圓。唐刻全集補遺

贈人遊宦二首

功名何必苦追疑？心事從來天可知；但得甘棠培植好，春陰無不寄相思。

近來歧路莫追疑，南北東西未可知！但使從前無愧責，不須去後有人思。何刻外編卷一 唐刻全集卷三

爲培芝俞君題

一片芝田手自耕，重臺燁燁全集作「奕奕」起金莖；摘來合作延年藥，跨取胎禽上玉清。何刻外編卷一 唐刻全集卷三

友竹錢君之長器成訓顔其齋曰培節蓋寄意于手澤桮棬之意也偶集吴門金昌亭展素索書爲賦四絶

大孝終身慕所天，清風高節是家傳；春雷又見兒孫起，繩武森森玉并肩。

何物交君寄夢思，庭前緑竹玉千枝；瀟瀟葉葉濡春雨，記得家嚴手植時。唐刻全集卷三

高節淩霄表特材，遺根着意好培栽；問君何必能如此？亦是先翁手種來。

尊翁仙去跡堪尋，奚浦塘邊景觸心；雨露既濡思慕亟，一林脩竹節森林。何刻外編卷一　唐刻全集卷三

答夢瀛舍人

合室團花作麗人，色難相稱妙難名；只將淺笑東風靨，不换江南百二城。何刻續刻卷五　唐刻全集卷三

代妓者和人見寄

門外青苔與恨添，私書難寄鯉魚銜；别來淚點知多少，請驗團花舊舞衫。何刻續刻卷五　唐刻全集卷三

舊人見負以此責之

細摺紅箋付鯉魚，梧桐明月共躊躇；負心說是隨燈滅，到夜吹燈試看渠。何刻續刻卷五

唐刻全集卷三

偶成

科頭赤足芰荷衣，徙倚藤牀對夕暉；分付山妻且隨喜，莫教柴米亂禪機。何刻續刻卷五

唐刻全集卷三

效白太傅自詠三首

維摩卧病餘鬚髮，李白長流棄室家；案上酒杯真故舊，手中經卷漫真蹟日録作「浪」生涯。

真蹟日録卷二

裘馬洛陽街俠客，香燈天竺寺頭陀；深猜不必煩知己，盃粥麻衫願不多。

高情真蹟日録作「高懷」自信能忘我，隱者何妨獨潔身？無所不知方是富，有衣典酒未爲貧。真蹟日録卷二　何刻續刻卷五　唐刻全集卷三

風雨珊瑚網作「陰雨」**浹旬廚烟不繼滌硯吮筆**曹刻彙集作「毫」**蕭條若僧因題絶句八首奉寄孫思和**此五字曹刻彙集作「聊自遣興」并注云「删去三首」。珊瑚網有「正德戊寅四月中旬吴郡唐寅作於七峰精舍」

十朝風雨苦昏迷，八口妻孥併告饑；信是老天真戲我，無人來買扇頭詩。何刻外編卷一

書畫詩文總不工，偶然生計寓其中；肯嫌斗粟囊錢少，也濟先生一日窮。何刻外編卷一

抱膝騰騰一卷書，衣無重褚食無魚；旁人笑我謀生拙，拙在謀生樂有餘。何刻外編卷一

白板門扉紅槿籬，比鄰鵝鴨對妻兒；天然興趣難摹寫，三日無烟不覺饑。何刻外編卷一

領解皇都第一名，猖披歸卧舊茅衡；珊瑚網作「蘅」立錐莫笑無餘地，萬里江山筆下生。何刻外編卷一

青衫白髮老癡頑，筆硯生涯苦食艱；湖上水田人不要，誰來買我畫中山？曹刻彙集卷二

袁評本卷二　何刻續刻卷四

荒村風雨雜鳴鷄，燎珊瑚網作「轑」釜朝廚愧老妻；謀寫一枝新竹賣，市中筍價賤如泥！

曹刻彙集卷二　袁評本卷二　何刻續刻卷四

儒生作計太珊瑚網作「大」癡呆，業在毛錐與硯臺；問字昔人皆載酒，寫詩亦望買魚來。袁評本卷二　曹刻彙集卷二　何刻續刻卷四　唐刻全集補遺　珊瑚網畫録卷十六

秋日山居

日長深閉草廬眠，蓆下猶餘紙裹錢；點檢雞栖牢縛草，夜來有虎飲山泉。何刻外編卷一　唐刻全集卷三

抱枕　書畫圖目作「夢見」，中國繪畫總合圖録題畫「杏花」

抱枕無端夢踏春，覺來疑假又疑真；分明紅杏花梢上，墻上人看馬上人。何刻續刻卷五　唐刻全集卷三　中國古代書畫圖目二明唐寅墨竹扇面　中國繪畫總合圖録

過閶寧信宿旅邸館人懸畫菊愀然有感因題

黃花無主爲誰容？冷落疏籬曲徑中；儘把金錢買脂粉，一生顔色付西風。何刻外編卷一

曹刻彙集卷二　袁評本卷二　唐刻全集卷三　列朝詩集丙集第九

聞讀書聲

公子歸來夜雪埋，兒童燈火小茅齋；人家不必論貧富，纔有讀書聲便佳。何刻外編卷一

唐刻全集卷三

按：此詩或作翁承贊作，見民國十三年上海尋源中學印古文新選，但字句略不同。

詠鷄聲　扇面作「詠鷄」

武距文冠五色扇面作「五彩」翎，一聲啼散滿天星；銅壺玉漏金門下，多少王侯勒馬聽？

何刻續刻卷五　唐刻全集卷三　中國古代書畫圖目二唐寅墨竹扇面

雪

竹間涷雨密如麻，静聽圍爐夜煮茶；嘈雜錯疑蠶上葉，寒潮落盡蟹扒沙。何刻續刻卷五

唐刻全集卷三

梨花

一箱朱碧漫紛紜，獨惜梨花一段雲；病酒憐春兩惆悵，夜深燒燭倚羅裙。何刻續刻卷五

唐刻全集卷三

詠蓮花

凌波仙子鬬新粧，七竅虚心吐異香；何事花神多薄倖，故將顔色惱人腸。何刻續刻卷五

詠蛺蝶

嫩緑深紅色自鮮，飛來飛去趁風前；有時飛向渡頭過，隨向賣花人上船。何刻續刻卷五

唐刻全集卷三

貧士吟十首

貧士囊無使鬼錢，筆鋒落處繞雲烟；承明獨對天人策，斗大黄金信手懸。

貧士家無負郭田，枕戈時着祖生鞭；中原一日澄清後，列土分封户八千。

貧士居無半畝廛，圯橋拾得老人編；英雄出處原無定，麟閣勳名勒鼎鐫。

貧士輿無一束薪，腰間神劍躍平津；轅門一出將軍令，萬竈貔貅擁後塵。

貧士庾無陳蔡糧，撰成新疏鳳鳴陽；明朝矯發常平粟，四海黔黎共太倉。

貧士衣無柳絮綿，胸中天適盡魚鳶；宫袍着處君恩渥，遥上青雲到木天。

貧士園無一食蔬，帶經獨自力耘鋤；講筵切奏民間苦，豳俗烹葵七月初。
貧士瓶無一斗醪，愁來擬和屈平騷；瓊林醉倒英雄隊，一展生平學釣鰲。
貧士燈無繼晷油，常明欲把月輪收；九重忽詔談經濟，御徹金蓮擁夜遊。
貧士門無車馬交，仰天拍手自吟嘲；聲名舉借時人口，會見清時拔泰茅。何刻續刻卷五

唐刻全集卷三

詠美人八首

文君琴心

浮生難比草頭塵，常把千金視此身；若使琴心挑得動，不知匪石是何人？

昭君琵琶

高抱琵琶障冷風，淋漓衫袖溼啼紅；安邊至用和親計，駕馭英雄似不同。

綠珠守節

飛絮無憑只趁風，落花也逐水流東；琉璃瓶薄珊瑚脆，毀不求全妾命同。

碧玉留詩

徙倚閒庭淚暗垂，不須再讀寄來詩；已知一代容華盡，地下相逢未是遲。

梅妃嗅香

梅花香滿石榴裙，底用頻頻塵寓意録作「艾」納熏；仙館已于塵世隔，此心猶不負東昏。寓意録卷四

太真玉環

欲與君王共輦還，馬嵬路狹轉頭難；早知怨自思萌蘖，悔不當時乞賜環。

薛濤戲箋

短長闊狹亂堆牀，勻染輕㯭玉色光；豈是無心勿針綫，要將姓字托文房。

鶯鶯待月

閨門出入有常經，女子常須燭夜行；待月西廂誰倡始？至今傳説欠分明。何刻外編卷一　唐刻全集卷三

按：此八詩或作文徵明撰，見珊瑚網書録卷十五，共十首，此少西施、飛燕兩首，字句亦略不同。

宮詞

重門晝掩黄金鎖，春殿經年歇歌舞；花開花落悄無人，强把新詩教鸚鵡。何刻外編卷一　曹刻彙集卷二　袁評本卷二　唐刻全集卷三

袁宏道評：畫。

綺疏遺恨十首

忍拋砧杵謝芳菲，敲斷叮咚夢不歸；聞說夜臺侵骨冷，可憐無路寄寒衣！　砧杵

佛說虛空也可量，虛空比恨恨還長；銀花寶鈿金星尺，認得纖纖十指香。　尺

鳳頭交股雪花鑌，剪斷吳淞江水渾；只有相思淚難剪，舊痕纔斷接新痕。　刀

海馬葡萄月滿圍，就中曾憶睹崔徽；一朝失手庭階下，從此鸞鳳兩向飛。　鏡

乞巧樓頭乞巧時，金針玉指弄春絲；牛郎織女年年會，可惜容顏永別離。　針

佳人歸去踏青雲，機上鴛鴦背地分；聞說九泉長不曉，卻從何處織回文？　機杼

雞豚已賽馬頭孃，賽罷佳人赴北邙；百箔花蠶心盡痛，一時都斷了絲腸。　蠶筐

月沈花謝事堪傷，春樹紅顏夢短長；只有繡牀針綫在，殘絨留得口脂香。　繡牀

三尺銀擎隔帳燃，歡娛未了散姻緣；願教化作光明藏，照徹黃泉不曉天。　燈擎

冬至人間號一陽，曾添綵線繡匡牀；而今綵線匡牀在，地下誰知日短長？　綵線　何刻續刻卷五　唐刻全集卷三

題元鎮江亭秋色

不見倪迂今百年，故山喬木嶺式古堂作「鎖」，何刻續刻作「領」蒼烟；晴窗展軸觀圖畫，澹墨依然見古賢。曹刻彙集卷二　袁評本卷二　何刻續刻卷五　唐刻全集卷三　式古堂書畫彙考畫卷之二十

題東莊圖

落葉風中稻滿場，平疇相對瀼東莊；膏腴望望應千頃，滿地黃金下夕陽。何刻外編卷一　唐刻全集卷三

題周東邨畫

鯉魚風急繫輕舟，兩岸寒山宿雨收；一抹斜陽歸雁盡，白蘋紅蓼野塘秋。何刻外編卷一

曹刻彙集卷二　袁評本卷二　唐刻全集卷三

袁宏道評：好甚。

題戈文雪景

柴門深閉蘋徐煨，沽得鄰家村釀來；白髮衰頽聊遣歲，山妻稚子笑顔開。何刻續刻卷五　唐刻全集卷三

題落花卷

此詩以題所作畫卷，并識云「輒作小絶并畫以爲贈存道老兄具儔昔之歡并居處之勝焉時弘治甲子四月上旬」，見石渠寶笈

空山春盡落花深，雨過林陰緑玉新；自汲山泉烹鳳餅，坐臨溪閣待幽人。曹刻彙集卷二　袁評本卷二　何刻續刻卷五　唐刻全集卷三　石渠寶笈卷三十四明唐寅坐臨溪閣圖卷

題畫贈趙一篷

烟水孤篷足寄居，日長能辨一餐魚；問渠勾當平生石渠、吴派作「生平」事，不弄綸竿就石渠、吴派作「便」讀書。何刻外編卷一　曹刻彙集卷二　袁評本卷一　唐刻全集卷三　石渠寶笈卷十七唐寅松溪獨釣圖　吴派畫九十年展

題畫　珊瑚網作「贈感慈鄒先生」

騎驢八月下藍關，借宿南州白塔灣；壁上殘燈千里夢，月中飛葉四更山。何刻外編卷一　唐刻全集卷三　珊瑚網畫録卷十六

題夢草圖爲陸動傑

池塘春漲碧溶溶，醉卧香塵淺草中；一夢熟時鷗作伴，錦衾何必抱輕紅？曹刻彙集卷二

袁評本卷二　何刻續刻卷五　唐刻全集卷三

玉芝爲王麗人作

玉芝仙子住瑶池，池上多栽五色芝；擣作千年合歡藥，客沾風味盡相思。曹刻彙集卷二

袁評本卷二　何刻續刻卷五　唐刻全集卷三

題自畫守耕圖

南山之麓上腴田，嘗守犂鋤業不遷；昨日三山降除目，長沮同拜地行仙。何刻外編卷一

唐刻全集卷三　吴派畫九十年展

椿萱圖

漆園椿樹千年色，堂北萱根三月花；巧畫斑衣相向舞，雙親從此壽無涯。曹刻彙集卷二

袁評本卷二　何刻續刻卷五　唐刻全集卷三

題棧道圖

棧道連雲勢欲傾，征人其柰旅魂驚；莫言此地崎嶇甚，世上風波更不平。何刻外編卷一

唐刻全集卷三

抱琴圖

抱琴歸去碧山空，一路松聲兩腋藝苑作「兩鬢」風；神識獨遊天地外，低眉寧肯謁王公？

何刻續刻卷五　唐刻全集卷三　藝苑擷英第三十一期

題自畫齊后卷

百二關河狼虎秦，連環難解獻高臣；若非纖手抽刀斬，應笑山東後有人。曹刻彙集卷二

袁評本卷二　何刻續刻卷五　唐刻全集卷三

題自畫高祖斬蛇卷

真人受命整乾樞，失鹿狂秦不足誅；四海橫行無立艸，妖蛇那得阻前驅？曹刻彙集卷二

袁評本卷二　何刻續刻卷五　唐刻全集卷三

題自畫相如滌器圖

琴心挑取卓王孫，賣酒臨邛石凍春；狗監猶能薦才子，當時宰相是閒人。曹刻彙集卷二

袁評本卷二　何刻續刻卷五　唐刻全集卷三　列朝詩集

袁宏道評：狠。

題自畫三顧茅廬

草廬三顧屈英雄，慷慨南陽起卧龍；鼎足未安星又隕，陣圖留與浪濤春。曹刻彙集卷二

袁評本卷二　何刻續刻卷五　唐刻全集卷三　列朝詩集丙集第九

題葛仙

三天門吏葛長庚，體坐蟾蜍赤脚行；遊遍九州人不識，丹臺籙上已標名。曹刻彙集卷二

袁評本卷二　何刻續刻卷五　唐刻全集卷三

題畫淵明卷二首

滿地風霜菊綻金，醉來還弄不弦琴；南山多少悠然意，圖目另一幅作「趣」千載無人會此心。

中國古代書畫圖目二明唐寅東籬夢菊圖軸

五柳先生日醉眠，客來清賞榻無氈；酒貲盡在東籬下，散貯黄金萬斛錢。曹刻彙集卷二

袁評本卷二　何刻續刻卷五　唐刻全集卷三

嗅花觀音

拈花微笑破檀唇，悟得塵埃色相身；辦取星冠與霞帔，天台明月禮仙真。曹刻彙集卷二

袁評本卷二　何刻續刻卷五　唐刻全集卷三

題自畫紅拂妓卷

楊家紅拂識英雄，着帽宵奔李衛公；莫道英雄今没有？誰人看在眼睛中。曹刻彙集卷二

袁評本卷二　何刻續刻卷五　唐刻全集卷三

袁宏道評：可憐。

附　文徵明題六如紅拂妓二首

把拂臨軒一笑通，宵奔曾不異桑中；却憐擾擾風塵際，能識英雄李衛公。

六如居士春風筆，寫得娥眉妙有神；展卷不覺雙淚落，斷腸原不爲佳人。曹刻彙集卷二　袁評本卷二

題太真圖

古來花貌説仙娥，自是仙娥薄命多；一曲霓裳未終舞，金鈿早委馬嵬坡。何刻續刻卷五　唐刻全集卷三

題自畫杜牧卷

司空幕府逼晨曹刻彙集、袁評本、詩集作「通農」開，平善街頭日夜來；肯信琦花舊遊處，至今猶唱紫雲迴。曹刻彙集卷二　袁評本卷二　何刻續刻卷五　唐刻全集卷三　列朝詩集

題畫白樂天

蘇州刺史白尚書，病骨蕭條酒盞疎；到老楊枝亦辭去，張娟李態竟何如？何刻外編卷一

題自畫白樂天卷

蘇州太守白尚書，酒盞飄零帶疾移；老去風情猶有在，張娟駱馬與楊枝。曹刻彙集卷二

袁評本卷二　何刻續刻卷五　唐刻全集卷三　列朝詩集

題洞賓化女人携瓶圖

仙機變幻真難測，吕字分明現在哉；何事世人皆不識？尚留餘迹與人猜。何刻外編卷一

曹刻彙集卷二　袁評本卷二　唐刻全集卷三

題自畫洞賓卷

黄衣冠子翠雲裘，四海三山挾彈遊；我亦囂囂好游者，何時得醉岳陽樓？曹刻彙集卷二

袁評本卷二　何刻續刻卷五　唐刻全集卷三

題畫張祜

春和坊曹刻彙集、袁評本、圖目作「善和坊」裏李端端，信是能行白牡丹；誰信揚州金滿市，胭脂到處曹刻彙集、袁評本、唐刻全集作「元來花價」，圖目作「胭脂價到」屬窮酸。何刻外編卷一　曹刻彙集卷二　袁評本卷二　唐刻全集卷三　列朝詩集　中國古代書畫圖目七

題自畫盧仝煎茶圖

千載經綸一秃翁，王公誰不仰高風；緣何坐所添丁慘，不住山中住洛中？曹刻彙集卷二　袁評本卷二　何刻續刻卷五　唐刻全集卷三　列朝詩集

題畫陶穀

信宿詩集、袁評本、曹刻彙集作「一宿」因緣逆旅中，短詞聊爾識曹刻彙集、袁評本、詩集作「聊以托」泥鴻；當時我作曹刻彙集、袁評本、唐刻全集作「做」陶承旨，何必尊前面發紅。何刻外編卷一　曹刻彙集卷二　袁評本卷二　唐刻全集卷三　列朝詩集

袁宏道評：史。

題自畫韓熙載圖二首

衲衣乞食自行歌，十院燒燈擁翠娥；天下風流誰可並？洛陽雪裏鄭元和。

酒貲長苦欠經營，預給餐錢鑑影作「殘錢」費水衡；多少如花後屏女，燒金時倩鑑影作「不學」耿先生。書畫鑑影卷二十一唐解元臨顧閎中韓熙載夜宴圖軸　曹刻彙集卷二　袁評本卷二　何刻續刻卷五　唐刻全集卷三　列朝詩集

題自畫桑維翰鐵研卷

書生豪氣壓千軍，示者唐刻全集作「日出」扶桑一卷文；鐵研未穿時世改，功名回首信浮雲。

曹刻彙集卷二　何刻續刻卷五　唐刻全集卷三　列朝詩集

題自畫雪夜幸趙普

宋朝受命政維新，魏國稱爲社稷臣；空使終年讀論語，如何不做托孤人？曹刻彙集卷二

袁評本卷二　何刻續刻卷五　唐刻全集卷三

袁宏道評：史。

題自畫濂溪卷

草苫書齋石壘塘，闌干委曲遶谿傍；方牀石枕眠清晝，荷葉荷花互送香。何刻續刻卷五

題自畫和靖卷

約閣江梅遠近山，一天風月繞柴關；休言鳥斷人蹤跡，何刻續刻作「絶」覓句逋仙正不閒。

曹刻彙集卷二　袁評本卷二　何刻續刻卷五　唐刻全集卷三

題自畫吕蒙正雪景

冰雪風雲事不同，今朝尊貴昨朝窮；窮時多少英雄伴，名字應留夾袋中。曹刻彙集卷二

袁評本卷二　何刻續刻卷五　唐刻全集卷三　列朝詩集丙集第九

題東坡小像

烏臺十卷青蠅案，炎海三千白髮臣；人盡不堪公轉樂，滿頭明月脱紗巾。何刻續刻卷五

唐刻全集卷三

題自畫秦淮海卷

淮海脩真遺麗華，它言道是我言差；金丹不了紅顏別，地下相逢兩面沙。曹刻彙集卷二

袁評本卷二　唐刻全集卷三　何刻續刻卷五

題畫九十首

一盞瓊漿托生死，佳人才子自多情；世間多少無情者，枕席深情比葉輕。唐刻全集卷三

一叢樓閣空江上，日有羣鷗伴苦吟；儘勝達官憂利害，五更霜裏佩黃金。曹刻彙集卷二

袁評本卷二　何刻續刻卷五　唐刻全集卷三

袁宏道評：管閒事。

三板桫船葉不如，隨風漂泊住清渠；游仙抛却絲綸坐，只爲消閒不爲魚。何刻外編卷一

唐刻全集卷三

亂山雜霧曉葱蘢，珊瑚網作「窗籠」遥見懸魚是梵宫；倚杖慢行行復坐，珊瑚網作「立」一聲啄木在林中。何刻續刻卷五　唐刻全集卷三　珊瑚網畫録卷十六

仙杏柔條映小寰，柴門流水自潺湲；心期寫處無人到，夢裏江南女几山。何刻續刻卷五　唐刻全集卷三

傍水依山結草廬，案頭長貯活人書；不知施藥功多少，仙杏花開錦不如。何刻外編卷一　曹刻彙集卷二　袁評本卷二　唐刻全集卷三

十丈霜根映澗虚，五椽茅屋野人居；塵埃不到市朝遠，琴趣年來只自知。何刻外編卷一　唐刻全集卷三

寒雪朝來戰朔風，萬山開遍玉芙蓉；酒深尚覺冰生脚，何事溪橋有客蹤？何刻外編卷一　唐刻全集卷三

山中老木秋還青，山下漁舟泊淺汀；一笛月明人不識，自家吹與自家聽。何刻續刻卷五　唐刻全集卷三

山亭寥落接人稀，泥補柴門葉補衣；不起竹牀頭似雪，已無心去問禪機。曹刻彙集卷四　袁評本卷二　何刻續刻卷五　唐刻全集卷三

山意嵸巃釀早寒，數家茅屋是漁灘；分明苕霅溪頭路，何日歸家買木蘭？何刻外編卷一　唐刻全集卷三

山隱幽居草木深，鳥啼花落晝沉沉；行人杖履多迷路，不是書聲何處尋？ 何刻外編卷一　唐刻全集卷三

峰前千澗玉潺潺，落日層層樹裏山；一段勝情誰領略，幽人虛閣俯滄灣。 何刻外編卷一　唐刻全集卷三

小亭清河作「水亭」如笠水颸寬，一卷開窗了稗官；日午清河作「傍午」樹陰深合翠，篆絲裊裊下清湍。 何刻續刻卷五　唐刻全集卷三　清河書畫舫

太湖西岸景蕭疏，竹外山旋碧玉螺；明月一天風滿地，爽人秋意不須多。 何刻外編卷一　唐刻全集卷三

天風縹緲約飛泉，千尺晴虹拂紫烟；遥見樹林車暫息，高蟠潛石與盤桓。 何刻外編卷一　唐刻全集卷三

女几山前圖目作「山頭」春雪消，路傍仙杏發柔條；心期此日來圖目作「同」遊賞，載酒攜琴藝苑作「揚鞭」過野橋。 何刻外編卷一　唐刻全集卷三　中國古代書畫圖目二　藝苑掇英第三十五期

平村泉石足幽棲，煖着田衣飽着藜；坐看雞蟲笑莊子，勞勞齊物物難齊。 何刻外編卷一　唐刻全集卷三

扶筇散步碧山游，萬壑千巖爽氣浮；一箇茅齋如斗大，如何容得許多秋？ 何刻續刻卷五

唐刻全集卷三

拔嶂懸泉隔世囂，層樓曲閣倚雲霄；賞春合有溪堂約，侵曉行過獨木橋。何刻外編卷一　唐刻全集卷三

春驢仙客到詩家，爲賞臨谿好杏花；山佃馱柴出换酒，鄰翁陪坐自撈蝦。曹刻彙集卷二　袁評本卷二　何刻續刻卷五　唐刻全集卷三

袁宏道評：仙景。

晃漾金銀梵殿開，蕭森榆柳隔紛埃；只容逋客騎驢到，不許朝官引騎來。何刻外編卷一　唐刻全集卷三

水色山光明几上，松陰竹影度窗前；焚香對坐渾無事，自與詩書結静緣。何刻外編卷一　唐刻全集卷三

江南春盡野花稀，緑樹陰陰結夏幃；詩在浩然驢背上，按鞭徐咏夕陽歸。何刻外編卷一　唐刻全集卷三

沿溪結屋山居幽，煩囂不到林木全集作「樹木」稠；玄談足以消長日，况有琴書相唱酬。何刻續刻卷五　唐刻全集卷三

酒旗瘦馬行人路，燈火荒鷄細雨中；袁宏道評：畫奪走十年纔歇脚，偶看畫景忽消魂。曹刻彙集卷二　袁評本卷二　何刻續刻卷五　唐刻全集卷三

袁宏道評：大露。

烟山雲樹清河作「雲山烟樹」靄蒼茫，漁唱菱歌互短長；燈火一村鷄犬静，越來溪北近横塘。何刻續刻卷五　唐刻全集卷三　清河書畫舫唐子畏雲山烟樹

烟水雲山天地寬，儘容樵斧與漁竿；麒麟閣上丹青筆，要畫須看得見難。何刻續刻卷五　唐刻全集卷三

烏桕經霜葉已紅，東南樓閣足秋風；畫成此景還堪詠，鍊在先生短句中。何刻外編卷一　唐刻全集卷三

木葉飄摇澗水寒，田衣何事又驢鞍；迂疏任是傍人笑，要探梅花信息難。何刻續刻卷五　唐刻全集卷三

李白才名天下奇，開元人主最相知；夜郎不免長流去，今日書生敢望誰？何刻外編卷一　唐刻全集卷三

東林寺前三峽橋，山泉洶湧水波濤；當年到此曾携手，寒色今猶滿布袍。何刻外編卷一　唐刻全集卷三

東崦荷花西崦菱，大船漁網小船罾；我儂住處真堪畫，借問旁人到未曾？何刻外編卷一　唐刻全集卷三

東陵何足謝清謳？更賦新詩祇自羞；不見郭公盟党項，千車鑾錦作纏頭。唐刻全集卷三

松間草閣倚巖開，閣下珊瑚網、吴派作「巖下」幽花遶露臺；誰叩荆扉珊瑚網、吴派作「柴扉」驚鶴夢，月明千里故人來。珊瑚網作「麻姑遺送酒肴來」　何刻外編卷一　唐刻全集卷三　珊瑚網畫録卷十五松閣幽花圖　吴派畫九十年展

松蘿深徑積莓苔，何事荆扉夜半開？犬吠嘹嘹驚夜夢，月明千里故人來。曹刻彙集卷二　何刻續刻卷五　唐刻全集卷三

柳沉霧氣濛濛溼，月蕩湖光晃晃明；翠幙樓船紅拂妓，越城橋畔夜清河作「月」三更。何刻續刻卷五　唐刻全集卷三　清河書畫舫越城泛月小幅

柴門深掩雪洋洋，榾柮能消此夜長；圖目、藝苑作「榾柮爐頭煮酒香」最是詩人安穩處，一編文字一爐香。曹刻彙集卷二　袁評本卷二　何刻續刻卷五　唐刻全集卷三　中國古代書畫圖目一柴門掩雪圖　藝苑掇英第三十八期雪掩柴門圖

桃李春風好放懷，鬬鷄走狗夕陽街；看花拚逐紛紛蝶，消得青絲幾兩鞋。曹刻彙集卷二　袁評本卷二　何刻續刻卷五　唐刻全集卷三

桃花浪煖錦層層，勸爾漁郎莫下罾；恐有鯉魚鱗甲變，龍門三月要蜚騰。曹刻彙集卷二　何刻續刻卷五　唐刻全集卷三

梧桐十畝好濃陰，陰裏幽軒愜素心；曲几方牀長柄麈，想君從此散煩襟。唐刻全集卷三

梧桐栽向小軒前，萬斛秋聲伴醉眠；落葉點階憑拾取，剪圭封作散神仙。唐刻全集卷三

楊柳陰濃夏日遲，邨邊高館漫平池；鄰翁挈盒乘清早，來決輸贏昨日棋。曹刻彙集卷二
袁評本卷二　何刻續刻卷五　唐刻全集卷三　列朝詩集丙集第九

樹合泉頭圍緑蔭，屋横磵上結黄茅；日長來此消閑興，一局楸棋對手敲。何刻外編卷一
唐刻全集卷三

獨木橋邊倚樹根，古藤陰裏嘯王孫；白雲紅樹知多少？鷄犬人家自一邨。曹刻彙集卷二
袁評本卷二　何刻續刻卷五　唐刻全集卷三　列朝詩集丙集第九

袁宏道評：好。

獨憐春色步芳郊，短杖堪扶路不遥；爲問百花開未否？隔林已見破丹桃。何刻續刻卷五
唐刻全集卷三

班荆相對語勞勞，麻已漚成繭未繅；又是一番春計了，瓦盆兒女共邨醪。曹刻彙集卷二
袁評本卷二　何刻續刻卷五　唐刻全集卷三

端陽競渡楚江湄，紈綺分曹唱健詞；畫檝萬枝飛鷁道，朱簾十二映蛾眉。曹刻彙集卷二
袁評本卷二　何刻續刻卷五　唐刻全集卷三

白袷檀冠碧玉環，倒騎驢子看廬山；腰間小榼曹刻彙集作「盒」，清河作「合」藏何物？九轉芙蓉一顆丹。何刻外編卷一　曹刻彙集卷二　袁評本卷二　唐刻全集卷三　清河書畫舫

百尺松杉貼地青，布衣衲衲髮星星；空山寂寞人聲絶，狼虎中間讀道經。曹刻彙集卷二

袁評本卷二　何刻續刻卷五　唐刻全集卷三

袁宏道評：好。

短墻甃石牢牽勒，西清作「茘」薄酒盈罈共轉篙；我欲相隨卜居去，此身一脱市塵紅。唐刻全集卷三　西清劄記卷三

磬口山茶緑萼梅，深紅淺白一時開；分明鑾錦圍屏裏，露出佳人粉面來。曹刻彙集卷二　袁評本卷二　何刻續刻卷五　唐刻全集卷三

袁宏道評：俗。

秋水接天三萬頃，晚山連樹一千重；呼它小艇藏拙軒作「小舟」過湖去，卧看斜陽江上峰。曹刻彙集卷二　袁評本卷二　何刻續刻卷五　唐刻全集卷三　藏拙軒珍賞

袁宏道評：好。

秋老芙蓉一夜霜，月光瀲灩蕩湖光；漁翁穩作船頭睡，夢入鮫宫白渺茫。何刻外編卷一　唐刻全集卷三

茶竈魚竿養野心，水田漠漠樹陰陰；太平時節英雄懶，湖海無邊草澤深。唐刻全集卷三　吴派畫九十年展

草屋柴門無點塵，門前谿水緑粼粼；中間有甚堪圖畫？滿塢桃花一醉人。曹刻彙集卷二　袁評本卷二　何刻續刻卷五　唐刻全集卷三

袁宏道評：如畫。

草閣吟秋倚晚晴，雲山滿目夕陽明；詩成喜有相過客，識取漁梁拄杖聲。何刻外編卷一　唐刻全集卷三

萬木號風疑虎吼，亂泉驚大觀録作「經」雨挾龍飛；世疑大觀録作「稱」龍虎難馴擾，却許山人擅指揮。何刻外編卷一　唐刻全集卷三　大觀録卷二萬木奇峰圖

萬仞芝山接太虛，一萍泓水曹刻彙集、唐刻全集作「一泓萍水」繞吾廬；日長全賴棋消遣，計取輸贏賭買魚。何刻外編卷一　曹刻彙集卷二　袁評本卷二　唐刻全集卷三

袁宏道評：好。

蘆葦蕭蕭野渚秋，滿蓑風雨獨歸舟；莫嫌此地風波惡，處處風波處處愁。曹刻彙集卷二　袁評本卷二　何刻續刻卷五　唐刻全集卷三

袁宏道評：真，真。

紅樹中間飛白雲，黄茅眼底詩集、曹刻彙集作「檻底」，壯陶閣作「簷底」界斜曛；此中大有逍遥處，難説與君畫與君。何刻外編卷一　曹刻彙集卷二　袁評本卷二　唐刻全集卷三　壯陶閣書畫録卷十　列朝詩集丙集第九

紅樹青山飛白雲，驂驔鞍馬踏斜曛；眼前景好詩難勝，鍊不成詞惱殺人。曹刻彙集卷二

袁評本卷二　何刻續刻卷五　唐刻全集卷三

緑水紅橋夾圖録作「長松與」杏花，數間茅屋似仙家；曹刻彙集作「盡漁家」，清河、圖目作「是漁家」主人莫拒看花客，囊有青錢酒不賒。何刻外編卷一　曹刻彙集卷二　袁評本卷二　唐刻全集卷三

清河書畫舫　中國繪畫總合圖録　中國古代書畫圖目二

袁宏道評：也賒不動。

緑陰清晝白猿啼，三峽橋邊路欲迷；賴得泉聲引歸路，泉聲嗚咽路高低。曹刻彙集卷二

袁評本卷二　何刻續刻卷五　唐刻全集卷三

袁宏道評：好。

綺羅隊裏揮金客，紅粉叢中奪錦人；今日匡牀卧摩詰，白藤如意紫綸巾。何刻續刻卷五

唐刻全集卷三

網上西風得四腮，清齋準擬搗齏開；詩腸忽作乾枯祟，又使溪丁换酒來。何刻外編卷一

唐刻全集卷三

謝却塵勞上野居，一囊一葛一餐魚；早眠晏起無些事，十里秋林映讀書。何刻續刻卷五

唐刻全集卷三

野水荒亭氣象幽，山深因畫册作「應」少客來遊；啼禽欲歇烟霞暝，一對西風落葉秋。何刻外編卷一　唐刻全集卷三　畫册

野店桃花紅粉姿，陌頭楊柳綠烟絲；不因送客東城去，過却春光總不知。何刻外編卷一　唐刻全集卷三

野店桃花萬樹低，春光都在畫橋西；幽人自得尋芳興，馬背詩成路欲迷。何刻外編卷一　唐刻全集卷三

野橋流水晚潮平，短杖微吟得得行；可是丹楓故相調，鬢絲霜葉映秋明。何刻外編卷一　唐刻全集卷三

鄧尉山邊七寶灘，高低如畫好谿山；十年游賞徑行遍，多少名題竹樹間。曹刻彙集卷二　袁評本卷二　何刻續刻卷五　唐刻全集卷三

雨霽秋灘帶石流，過橋心事與悠悠；溪山如此人如玉，不夢京華空白頭。何刻外編卷一　唐刻全集卷三

雪深山路滑于苔，自跨青驢得得來；爲是仙翁詩帖報，鹿埸僧寺蘚莓開。曹刻彙集卷二　袁評本卷二　何刻續刻卷五　唐刻全集卷三

雪影軒中幾樹梅，擁肩吟看即忘歸；春雷一動花争發，不用人敲羯鼓催。何刻續刻卷五　唐刻全集卷三

雪滿空山曉會琴，聳肩驢背自長吟；乾坤千古興亡跡，公是公非總陸沉。何刻外編卷一　唐刻全集卷三

雪滿梁園誰解賦，當時只數謫仙才；山翁要省千年事，分付家丁買酒杯。何刻外編卷一　唐刻全集卷三

雪滿梁園飛鳥稀，煖煨榾柮閉柴扉；瓦盆熟袁評本、曹刻彙集作「熱」得詩集作「地爐温却」松花酒，剛是溪丁詩集作「頭」拾蟹歸。何刻外編卷一　曹刻彙集卷二　袁評本卷二　唐刻全集卷三　列朝詩集丙集第九

雪壓江邨陣作寒，園林俱是玉花攢；急須沽酒澆清凍，亦有疏梅唤客看。曹刻彙集卷二　袁評本卷二　何刻續刻卷五　唐刻全集卷三

長松落落倚青天，滿地濃陰覆野泉；短着田衣揮羽扇，此心于世已囂然。何刻續刻卷五　唐刻全集卷三

長松落蔭滿蒼苔，四面軒窗向水開；何限晚凉消不得，隔溪分看待人來。何刻續刻卷五　唐刻全集卷三

長夏山邨詩興幽，趁涼多在碧泉頭；松陰滿地凝空翠，肯逐朱門襏襫流？曹刻彙集卷二　袁評本卷二　何刻續刻卷五　唐刻全集卷三

隱君深在碧山空，澗壑纔堪側步通；芋栗一園秋計足，僮奴百指治生同。唐刻全集卷三

袁宏道評：收句淺。

青藜拄杖何刻續刻作「竹杖」尋詩處，多在平橋緑樹何刻續刻作「野寺」中；紅葉何刻續刻作「黄葉」

没鞋人不到，野棠花落一溪風。何刻續刻作「豆籬花發一溪紅」　曹刻彙集卷二　袁評本卷二　何刻續刻卷五　唐刻全集卷三　列朝詩集丙集第九

袁宏道評：起語奇。

飛雪蔽空無鳥迹，長山顛壑有人居；浩然天地知誰坐？酌酒敵寒猶讀書。何刻外編卷一　唐刻全集卷三

騎犢歸來繞葑田，角端輕掛漢編年；無人解得悠悠意，行過松陰懶着鞭。何刻外編卷一　唐刻全集卷三

驚泉出壑雷奔迅，閣道緣山髮繞纏；石橋橫水無盈丈，隔斷塵區別有天。何刻外編卷一　唐刻全集卷三

雁影橫天報早霜，松聲沿路奏清商；舊時記得詩家説，落日下山人影長。何刻外編卷一　唐刻全集卷三

黄葉山家曉會琴，斜陽詩集、湘管齋作「斜橋」流水路陰陰；東西茅屋詩集、曹刻彙集、湘管齋作「東西南北」鷄豚社，氣象粗疏有古心。湘管齋有「正德己卯秋」款識　何刻外編卷一　曹刻彙集卷二　袁評本卷二　唐刻全集卷三　湘管齋寓賞編卷六會琴圖　列朝詩集

黄葉玲瓏映落暉，木綿新補舊征衣；鄉關多少悠悠思，立馬邊山看雁飛。曹刻彙集卷二　袁評本卷二　何刻續刻卷五　唐刻全集卷三

自寫梅竹小幅系以詩 □寅學松雪畫梅趙管畫竹

風摇叢篠蕭疏響，雨溼殘梅自在香；日午主人無所事，蘆簾拂地卧草堂。何刻續刻卷五　唐刻全集卷三

題寒雀争梅圖 曹刻彙集無「題」字

頭如蒜顆眼如椒，雄逐雌飛向葦蕭；莫趁螳螂失巢穴，有人拈彈不相饒。何刻外編卷一　曹刻彙集卷二　袁評本卷二　唐刻全集卷三　戒庵老人漫筆　列朝詩集

題杏林春燕二首

燕子歸來杏子花，紅橋低景何刻續刻作「影」緑樹斜；清明時節斜陽裏，箇箇行人問酒家。

紅杏梢頭挂酒旗，緑楊枝上囀黄鸝；鳥聲花影留人住，不賞東風也是癡。曹刻彙集卷二

袁評本卷二　何刻續刻卷五　唐刻全集卷三

梨花

零落梨花粉半枝，相思夢寐兩成癡；要知此恨能消骨，頭白石渠作「白頭」宮監鎖院時。何刻續刻卷四　唐刻全集卷三　石渠寶笈卷八明唐寅寫生梨花軸

題牡丹畫

穀雨花枝號鼠姑，戲拈彤管畫成圖；平康脂粉知多少，可有相同顏色無？何刻外編卷一　唐刻全集卷三

題畫牡丹 圖目題作「看花」

穀雨豪家賞麗春，塞街車馬漲天塵；金釵錦袖知多少？多是看花爛醉人。唐刻全集卷三

題敗荷脊令圖　曹刻彙集、袁評本題作「脊令圖」

飛喚行摇類急難，野田寒露欲成團；莫言四海皆兄弟，骨肉而今冷眼看。何刻外編卷一

曹刻彙集卷二　袁評本卷二　唐刻全集卷三　戒庵老人漫筆

老少年

人爲多愁少年老，花爲無愁老少年；年老少年都不管，且將詩酒醉花前。唐刻全集卷三

題菊花三首

九日風高斗笠斜，籬頭對酌酒頻賒；御袍采采楊妃醉，半夜扶歸挹露華。

佳色含霜向日開，餘香冉冉覆莓苔；獨憐節操非凡種，曾向陶君徑裏來。

颯颯金飈拂素英，倚闌璚朵入杯明；秋光滿眼無殊品，笑傲東籬羨爾榮。曹刻彙集卷二　袁評本卷二　唐刻全集卷三　何刻續刻卷五

題自畫墨菊

白衣人換太元衣，浴罷山陰洗研池；鐵骨不教秋色淡，滿身香汗立東籬。曹刻彙集卷二　袁評本卷二　何刻續刻卷五　唐刻全集卷三

袁宏道評：淺。

題竹

修竹當窗白日遲，山僧出定客來時；欲從節下題詩句，妙在無言不在詩。何刻外編卷一　唐刻全集卷三

題畫竹次杜水庵韻

蕭蕭美人脱凡俗，蕉姓稱藋名碧玉；月昏瀟湘烟水深，爲君一弄江南曲。曹刻彙集卷二

袁評本卷二　何刻續刻卷五　唐刻全集卷三

題桑

桑出羅兮柘出綾，綾羅妝束出娉婷；娉婷紅粉歌金縷，歌與桃花柳絮聽。曹刻彙集卷二

袁評本卷二　何刻續刻卷五　唐刻全集卷三

馬二首

平原抛蹬秣騊駼，髐箭桑弧射鶻鵠；誰把丹青弄閑劇，頓將紫塞畫成圖。

草軟沙平桃李開，春風先到李陵臺；雪中一陣烏鴉起，知是胡雛打獵來。列朝詩集　曹刻

彙集卷二　袁評本卷二　何刻續刻卷五　唐刻全集卷三

題畫鷄

血染冠頭錦作翎，石渠作「紅冠錦繡翎」昂昂氣象羽毛石渠作「自然」新；大明門外朝天客，立馬先聽第一聲。何刻續刻卷五　唐刻全集卷三　石渠寶笈卷三十八明唐寅畫鷄軸

畫鷄

頭上紅冠不用裁，滿身雪白走將來；平生不敢輕言語，一叫千門萬户開。唐刻全集卷三

自題畫寒蟬

高冠轉羽糞中蟲，六月乘炎嘒露風；一夜寒回千木落，噤聲寂寂抱殘叢。唐刻全集補遺

題王母贈壽

蓬萊弱水三千里，王母蟠桃一萬年；鳳鳥自歌鸞自舞，直教銜到壽尊前。何刻外編卷一

曹刻彙集卷二　袁評本卷二　唐刻全集卷三

袁宏道評：大。

又題

西風鸞背綵旗摇，王母乘秋下九霄；欲與阿孅曹刻彙集作「阿彌」增壽考，自斟緑醑溢銀瓢。

何刻外編卷一　曹刻彙集卷二　袁評本卷二　唐刻全集卷三

題漁父

朱門公子饌鮮鱗，争詫金盤一尺銀；誰信深溪狼虎暇語作「浪花」裏，滿身風雨是漁人？

曹刻彙集卷二　袁評本卷二　何刻續刻卷五　唐刻全集卷三　山樵暇語

題釣魚翁畫

直插漁竿斜繫艇，夜深月上當竿頂；老漁爛醉唤不醒，滿船霜印蓑衣影。何刻續刻卷五

唐刻全集卷三

題美人圖三首

春色關心萬種情，酒杯聊寞可憐生；折花比對佳人面，把臂相看覺命輕。唐刻全集卷三

舞罷霓裳日色低，滿身春倦眼迷離；錦絲步帳繁花裏，閑弄珊瑚血色枝。何刻續刻卷五

唐刻全集卷三

鸞釵壓鬢鬠偏新，霧濕雲低別種情；最是含羞無那意，故將結髮試穿針。何刻續刻卷五

唐刻全集卷三

題半身美人二首

天姿嫋娜十分嬌，可惜風流半節腰；却恨畫工無見識，動人情處不曾描。

誰將妙筆寫風流？寫到風流處便休；記得昔年曾識面，桃花深處短墻頭。何刻外編卷一　唐刻全集卷三

題芭蕉仕女三首

獸額朱扉小院深，綠窗含霧静愔愔；有人獨對芭蕉坐，因爲春愁不放心。列朝詩集丙集第九

佳人春睡倚含章，一瓣梅花點額黄；起對鏡看添百媚，至今都學壽陽妝。

佳人名字號紅蓮，能事搊彈五十弦；自是欲將花比貌，涼風輕步野塘邊。曹刻彙集卷二　袁評本卷二　何刻續刻卷五　唐刻全集卷三

佳人對月

卸髻嫦娥夜卧遲，梨花風静鳥棲枝；難將心事和人説，説與青天明月知。曹刻彙集卷一　袁評本卷二　何刻續刻卷五　唐刻全集卷三

袁宏道評：好。

佳人插花

春困無端壓黛眉，梳成鬆髩出簾遲；手拈茉莉腥紅朵，欲插逢人問可宜？曹刻彙集卷二　袁評本卷二　何刻續刻卷五　唐刻全集卷三

袁宏道評：畫。

佳人停板二首

仙娥記曲世無雙，下直歸來月滿窗；隨手托牙鏤板在，低頭不語暗尋腔。

袁宏道評：畫。

紅蓮錦袖曹剛手，瓏板腰肢捉板歌；何事夜深還演藝，花前争奈月明何？曹刻彙集卷二

袁評本卷二　何刻續刻卷五　唐刻全集卷三

惜花春起早

海棠圖目作「牡丹」庭院又春深，一寸光陰萬兩金；拂曙起來人不解，只緣難放惜花心。何

刻續刻卷五　唐刻全集卷三　中國古代書畫圖目二明唐寅牡丹仕女圖

愛月夜眠遲

卸髻佳人對月遲，梨花風静鳥棲枝；難將心事和人説，只有青天明月知。何刻續刻卷五
唐刻全集卷三

掬水月在手

嬝娜仙子倚畫欄，滿身風露不知寒；玉纖弄水金鈿濕，要捧嫦娥對面看。何刻續刻卷五
唐刻全集卷三

弄花香滿衣

粟鈿花釵細裯裙，滿身零亂裹香雲；芬芳常似沈烟裹，不用交州水麝熏。何刻續刻卷五
唐刻全集卷三

仕女圖

歌扇舞裙空自好，行雲流水本無蹤；琵琶如寄相思調，人隔巫山十二峰。何刻續刻卷五 唐刻全集卷三

題仕女圖

梅花蕭寺日斜時，驀見驚鴻軟玉枝；撮取繡鞵尖下土，搓成丸藥療相思。唐刻全集卷三

秋風紈扇圖

秋來嶽雪樓作「秋風」紈扇合收藏，何事佳人重感傷？請把世情詳細看，大都誰不逐炎涼？唐刻全集卷三「失題」 嶽雪樓書畫録卷四

荷花仙子

一卷真經幻作胎，人間肉眼誤相猜；不教輕踏蓮花去，誰識仙娥玩世來？曹刻彙集卷二　袁評本卷二　何刻續刻卷五　唐刻全集卷三

題海棠美人

褪盡東風滿面粧，可憐蝶粉與蜂狂；自今意思和誰説？一片春心付海棠。何刻續刻卷五　唐刻全集卷三

題花陣圖八首

風暖香消翠帳柔，相逢偏喜得春稠；憐卿自是多情者，猶有多情在後頭。

窗滿蕉陰小洞天，香風時度竹欄邊；東君管領春無價，笑倩金蓮上玉肩。

滿樹天香晝掩門，無端春意褪紅裩；恩情只在牙牀上，閒殺香閨兩繡墩。
蜀錦纏頭氣若絲，風流不減瘦腰肢；多情猶恐春雲墜，捱枕扶頭倩小姬。
逐逐黃蠭粉蝶忙，雕欄曲處見花王；春心自是應難制，做出風流滋味長。
夜雨巫山不盡歡，兩頭顛倒玉龍蟠；尋常樂事難申愛，添出餘情又一般。
江南春色鶯花老，又汲新泉浸芰荷；春色後先君莫訝，後頭花更得春多。
春色撩人不自由，野花滿地不忘憂；多情爲惜郎君力，暫借風流占上頭。何刻續刻卷五

唐刻全集卷三

伯虎絶筆

生在陽間有散場，死歸地府也何妨？陽間地府俱相似，只當漂流在異鄉。何刻外編卷一

唐刻全集卷三

唐寅集卷第四

詞

二犯水仙花二闋　題鶯鶯小像

鈴璧風流是阿家，滿腔情緒絮如麻，西厢赴約月斜斜。將珮捧，趁墻遮，半踏裙襜半踏花。

今日蒲東只暮鴉，祇留名字沁人牙，千金一刻儻容賒。殘蠟燭，且琵琶，且把光陰去了些。

何刻續刻卷八　唐刻全集卷四

謁金門　吴縣旗帳詞

天子睿聖，保障必須賢令。賦税今推吴下盛，誰知民已病！　一自公臨邑政，明照奸

豪如鏡。敕旨休將親侍聘，少留安百姓。何刻續刻卷八　唐刻全集卷四

畫堂春

簾前兔走逐烏飛，又驚綠暗紅稀。養蠶眠足插秧齊，多半春歸。賴是花能送酒，最愁雨要催詩。倘教玉勒賞花期，撩踏香泥。何刻續刻卷八　唐刻全集卷四

鷓鴣天　吴縣旗帳詞

君王意在恤黎民，妙選英賢令要津。金字榜中題姓氏，玉琴堂上布陽春。歌梓道，上楓宸，青驄一騎漲黃塵。九重半夜虛前席，定把疲癃子細陳。何刻續刻卷八　唐刻全集卷四

秦樓月　謝醫

業傳三世，學通四庫，志在濟人利物。刀圭信手就囊拈，能事在醫人醫國。雷封薄

宦，寄身逆旅，忽感阽危困厄。過承恩惠賜餘生，衹撰個新詞酬德。何刻續刻卷八　唐刻全集卷四

踏莎行四闋　閨情

可怪春光，今年偏早，閨中冷落如何好？因他一去不歸來，愁時只是吟芳草。　柰爾雙姑，隨行隨到，其間况味予知道。尋花趁蝶好光陰，何須步步回頭笑。右春　曹刻彙集卷二

袁宏道評：好。

日色初驕，何妨逃暑，緑陰庭院荷香渚。冰壺玉斝足追懽，還應少箇文章侶。　已是無聊，不如歸去，賞心樂事常難濟。且將杯酒送愁魂，明朝再去尋佳處。右夏

八月中秋，涼飈微逗，芙蓉却是花時候。誰家姊妹鬬新妝？園林散步頻携手。　折得花枝，寶瓶隨得，歸來賞玩全憑酒。三杯酩酊破愁城，醒時愁緒應還又。右秋

寒氣題畫詩作「寒風」蕭條，剛風凛烈，薄情何事輕離別？經時不去看梅花，窗前一樹通開徹。　急喚雙鬟，爲儂攀折，南枝欲寄憑誰達？對花無語不勝情，天邊雁叫添愁絶。右冬　何刻續刻卷八　唐刻全集卷四　唐伯虎題畫詩

一剪梅二闋

紅滿苔階緑滿枝，杜宇聲歸，杜宇聲悲！交歡未久又分離；彩鳳孤飛，彩鳳孤棲。別後相思是幾時？後會難知！後會難期！此情何以表相思？一首情詞，一首情詩。

雨打梨花深閉門，孤負青春，虚負青春！賞心樂事共誰論？花下銷魂，月下銷魂。愁聚眉峰盡日顰，千點啼痕，萬點啼痕。曉看天色暮看雲，行也思君，坐也思君。何刻續刻卷八　唐刻全集卷四

憶秦娥　王守谷壽詞

解纓投散，抽簪辭鬧，此意誰知至妙？其間樂地，吾儒自有名教；春臺玉燭，霽月光風，翹首堪長嘯！世間名利境，苦勞勞，争似清風一枕高。孔北海，沈東老，祝長生，梁上歌聲繞，黄粱夢先覺。何刻續刻卷八　唐刻全集卷四

千秋歲引 題古松贈壽

蘚疊蒼鱗，蘿纏翠角，萬丈髯龍奮騰躍。深更抱雲宿夜澗，清朝捧日登秋壑。挺風霜，傲泉石，倚寥廓。　下有茯苓上有鶴，守護地丹竈藥，粟粒粘唇世緣卻。丸時細調白玉髓，藏來密鎖黄金橐。祝千齡，向初度，齊天樂。曹刻彙集卷二　何刻續刻卷八　唐刻全集卷四

望湘人 春日花前詠懷

想盤鈴傀儡，叢刊作「愛元宵燈火」寒食裹蒸，曾嘗少年滋味。凍勒花遲，香供酒醒，又算一番春計。鏡裏光陰，尊前明月，眼中時事。叢刊作「時勢」有許多閒是閒非，我説與君君記。　道是榮華富貴，恁掀天氣概，霎時搬戲。看今古叢刊作「自古」英雄，多少葬身無地。名高叢刊作「功高」惹謗，功高叢刊作「名高」相忌。我且花前沉醉，管甚箇兔走烏飛，白髮蒙頭容易。曹刻彙集卷二　何刻續刻卷八　唐刻全集卷四　書法叢刊第八輯唐寅行書扇面

袁宏道評：好。

過秦樓 題鶯鶯小像

瀟灑才情，風流標格，脉脉滿身春倦。修薦齋場，禁烟簾箔，坐見梨花如霰。乘斜月，赴佳期，燭燼墻陰，釵敲門扇。想伉儷鸞凰，萬千顛倒，可禁嬌顫。　塵世上，昨日朱顔，今朝青塚，頃刻時移事變。秋孃命薄，杜牧緣慳，天不與人方便。休負良宵，大都好景無多，光陰如箭。聞道河東普救，剩得數間荒殿。何刻續刻卷八　唐刻全集卷四

曲

怨别 合编、詞林、奏雅皆有「怨别」總題。用蕭豪韻

步步嬌 合編有小字注「用蕭豪韻」　春景

樓閣重重東風曉，玉砌蘭芽小，垂楊金粉消。綠映河橋，燕子剛來到。心事上眉梢，合

編、吴騷作「眉稍」恨人歸，不比春歸早。

醉扶歸 合編有小字注「仙吕」

冷凄凄風雨清明到，病懨懨難禁這兩朝。不思量寶髻插桃花，怎當他綉户埋芳草。無情挈伴踏春郊，鳳頭枉繡弓鞋巧。合編、吴騷作「小」

皂羅袍 合編有小字注「同上」

堪嘆薄情難料，把佳期做了流水萍飄。柳絲暗約玉肌消，落紅惹得朱顔惱。合編、吴騷作「老」心牽意挂，合編、吴騷作「情牽意絆」山長水遥；月明古驛，東風畫橋；俏冤家何事還不到！

好姐姐

如今瘦添楚腰，悶懨懨離情懊惱。落花和淚，都做合編、吴騷、詞林、奏雅作「做了」一樣飄，知多少。花堆錦砌猶堪掃，涙染羅衫恨合編、吴騷、詞林、奏雅作「痕」怎消！

香柳娘 合編、吴騷有小字注「南吕」

隔簾櫳鳥聲，隔簾櫳鳥聲，把人驚覺，夢回蝴蝶巫山廟。合編、吴騷、詞林、奏雅作「杳」我心中恨着，合編、吴騷作「想着」我心中恨着，雲散楚峰高，鳳去秦樓悄。怕今宵琴瑟，怕今宵琴瑟，你在何方弄調？撇得我紗窗月曉。

尾

別離一旦如合編、吴騷、詞林、奏雅作「生」芳草，又見合編、吴騷、詞林、奏雅作「畫棟」梁空落燕巢，可惜妝臺合編有「空教」二字人自詞林、奏雅作「易」老。何刻續刻卷九　唐刻全集卷四　吴騷合編卷四　吴騷集卷二　詞林逸響風卷　古今奏雅卷五

步步嬌 夏景

閣閣蛙聲池塘曉，水面荷錢小，空庭暑氣消。望斷藍橋，天遠人難到。清露滴梧梢，怪林鴉，底事飛來早？

醉扶歸

眼睜睜咫尺無書到，困騰騰昏迷這幾朝。最難禁風物動離情，强追陪女伴尋花草。偶穿鄰竹步芳郊，淚痕忽恨湘妃巧。

皂羅袍

畢竟薄情難料，等閒將好事雨散雲飄。愁來不逐遠山消，鏡中只惹孤鸞惱。洛陽春好，平康夜遥；東山别墅，西湖斷橋；舊游蹤跡渾忘到。

好姐姐

無端帶寬舞腰，瘦伶仃相思病惱。一身無主，好似風絮飄，愁非少。情絲惹地那堪掃，尊酒澆胸不肯消。

香柳娘

把金針暫拋，把金針暫拋，象牀眠覺，夢魂長遶高唐廟。柰佳期負却，柰佳期負却，雁去碧天高，人遠香閨悄。嘆塵埋瑤琴，嘆塵埋瑤琴，甚日和伊再調？這消息全然不曉。

尾

天涯極目迷芳草，梧竹叢深冷鳳巢，空使朱顏坐中老。何刻續刻卷九　唐刻全集卷四

步步嬌 秋景

滿地繁霜天將曉，籬落黃花小，墟烟淡欲消。送别河橋，憶昔曾同到。草木脱青梢，睹園林，蕭索驚秋早。

醉扶歸

冷颼颼庭院金風到，事悠悠今朝異昨朝。計歸程劃損玉簪兒，詠幽懷亂積詩篇草。隔簾星漢俯空郊，羡他牛女能逢巧。

皂羅袍

事變由來難料，倏晴明又早雨泊雲飄。從前恩愛一時消，而今轉得終朝惱。登高閒眺，雲邊路遥；苔蒙舊館，烟迷野橋；劉郎何日悲重到？

好姐姐

還憐治容細腰，怎禁持者般懊惱！倦來剛睡，又被魂夢飄，精神少。愁魔總賴香醪掃，心病能憑妙樂消。

香柳娘

我心如醉着，我心如醉着，仗誰推覺？恍如焚却祆神廟。怕黄昏到了，怕黄昏到了，天暗亂螢高，城静疏鐘悄。柰離情多攪，柰離情多攪，欲把冰弦自調，没心緒躊躇到曉。

尾

陽關西去連天草，愁斷飛鴻没定巢，滿目荒涼秋色老。何刻續刻卷九　唐刻全集卷四

步步嬌 冬景

落木哀風江城曉，點點寒鴉小，霜繁潦水消。迢遞紅橋，悄没人踪到。消息探梅梢，見璚葩，的皪開偏早。

醉扶歸

害相思湯藥曾嘗到，盼歸期一朝又一朝。嬾安排錦帳飲羊羔，只思量玉手拈蓍草。啓窗窺雪灑林郊，花開頃刻天工巧。

皂羅袍

短倖心腸誰料？不哀憐害我粉褪香飄。真情憶着氣難消，名兒提起心先惱。紫簫吹斷，青鸞去遥；酒闌金谷，帆開霸橋；姻緣總是修不到。

好姐姐

妖嬈翠鬟粉腰，没人憐幾番自惱。曲闌行過，轉覺神思飄，知心少。蛾眉淡了憑誰掃？卯酒醺來祇自消。

香柳娘

恰朦朧睡着，恰朦朧睡着，被誰驚覺？鷓鴣啼斷黄陵廟。爲情人去杳，爲情人去杳，淚染紫雲高，夢逐青山悄。把湘靈舊瑟，把湘靈舊瑟，再向風前鼓調，這哀怨聽來自曉。

尾

冰霜枯盡江南草，未得離鸞返舊巢，浩氣長吁天地老。何刻續刻卷九　唐刻全集卷四

伯虎閨情四闋，世所傳者祇「樓閣重重」一套耳。偶閲詞林選勝，其三闋俱全。且如皂羅袍「柳

絲」句，坊刻作「綰斷」，今本作「暗約」；香柳娘「夢回」句，坊刻作「巫山杳」，今本作「巫山廟」。意調迥別，的爲定本。因覆録之，不妨并載云。萬曆丙辰花生日，慈公識。何刻續刻卷四

緑窗春思

二郎神

人不見，奈料峭東風送曉寒；正雨散雲收春夢斷。鴛衾鳳枕，怎消受空房虛幔？可是烟花緣分慳？託誰行遞情傳簡？整雲鬟，對菱花，教人怕見愁顔。

前腔

堪憐桃腮紅損，眉山翠偃，揾不住汪汪含淚眼。争知薄倖，曾思念鴰寡鸞單。墻角梅花落已殘，冷清清和誰作伴？恨漫漫，强登樓，無言獨倚朱闌。

集賢賓

階前青草長舊斑，王孫何事不還？李白桃紅春已半，怪求友黄鶯相喚。長吁短嘆，對景物愁腸百段。淒涼限，知甚日情當完滿？

前腔

相思相見難上難，如隔萬水千山。對月和風調鳳管，恨交頸鴛鴦拆散。心慵意懶，久抛却金針銀剪。簾不捲，羞睹着穿花雙燕。

黄鶯兒

偷把淚珠彈，怕傍人，冷眼看；落花滿地驚春晚。思昔枕邊，叨叨細言，叮嚀久久心不變。怨天天，將人阻隔，不遣共團圓。

前腔

側耳聽啼鵑，灑花枝，似血鮮；想應他也有别離怨。白日懶言，清宵懶眠，心頭常挂着相思線。緑窗前，揮豪未寫，淚灑薛濤牋。

琥珀貓兒墜

風和日暖，又見柳飛綿。攪亂愁懷凝望眼，幾時重續好姻緣？願惟天天遣他，心回早整歸鞭。

前腔

看看春暮，緑暗更紅嫣。天道又經一小變，眼前明月幾時圓？悲怨紅顔薄命，多愁枉度流年。

尾

把相思苦訴與天，想天心爲儂還見憐，不信那薄倖的心腸石樣堅！何刻續刻卷九　唐刻全集卷四

春情

桂枝香

相思如醉，一春憔悴。無端幾許閒愁，惱亂離人情緒。雲山萬疊，雲山萬疊，阻隔那人何處？使我心如縣旆。望天涯，草緑江南路，王孫歸未歸？

不是路

楊柳依依，懶上妝樓學畫眉。綉簾垂，瑣窗斜把熏籠倚，裙褪紅綃減玉肌。傷情處，

深沉庭院重門閉，十二闌干不語時。留無計，杜鵑苦苦催春去。落花風細，落花風細。

長拍

燕燕于飛，燕燕于飛，差池其羽；畫粱間，雙來雙去，又早清明天氣。滿目前，緑肥紅瘦。蠶箔吐新絲，一似我柔腸萬千愁思。詩就回文頭緒亂，羞得去整頓金梭織錦機。他那裏想已是賦歸與，敲斷了玉釵紅燭冷，暗數歸期。

短拍

翠館紅樓，翠館紅樓，丹山碧水，遠迢迢何處追隨？長記別離時，悵望斷雲殘靄，都認做渭城朝雨。夢裏相逢少頃，假埋寃懊悔心癡。

尾

絞綃點點凝紅淚，他見了恐教流涕，羅袖深藏只自知。何刻續刻卷九　唐刻全集卷四

春情

桂枝香

東風寒峭，纔識春光來到；殷勤點檢梅梢，早見南枝白了。倩偷香浪蝶，倩偷香浪蝶，應是未曾知曉，却在何方閒鬧？好良宵，羅浮夜半啼青鳥，錯夢梨花燕語嬌。

前腔

春花滿眼，數不盡紅深紫淺；曉來風度湘簾，嬌怯鶯聲流囀。喚起春情萬千，喚起春

情萬千，點點有誰消遣？空把雕闌倚遍。悄無言，啼殘玉頰芳容減，抛却金針懶去拈。

前腔

殘紅滿地，又是春將歸去；可憐一夜東風，吹落桃花千樹。那愁蜂怨蝶，那愁蜂怨蝶，孤負尋香情緒，空逐飄飄飛絮。滿天涯，無端芳草迷行騎，難挽韶光住片時。

前腔

子規啼切，空叫東風寒夜；春光已去多時，猶道不如歸也。故添人怨嗟，故添人怨嗟，不念我芳容消怯，愁對孤燈明滅。月初斜，聽殘玉漏聲將歇，欲夢陽臺路轉賒。何刻續刻

卷九　唐刻全集卷四

春情

好事近

雲雨杳無踪，一春靜守房櫳；無風庭院，清晝自飛殘紅。愁濃，奈有千頭萬緒，堆積處都在眉峰，針慵拈弄。料薄倖秦樓迷戀，何日相逢？

錦纏道

絮濛濛，似寃家全無定踪。奴惜念，怪東風，淚緘封；欲傳心事，奈没鱗鴻。望關山，千里萬里，知他共誰汎金鍾？何處繫青驄？畢竟珠圍翠擁，抛奴寂寞中。帳底雙鴛被，羞將龍腦夜熏籠。

普天樂

繡幃空，難爲夢，病染懨懨重，説消瘦，鸚鵡在朱籠。妝臺上，寶鏡塵蒙，香雲鬢蓬；又誰知，因他臂釧金鬆！

古輪臺

月溶溶，雕闌猶倚又昏鐘；隔花香霧縈簾重。鞦韆不動，影漸過墻東；添我悶懷百種。往日歡娛，盡成憂怨，當初易匆匆。酒冰銀甕，摘花浸，强把愁攻。更闌人静篆消猊，叨漏聲遲送。褥冷繡芙蓉，無人共，坐陪絳燭燼春紅。

尾

相思債無盡窮，最苦是孤凰求鳳，目斷天涯芳草濃。何刻續刻卷九　唐刻全集卷四

缺題

步步嬌

滿目繁華春將半，回首情無限，西樓晝捲簾。芳草萋萋，野花撩亂，斜倚晝闌干；把江南雲樹相思遍。

忒忒令

理冰弦，將離懷自遣，未彈時意慵心倦。詞調短，寫不盡心中愁怨。空冷爐玉鑪烟，又早見風兒細，月兒明，花陰半轉。

園林好

只爲他蘭香嬾燃，只爲他金針嬾拈，只爲他被姊妹每輕賤；只爲他意懸懸，只爲他恨綿綿。

香柳娘

漸香消玉減，漸香消玉減，青鸞羞見，啼痕滴損桃花面。怕黄昏到也，怕黄昏到也，衾冷倩誰温？孤枕有誰伴？自長吁短嘆，自長吁短嘆，心兒暗思，口兒頻念。

好姐姐

可憐正淒涼未眠，冷清清把紗窗半掩。更長夢短，使人愁悶添。真堪怨，冤家到把誰迷戀？不記得花前月下言。

雙蝴蝶

恨天，嘆紅顔多命蹇；恨天，負心的音信遠；捱不過夜如年，寬褪了兩行金釧。恨天，杳没箇便人兒，將心事傳；恨天，空教我卜金錢，眼望穿。

玉抱肚

薄情心變，頓忘却香囊翠鈿；只爲他假話虛言，哄得人意惹情牽。朝思暮想病懨懨，只落得瘦怯法，花容不如前。

玉交枝

時光似箭，送青春催着少年。看雙雙花底鶯和燕，怎教人獨睡孤眠？他在紅樓翠幙醉管弦，更不念我寒燈暮雨空腸斷！訴不盡離愁萬千！訴不盡淒涼萬千！

川撥棹

尋思遍，恨冤家忒行淺。不記得海誓山盟，不記得羅幃鳳鸞；不記得錦屏前，不記得枕兒邊。

僥僥令

蒼天還念我，再結此生緣。有日相逢重歡忭，把好話綢繆春晝短。

尾

殷勤寄與南來雁，使情人心回意轉，花再芳菲月再圓。何刻續刻卷九　唐刻全集卷四

缺題

步步嬌

滿地梨花重門掩，不覺春過半，荼蘼香夢寒。風雨黄昏，寂寥庭院，美景對誰言？多應

負却看花眼。

孝順歌

長生術，何處傳？桃花笑人不似前，何事損朱顏？何事鎖春山？恩多成怨，悔不當初莫識風流面。比翼肩，並蒂蓮，物尚然，人苦不團圓。

香柳娘

正朦朧睡酣，正朦朧睡酣，被鶯聲喚轉，枕痕一綫紅香淺。嘆四肢嬌軟，嘆四肢嬌軟，懶把繡針拈，慵將畫簾捲。對蒼天暗占，對蒼天暗占，相逢未便，淒涼未滿。

園林好

你趁着青春少年，我落得酸心苦膽，也只是命遭孤艱。空淚滴，溼青衫；枉寫恨，滿華緘。

江兒水

鬢嚲釵頭鳳，塵蒙鏡裏鸞；殘脂剩粉無心管。想前春，故燒高燭把紅粧玩；記昔年，同行明月把芙蓉看。今日畫眉人遠，冷透香羅，無柰東風翦翦。

僥僥令

病從愁裏得，愁向病中添；萬種情懷誰排遣？只得對青燈，淹淚眼；背夭桃，含淚眼。

尾

韶華贏得傷春怨，撫枕懷人魂夢牽，留得飛花泣杜鵑。何刻續刻卷九　唐刻全集卷四

缺題

步步嬌

花落花開，不管流年度，誰與花爲主？傷心聽杜宇。人面桃花，甚時完聚？有意送春歸，無計留春住。

江兒水

雨過横塘路，池萍漲緑波；紛紛柳絮隨風舞，紗窗幾陣黄梅雨。圓荷葉小難擎露，景傍清和時序。晝永人閒，静掩緑窗朱户。

園林好

人去遠，佳期未卜，暗倚遍闌干數曲。見池内鴛鴦交頸，不似你命兒孤，偏似我命兒孤。

川撥棹

碧碧草沿堦，海榴半吐綻，蜀葵如錦簇。那更令節蕤賓，那更令節蕤賓，遍懸貼神符艾虎。怎將人鬼病魔？怎將人鬼病魔？

人月圓

氣長吁，情懷幾許？惹離愁千萬縷。一似散却鸞凰，一似散却鸞凰，再不想吹簫伴侶。這離情欲訴誰？這離情欲訴誰？

五供養

深沉院宇，透入薰風，暑氣全除。涼亭堪宴賞，有清虛陽臺路阻。雲雨事，無憑無據；甚日重相會，再歡娛？未知道，天意果是何如？

僥僥令

光陰如撚指，日月緊相催；只見暑往寒來空中去，不見有情人，教誰寄書？

前腔

彤雲纔密布，六出滿空飛；只見煖閣紅鑪銀妝遍，不見雁兒來，教誰寄書？

尾

冤家莫把人孤負，早會合共成一處，免教我鳳隻鸞孤。何刻續刻卷九　唐刻全集卷四

傷春

針綫箱

自別來杳無音信，昨夜裏燈花未準；五行中合受淒涼運，只索要苦縈方寸。有時節獨立在垂楊下，可柰枝上流鶯和淚聞。（合）真愁悶，縷金衣上，都是啼痕。

前腔

過一日勝似三春，看看早春光又盡；害得那不疼不痛淹淹病，漸覺這帶圍寬褪。只見落紅滿城香成陣，又是雨打梨花深閉門。（合）真愁悶，縷金衣上，都是啼痕。

解三醒

待寫下滿懷愁悶，竟説與外人不信；回文錦圖空織盡，爲訴與斷腸人。幾番待撇，尋思別事因，又争柰一夜歡娱百夜恩。（合）今番病，非因是害酒，只爲傷春。

前腔

海棠嬌等閒憔悴損，怎不見當時花下人？東風不管人離恨，空吹散楚臺雲。如癡似醉，悠悠勞夢魂，恨不得一上青山變化身。（合）今番病，非因是害酒，只爲傷春。

尾

恨薄情無憑準，朝朝思想淚珠傾，這樣傷春誰慣經？何刻續刻卷九　唐刻全集卷四

恨别

香遍滿 用尤侯韻

因他消瘦，春來見花真箇羞；羞問花時還問柳。柳條嬌且吴騷集作「又」柔，絲絲不綰愁。幾回暗點頭，似嗔吴騷集作「厮那」我眉兒皺。

懶畫眉

無情歲月去如流，有限姻緣不到頭，懨懨鬼吴騷集作「春」病幾時休？繡户輕寒透，十二珠簾不上鈎。

梧桐樹犯 商調

梧桐樹此曲牌名從吴騷集補入黄鶯似喚儔，紫燕如呼友，浪蝶狂蜂，對對還尋偶。**針線箱**無端故把人僝僽，一片身心，如何教我吴騷集作「教我如何」得自繇。**五更轉**梨花暮雨合編、吴騷集作「細雨」黄昏後，静掩重門，只與燈兒廝守。

浣溪沙 以下南吕

我容貌嬌，他年紀幼，那時節合編、吴騷集作「那其間」兩意相投。琴心宛轉頻挑逗，詩句合編、吴騷集作「詩謎」包籠幾和酬。他去久，有些箇風聲兒，未真實，見人吴騷集作「向人前」須問箇因繇。

劉潑帽

浪游那裏吴騷集有「也」字青驄驟，向吴姬賣酒鑪頭；烏絲醉寫偎紅袖，廝逗留，半霎兒渾忘舊。

秋夜月

恩變作合編、吴騷集作「做」讎，頓忘了神前咒。耳畔盟言皆虚謬，將他作念他知否？他待要罷手，我何曾下口？

東甌令

難消悶，怎忘憂，抱得秦箏上翠樓。弦聲曲韻合編、吴騷集作「意」都合編、吴騷集作「皆」非舊，淚濕透合編、吴騷集作「了」春衫袖。青山疊疊水悠悠，何處問歸舟？

金蓮子

表記吴騷集作「别時」留，香羅半幅詩一首，做一箇香囊兒緊收。怕見那繡鴛鴦，一雙雙交頸睡沙頭。

尾

等待他來時候，薰香重暖合編、吴騷集作「整」舊衾裯，吴騷集作「舊風流」把往事從前一筆勾。何刻續刻卷九　唐刻全集卷四　吴騷集卷二

按：此因他消瘦一套，吴騷合編作陳秋碧作，吴騷集又作唐伯虎作。總題恨别及梧桐樹犯中梧桐樹、五更轉曲牌名，皆從吴騷合編補入。

又按：何刻續刻于自别來杳無音信一套後注云：「右曲十三套，見詞林選勝。」另有散曲黄鶯兒六闋，似作一套者。讀趙元度啓，因他消瘦一套，或在十三套内，故自伯虎雜曲中補録于末。又何刻續刻於此後諸曲，皆列入「附伯虎雜曲」中；然内多套曲，因分類編録於後。

何子讀六如先生曲譜，而喟然有感焉。往予外叔祖酉巖秦氏，博極群書，尤精音律。嘗應試南都，以八月既望，縱步桃葉渡。三吴士女靚妝炫服，游者如堵。已而六館英豪，平康姝麗，笙歌雜沓，畫舫鱗次。酉巖乃浩歌念奴嬌序一闋，低回慷慨，旁若無人。環橋而聽者，不可勝紀也。頃之月墮沙堤，漏殘銀蝎；向之姝麗者，争前席交歡焉。捧檀板以度曲，挾雲和而授指；綣周郎之盼睞，祈薦枕于襄王；悦李謩之譜詞，效吹簫于秦女；洵可樂也。曾未數十年，風流頓盡，石城夜月，空縣美人之思；柘館笠篌，不入鍾期之聽。予外祖鳳巖公每向予道之，

未嘗不涕泗唏嘘也。嗟夫！人與世衰，韻隨代舛。蕪音累句，徒傳白苧之篇；拗韻顛腔，祇豔紅泉之帙。詎審填詞按曲，別準金科；疊譜和腔，須逢繡指；未易以一二爲盲道矣。詞林選勝一編，乃魏良輔點板。所載六如曲富甚，予備録之。其微詞秘旨，種種不傳。惜爲三家學究，漫置題評；十市街頭，私行改竄。鶯聲柳色，第聞亥豕魯魚；鳳管鸞箏，莫辨浮沉清濁。纖妍雖具，妙義全乖。不佞耳慚師曠，心賞伯牙，捐資募工，亟爲繕寫。更以諸本刊誤，附列如左。庶幾碔砆對連城而失色，明月錯魚目而愈珍。即起六如、西巖兩公于九原，當不以予爲傖父也。丙辰三月禊日，虎丘漫識。按：全集有「何大成慈公」五字。何刻續刻卷九　唐刻全集卷四

伯虎雜曲，散見諸樂府。或誤刻他姓，或別本誤見者，種種不同。不佞悉爲詮次，以備闕遺。然皆各有所據，不敢混入，以滋贗誚云。丁巳夏日，慈公識。　何刻續刻卷九　唐刻全集卷四

附趙元度啓云：「伯虎集搜討全集作「訪」極博矣，敬服敬服。第樓閣重重一套，因他消瘦一套，□□見其爲古詞，元末國初人作，非唐先生者。而春去春來一套，乃真唐作矣。乞入此而去此兩套，庶爲善本。」元度博極群書，其言必非無據。但考詞林選勝繫六如作，未知孰是？不佞志在攟摭，麐角鳳毛，在所畢登；其真其贋，統俟博雅者考焉。若曰「屠沽市肆，溷入清廟」，則彙萃各有主名，罪不獨不佞也。刻成不忍削去，姑兩存以便歌者。何刻續刻卷九　唐刻全集卷四

秋思

香遍滿

春風薄分，吹回楚臺一片雲；入夢追尋無定準。遠山疑淺顰，仙踪不染塵。想應夢裏人，解憐我傷秋恨。

瑣寒窗

漸江楓玉露初勻，料想衡陽雁未賓。盼巫峰朝暮，信息難真；誰知青鳥忽傳來信！似雲軿降臨，隱隱偶聞。試端詳月下丰神，頓教良夜生春。

劉潑帽

背人避影通芳訊，恨塵緣尚阻良姻。盈盈眼底明河近，不得親，脉脉添愁悶。

大聖樂

玄都觀花事雖湮，想天台緣未泯。采春正合元郎韻，知盼盼是你前身。少不了，今生酬却前生願；豈但是，一夜夫妻百夜恩。從他間阻，這赤繩到處，自然相引。

生薑芽

秋蟾又吐痕，採萸新，壺觴肯向時俗混？頻傳問，待玉人携芳醞，任他吹帽金風峻，黄花笑把簪蟬鬢。屈指良辰，是佳期從今定，無孤辰運。

尾

離情一日三秋迅，况秋宵容易斷魂，待取相逢却細陳。何刻續刻卷九　唐刻全集卷四

情柬青樓

榴花泣

石榴花折梅逢使，煩寄到金陵；是必見那芳卿，將咱言語記取詞林作「須」真，一一的説與他聽。**泣顔回**自别來到今，急煎煎遣不去心頭悶；似楊花覆去翻來，如芳草削盡還生。

前腔

憑高眺遠，望不見石頭城；重山障亂雲凝，茫茫都是别離情，只落得淚眼盈盈。恨不能

生羽翎，到妝臺訴與你聽。詞林無「聽」字千般恨，有誰人知我衷情？詞林、奏雅作「幾微」惟明月照人方寸。

喜漁燈犯

喜漁燈佳辰詞林、奏雅作「佳晨」幾把闌干憑，也只爲傷春。詞林「傷春」兩字作「你」你怎知我日夜相思？竟忘餐廢寢！你怎知我近日多愁悶？漸覺帶圍寬褪。**豆葉黄**説與他，我決不學王魁行；説與他，你莫學蘇小卿。説與他，酒泛金樽，我也無心去飲；説與他，弦斷瑤琴，我也無心再整。**喜漁燈**説與他，我怕聽鷄鳴鐘聲；報黄昏，送五更，那時節，我的愁悶轉增。

瓦漁燈

瓦盆兒想殺您，初相見至誠；想殺您，笑來迎；想殺您，體素龐兒俊；想殺您，花月下好句聯賡；想殺您，叫着小名低低應；想殺您，對蒼天共盟；想殺您，臨岐執手苦叮嚀。**山漁燈**這衷腸事，略略訴您；知己話，也難説與君聽。**喜漁燈**正是怱怱萬般説不盡，煩君去傳與我多情。他若聞，必然淚零；只怕他詞林無「他」字淚痕有盡情難盡，落得兩處一般愁悶縈。

尾

梅花香裏傳春信，報道江南一種情，莫學凍蕊寒葩心上冷。按：何刻續刻原有注云「此套係孫西川作，今正之」。何刻續刻卷九　唐刻全集卷四　詞林逸響花卷　古今奏雅卷五

閨情　白雪齋藏本　按：此題從合編補入。

月兒高　合編作「二犯月兒高」，并注云「用先天韻」

烟鎖垂楊院，日長繡簾捲。人静鶯聲細，花落重門掩。薄倖不來，羞覩畫合編作「雕」梁燕。天涯咫尺，咫尺合編無「咫尺」兩字情人遠。只怕路阻藍橋，無緣得見。天，天若肯周

全，除非是合編作「除是」夢裏相逢，把奴合編無「奴」字衷腸訴一遍。

前腔　用魚模韻

園苑合編作「院落」飄紅雨，輕風蕩飛絮。有意送春歸，合編作「有限春將盡」無計留春住。倚遍欄干，默默悄無語。雲山萬疊，萬疊合編無「萬疊」二字空凝佇。我的情郎合編作「薄倖喬才」知他在何處？吁！欲待要寄封書，合編作「書，欲待付雙魚」只怕水遠山遥，合編作「水漲湘潭」没箇便鴻去。合編作「飄泊迷前路」

前腔　用尤侯韻

送别合編作「慢折」長亭柳，情濃怕分手。欲跨合編作「上」雕鞍去，扯住羅衫袖。問道歸期，端的合編有「是」字甚時候？盟合編作「回」言未卜，未卜絞綃透。合編作「奇和偶」唱徹合編作「懶唱」陽關，重斟合編作「慵斟」别酒。酒，除非是合編作「除是」解消愁，合編作「你消愁」只怕酒醒更殘，合編作「酒醉還醒」愁來又依舊。

前腔　用東鍾韻

髻綰（合編作「髻亂」）香雲擁，釵分兩金鳳。（合編作「冷落釵頭鳳」）爲你多嬌態，積下愁千種。（合編作「塵暗菱花鏡，香斷芙蓉夢」）月冷（合編作「月黯」）黄昏，孤燈有誰共？ 情人誤我，誤我良宵夢。畫角頻吹，梅花又三弄。（合編四句作「心頭紅淚如泉涌。愁聽畫角頻吹，梅花三弄」）風，休吹入繡幃（合編作「簾」）中。 只怕惱動（合編作「亂」）多情，（合編作「離懷」）把奴相思病越重。（合編作「把相思的病越重」）　何刻續刻卷四　唐刻全集卷四　吴騷合編卷一

嘆世詞

對玉環帶清江引

春去秋來，（珊瑚網作「春來」）白頭空自挨；（珊瑚網作「捱」）花落花開，朱顏（珊瑚網作「紅顔」）容易衰。珊瑚網作「改」）世事等浮埃，光陰如過客；（珊瑚網作「隙」）休慕雲臺，功名安在哉！ 休想蓬萊，

神仙真浪猜。　清閒兩字錢難買，苦（珊瑚網作「枉」）把身拘礙。人生過百年，便是超三界，此外別無他計策。（珊瑚網作「別無閒計策」，全集作「此外更無別計策」）極品隨朝，疑是（珊瑚網作「誰似」）倪宮保；百萬纏腰，誰是（珊瑚網作「誰似」）姚三老？富貴不堅牢，達人須自曉；蘭蕙蓬蒿，看來（全集、珊瑚網作「算來」）都是草；鸞鳳鴟梟，算來都是鳥。　北邙路兒人怎逃？　及早尋歡樂。　痛飲百（全集作「千」，珊瑚網作「一」）萬觴，大唱三千套，無常到來猶恨少。

禮拜彌陀，也難憑信它；懼怕閻羅，也難回避他。枉自苦（全集作「受」）奔波，回頭纔是可；口似（全集作「若」，珊瑚網作「是」）懸河，也須牢閉呵！　手似（珊瑚網作「是」）揮戈，也須牢袖呵！　越不聰明越快活，省了些閒災禍。　家私那用多？　官爵何須大？　我笑別人人笑我。

暮鼓晨鐘，聽得咱耳聾；春燕秋鴻，看（珊瑚網作「盼」）得咱眼矇。猶記做孩童，（珊瑚網作「頑童」）俄然成老翁；休逞姿容，難逃青鏡中；休使英雄，都堆（全集作「歸」）黄土中。　算來不如閒打哄，枉自把機關弄。　跳出麵糊（珊瑚網作「烏」）盆，打破酸虀甕，誰是惺惺誰懵懂！　何刻外編卷三　曹刻彙集外集　袁評本外集　唐刻全集卷四　珊瑚網書録卷十六

黄鶯兒十二闋

經訓堂作「錦衣公子」

殘月照妝樓，静闇闇，全集作「愔愔」，經訓堂作「陰陰」燕子愁；滿庭經訓堂作「一庭」芳草黄昏後。王孫浪游，光陰水流，梨花冷淡和人瘦。夢悠悠，銅壺滴漏，孤枕四更頭。何刻續刻卷四　唐刻全集卷四　古今奏雅　詞林逸響　經訓堂法書

羅袖怯詞林、奏雅、曹刻彙集、袁評本、經訓堂作「捲」春寒，對飛花，淚眼漫；無心拈弄閒簫管。塵蒙曹刻彙集、袁評本、經訓堂作「迷」鏡鸞，愁埋枕珊，曹刻彙集、袁評本、經訓堂作「枕山」蘼蕪草緑王孫遠。倚雕闌，叮嚀魚雁，風水路途難。何刻續刻卷九　曹刻彙集外集　袁評本外集　唐刻全集卷四　經訓堂法書

蝴蝶杏園春，惜芳菲，紅袖人；東風九十詞林、奏雅作「久説」愁纏病。羅衣懶薰，蟬蛾懶簪，詞林、奏雅作「檀眉謾顰」，經訓堂作「檀娥漫顰」烟波魚鳥無音信。夜黄昏，空庭細雨，燈影伴詞林、奏雅、經訓堂作「照」孤身。曹刻彙集外集　袁評本外集　何刻續刻卷九　唐刻全集卷四　古今奏雅卷下　詞林逸響花卷　經訓堂法書

疏雨滴梧桐，聽秋聲，萬籟風；孤衾夜永相思重。樓頭怨鴻，床頭亂蛩，啾啾唧唧驚芳

夢。待朦朧，相逢未已，無耐五更風。何刻續刻卷九　唐刻全集卷四

無語想芳容，滿春衫，淚漬紅；征衣遠寄郎珍重。淒涼萬種，關山幾重，都成一樣相思夢。覷長空，鵝毛碎剪，迷斷九疑峰。何刻續刻卷九　唐刻全集卷四

寒食杏花天，鳥啼春，人晏眠；一簾飛絮和風捲。芳菲可憐，相思苦纏，等閒鬆了黃金釧。悶懨懨，朝雲暮雨，魂夢到君前。曹刻彙集、經訓堂作「魂夢繞巫山」　何刻續刻卷九　曹刻彙集外集　唐刻全集卷四　經訓堂法書

細雨濕薔薇，畫梁間，燕子歸；春愁似海深無底。天涯馬蹄，燈前翠眉，馬前芳草燈前淚。夢魂迷，詞林、奏雅、經訓堂作「飛」雲山滿目，詞林、奏雅、經訓堂作「萬里」不辨路東西。何刻續刻卷九　曹刻彙集外集　唐刻全集卷四　詞林逸響花卷　古今奏雅卷六　經訓堂法書

風雨送春歸，杜鵑愁，花亂飛；青苔滿院朱門閉。燈昏翠幃，愁攢翠眉，經訓堂作「黛眉」蕭蕭孤影汪汪淚。惜芳菲，春愁幾許，經訓堂作「似海」碧草經訓堂作「綠草」繞天涯。何刻續刻卷九　曹刻彙集外集　唐刻全集卷四　經訓堂法書

秋水蘸芙蓉，雁初飛，山萬重；行人道路佳人夢。朝霜漸濃，寒衣細縫，剪刀牙尺聲相送。韻叮咚，誰家砧杵？敲向月明中。何刻續刻卷九　唐刻全集卷四　經訓堂法書

孤枕伴殘燈，悄無言，珠淚零；濃霜打瓦鴛鴦冷。淒涼五更，綢繆四星，愁腸早已安排

定。恨才人，長門賦裏，説不盡衷情。經訓堂作「難説這衷情」　何刻續刻卷九　唐刻全集卷四　經訓堂法書

燈火夜闌珊，繡簾風，花影寒；不除釵釧眠孤館。心兒詞林、奏雅有「裏」漸酸，口兒詞林、奏雅有「裏」漸乾，此時愁比天長短。夢巫山，雲收雨散，神女怨青鸞。何刻續刻卷九　唐刻全集卷三　詞林逸響花卷　古今奏雅卷六　經訓堂法書

日轉杏花梢，送春歸，把酒澆；行人不念佳人老。青簾小橋，黄騮滿鑣，經訓堂作「驃」天涯何處無芳草？路迢遥，歸期正早，瘦損小蠻腰。何刻續刻卷九　唐刻全集卷四　經訓堂法書

黄鶯兒　詠美人浴

衣褪半含羞，似芙蓉，怯素秋；重重濕作胭脂透。桃花在渡頭，紅葉在御溝，風流一段誰消受？粉痕流，烏雲半嚲，撩亂倩郎收。何刻續刻卷九　唐刻全集卷四

集賢賓

冰肌玉骨香旖旎，藕花深處亭池；碧玉欄杆誰共倚？孤負了涼風如水。光陰撚指，又早是破瓜時序。經訓堂作「年紀」鸞鏡裏，只怕道崔徽憔悴。何刻續刻卷九　唐刻全集卷四　經訓堂法書

集賢賓四闋

紅樓畫閣天縹緲，玉人乘月吹簫；一曲梁州聲裊裊，到此際離愁多少？青鸞信杳，魂夢斷十洲三島；春色老，看滿地桐花風掃。

春深小院飛細雨，杏花消息何如？報道東君連夜去，須索要圈留他住。金盃滿舉，怎不念紅顏春樹？君看取，青塚上牛羊無主！

閒庭細草天色暝，瀟瀟經訓堂作「簫簫」風雨清明；萬斛春愁兼酒病，偏不肯容人甦醒。殘花弄影，明日是滿枝青杏；金鏡經訓堂作「金釧」冷，羅袖上淚沾紅粉。

窗前好花經訓堂作「冰肌玉骨」香旖旎，藕花深處亭池；碧玉欄杆誰共與，經訓堂作「共倚」歎瞬息年華如水。經訓堂作「孤負了涼風如水」光陰撚指，又早是破瓜年紀；鸞鏡裏，細看來十分憔悴。經訓堂作「只怕道崔徽憔悴」　何刻續刻卷九　唐刻全集卷四　經訓堂法書

以上四闋，別本誤刻沈青門，今考三徑詞選，實係唐六如先生作。何刻續刻卷九　唐刻全集卷四

按：此四闋見經訓堂法書所刻唐伯虎行書詞中。

桂枝香四闋

蓮壺漏啓，薰籠香細；寒生小閣春殘，人在遼陽天際。以上五字原缺，據吳騷補看鞦韆影度，二句吳騷作「鞦韆影度墻，鞦韆影度墻」疑是寃家來□□□□□□以上十二字，吳騷作「無奈芳心搖曳，又度了一番花」事。到薔薇，摘花浸酒春愁重，燒竹煎茶夜卧遲。以上五字原缺，據吳騷補

紅樓凝思，緑陰鋪地；輕黄落盡蜂鬚，淡粉烘乾蝶翅。見雕梁燕兒，見吳騷無此「見」字雕梁燕兒，呢喃學語，困人天氣。薄情的，何處章臺路？飛花襯馬蹄。

芳春將去，玉人歸未？心隨柳絮飄揚，貌比吴騷作「與」梨花憔悴。嘆幽閨夢中，嘆幽閨夢中，二句吴騷作「幽閨夢迷，幽閨夢迷」怎識關河迢遞？音書難寄？意如癡，怪殺雙鸂鶒，横塘只吴騷作「相」並飛。封侯未遇，王孫何處？綠楊葉底黄鸝，紅杏梢頭青子。吴騷作「紅杏枝頭杜宇」惜芳菲又歸，惜芳菲又歸，二句吴騷作「惜芳春又歸，芳春又歸」滔滔逝水，欲留無計。漏遲遲，吴騷作「漏聲遲」宿鳥驚枝去，吴騷作「處」殘燈落燼時。何刻續刻卷九　唐刻全集卷四　吴騷集卷一

排歌　詠纖足

第一嬌娃，金蓮最佳，看鳳頭一對堪誇。新荷脱瓣月生芽，尖瘦幫柔滿面花。從别後，不見他，雙鳧何日再交加？腰邊摟，肩上架，背兒擎住手兒拿。何刻續刻卷九　唐刻全集卷四

山坡羊十一闋

新酒殘花迤逗，寒食清明前後；羅衣冷落，冷落腰肢瘦。獨自經訓堂作「箇樣」愁，何時有

住經訓堂作「盡」頭？剛能撥遣，撥遣經訓堂均作「遺撥」還依舊；芳草天涯人在否？登樓，登樓望遠游；低頭，低頭淚暗流。何刻續刻卷九　唐刻全集卷四　經訓堂法書

燕子粧樓春曉，唐刻全集、經訓堂作「窗下鷄鳴天曉」天際王孫芳草；烟波曠蕩，曠蕩鱗鴻杳。翠黛凋，愁眉怎畫經訓堂作「樣」描？東風賺得，賺得經訓堂無「賺得」二字鶯花老；紅燭金釵且漫敲。香消，香消一捻經訓堂作「扠」腰；迢遥，迢遥萬里橋。何刻續刻卷九　唐刻全集卷四　經訓堂法書

信迢迢無此憑準，睡惺惺經訓堂作「醒醒」何曾安穩？東風吹散，吹散梨花影。軟弱經訓堂作「怯」身輕，身輕草上塵。只愁鏡裏，鏡裏經訓堂無「鏡裏」二字朱顏損；栲栳量金買斷春。經訓堂作「難買春」傷神，傷神額黛顰；堪嗔，堪嗔薄倖人。何刻續刻卷九　唐刻全集卷四　經訓堂法書

窗下鷄鳴天曉，唐刻全集、經訓堂作「燕子粧樓春曉」箔上蠶眠春老；海棠報道，報道花開早。夜又朝，光陰信手拋。甫能炙得，炙得經訓堂無「炙得」二字燈光經訓堂作「燈兒」了；燕子樓頭月又高。春宵，春宵嘆寂寥；裙腰，裙腰香漸消。何刻續刻卷九　唐刻全集卷四　經訓堂法書

纖手尋常相挽，親口曾教經訓堂作「親許來時」放膽；塔尖兒上，却把人來賺。咫尺間，難猜對面山。風雲氣色，多少濃和淡；鐵打心腸也弄酸。經訓堂作「痛酸」無端，無端惹這般；休瞞，休瞞道没干。四句經訓堂作「冤愆，怎得魚兒上釣竿；盤桓，難道磚堦没縫鑽」何刻續刻卷九　唐刻全集卷四　經訓堂法書

睡昏昏不思量茶飯，氣淹淹向虛空嗟嘆。他推不慣，到是誰曾慣？那轉灣，相逢着面顔；除非是天與，天與人方便；性命看來直破錢。嬋娟，嬋娟望可憐；姻緣，姻緣豈偶然？　何刻續刻卷九　唐刻全集卷四

暖融融，温香肌體；笑吟吟，嬌羞容止；牡丹芍藥都難比。緊摟時，心頭氣一絲。起來拜謝，拜謝天和地；經訓堂作「魂靈飛散青霄裏」便死甘心説甚的。相携，相携手不離；相思，相思只自知。　經訓堂作「釵垂，釵垂寶髻披；香脂，香脂尚有餘」　何刻續刻卷九　唐刻全集卷四　經訓堂法書

明月梧桐金井，游子風塵萍梗；經訓堂作「蓬梗」紅羅斗帳，斗帳新霜冷。掩翠屏，斜身背着燈；燈前壁上，壁上形和影；經訓堂作「形憐影」教我經訓堂作「此際」如何挨經訓堂作「捱」到明？愁聽，愁聽雁報更；低聲，低聲訴經訓堂作「數」薄情。　何刻續刻卷九　唐刻全集卷四　經訓堂法書

嫩緑芭蕉庭院，新綉鴛鴦羅扇；天時乍暖，乍暖渾身倦。整步蓮，鞦韆畫架前；幾迴欲上，欲上羞人見；走入紗廚枕底經訓堂作「淚」眠。芳年，芳年正可憐；其間，其間不敢言。
何刻續刻卷九　唐刻全集卷四　經訓堂法書

情和愁，纏人沉醉；月和燈，明人心地；爲冤家使得心都碎。骨髓情，怎教人心棄毁；

藍橋路阻，路阻春來水；深院黃昏珠淚垂。徘徊燈花燒做灰，荼蘼闌干邊，飛作堆。何刻續刻卷九　唐刻全集卷四　經訓堂法書

數過清明春老，花到荼蘼事了；光陰估值，估值錢多少？望酒標，先攙經訓堂作「拚」典翠袍；三更尚道，尚道歸家早；花壓重門帶月敲。滔滔，滔滔醉一宵；蕭蕭，蕭蕭已二毛。何刻續刻卷九　唐刻全集卷四　經訓堂法書

新水令

一從秋暮路傍窺，閃流光又經春至。總良媒無密期，捱不過這寥寂。無便寄半行書，空目斷清波鯉。何刻續刻卷九　唐刻全集卷四

步步嬌

獨坐書齋，漫把薰籠倚；悶則和衣睡，無端走筆題。信手縱橫，都做了相思字；終日意如癡，把功名兩字空抛棄。何刻續刻卷九　唐刻全集卷四

折桂令

有時節，强對書籍，悔過尋思；間理文辭，剛不到數行箋注，幾個標題；早不辨了周書漢史，却倒讀了者也乎之。眼底昏迷，脚步慵移；又不覺遶書齋，閒走千迴。何刻續刻卷九　唐刻全集卷四

江兒水

俛首沉吟久，何時得遇伊？覷芳容旖旎多嬌麗，待冤家嗔喜千般意，訴咱行萬種相思味。顛倒百番思議，一段柔情，做了兩家酬對。何刻續刻卷九　唐刻全集卷四

雁兒落

我怕你，害相思損玉肌；我怕你，乍相逢無恩義；我怕你，入侯門似海深；我怕你，把

蕭郎空違背；我怕你，口中辭無剴切；我怕你，温存話面相欺；我怕你，埋没俺真誠意；我怕你，憐念着倍傷悲。怎得人問個真消息，愁也麽？疑俺志誠心，自有天鑒知！何刻續刻卷九　唐刻全集卷四

僥僥令

他倦繡停針不語時，忽聽得燕鶯啼；疑是人蹤窗前至，剛偷覷兩下閃相思。何刻續刻卷九　唐刻全集卷四

收江南

呀！早知道恁般拆散呵！誰待要當日遇嬌姿，好似離魂倩女鎮相隨；又不是襄王雲雨夢驚迴。細停睛看時，細停睛看時，却原來虚齋寂寞自徘徊。何刻續刻卷九　唐刻全集卷四

園林好

想玉人花容柳眉，不由人不如呆似癡。無奈雲山遮蔽，生隔斷路東西，生隔斷路東西。

何刻續刻卷九　唐刻全集卷四

沽美酒

縮垂楊，贈別離；聽寒鴉，似悲啼；滿目風光助慘悽，傷情只自知，欲訴待憑誰？有日嫁兒郎，新婚燕爾，怎知俺愁中滋味！我呵，恨無能比翼并栖，空獨自屈指佳期。呀！猛驚看青衫淚濕。何刻續刻卷九　唐刻全集卷四

清江引

多情自古添憔悴，怕惹得傍人議；將心脉脉疑，則索沉沉睡；要相逢，除是夢兒裏同歡會。何刻續刻卷九　唐刻全集卷四

唐寅集卷第五

書

上吴天官書

寅再拜：昔王良適齊，投策而嘆；歐冶去越，折劍言詞。藝不云售，慨猶若此，況深悲極憤者乎！寅夙遭哀閔，室無强親；計鹽米，圖婚嫁，察雞豚，持門户。明星告旦，而百指伺餔；飛鼠啓夕，而奔馳未遑；秋風飄爾，而舉翮觸隅；周道如砥，而垂頭伏櫪。輿隸交叱，刀錐并侵；烟爨就微，顛仆相繼。徬徨闤闠之下，婆娑里巷之側。飛塵揚波，行人如蟻；恫恫偶偶，不可與處。此乃有生之憂，非寅之所畏也。至若槿樹辭榮，芳林引暮；學書不成，爲箕未貨；豔色廢于羣醜，齊音咻乎衆楚。鶗既鳴矣，而飄遥遠游；日云夕矣，而契闊寤嘆；九衢延絲，而窮轍漣如；高門將將，而敗刺無從。又漢綱横施，略瑕録腐；駑馬效其馳驅，鉛刀礪其銛鍔；有志功名之士，扼腕攘袂之秋也。若肆目五山，總轡遼野；横披六合，縱馳八極。無事悼情，慷慨然諾；壯氣雲蒸，烈志風合。戮長猊，令赤海；斷修蛇，使丹岳；功成事遂，身斃名立；斯亦人生之一快，而寅之素期也。乃至凍蠅垂翅，絶望驥後；斥鷃栖蒿，仰思鴻末，念言自致，力薄羽微。人生若朝露，百年猶飛電；一旦先犬馬，何從效分寸哉？使童牛躑躅于重基，狐狸跳梁于玄穸，皮毛并没，草木同塵。雍門援琴，吁其傷矣！墨子悲絲，殊乎昨矣！華省陳筵，不可作矣！蟲悲風喧，時代及矣！此寅所以撫案而思，仰天而嘆，不能不爲之憤悒而哀傷也！執事俊榜魁元，清時宰相；羔羊有不渝之節，鳴鶴得靡怍之道。木鐸警衆，魏象詔民；裁成風雨，旋轉日月。朝廷之師臣，海内之人望；所謂域中銀斗高標，海内瑶山共仰矣。寅瞻桑仰梓，得俱井邑；感于斯之義，冒通家之請；僅録所著投贄。嗟乎，平子縟才，乃假聲于三都之賦；孟陽後進，敢托途于劍閣之銘，所以得旁展豐談，直施利筆。苟其不爾，則前愆并聚，後悔何尋？寅竊不料，反顧微驅，塊然一物；若得充後陳之清問，被壁上之餘光，則枯骨不朽。故敢伏光範門下請教，不勝遑恐之至。袁刻本卷下　何刻袁本卷下　曹刻彙集卷三　袁評本卷三　唐刻全集卷五

袁宏道評：壯甚。

與文徵明書

寅白：徵明君卿。竊嘗聞之，累吁可以當泣，痛言可以譬哀。故姜氏嘆于室，而堅城爲之隳堞；荆軻議于朝，而壯士爲之徵劍。良以情之所感，木石動容；而事之所激，生有不顧也。昔每論此，廢書而嘆；不意今者，事集于僕，哀哉！哀哉！此亦命矣！俯首自分，死喪無日；括囊泣血，群于鳥獸。而吾卿猶以英雄期僕，忘其罪累；殷勤教督，罄竭懷素。缺然不報，是馬遷之志不達于任侯；少卿之心，不信于蘇季也。計僕少年，居身屠酤，鼓刀滌血，獲奉吾卿周旋，頡頏婆娑，皆欲以功名命世。不幸多故，哀亂相尋；父母妻子，躡踵而没；喪車屢駕，黄口嗷嗷。加僕之跌宕無羈，不問生産；何有何無，付之談笑。鳴琴在室，坐客常滿；而亦能慷慨然諾，周人之急。嘗自謂布衣之俠，私甚厚魯連先生與朱家二人，爲其言足以抗世，而惠足以庇人；願賚門下一卒，而悼世之不嘗此士也。袁宏道評：「壯甚。」蕪穢日積，門户衰廢；柴車索帶，遂及藍縷。猶幸藉朋友之資，鄉曲之譽，公卿吹噓；援枯就生，起骨加肉。猥以微名，冒東南文二科志作「多」士之上。方斯時也，薦紳交游，舉手二科志作「首」相慶；將謂僕濫文筆之縱横，執談論之户轍。歧舌而贊，并二科志作「交」口而稱；墻高基下，遂爲禍的。側目在旁，而僕不知；從容晏笑，已在虎口。庭無繁桑，貝錦百疋；讒舌萬丈，飛章交加；至于天子震赫，召捕詔獄。身貫三木，卒吏如虎；舉頭搶地，洟泗横集。而後崑山焚如，玉石皆燬；下流難處，衆惡所歸。繢絲成網羅，狼衆乃食人；馬氂切白玉，三言變慈母。海内遂以寅爲不齒之士，握拳二科志作「仍拳」張膽，若赴仇敵；知與不知，畢指而唾，辱亦甚矣！整冠李下，掇墨甑中；僕雖聾盲，亦知罪也。當衡者哀憐其窮，點檢舊章，責爲部郵；將使積勞補過，循資干禄。而蘧篨二科志作「除」戚施，俯仰異態；士也可殺，不能再辱。嗟乎吾卿！僕幸同心于執事者，于兹十五年矣。錦帶縣髦，迨于今日，瀝膽濯肝，明何嘗負朋友？幽何嘗畏鬼神？兹所經由，慘毒萬狀；眉目改觀，愧色滿面。衣焦二科志作「敝」不可伸，履缺不可納；僮奴據案，夫妻反目；舊有獰狗，當户而噬。反顧室中，甋甌破缺；衣履之外，靡有長物。西風鳴枯，蕭然羈客；嗟嗟咄咄，計無所出。將春掇桑椹，秋有橡實；餘者不迨，則寄口浮屠，日願一餐，蓋不謀其夕也！袁宏道評：「哀哉。」吁欷乎哉！如此而不自引決，抱石就木者，良自怨恨；筋骨柔脆，不能挽强執鋭，攬荆吴之士，劍客大俠，獨當一隊，爲國家出死命，使功勞可以紀録。乃徒以區區研摩刻削之材，而欲周濟世間。又遭不幸，原田無歲，禍與命期，抱毁負謗，罪大罰小，不勝其賀矣。竊竊古人：墨翟拘囚，乃有薄喪；孫子失足，爰著兵法；馬遷腐戮，史記百篇；賈生流放，文詞卓落。不自揆測，願麗其後，以合孔氏不以人廢言之志。亦將隱括舊聞，總疏百氏，敘述十經，翱翔蘊奧，以成一家之言。傳之好事，記之高山。没身而後，有甘鮑魚之腥，而忘其臭者；傳誦其言，探察其心，必將爲之撫缶命酒，擊節而歌嗚嗚也。嗟哉吾卿！男子闔棺事始定，視吾舌存否也！僕素佚俠，二科志作「迭俠」不能及德；欲振謀策，操低昂，功且廢矣。若不托筆札以自見，將何成哉？辟若蜉蝣，衣裳楚楚，身雖不久，爲人所憐。僕一日得完首領，就栢二科志無「栢」字下見先君子，使後世亦知有唐生者。歲月不久，人命飛霜；何能自戮塵中，屈身低眉，以竊衣食？使朋友謂僕何？使後世謂唐生何？素自二科志作「日」輕富貴猶飛毛，今而若此，是不信于朋友也。寒暑代遷，裘葛可繼；飽則夷猶，饑乃乞食，豈不偉哉！黄鵠舉矣！驊騮奮矣！吾卿豈憂戀棧二科志作「殘」豆，嚇腐鼠邪？此外無他談。但吾弟二科志有「柔」字弱不任門户，傍無伯叔，衣食空絶，必爲流莩。僕素論交者，皆負節義，幸捐狗馬餘食，使不絶唐氏之祀；則區區之懷，安矣樂矣，尚復何哉？唯吾卿察之。袁刻本卷下　何刻袁本卷下　曹刻彙集卷三　袁評本卷二　唐刻全集卷五　吴郡二科志

答文徵明書

寅頓首：徵明足下，無恙幸甚！昔僕穿土擊革，纏雞握雉，身雜輿隸屠販之中，便投契足下。是猶酌湜沚以餴饎，采葛覃而爲絺綌也。取之側陋，施之廊廟冠劍之次，人以爲不類；僕竊謂足下知人。比來癡叔未死，狂奴故若；遂致足下投杼，甚媿甚媿！且操奇邪之行，駕孟浪之説，當誅當放，載在禮典，寅故知之。然山鵲莫喧，林鶚夜眠；胡鷹聳翮于西風，越鳥附巢于南枝；性靈既異，趨從乃殊。是以天地不能通神功，聖人不能齊物致；農種粟，女造布，各致其長焉。故陳張以俠正，而從斷金之好；温荆以偏淳，而暢伐木之義。蓋古人忘己齊物，等衆辯于轂音；出門同人，戒伏戎之在莽也。寅束髮從事，二十年矣；不能翦飾，用觸尊怒。然牛順羊逆，願勿相異也。謹覆。袁刻本卷下　何刻袁本卷下　曹刻彙集卷三　袁評本卷二　唐刻全集卷五

又與文徵仲書

寅與文先生徵仲交三十年，其始也，丱而儒衣；先太僕愛寅之俊雅，謂必有成，每每良燕，必呼共之。爾後太僕奄謝。徵仲與寅同在場屋，遭鄉御史之謗，徵仲周旋其間，寅得領解。比袁評本、唐刻全集作「北」至京師，朋友有相忌名盛者，排而陷之；人不敢出一氣，指目其非，徵仲笑而斥之。家弟與寅，異炊者久矣！寅視徵仲之自處家也，今爲良兄弟，人不可得而間。寅每以口過忤貴介，每以好飲遭鳩罰，每以聲色花鳥觸罪戾；徵仲遇貴介也，飲酒也，聲色也，花鳥也，泊乎其無心，而有斷在其中，雖萬變于前，而有不可動者。昔項橐七歲而爲孔子師，顔路長孔子十歲，寅長徵仲十閱月，願例孔子以徵仲爲師。非詞伏也，蓋心伏也。詩與畫，寅得與徵仲爭衡；至其學行，寅將捧面而走矣。寅師徵仲，惟求一隅共坐，以消鎔其渣滓之心耳，非矯矯以爲異也。雖然，亦使後生小子欽仰前輩之規矩丰度，徵仲不可辭也。曹刻彙集卷三　袁評本卷三　何刻續刻卷十　唐刻全集卷五

袁宏道評：真心實話，誰謂子畏徒狂者哉！

尺牘

答周秋山

遠承存録，兼以珍貺，尺牘二句作「遠辱記存，兼承珍貺」自揆鄙淺，何以堪之？别後兩閲寒暑，閉門讀書，與世若隔。一聲清磬，半盞寒燈，便作闍黎境界，此外更無所求也。

何刻外編卷二　曹刻彙集卷三　袁評本卷三　唐刻全集卷五　明代名人尺牘精華卷四

序

嘯旨後序

右嘯旨一編，館閣暨鄭馬諸書目，皆不著所撰人名字。内述其事，始于孫登、嵇康先生，遂係以内激、外激、運氣、撮脣之法甚詳，而于聲則云未譜。聲音蓋激氣而成者。邵子謂：「物理無窮，而音聲亦無窮。唯無窮乃可以配無窮，故以聲音曹刻彙集、袁評本作「音聲」起數，御天下古今物理之變。聲則起于甲而止于庚，多、良、千、刀、妻、宮、心之類是也。音則起于子而止于戌，古、黑、安、夫、卜、東、乃、走、思之類是也。」與沙門神珙之法稍異。神珙則以内外八攝總其聲，三十六母總其音。法雖不同，其于音聲則括盡而無遺矣。然有字有聲者雖多，而有聲無字者亦爲不少，必皆以翻切得之。翻者，翻出其音；切者，切出其聲。如徒公、徒丁、顛東、丁顛謂之翻，徒東謂之切也。其他無字之音聲，如水聲、風聲之類，皆可翻切。今黄冠師符咒秘字，亦有聲而無字；梵門密語，若一字咒合普林二字爲一呼，至有三合四合者，彈舌取之，而皆無字。及其號召風霆，驅役神鬼，若運諸掌。今嘯亦有聲而無字，豈吾儒感天地，贊化育之餘意哉？聲雖未譜，其間或稱取聲自上齶出，或自舌上出者。四聲惟平聲有上下，蓋氣自上齶出爲上平聲，氣自舌上出爲下平聲；上去入聲無上下者，仄聲故也。平聲清而仄聲濁。竊想嘯之爲聲，必出于平而不出于仄矣。孫、嵇仙去遠矣，白骨生蒼苔，九原不可作，安得善嘯之士，以譜其聲而習之。登泰山，望蓬萊，烈然一聲，林石震越，海水起立，此亦此生之大快也！子儋朱君，好古博雅，一時俊彦之良，無有踰者。于僕契分甚厚，暇日出是編以相勘校，因曰：「嘯之失其旨矣疑「也」字之誤久矣，幸存此編，略知梗概。不刊諸梓，以傳于世，則羊禮俱亡，後人何所考據？子盍爲我叙其事于編後，以遺同志。幸遇反隅之士，衍而習之，庶幾復有以嘯名于天下者，知由此書以發其端云。」袁刻本卷下　何刻袁本卷下　曹刻彙集卷三　袁評本卷三　唐刻全集卷五

袁宏道評：此誠字學之餼羊也。

送文温州序

寅稚冠之歲，跌放不檢約。衡山文璧原皆誤作「壁」與寅齒相儔，又同井閈；然端懿自持，尚好不同；外相方圓，而實有塤篪之美。璧家君太僕先生，時以過勤居鄉，一聞寅縱失，輒痛切督訓，不爲少假；寅故戒栗强恕，日請益隅坐，幸得遠不齒之流。然後先生復贊拔譽揚，略不置口；先後于邦閭耆老、于有司無不極至，若引跛鼈，策駑騎疑「駘」字之誤然。是先生于後進也，盡心焉耳矣。且夫周文之聖，積累仁義，詩人詠之曰：「得四臣而天下附。」孔子之教，册籍紀焉，曰：「有顔子季路閔曾游夏之徒，而道益彰。」今蓬巷之士，頌先王守圈模，茹藿、冠素、羹葵，飯脱粟，逶迤寬博；其異于鼓刀負販之人，若芥髮耳。不先有所引擢，後有所推戴輔翊，其何能自致于青雲之上？袁宏道評：「千古

至言。」傳言曰：「朋友不信，不獲乎上矣。」此後輩之所以必仰賴也。而爲前輩者，道有所論援，相與優息，而無獨知無從唐刻全集作「徒」之嘆；而後輩則高山在瞻，有所標的；是上下相成也。今之後輩，被服姣麗，伸眉高論，旁視無忌，不復識有前輩之尊與益也；是豈長者絶之哉？庶後進之彦以寅觀，則知前輩之用心用人也矣。袁宏道評：「有關係文字。」今先生出刺温，以病謝，不報；赴郡有期。既當爲詩以餞，敢又書此，以叙寅之所以德先生，而無可爲報者。袁刻本卷下　何刻袁本卷下　曹刻彙集卷三　袁評本卷三　唐刻全集卷五

中州覽勝序

吾黨袁臣器，少年器逸，袁評本作「氣逸」，唐刻全集作「逸器」温然玉映，蓋十室之髦懿也。弘治丙辰五月，忽翻然理篙檝，北亂揚子，歷彭城，漸于淮海，抵大梁之墟，九月末歸。乃繪所經歷山川陵陸，并衝隘名勝之處，日夕展弄，目游其中。予忝與鄉曲，得藉訪道里，宛宛盡出指下；蓋其知之素，而能説之詳也。予聞丈夫之生，剡蒿體，揉柘幹，以麗別室；固欲其遠陟遐舉，不齷齪牖下也。而愿慤者懷田里，没齒不窺闉闍，曰：「世與我違，甘與菑木委灰同棄。」雖有分寸，而人莫之知也；後世因莫之建白也。是余固欲唐刻

全集無「欲」字自展以異，而頹然青袍掩脛，馳騖士伍中，而身未易自用也。雖然，竊亦不能久落落于此。臣器所從魏地來，今不知廣陵有中散之遺聲歟？彭城，項氏之都也，今麋鹿有幾頭歟？黄河，故宣房之基在否歟？大梁墟中，有持盂羹爲信陵君祭與無也？臣器其爲我重陳之，余他日當參驗其言。袁刻本卷下　何刻袁本卷下　曹刻彙集卷三　袁評本卷三　唐刻全集卷五

袁宏道評：豪甚，俗士夢想，亦不及此。

作詩三法序

詩有三法，章、句、字也。三者爲法，又各有三。章之爲法：一曰氣韻宏壯，二曰意思精到，三曰詞旨高古。詞以寫意，意以達氣；氣壯則思精，思精則詞古，而章句備矣。爲句之法，在模寫，在鍛煉，在剪裁。立議論以序一事，隨聲容以狀一物，因游以寫一景。模寫之欲如傳神，必得其似；鍛煉之欲如制藥，必極其精；剪裁之欲如縫衣，必稱其體，是爲句法。而用字之法，實行乎其中。妝點之如舞人，潤色之如畫工，變化之如神仙。字以成句，句以成章，爲詩之法盡矣。吾故曰：詩之爲法有三，曰章、句、字；

而章句字之法，又各有三也。間讀詩，列章法于其題下；又摘其句，以句法字法標之。蓋畫虎之用心，而破碎滅裂之罪，不可免矣。觀者幸恕其無知，而諒曹刻彙集作「恰」應誤其愚蒙也。曹刻彙集卷三　袁評本卷三　唐刻全集卷五　何刻續刻卷十

送陶大癡分教撫州序

書畫集作「送太癡陶老先生教諭臨川序」

陶大癡先生老且貧，仕又不達，故人知己多親貴書畫集作「顯貴」者存念之，爲之推薦，書畫集作「推舉」得轉官一階，自南昌司訓往教諭崇仁。書畫集作「臨川」既領檄，買船載書，使廚奴負鼎俎，僕牽狗挾被與之書畫集作「服」灑然而行；若無家之人，往僦室以居者。唐生與先生書畫集二字作「之」號知己，餞之章江之上。酌酒相别，書畫集作「顧」喟然爲之嘆息，曰：

嗟乎！士爲貧而仕，書畫集有「而」字仕又不能免乎貧，斯烏在其爲仕也！士賴故人知己之推薦書畫集作「舉」而後達，舉之而又不達，書畫集全句作「推舉而不達」斯烏在其有書畫集無「有」故人知己也！士不仕，仕又無故人書畫集無「故人」二字知己者爲之薦達，則其貧而老也固宜。若先生豈宜此耶？豈所謂故人知己書畫集無「知己」二字者，知先生有未盡也。書畫集作「耶」知之未盡，則棄絶之而已，書畫集作「矣」何爲而致之若是其貧「貧」字原缺，據袁評本補入

且困也？書畫集有「始余猶不能免於疑策，而終之乃知故人之所以優厚於先生，而先生所以受知於故人者，俱在是行焉」四句若書畫集作「若夫」先生仕，書畫集有「而」字得苞苴之議，爲故人知己書畫集無「知己」者辱，則知爲知己者，書畫集此句作「則故人」三字將變其素所厚而爲薄矣，安肯爲之薦達也哉！薦之而又書畫集無「又」字不改學職，此蓋知先生之素，其志高，唐刻全集此二句作「此蓋知先生之素志高」一句，書畫集此二句作「此蓋爲故人者，素知先生立志高尚」二句有書畫集無「有」字不能僕僕勞頓于簿書期會之間，不若席賓師，職禮樂，雍雍雅雅，書畫集無此句居然書畫集有「高」字處于揖讓之表，以供書畫集作「佚」其老爲優也。是則先生之所以答故人知己書畫集「知己」作「之知」者，惟恐貧而不至于劇；故人之所以厚先生者，惟恐以簿書期會爲書畫集有「先生」二字之勞瘁也。袁宏道評云：「轉得好。」余有故人，其顯達者較于先生書畫集有「爲」字不少，而貧書畫集有「寠」字益甚。流落書畫集作「飄泊」江海，以書畫集有「賤」字藝自資。雖囂然不屑仕進，而亦竟無一言以及之者，書畫集作「而亦無言及之者」意書畫集作「豈」其亦以厚于先生爲予厚耶？抑其言行文學不足道也？言行文學，固不及先生，書畫集此句作「余固不迨先生」然而言不失口于然諾，行不失步于詭隨；文章奇瑰，學識疏達，蓋踰于跅䟘之士多矣。此其自許如此，書畫集作「若此」而先生乃許之爲東方曼倩之流，竊猶以爲于已知者，書畫集無「者」字有未盡而羞之；然不可謂之爲不書畫集「爲不」二字作「非」知己也。以知己而別知己于貧困道塗書畫集無「道塗」二字流落之間，能不悉以彼此故人知己書畫集有「之」字厚薄者，相爲道哉！故序。書畫集「故序」作「故序其言以歸之」。末識：「時正德癸酉臘月上九，前鄉貢進士蘇臺唐寅書于洪州之鐵柱觀。」一　曹刻彙集卷三　袁評本卷三　何刻續刻卷十　唐刻全集卷五　臺灣歷史博物館明代四大家書畫集

按：此文明萬曆四十年曹元亮收入解元唐伯虎彙集，必有所本。不知何以與四大家書畫集所載辭句不同若此？集中許旌陽鐵柱記末節有云：「正德甲戌，余過豫章。」則唐寅于正德九年甲戌始至豫章，不應先一年癸酉已于豫章撰此。且唐寅既應寧藩聘特往豫章，何以不住寧邸而居鐵柱觀？殊所不解，志此待考。

送徐朝咨歸金華序

徐君朝咨，來自金華，宴蘇之治廨，省太夫人與兄吴郡公也。數日，飾裝將還；姪子重裒吴之善詩者爲詠言以贈行橐，而俾予志其首。余少讀潛溪先生所著書，深嘆伏其根本仁義，鼓吹禮樂，以爲一代儒宗。及南游金華，見其鄉士大夫，皆彬彬尚實，古樸大雅，有潛溪先生之遺風焉。何刻續刻、唐刻全集作「有潛溪先生遺風」正德丙子，郡公自臺端來莅是邦，三月而政成。凡勢家豪族漁獵其民者，皆屏息斂手；貪墨之吏悉改行，而仁義禮

樂之教，焕然大備。朝浛君又不遠千里，來展定省。忠孝篤厚之誼，不待歌詩而見，而潛溪之風，蓋有驗矣。朝浛君少精壁經，著聲場屋間；天性誠篤峭整，他日繼郡公軌範，上弼唐虞，下阜民物，沛仁義禮樂之教于天下，則知金華士大夫之學業，遠有自云。

曹刻彙集卷三　袁評本卷三　何刻續刻卷十　唐刻全集卷五

譜雙序

諸局戲類有譜，彈棋、樗蒲、五木、雙陸、打馬、采選、葉子，張柬之、李皋羽諸公皆嘗經意，然不過適興酒次而已。司馬公著七國棋則，則右秦而左齊楚，尊王室而卑伯功。劉敞之撰漢官儀則，則列右官名，以見師師之列；不無意義寓于其中。今樗蒲、彈棋俱格廢不傳。打馬、七國棋、漢官儀、五木等戲，其法俱在，時亦不尚；獨象棋、雙陸盛行。象棋神機集不見傳，今惟有金滕七着；雙陸格，不獲見，今止有譜雙。潤卿沈君，博雅之士也，梓之以傳好古者。暇日示僕，因論及古人雙陸，偶憶得數事，遂箋于其後。昔朱仲晦譏賤其廢日，余謂儒者焉往而不學，苟存心于一藝，推其術以應世。若以象棋觀之：車有衝突之用，馬有編列之勢，士有護内之功，卒有犯前之力；斯可以論兵矣。

以雙陸言：垓不可虛，門不可開，積則量輕重，遲則計緩速，敵不可縱，家不可失；斯可以論文矣。則二家之戲，雖不及司馬公與劉敞之意義，然亦非漫然酒次之物也。因書譜後云。何刻外編卷二　唐刻全集卷五

柱國少傅守溪先生七十壽序

柱國少傅太原郡公壽七十誕辰，寅備門下諸生之列，敢獻祝頌。以爲能福天下之人者，其享福也，必踰諸天下之人。福不可虛享也，冲漠無朕之間，有執契者司焉。大小厚薄，各以類應。掩襲而享之，必被乘除，使得此者必失彼。若今掘户席簷之人，發一善言，行一善行，則足以福其身而已，身之外無有也。至一鄉一郡者亦然，發一善言，行一善行，而一鄉一郡蒙其福。至若以福福天下之人者，非宰相不能。發一善言，行一善行，朝出乎廟廊之上，夕布于宇宙之内。在人則貴賤賢愚，迨乎蠻貊；在物則翾飛喙息，艸夭木喬；在地則日月霜露之所熯澤，山川海岳之所流峙，無不蒙其福者。與其福一身者，固不可並言；而與福一鄉一郡者，階陛亦懸絶矣。公以英敏特達之資，天人深邃之學，爲世宗儒。領解南都，會天下試而登元，殿策仍及第，入玉堂，幾五十年，遂踐

揆端，未嘗一日奔趨下僚。自幼至老，未嘗一日有失適。今上登極，尤見寵錫。子孫滿前，皆列近要；芝蘭玉樹，照映閥閱；蟒衣玉帶，朝廷矜式。祁寒盛暑，手不釋卷。天下服其勤。貴璫用事，計陷宰相，公力拒之，天下尚其義。遂引疾以歸，天下推其勇。歸卧包山之麓，太湖之上，耳目所接者，松風雪浪，于世事無一預也，天下稱其高。凡是數者，皆天下之人所不可得。或有其一，猶自以爲踰于天下，况備有之哉！蓋公平日以言行之善，處宰相之位，施諸普天之下，蒙其福者，自人及物，不可計算；故其享福也，備有衆美，而踰諸人耳。寅承訓誨，亦能以言行自福其身者，故繪長松泉石圖，復俾太倉張雪槎補公小像于中，以代稱祝，兼陳公福祉備有之故。公之令器中書舍人國子上舍命書其詳，不揆淺鄙，遂爲序之。唐刻全集補遺

記

守質記

天賦於吾躬者曰「質」，質有清濁高下，萬萬不同之質。不亂於物誘，不惑於聲淫；五常

之間，不虧賦禀，故人以「守質」稱之。余謂人難乎質也，質難乎全也，守也。允文居二三難之間，而爲再萬萬人之所者，又萬萬不同之一二爾。以萬萬不同之中，幸有一二全其天賦之質者。放於利欲，肆於舛異者，又萬萬不一二。全其天賦，不爲衆物所誘奪，確乎其不可拔，堅乎其不可亂，整不可紊，守夫天之所賦而不失，又再萬萬之中不一二者。金允文名炳，與余交者二十有餘年。其質直；其爲人也，人之貌而天，此蓋人之禀受之異；而天之賦之者，固不以彼此而爲之清濁高下也。聖人者出，博之約之，必使全其天之所賦而後已。天之所賦者何？陰陽五行；人之所禀者何？男女五常。之「之」字疑是「天」字之誤賦於上，而人禀於下。陰陽或差忒，五行或偏頗；男女之分形，五常或重輕；是以萬萬不同者之分焉，中有全其天之賦稱爾易易矣，迺詳記之。何刻外編卷二

按：曹刻彙集、袁評本、唐刻全集所刻不同，因再録于後。

天賦于吾躬者曰「質」，質有清濁高下，萬萬不同。此蓋人之禀受之異，而天之賦之者，固不以彼此而爲之清濁高下也。聖人者出，博之約之，必使全其天之所賦而後已。天之所賦者何？陰陽五行；人之所禀者何？男女五常。天賦于上，而人禀于下。陰陽或差忒，五行或偏頗；男女之分形，五常或輕重；是以萬萬不同之分焉，中有全其天之賦者，又萬萬不同之一二爾。以萬萬不同之中，幸有一二全其天賦之質者。放于利欲，

肆于舛異者，又萬萬不一二。全其天賦，不爲衆物所誘奪，確乎其不可拔，堅乎其不可亂，整不可紊，守夫天之所賦而不失，又再萬萬之中不一二者。金允文名炳，與余交者二十有餘年。其質直；其爲人也，人之貌而天之質。不亂于物誘，不惑于聲淫。五常之間，不虧賦禀，故人以「守質」稱之。余謂人難乎質也，質難乎全也、守也；允文居二三難之間，而爲再萬萬人之所稱，不易易矣。迺詳記之。曹刻彙集卷三　袁評本卷三　唐刻全集卷五

許旌陽鐵柱記

天地開辟，而有陰陽。負陰抱陽，人民與龍蛇魅魑，并生其中，糅雜不分，妖厲爲害。黄帝氏興，戰蚩尤于阪泉而滅之，而後天地定位。神禹繼作，使庚辰鎖無支祈于龜山之足，淮水乃安。鑄爲九鼎，以辨神奸，民何刻續刻、唐刻全集無「民」字而後龍蛇魅魑之患息。然其緒緒唐刻全集作「統緒」之傳，莫示唐刻全集作「莫不」先受精一之道，而後禪邦國之位。抱精守一，蓋所以通天地之神靈；建邦立國，蓋所以阜民物之生命。袁宏道評：「逼正正論。」及乎聖跡綿遠，世德衰微，天地舛昧，陰陽亂淆。攀胡之號，莫繼其響；龁指之鼎，亦濟

于河。而所謂妖害者，無所唐刻全集作「無有」忌憚，騁馳淫毒，以害民生；凡有中區，靡有寧止。旌陽君生於其時，唐刻全集作「斯時」修精一之道，以達天地之神靈。遂誅龍蛇以安江流，馘魅魑以定民生，鑄鐵柱以鎖地脉。元功告成，神道昭契，乘風上征，合瑞紫宫；以續黄帝、神禹之傳，而延民物之命；而何刻續刻、唐刻全集作「功」績懋著，惠澤迄今。蓋天地之間，一陽一陰。陽之何刻續刻、唐刻全集無「之」字好生而陰好殺，故陽爲德而陰爲刑；凝德爲神，淫刑爲怪。是故神爲高明，怪爲幽厲，環旋升降，相爲始終。陰陽和暢，則神安怪息；陰陽兩極，則神怪并馳。然而獨陽不生，獨陰不成，陰陽神怪，長爲表裏。袁宏道評：「千古至言。」故黄帝之與蚩尤，神禹之與無支祈，許真君之與蛟精，皆并生一時；蓋陰陽兩極而爲神怪也。故有至怪之變生，有至神之聖出以御之。設使特生蚩尤、無支祈與蛟精，而無黄帝、神禹、許真君，則天地之間，陰陽偏滯，而人類幾乎息矣！正德甲戌，余過豫章，躬覲君蹟。竊嘆真君道合黄軒，功配神禹。世無正論，爰就荒唐。欲明斯理，輒譔爲證序，刊之負礎，以示將來云。曹刻彙集卷三　袁評本卷三　何刻續刻卷十　唐刻全集卷五

荷蓮橋記

邑多賢士大夫，則多賢令尹。令尹之即何刻續刻、唐刻全集無「即」字職也，爲最親民。民事甚夥，一有不便，而尹或莫之知者，則相聚以尤焉。非其邑有賢士大夫輔翼之，以補缺少，則尹雖賢，固難免于民之尤之也。進賢，南昌屬之大者。自宋崇寧中立治抵今，歷歲若干，邑之以賢稱者不絕。班輩多賢士大夫，相爲之輔翼，民有不便，輟相與以補綴之，必致其尹以賢稱于邑而後已。邑之東南區爲饒，位出水之會，水將北趨鄱陽。其未達也，匯而爲波涇，瀼而爲河淡，宕然而爲沮洳。七八月之間潦，民未有不憂涉者；以車則膠輪，以騎則踐魚鱉之居而躓；戴者分重，負者兼舉，而尹莫之知也。内相喻公某至而見焉，曰：「是爲不便于民之大者，不治，民將尤吾尹。」乃爲石梁于其上以便涉，凡用若干金。夫修輿梁，成徒杠，尹職之夥者或未之知，而深于治事，民安有不慮者乎？然未知其尤之有無；而喻公輒自以邑之賢士大夫爲己任，輔翼補綴，以成其尹之賢。雖尹之賢未必以此，而決不以此爲尹之尤也。則邑之多賢尹者，邑之多賢士大夫之所致也固然矣。袁宏道評云：「活甚。」夫豈獨一邑之政爲然哉？天子于民，上下遼絶；

日月不照覆缶，蟻蚊不能叫閽，民之所憂者多矣！朝有賢士大夫爲之輔翼補綴，則天下之民，安得不聖其天子乎？則知朝多賢士大夫，則多聖君矣；是豈獨一邑之政爲然哉！ 曹刻彙集卷三　袁評本卷三　何刻續刻卷十　唐刻全集卷五

愛谿記

人莫不有所愛，失其所愛，則傷其衷。人莫不有所資，失其所資，則困其生。愛之而不失，資之而不窮，惟取天地自然而然者爲能。然若金紫之貴，珠玉之富，或者能削奪，則貧之矣。削奪而賤貧，則失其所愛與資，將傷困之不暇；求其夷然而樂，坦然而安者，必無有也。新安洪君伯周，俶儻誠慤士，跡履遍江湖，聲聞滿儒冠。少孤而孝，奉祖與母以居，樂其志以資其生。弄長竿之清風，披簑笠之烟雨；飄然波濤，邈焉寒暑；勢不可奪，强不可撓，蓋公休、任公子之流。于是以「愛谿」自號，而丐余記之。余謂文士之處世，失其所愛與資，奔走于不可得已之間，俯仰于無可奈何之際，蓋心兹恐懼，身措無地，安能上傳而下育也？得其所愛與資，而非其道，以富貴自炫，而驕其妻妾，齊人也。翻覆酌量于兩三之間，余則以爲洪君之計爲得，故爲之記。 曹刻彙集卷三　袁評本卷三　何刻

竹齋記

草木花果之以人爲喻者甚多，若松稱大夫，桂子稱仙友，牡丹稱王，海棠稱爲神仙，草稱虞美人，龍眼稱爲荔枝之奴，惟竹稱君子。世之王公大人，朋友異人，神仙僕隸，其篤厚淳慤者固多；至若暴戾殘慝，詭怪顚蒙者，中亦不少。若一律而求爲君子所歸，豈可得也。然而上自王公，下逮僕隸，其中人品，千態萬狀。其見君子，則必敬必信，以其篤厚淳慤，而不暴戾殘慝，詭怪顚蒙我也。雖軋以王公大人之勢，要以朋友之信義；眩之以神仙之奇瑰詭怪，粉白黛黑；親之以異人之姿，執之以僕隸之勞；皆不可得敬之信之如君子者，則人何患而不爲君子？豈若花果草木之生質，有一定之限而不可變者；人固不若是也。歙之吳君明道，字存功，别號竹齋，君子人也，丐余記齋。余謂存功其知以篤厚淳慤自處，而遠去夫暴戾殘慝，詭怪顚蒙者歟？何不以松桂花草顔其齋，而特以竹？將見人之敬信，自王公大人以及乎僕隸，無有間然者。吾嘗聞野人之説曰：「門内有君子，門外有君子。」袁宏道評曰：「俗甚。」至存功與竹，迭爲賓主，皆號君子，門内門外之辨，隨時而定，此非所能知。若其自信以從君子之所歸，則斷然矣。余故爲之記。曹刻彙集卷三　袁評本卷三　何刻續刻卷十　唐刻全集卷五

筠隱記

筠之爲物也，其圓應規，其道唐刻全集作「直」應矩。虛中足以容，貞外足以守，故稱爲材。舍筠而他求，取以爲材者，則未能備衆異之若是也。豈惟筠哉，夫人亦然。故君子之以材稱者亦備焉。一規一矩，悉應法度；由中達外，無不當理，是特筠之性特異于人耶？蓋天之生材，不備衆美則不能爲世用；則必厚之異之，唐刻全集作「異之厚之」出于等倫。故筠之生，森然而直其外，蓋自規也；毅然而圓其中，蓋自虛也。爲君子者，取法乎此，則上可以事君，內可以事親；律己以貞，應物以虛，無所施而不可矣。秦君仁之，有材之君子也。和以處衆，敬以方外，言貌動止，一由規矩。所居之齋，植筠爲障，朝退晏清，必與相對；故以「筠隱」爲稱，俾余記之。竊謂筠與秦君，皆天挺之美材也。道義相同，契好自合；法其美以爲己之美，遠取諸物而近取諸身之人。唐刻全集無「之人」二字故秦君事今睿主，靖恭乃職，晨夕不怠；沾沾休光，隆重深益；是蓋得筠之爲助不少，抑亦

秦君之善于取法也。故爲記之。曹刻彙集卷三　袁評本卷三　何刻續刻卷十　唐刻全集卷五

菊隱記

君子之處世，不顯則隱。隱顯雖袁評本、何刻續刻、唐刻全集作「則」異，而其存心濟物，則未有不同者。苟無濟物之心，而汎然于雜處隱顯之間，其不足爲世之輕重也必然矣。君子處世，而不足爲世之輕重，是與草木等耳。草木有可以濟物者，世猶見重，稱爲君子，而無濟物之心，則又草木之不若也。爲君子者，何忍自處于不若草木之地哉？吾于此，重爲君子之羞。草木與人，相去萬萬，而又不若之；則雖顯者，亦不足貴，况隱于山林丘壑之中者耶！吾友朱君大涇，世精瘍醫，存心濟物，而自號曰菊隱。菊之爲物，草木中最微者；隱又君子没世無稱之名。朱君，君子也，存心濟物，其功甚大，其名甚著，固非所謂汎然雜處于隱顯之中者；而乃以草木之微，與君子没世無稱之名以自名，其心何耶？蓋菊乃壽人之草，南陽甘谷之事驗之矣。其生必于荒岑郊野之中，惟隱者得與之近；顯貴者或時月一見之而已矣。而醫亦壽人之道，必資草木以行其術；然非高蹈之士，不能精而明之也；是朱君因菊以隱者。若稱曰：「吾因菊而顯。」又曰：「吾足以

顯夫菊。」適以爲菊之累，又何隱顯之可較云？余又竊自謂曰：「朱君于余，友也。君隱于菊，而余也隱于酒；對菊命酒，世必有知陶淵明、劉伯倫者矣。」因繪爲圖，而并記之。曹刻彙集卷三　袁評本卷三　何刻續刻卷十　唐刻全集卷五

袁宏道評云：趣甚。

王氏澤富祠堂記

徽歙多世家，澤富之至袁評本、何刻續刻、唐刻全集作「王」景旻氏，是其一也。先自唐秘閣校正諱希羽者，自宣徙徽，生廷祚；廷祚生明，在宋建隆初，仕至廣州太守。四世孫奉宗，考槃丘園，遁跡不見，而族益著大；乃景旻之始也。王氏既稱故家，其支庶子姓，蕃衍豐殖，蓋有自然而然者。景旻思所以合聚而束之以禮，乃爲屋若干楹于所居村野之中，以秘閣爲不遷之祖，廣州與奉宗配焉。迨及後世，既祧之主，皆合居于中。膢臘歲時，率宗族子姓以奉薦享。所爲就緒，而景旻不禄。其子友格暨叔父景蘧，繼志述事，舉族内之賢能者凡六人曰某，宣叶乃力，于是祠事大備。祭則有田，收其入以爲俎醢酒醴之用；職事有人，以司衣服籩豆尊彝之器。歲祭則宗長咸在，拜獻有常，餕燕有寢，序列

有位，穆然先王之遺風。由是王氏之子弟，彬彬禮文，皆景旻之遺力也。禮云：「五經之内，惟祭爲大。所以合同姓，序尊卑，辨賢不肖也。」蓋别子小宗，雖自得爲不遷之主，而其子孫猶助祭于大宗之廟，則同姓合矣。昭與昭齒，穆與穆齒，伯氏叔氏，上下列位，而尊卑序矣。賢者冕而盡事，不肖者弁何刻續刻作「并」而盡力，賢不肖辨矣。此先王之遺制，而景旻首舉行之，又可謂知所務矣。王氏後世之子孫，苟知所務，不替斯舉；使世德族系，百萬斯年，與此祠俱隆，豈不得爲徽歙之偉觀也哉！弘治乙丑，余行旅過徽，友格以幣交，故爲記其事云。曹刻彙集卷三　袁評本卷三　何刻續刻卷十　唐刻全集卷五

唐寅集卷第六

碑銘

齊雲巖紫霄宫玄帝碑銘

乾坤定位，二儀開五劫之端；人鬼分形，五嶽鎮九州之地。東溟銀榜，標題長子之宫；西海玉門，實聚百神之野。皆所以節宣寒暑，鼓舞陰陽；萬物賴之以生成，四民順之而動止，兵戈藉之而底息，穀粟因之而豐登。袁宏道評云：「説得切。」玄天元聖玉虚師相仁威上帝蕩魔天尊者，顓帝之神，水德繼王。在先天則正位乾符，御北斗則斟酌元氣。職領紫微之右垣，則並天乙太乙之座；宿列虚星之分野，則總司命司禄之權。劫當開泰之中，天啓聖靈之孕。幽明協和，上下同流；凝二五之精以有生，建三一之道以度世。誕聖王宫，出胎母脅。寶光所照，三辰爲之失色；天靈護持，六種爲之震動。洎乎髫年，辭親就道。東游震土，元君指迷；受錫劍于天帝，悟磨杵于神姥。折梅枝而寄榔，升霄峰以圓功；虎將護壇，神龍捧足。于是扣金扉而遐升，當玉階而稽首；受命上清，敷惠下土。分判人鬼，資大禹鑄鼎之功；馘除妖魔，繼黄帝鳴角唐刻全集作「鼓」之戰。較蹟天曹，復居坎位。展旗捧劍，乾樞開黑帝之宫；玄龜赤蛇，坤軸辟玄都之府。袁宏道評云：「事詳。」歷朝顯應，有感必通。恭惟我太祖高皇帝，德符天地，功配唐虞；用夏變夷，易亂以治。以上兩句全集無偃武修文，而萬國咸甯；燔柴瘞玉，而百神歆享。歷數在躬，卜宅中夏。誕及太宗皇帝，纘承祖考，欽若昊天。實藉神威，以翼聖躬；爰由袁評本、唐刻全集作「有」冥力，以靖多難。風行電掃，而天日開明；虎嘯龍吟，而江山變色。蓋精靈通乎造化，誠慶達乎神祇也。是以敕命重臣，建宫福地；丁夫百萬，星霜再周。金碧極輝煌之盛，香火盡嚴奉之誠。蓋所以答神貺，宅威靈，今之泰嶽中和山是也。是以民莫不敬且信，有感必通。離宫别館，遍于天下；名山大川，尤多顯靈。蓋神藉山川之靈氣，乃可以應億兆之祈求。袁宏道評云：「是。」故其居處無常，周游非止。若夫互人之國，上下于天；女媧之墓，浮沉于水；神化者不可以理測其端，妙應者不可以言達其旨，是以齊雲巖紫霄崖有玄帝之行宫焉。其創始落成，别有記序。養素道人汪太元以僕業工呫嗶，託戴生昭來乞叙文。竊以爲殷薦望秩，帝王所以奉天地山川；禴祀蒸嘗，億庶所以報祖宗神鬼；奠安宗社，底宅家邦，厥旨微矣。矧夫玄天元聖，作鎮北極，應化本朝；統五帝之尊，履九宮之始。除邪鎮惡，降福禳灾；爰建行宮，允安兆姓也。僕雕蟲末學，難盡揄揚；草芥微材，豈能著述？涓埃無益于山海，螢爝奚補于日月？吮毫增悚，撫案知慚。薰沐以譔斯文，稽首系之以頌。頌曰：「玄天元聖，神威上帝；作鎮北極，斟酌元氣。五雷都司，九天奕使；七曜旋時，五福治世。平安水土，調攝神靈；展旗捧劍，掣電揮霆。虚皇敕命，至德實凝；敷惠下土，兆宅上清。赤蛇玄龜，將列水火；福善禍淫，月右日左。先天治乾，面明向午；安定山海，亘及今古。恭惟我朝，太祖太宗；唯神輔弼，國祚無窮。名山大川，爰建靈宮；金銀照耀，珠碧輝崇。再拜稽首，小子作頌；上述威靈，下贊神用。磨礱磉礎，刊鐫麟鳳；百萬斯年，於昭示衆。」袁刻本卷下

何刻袁本卷下　曹刻彙集卷四　袁評本卷四　唐刻全集卷六

墓志銘

劉秀才墓志

蛟龍得雲雨而能澤萬彙者，時也；君子終困窮而能守一身者，道也。語云：「詠珪璋以

比德，指松柏而論材。」吾嘗聞斯語矣，代豈無是人哉！　君諱嘉，字協中，陶唐氏之後也。居乎三代，因時易姓，故有御龍、豕韋、唐杜之號。其後定公夏、獻公藝，父子爲周卿士，食采於劉，遂稱氏焉。　漢室之興，封侯王者十有二人，皆同姓也。他劉以大儒名世，辯説著稱者，又莫殫記。　暨乎晉隋，蠡斯蕃蟄蟄之孫，瓜瓞衍綿綿之蔓；氏族之盛，莫與並焉。　宋德不競，天下草昧；家室播越，譜牒淪没。　君是爲蘇州人。大父敬，封承德郎，褒碩德也。　厥考昌，受大中大夫廣東參政，崇明賢也。　君誕育洛陽，幼習庭教。大哀夙搆，幾覆厥生；一舉明經，來游泮水；畢藝時文，懷心史學。　加以情尚風流，性不忤物。　荀君之座，三日猶香；何郎之姿，一拭生白。　學無不達，猶好老莊；是以寵辱不驚，伏息爲樂。　少年以范丞相成大墓近先塋，常遭發毀，作文弔之；搖筆立成，詞不加竄；雖老成宿德，莫不推其博雅。　習爲歌詩，初擬元白，末尚齊梁；短章一出，時輩競傳，至不能爲隱匿。　病極勞瘁，而筆札不去，是其勤也。　家無厚儲，而重恤交游，是其義也。　順以格親，孝之理也。　和以處内，術之知也。　方將集百朋之譽，乃遽得二豎之疴；正謂玉匣難全，琉璃易脆。　列歲二十有四，以弘治四年某月日卒于皋橋故居。　没身之日，識與不識，莫不躑躅揮涕。　某年月日，葬仰天山之麓，不忘本也。　子名稚孫，褓褓衰絰，育于令人顧氏。　鄙人總角相知，童年托愛。　方始有恙，鄙人以密友入問湯藥；

執手相見，潸然泣下。及乎易簀，鄙人以君命出卜詞；雖不治，尚號召鄙人者再焉。若有見囑，未及而没；善言不聞，此生長恨！是知義則朋友，情猶骨肉。泰山其頹，空歌伐木之詩；昊天不弔，竟負彈冠之約。其所著詩文二卷，蓋亦纂集其昔時之酬答，或傳録其壁間之題詠也。錯玉成器，擲金有聲；歲月悠遠，散亡是懼！敢用鎸石名山，散帙所識，庶永其傳焉。嗚呼！大化有期，固識蜉蝣之不永；修程頓局，豈亡狐狸之傷類。奉譔高躅，式慰幽懷。其銘曰：「華屋失歡笑，青原起悲歎；靈風吹寶幡，金碗照塵幔。傷春臺之改色，悲夜宮之末旦；列高誼以豐石，期歷劫以燦爛。」袁刻本卷下　何刻袁本卷下　曹刻彙集卷四　袁評本卷四　唐刻全集卷六

袁宏道評云：文近俳，絶無秦漢氣息。

劉太僕墓志銘

公諱某，字某，河南光州人也。其先姬姓，唐帝之後。夏有劉累，氏族權焉。公誕育名門，寶鍾秀質；温恭明允，高朗有融；君子豈弟，華朴彬彬。少聞詩禮之訓，長弘洙泗之學。以鄉薦釋褐太平别駕，遭父憂去職。面墨未濯，重罹大恤。哀哀勞瘁，鹽酪無

嗞；犖犖㾜痳，草木重襲。兆宅既卜，塋陵是廬；爰樹松楸，皆所躬服。是以陶墓翔異常之鳥，孔林茂不名之木；誠孝所感，貞祥萃焉。詔旌公門，以表孝異。服闋，入爲太僕寺丞。美風大振，嘉德旁行，進階奉政大夫。輿言畢頌，僉望咸歸；作善無徵，哲人其萎！卒葬土橋溝之先塋，禮也。厥嗣六人，或敷仁東土，或司憲西臺；次亦冠服巍峨，埸屋騰進。莫不湑湑杜葉，敷周道之清陰；韡韡棠花，曜虞廷之彩色也。共恥瓶罄，咸感川流；仰止高山，戀餘光之渺渺；俾裁樂石，表潛德之元元。銘曰：「峨峨劉公，於昭令德；博文約禮，孝思維則。風猷高遠，儀範莊翼；游藝故園，觀光上國。明珠無類，爲世所珍；良材不器，用之于民。日居月諸，風行政成；昊天不弔，橫罹大迍。孝矣我公，飲糜服土；欒欒棘人，哀哀嚴父。負愧芳林，引息中野；嘉木是茂，異禽來下。天子有詔，式旌公閭；入班朝列，其德勿渝。謔兮不虐，蹌兮巧趨；大化奄忽，投軌泉途。蕭蕭白楊，戚戚蒿里；萱葉朝摧，悲風夜起。吁嗟我公！傷如何矣！德音無窮，永瞻桑梓。」袁刻本卷下　何刻袁本卷下　曹刻彙集卷四　袁評本卷四　唐刻全集卷六

袁宏道評云：六如學六朝遂鴻一時，亦遇也。

吴東妻周令人墓志銘

令人諱某，字某，蘇州雙鳳人也。本乎公族，稱爲周氏。舍勤于趙，門推謣謣；昌忠于漢，廷對期期。盛德之後，必有淑人；積慶之餘，式生良媛。令人蕙質外朗，不待學于師氏；蘭情内映，自能合于女史。顰笑亦式，纖穠合度。戴嬀淑慎，日思古人；鍾姬明敏，皆稱士女。及乎旭日始旦，三星在天，乃嬪于崑山吴氏焉。夫子宜之，有琴瑟之和；舅姑稱之，盡桑梓之敬。豈惟工深絲素，藝殫紝組，且以禮備蘋蘩，宜其家室矣。年二十有二，以弘治七年四月十七日寢疾而卒，凡歸吴氏十有九旬。粤二十八日壬寅葬于興賢里，附先塚也。夫彩雲易散，玉簪中折；灰洒不靈，唯覩障中之匣；雨鈴興感，但留巾上之香。嗚呼！天眷有德，柔者必壽；顧兹懿行，不至遐齡何哉？得非天爽其信，神食其言歟？段婦高標，餘熾獨傷其年少；劉妻有德，彦昇乃述以貞銘。其銘曰：「周本姬姓，吴乃子國；崇其婚媾，耦望齊德；坤詞著功，周詩詠色。既且伯姊，尤飾言容；人稱郝法，尼談謝風；才溢珠瑶，操均寒松。天道無知，碩人斯喪；晉使遠集，秦醫徒望。香斷銀爐，塵流華帳；賓寮憶慘，山川增愴。里殞淑德，夫失良相；百

歲之後，魂其同葬。」袁刻本卷上　何刻袁本卷上　曹刻彙集卷四　袁評本卷四　唐刻全集卷六

徐君墓志銘

夫積德垂裕之謂仁，全歸保終之謂智，繼志述事之謂孝，放情任好之謂達。四者，吾于徐君見之。君諱某，字某，山西永年人也。烈祖思賢，祖仲良，父友諒，皆純德内華，高風外朗，徜徉泌水，寤寐丘園。河嶽分靈，神祇效止，篤生君子，爲鄉具瞻。岐嶷天成，謙冲氣受；悦詩敦禮，綜典博文；率履不違，一諾靡宿。早有無恃之戚，公靡恤爲哀，無歸是悼。且太夫人高年在堂，君猶觀文周序，習禮魯宫。感棘心之詩，傷愛日之諺，遂捐業歸養。傳曰：「孝在養親。」君以之哉。孔懷二三，怡怡就慈；偕稱周士，承承循義。並美殷仁，禀命不融；成化七年七月二十七日遇疾而卒，得年七十有六。娶白氏，再娶程氏。子三人，鳳毛分丹穴之秀，麟角遺甫草之祥。縣特曹刻彙集無「特」字袠羔，各行其志。以爲懿德亡述，鐘鼎奚銘？用是展豐詞于玄室，昭懿行于來世。詞曰：「光光徐君，惟德之府；周旋中規，折唐刻全集作「析」亦含矩；康壯整駕，孔筵布武。夙蹈閔凶，其泣汍汍；芹宫棄勳，萱庭奉歡；兄弟好合，聯周並旋。天何傷哉，不假其息；華堂徹

樂，泉臺起宅。雲翣升車，青松改色；垂裕曹刻彙集、袁評本作「哀孺」後昆，刻銘茲石；永永不刊，昭于千億。」袁刻本卷下　何刻袁本卷下　曹刻彙集卷四　袁評本卷四　唐刻全集卷六

許天錫妻高氏墓志銘

令人諱貞，字閏德，吴縣鳳凰鄉人。其先出自姜姓，鄭有渠彌，齊有無平，枝布葉分，實始宗祧。令人早值家艱，逌車就聘。温淑閒静，與性俱成。歷堂仰侍，由房下撫；恭舒並得，非儀靡聞。及乎傍接妯娌，既云覽妻；外應賓客，亦稱顗母。年菲德永，命也傷哉！春秋二十九而卒，弘治八年歲在乙卯八月而葬。悲夫！柳轜當途，鴛鴦惜在梁之翼；文旆載道，蟠龍失隱鏡之姿。居懷宛轉，孤女叫號；弔客紛紜，童僕嘘嗟。于是述德作銘，表于玄廬。銘曰：「睦睦令人，受質自天；壼内不驚，室外何專？壽不因德，福不偏賢；芝玉焚摧，傷復何言！引紼同嗟，生順死全；昭垂令名，億萬斯年。」袁刻本卷上　何刻袁本卷上　曹刻彙集卷四　袁評本卷四　唐刻全集卷六

唐長民壙志

長民，余弟申之子也，母姚氏。余宗不繁，自曾大父迄先府君，無有支庶，余又不育，暨有此子也，兄弟駢肩倚之。年十二，穎慧而淳篤。在父母側，未嘗仰視跛步。讀書夜必踰甲乙，其興亦未嘗至漏盡也。有問，必詣余，是外更無他適。余每心計曰：「唐氏累世植德，耳目可指摘而言者五代矣。閭門巷塗，稱爲善士，無有間言；天必祐之，振起其宗。」及余領解都下，頃以口過廢擯；而猶冀有此子也。今不幸以死，又將何所賴也？豈余凶窮惡極，敗壞世德，而天將翦其宗耶？而余束髪行義，壺漿豆羹，兄弟歡怡，口無莠言，行不詭隨，仰見白日，下見先人，無忝于衷。昊天不聰，喪吾曹刻彙集作「我」猶子，誠爲善之無徵矣。於乎冤哉！嗚呼痛哉！卜以卒之年正德戊辰九月丙午，去死之日凡三月，葬城西五里晉昌舊阡殤之穴。陵谷遷移，志銘壙首；吮筆命詞，涕之無從。銘曰：「昊天不聰，翦我唐宗；冤哉死也斯童！兄弟二人將何從？維命之窮！」

袁刻本卷上　何刻袁本卷上　曹刻彙集卷四　袁評本卷四　唐刻全集卷六

徐廷瑞妻吴孺人墓志銘

孺人姓吴氏，諱素寧，蘇之長洲人。大父某，母王氏。生正統甲子二月二日。年十七，歸徐廷瑞。正德戊寅十月初九日卒，得年七十。以卒之年十二月八日葬武丘鄉。子雯，娶何氏；女三：長適葉璋，次適寅，次適張銘。孺人性好紡績，自廟見而抵于□疾，唐刻全集作「垂老」幾六十年，自旦至暮，未嘗一日不在筐篚之側，雖祁寒盛暑不廢也。性禀節儉，虀鹽之外，不求兼味。又不好佛事，自信以爲修短有算，禍福有數，天道不可邀冀得也；故梵咒之音，未嘗出口。寅爲女婿三十年，内言不聞，非儀兩絶，親所豫見，故爲銘其墓之户。銘曰：「孺人之德兮，紡績自躬；没齒不怠兮，繭絲實工。啓予全歸兮，在此曲室之中；福利後昆兮，萬世無窮！」曹刻彙集卷四　袁評本卷四　何刻續刻卷十　唐刻全集卷六

墓碣

沈隱君墓碣

惟隱君諱誠，字希明，姑蘇長洲人也。體履柔嘉，天性狷潔。聰明哲知，慈良溫舒。學貫列經，博綜群言。艸木昆蟲，太極天文，殫究畢該，罔有遺捐。修身以道，修道以仁；一芥之微，不與不取。郡辟賢良，色斯而作；上不責援，下不號助。故香草能揚芬于尺澤，葛藟甘委榮于中田也。乃修困亨之道，操獨行之志；茂嘉貞之節，達圖數之變；懿德無涯，淵仁靡極。年七十，寢疾不禄，弘治六年五月乙卯卒。前期浹月，悉燬所著書牘。啓予之夕，怡然無詞；斜幅斂形，酌糜實口；所謂放光彩以自沈，樂天命而無疑者已。友生門徒，哀德不耀，悼道無聞；以爲没身不稱，聖哲之耻；厚德流光，古昔同云。所以召公没而周鼎成，季子葬而孔碑卓，考行定名，謚曰「静通」。乃與援翰述踪，傷蠖屈于幽墟；唐刻全集作「壤」作銘慰往，刊鴻伐于元珪。其詞曰：「於穆隱君，昭慈德芳；繼聖作哲，休有烈光。狷潔自矢，蹈義履仁；州司貢登，移孝就忠。車未竟途，翻然改翔；

乃執其雌，皛白允方。泚唐刻全集作「泌」水洋洋，驩愉不忘；耽經咀義，衎衎閈閈。唐刻全集作「闓闓」童冠六五，區别以分；而珪而璋，視頓亦揚。皇矣上帝，賦職不平；大命傾摧，神遷魄藏。念彼恭人，中心永傷；立言紀行，先民所臧。刊勒嘉石，貽于無疆；永矢勿虧，支百蕃昌。」袁評本卷上　何刻袁本卷上　曹刻彙集卷四　袁評本卷四　唐刻全集卷六

墓表

吴君德潤夫婦墓表

吴君德潤卒，柱國太原公志其墓曰：「余門弟子也；實才且賢。」大司寇彭城公曰：「德潤余筆硯友也。」爲文其碣。袁宏道評云：「起得淡而有致。」其子東，又丐摭二公之詞以表之。按：德潤諱裕，大父有成，父孟恭，母施氏，俱高蹈自晦。袁宏道評云：「不宜雜。」生君，髫齡夙成，九歲補府學弟子，文名籍甚，有司以高選。七舉入場屋不得第，馳騖塵埃中者幾五十年。昏燈曉硯，不勝疲勞。以廩食積年資貢成均，曹刻彙集作「成場」應誤計偕得官，年將不可待矣；于是謁歸故鄉。家素號饒曹刻彙集「饒」字空白資，門樾臨通渠，具區臨其

前，姑蘇諸山映帶之。君爲樓其間，扁曰「海天」。烟林雪浪，日接几席。又三何刻續刻作「二」十年以卒。配金氏，弋陽縣諭式周之妹，有賢德行。以君胤嗣未繁，爲納側室陳氏，以恩禮接遇之，有姜嫣曹刻彙集作「姜嬌」應誤之風焉。君與孺人生卒皆同年，自景泰壬申抵正德丙子，得年六十有五。東娶俞氏，例授醫學正科，未即真。孫三，娶某。君少力學，英邁出一時，坎壈至衰老。不遇知賞，嚻然拂衣，將放歌山水間，以適其性爲養高；與鐘鳴漏盡，不知休息者異矣。且其温恭靖嘉，居鄉閭以樸素廉介稱；而遇宗黨中類周贍不遺。出處不苟且，與時存没，不違其常，古君子之人也，是爲表之。曹刻彙集卷四

袁評本卷四　何刻續刻卷十　唐刻全集卷六

袁宏道評：古拙似班。

祭文

祭妹文

嗚呼！生死人之長理，必非有賴而能免者。唯黄耇令終，則亦歸責于天，而不爲之寃

隱；然疾痛之心，久亦爲之漸釋也。吾生無他伯叔，惟一妹一弟。先君醜寅之昏，且弟尤稚，以妹幼慧而溺焉。迨于移牀，懷爲不置。此寅没齒之疚也。爾來多故，營喪辦棺，備歷艱難，扶携窘厄；既而戎疾稍舒，遂歸所天。未幾而内艱作，弔赴繼來，無所歸咎。吾于其死，少且不俶，支臂之痛，何時釋也？今秋爾家襲作蓍龜，以有此兆宅；來朝駕車，幽明殊途，永爲隔絕。有是庶物，用爲祖餞，爾其有靈，必歆吾物，而悲吾詞也。於乎！尚饗！　袁刻本卷下　何刻袁本卷下　曹刻彙集卷四　袁評本卷四　唐刻全集卷六

招辭

招辭

帝命十巫操不死之藥，以禦尸氣，上下于天，以招游魂。有鰥在野，魂往不返，乃作歌以招之。其辭曰：「魂憧憧兮往來，叶湖之浦兮江之湄。草綠兮鳥啼，叶王孫兮哀悲。桂子開兮白露團，小山嶺兮泉水寒。魂何之兮江之干，木摇落兮風聲酸。坎坎兮伐檀，蹲蹲兮舞盤。脯乾兮酒旨，賓既具兮樂序。女奴紛進兮童隸沓語，夜淹淹兮香炬。懸都

梁兮焚白芷，魂來歆兮勿他處。東鉅人兮西共工，北相柳兮南燭融。惟魂之肝是啖兮，餔魂之胸；魂往將不爾利兮，百妖是逢。白豹嘷兮黄猿嘶，從雙鳥兮駕文貍。瀟之湘兮江之渚，採白蘋兮樂容與。木上繒兮燈下鼓，魂來樂兮吾與汝。風雨兮鷄鳴，露華兮月明。緑草兮白蘋，日落兮潮平。惟魂是樂兮是榮。亂曰：多樂無悲，魂亟歸且！外有諸妖，魂亟避且！四方上下，不可居且！樽酒二簋，來歆饗且！」右輓長洲沈塵　何刻外編卷二　唐刻全集卷六

疏文

治平禪寺化造竹亭疏

竊聞調御丈夫，身無利文粹續集作「刹」而不現；歲寒君子，心體寂而長虚。孰云草木之無知？皆是神龍之擁護。兹者文粹續集作「兹因」治平禪寺，搆基南渡，勝概東吴；聖凡同所皈依，湖上文粹續集作「河山」鍾其秀麗。莊嚴佛土，孰云寸草不生？回向塵勞，便是文粹續集作「得」六根清静。是以秀巖文粹續集作「香嵒」和尚，擊節而悟空；清平禪師，指竿而説

法。意欲文粹續集作「歆」前輩，僉發中情；謀建竹亭，文粹續集作「草亭」翼輔蘭若。清波文粹續集作「波清」池水，足詠檀欒；土地伽藍，冥空鑒證。撰茲尺牘，用告大方。開三徑以招賢，看筍根之稚子；種十個以醫俗，延林下之清風。幸拾袁評本、何刻續刻、文粹續集作「捨」餘資，共成勝事。謹疏。文粹續集末識「嘉靖壬午仲秋既望晉昌唐寅撰潁川陳淳書釋方正立石」　曹刻彙集卷四　袁評本卷四　何刻續刻卷十　唐刻全集卷六　吴都文粹續集卷三十一

姑蘇寒山寺化鐘疏

木鐸徇于道路，周官所以驚其頑愚；銅鐘司其晨昏，釋氏所以覺夫靈性。解魔王之戰鬭，上振天宮；緩衆生之悲酸，下聞地獄。所以提婆尊者，現神通而外道無言；本寂禪師，悟真筌而古德讚頌。實名法器，厥號大音。本寺額號寒山，建始□□。按：碑作「普明」殿宇矗備，銅鐘未成。按：此二句碑無月落烏啼，負張繼楓橋之句；雷霆鼓擊，愧李白化城之銘。今將鼓洪爐以液金精，範土泥而鑄大樂。舉茲盛事，用叩高賢；增壯按：何刻續刻作「北」山門，惟祈樂施。啓千門之曉，潛蟄皆興；夙萬户之昏，魚龍盡息。莊嚴佛土，利益人天；慧日增明，福田不薄。以茲疏告，仰冀垂明。偈曰：「姑蘇城外古禪房，

擬鑄銅鐘告四方；試看脱胎成器後，一聲敲下滿天霜。」何刻續刻卷十　唐刻全集卷六　寒山寺化鐘疏碑

啓

送廖通府帳詞啓　代

竊以星分牛斗，姑蘇彈壓江東；職列賓僚，糧餉總司判左。委付爲朝廷之重寄，疆域實天地之奧區。妙選賢才，方爲注授。蓋出祖宗之成憲，俾求民物之乂安。恭惟汝南廖大人先生，世德之英華，名門之領袖。白雲注集，元豐推正字之博文；世綵名堂，紹聖仰中丞之盛事。鳳毛異彩，麟趾多仁。發跡賢科，啓萬里青雲之路；超登仕版，開一方赤子之天。學則爲四庫之宗師，政則爲多方之矜式。冰清蘗苦，律身之道有常；鏡定衡平，宰物之權無爽。歲輸三百萬，事集而民力不勞；考最第一人，銓擬而衆心皆服。三年報政，將獻績于虞廷；千里戒裝，聽歌駒于祖道。某忝同僚寀，猥攝篆于應宿之司；久浹音輝，感贈言于各天之别。偕謀同事，共舉離樽。詠秋水之芙蓉，輒成短調；攀闈

門之楊柳，佇看高遷。朝陽而鳳皇鳴，應召公之雅什；海運而鵾鵬徙，符莊子之真經。詞曰：「蓮花幕府滯仙才，梓葉秋風謁帝臺；七縣蒼生攀四馬，一輪明月上三台。鷄唱發，別尊開，佳名先自動春雷；調和鼎鼐梅鹽味，專待蒼龍大手來。」右調鷓鴣天　曹刻彙集卷四　袁評本卷四　何刻續刻卷十　唐刻全集卷六

論

蓮花似六郎論

嘗論史，唐武氏幸張昌宗，或譽之曰：「六郎面似蓮花。」内史楊再思曰：「不然，乃蓮花似六郎耳。」嗚呼！蓮花之與六郎，似耶？不似耶？縱令似之，武氏可得而幸耶？縱令幸之，再思可得而諛耶？以人臣侍女主，黷也，昌宗之罪也；以女主寵人臣，淫也，武氏之罪也；以朝紳諛嬖幸，諂也，再思之罪也。古之后妃，吾聞有葛覃之儉矣，有樛木之仁矣，有桃夭之化矣；未聞有美男子侍椒房也。漢呂氏始寵辟陽侯，其後趙飛燕多通侍郎宫奴；沿及魏晉，而淫風日以昌矣；然未有如武氏之甚也。自

白馬寺主而下，其爲武氏之所幸者，非一人矣；然未有如昌宗之甚也。彼其手握王爵，口含天憲，吹之則春葩頓萎，嘘之則冬葉旋榮，以故憸夫小人，争爲諂媚。后嘗衣以羽衣，吹以玉笙，騎以木鶴，號曰王子晉，則人皆子晉之矣；俄而稱子晉爲六郎，則人皆六郎之矣；俄而諛六郎爲蓮花，則人皆蓮花之矣；然未有如再思之甚也，故獨曰：「蓮花似六郎。」夫蓮之脱青泥，標緑水，可謂亭亭物外矣；豈六郎之淫穢可比耶？彼似之者，取其色耳。若曰：「蓮之紅豔，后可翫之而忘憂矣；蓮之清芳，后可挹之而蠲忿矣；蓮之綽約，后可與之而合歡矣。金莖之露，可共吸焉；玉樹之花，可共歌焉；薔薇之水，可共浴焉。上林春暖，蓮未開也，對若人而蓮已開，可以醒海棠之睡矣；太液秋殘，蓮已謝也，對若人而蓮未謝，可以增夜合之香矣。一切奉宸游，娱聖意，非蓮花其誰與歸？」此之唐刻全集作「其」尊之寵之之意極矣，而再思猶謂不然。將以蓮出乎青泥，垢也；若六郎似有仙種，不啻天上之碧桃乎？蓮依乎緑水，卑也；若六郎自有仙根，不啻日邊之紅杏乎？蓮有時而零落，非久也；若六郎顔色常鮮，不啻月中之丹桂乎？以蓮之近似者，人猶寶焉、惜焉、壅焉、植焉，而况真六郎乎？是故芙蓉之帳，僅足留六郎之寢；菡萏之杯，僅足邀六郎之歡；步步生蓮，僅足隨六郎之武。柳眉淺黛，藉六郎以描之；蕙帶同心，偕六郎以結之。鏡吐菱花，想六郎而延佇；户標竹葉，望六郎而徘徊。此再思之意也。不惟是也，藝蓮者護其風霜，防其雨露，剪其荆棘，培其本枝；今六郎恩幸無比，而群臣若元忠者，非其荆棘乎？則竄之；如易之者，非其枝葉乎？則寵之。賜以翠裘，恐露隕而蓮房冷也；傅以朱粉，恐霜落而蓮衣褪也。此再思之意也。不惟是也，枝有連理，花有並頭；以六郎之美，蓮且不及，宜后之纏綿固結而不可解矣。是故九月梨花，后以爲瑞也；再思則以九月之梨，不若六郎之蓮。百花連夜發，莫待曉風吹，后以爲樂也；再思則以百花之奇，不若一蓮之豔。不信比來常下淚，開箱驗取石榴裙，后以爲悲也；再思則以蓮花常在伴，而石榴可無淚。極而言之，桃李子之丕基可奪也，六郎之恩寵，必不可一日而奪；黄臺瓜之天性可傷也，六郎之情好，必不可一言而傷。使后與昌宗，如蔦蘿相附，如葭莩相倚，如藕與絲之不斷；夫然後愜再思之意乎？甚矣，其諂也！嗟乎！「伊其相謔，贈之以芍藥。」刺士女之淫奔也；「期我乎桑中，要我乎上宫。」刺公族之淫奔也；「墻有茨，不可掃也；中冓之言，不可道也。」刺國母之淫奔也。况武氏以天下之母，下寵昌宗，汙穢淫媟，無復人禮；此尤詩人所痛心，志士所扼腕也。是故對御而褫之，有如植桃李之懷英矣；置獄而訊之，有如賦梅花之廣平矣；始許而終拒之，有如蓬生麻中之張説矣。此皆所謂正人如松柏也。若再思者，所謂小人如藤蘿也。己面似高麗，則高麗之；人面似蓮花，則蓮花之；不知五王之兵一入，二豎之首隨懸，一時凶黨，如敗荷殘芰，零落無餘；而池沼中之蓮花自若也。尚安得六郎之面，與之相映而紅哉？　嗟乎！　福生有基，禍生有階。唐之先，高祖私其君之妃，太宗嬖其弟之婦，高宗納其父之妾，閨門無禮，内外化之。是故人臣亦得以烝母后，而當時諂諛之子如再思者，若以爲禮固宜也。一傳而韋氏，三思其蓮花矣；再傳而楊氏，禄山其蓮花矣。蓬萊別殿，化爲麀聚之場；花萼深宫，竟作鶉奔之所；而題詩紅葉者，且以爲美談矣！　此皆創業垂統之所致也。于武氏何尤？　于昌宗何尤？于再思何尤？　曹刻彙集卷四　袁評本卷四　唐刻全集卷六

袁宏道評：可恨是多用草木字眼，可喜是斷唐事有識。

表

擬瑞雪降群臣賀表

伏以瑞發六花，式覩化工之妙；祥徵三白，允昭聖德之符。冰鏡飛璃，璇空墜曹刻彙集、

袁評本作「墮」玉；萬井之豐穰已卜，九重之泰祉方來。恭惟皇帝陛下：道合混元，心涵太素；宰陰陽之橐籥，握造化之樞機。祈穀祈年，精意久通于碧落；宜禾宜黍，先徵遂兆于玄冥。萬里璚瑤，凍起玉樓之粟；一天星斗，光生銀海之花。上下同雲，山川一色。從風翔舞，旋驚臘月梨花；隨霰飛揚，忽訝陽春柳絮。回青山而改白，妝金屋以成銀。璚宇珠宮，恍惚神仙之宅；銀屏玉案，似非人世之居。見狡兔之潛踪，想遺蝗之入地；聞雁聲于遠道，印鶴趾于空庭。瑤草琪花，一望樓臺澄徹；袁評本、唐刻全集作「澈」竹籬茅舍，千家山郭精神。溼飄僧舍之茶烟，密減高樓之酒力。月明海嶠，騷人回剡曲之舟；雲闇山谷，豪客覓灞橋之句。忽訝光明于一夜，兆開饒洽于三農。花萼樓頭，月色溶溶並潔；芙蓉掌上，露華湛湛俱零。信大道之感通，乃靈庥之協應也。臣等窮檐寒士，深谷鄙儒；令名久謝于袁安，芳躅敢齊乎東郭。坐煨榾柮，看玉宇之長輝；卧擁梨雲，慶瑤天之不夜。收歸詩草，掃入茶爐。白戰騷壇，莫效惠連之賦；清游勝地，難賡黃鶴之章。伏願學懋光明，道臻潔白。訪韓王之大計，登程氏之真儒。袁宏道評：「牽强。」止輦受言，馬跡絕藍關之道；閉關謝虜，羊羶無紫窖之幽。庶玉燭長熙，九野樂春臺壽域；而瑤華永燦，萬方安桂海冰天。何刻外編卷二　曹刻彙集卷四　袁評本卷四　唐刻全集卷六

贊

達摩贊

這個和尚，唤做達摩，一語説不來，何刻續刻作「不投機」九年面壁坐。人道是觀世音化身，我道它無事討事做。曹刻彙集卷四　袁評本卷四　何刻續刻卷十　唐刻全集卷六　題竹堂寺壁

又贊

兩隻凸眼，一臉落腮；有些認得，想不起來。噫！是踏蘆江上客，一花五葉至今開。何刻續刻卷十　唐刻全集卷六

鍾馗贊

烈士骨，不可屈；烈士精，久乃靈。瞋爾目，啫可觸；正爾心，邪可擒。欽爾風，望爾

容；魑魅魍魎咸潛踪，千秋之下真英雄。曹刻彙集卷四　袁評本卷四　唐刻全集卷六

題林酒仙詩後

曹刻彙集作「贊林酒仙書聖僧詩後」

不癡不顛，是佛是仙；開眼狂走，闔眼曹刻彙集、唐刻全集作「合眼」吃酒。北斗須彌，着境唐刻全集作「着緊」小兒；曹刻彙集、唐刻全集作「嬰兒」日午夜半，打乖老漢。何刻外編卷一　曹刻彙集卷四　袁評本卷四　唐刻全集卷六

釋迦如來贊

西方有大聖人，不言而自信，不治而不亂；巍巍乎獨出三界之外，名之爲佛。何刻續刻卷十　唐刻全集卷六

友人贊

大耋之年，大隱之侶；鷄豚膢臘，裘葛寒暑。詩書雍雍，子孫楚楚；與彼同歸，吾其與

女。何刻續刻卷十一　唐刻全集卷六

伯虎自贊

我問你是誰？你原來是我；我本不認你，你却要認我。噫！我少不得你，你却少得我；你我百年後，有你没了我。何刻續刻卷十一　唐刻全集卷六

第十二尊半渡波山那迦犀那尊者贊

大坐斜身，兩手相隨，偏欹如排山之勢。左右同。

戒月含霜性海空，七聖貲財施不窮，海爲醉酪地爲金。何刻續刻卷十一　唐刻全集卷六

聯句

戊寅八月十四夜夢草制其中一聯云

天開泰運，咸集璚管之文章；民復古風，大振金陵之王氣。曹刻彙集卷四　袁評本卷四　何刻續刻卷十一　唐刻全集卷六

題畫竹三聯

寒雨落空翠，涼蟾疏影青。

新梢只帶粉，繁影脆抽心。

新秋影窗明月落，高人欹枕宿酲醒。曹刻彙集卷四　袁評本卷四　何刻續刻卷十　唐刻全集卷六

題周東邨畫

愛聽流泉沁詩骨，步臨幽境解塵襟。何刻續刻卷十　唐刻全集卷六

墨銘

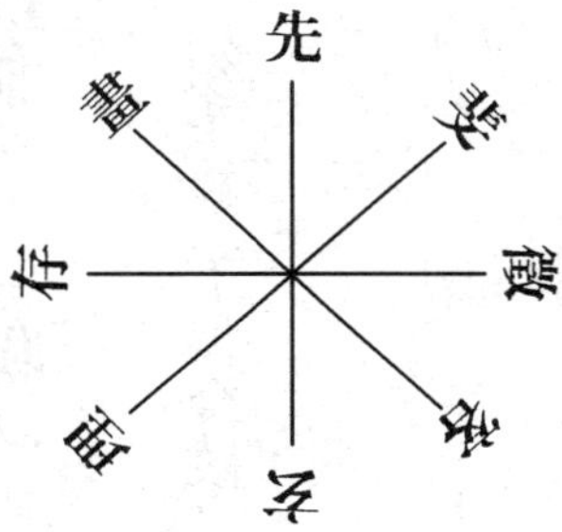

何刻續刻卷十一　唐刻全集卷六

唐寅集附集一

制義

唯仁者能好人能惡人

心極天下之公者，情極天下之正。夫好惡者，發之情而本之心者也，非仁者能得其正哉？夫子慨是非不白於天下，故舉仁者以爲之防，曰：「天下有一定之公，夫人多任情之弊。」故能得好惡之正者，天下鮮矣！惟仁者無我，得己正之盡；而鑑空衡平之體，有以存於中。物來得順應之宜，而愛憎取舍之私，無所奪於外。故嘗見其有所好矣，可好在彼，己何與焉？慶賞以馭其幸，而非以飾喜也；欣喜以聯其情，而非以黨同也。好雖出於一人之獨見，而理貞夫天下之公是。凡其好之所加，天道之所以命德者此也，鬼神之所以福善者此也；不謂之能好人乎？亦嘗見其有所惡矣，可惡在彼，己何與焉？刑戮以馭其威，而非以飾怒也；擯斥以嚴其防，而非以伐異也。惡雖出於一人之私情，而理協夫天下之公非。凡其惡之所加，天道之所以討罪者此也；鬼神之所以禍淫者此也；不謂之能惡人乎？故其位之所在，而以賞以罰，天下歸其極；道之所在，而以褒以貶，天下服其明；是非仁者，其孰能與於此乎？吁！好惡一也，任理則公，任情則私；善用好惡者，可不盡仁哉！唐刻全集六如居士制義

願無伐善無施勞

大賢之志，在不居其有而已。夫善與勞，皆人所當有者，而獨不得以自有也。大賢不欲居焉，志亦可尚矣。其自言曰：「所貴乎君子者，以天下爲公，而不以一己爲私。」蓋天下之理，孰非吾性所當盡？此而不能焉，吾之恥也；其能焉，吾之分也；胡足自多耶？而伐之，是不惟不足張其善，適自喪其善矣。回願無之。凡理所當盡者，知上天之付畀，於是乎在。吾不敢以自棄也，必孜孜焉，蚤作而夜思，以圖其修復，而幸其德之成焉；則曰：「吾之性，庶其克全乎？」以不負天之所賦可矣。乃若挾之以自多，而遂號於衆曰：「我有是善，人何能之？」此特小丈夫之所爲，不直片言微能之不足録，即堯

之仁，舜之智，與天地而合德者，亦非有加於性分之常矣，敢自伐耶？天下之事，孰非職分所當爲？此而不能焉，吾之恥也；其能焉，吾之分也，胡足自滿耶？而施之，是不惟不足大其勞，適自喪其勞矣。回願無之。凡事之所當爲者，知斯世之屬望，於是乎在。吾不敢以自逸也，必勉勉焉，左馳而右驅，以事乎進取，而幸其功之集焉；則曰：「吾之職，庶其能畢乎？」以不失世之所望可矣。若乃負之以自滿，而遂號於衆曰：「我有是勞，人何有之？」此豈大君子之所事，不直微功細行之不足齒，即堯之蕩蕩，舜之巍巍，與天地而同功者，亦非有增于職分之外矣，敢自施耶？唐刻全集六如居士制義

齊一變至于魯魯一變至于道

聖人第二國之變道，其重有感矣。夫更化以至道爲歸也，魯則易而齊則難，二國之風俗可觀矣。且論至治者，孰不曰「先王之道」？論變俗者，亦孰不曰「先王之道」？道其不行矣夫！庶幾焉者，幸有齊與魯耳。齊魯者，先王德澤之最深者也。但世降風移，已非昔日之舊；而興滯掃弊，不無更化之勞；齊一變則至于魯矣，魯一變則至于道矣。

蓋齊自襄、桓以來，功利之入人者深，誇詐之成風者久；其於道不惟不相合，而且相悖也。魯自惠、隱以來，禮教猶在，而人已亡；信義僅存，而政已息；其於道未始不相合，而但未一也。變之者各因其弊而革之也，則去其相悖，乃可以相合；全其相合，即與之爲一矣。齊至魯，魯至道，雖不免有難易之殊；齊而魯，魯而道，則皆係於一變之間耳。文、武、成、康之烈，太公、周公之風，豈真終不可得而復睹也哉？是齊魯有可變之機，迄不能成一變之績，責固有所歸矣；聖人感悼之意深乎！唐刻全集六如居士制義

君取於吴爲同姓謂之吴孟子君而知禮孰不知禮

魯君娶同姓而諱之，不知禮甚矣！蓋同姓不通姻，周道也；魯君犯之而諱言子者，豈宋亦出乎姬耶？且春秋之世，氏族之分亂，而別嫌之義微；雖禮莫大于配匹，而亦有紊之如魯君者。是故禮不娶同姓，而魯，周公之後；吴，泰伯之後，皆姬姓也。今君而娶于吴，雖自伯禽以歷於隱、桓、平、定之間，世亦遠矣；而載在宗册，同爲后稷之裔。雖自仲雍以逮於壽夢、闔廬之季，代亦屢矣；而藏諸宗司，同守文武之法。是役也，君子曰：「非禮也。」而君諱之吴孟子焉。夫子者，宋之姓也；姬非子也而子之，不特亂

吴，又亂宋矣。宋者，殷之胄也；吴非宋也而子之，欲諱乎姬，適以彰之矣。君有后妃，宗廟社稷之靈所攸寄；今假其姓于祭祀，而稱曰吴孟子焉，神其吐乎？國有主母，軍旅士民之命所由關；今諱其名於詞命，而謂曰吴孟子焉，人其尤乎？王言所出，而史臣書之，百姓頌之；寧能萬世之後，無知子之非姬耶？宗祧所係，而百神享之，子孫保之，賢能在天之靈，不知吴之非宋耶？君而知禮，孰不知禮？吁！孔子非不知之，而當時司敗之問，意其儀文度數之末，而不在此。不然，胡作春秋而書曰：吴孟姬卒也？唐刻全集六如居士制義

三以天下讓民無得而稱焉

義之所關者大，迹之所泯者深，古人之讓國然也。蓋讓國而閟于天下，其爲義也大矣；然而民莫知其所以讓焉，其迹之泯也深乎！孔子稱泰伯曰：「泰伯之德，吾固知其至矣。」何以見其然哉？想太王之時，商道日衰，周道日盛，泰伯于是得百里而君之，則朝諸侯者，于是乎始矣。泰伯則曰：「諸侯可朝，而君臣之大義，不可失也。」得一國而治之，則甸百姓者，于是乎在矣。泰伯則曰：「萬姓可甸，而天地之常經，不可拂也。」于是

乎固讓天下，自我國始。其視富有之業，若將浼焉，而推以與人之不暇；猶之爲禮者，一辭不已，而至于再也。其視至尊之位，若將緇焉，而解使去己之不遑；猶之爲禮者，再辭不已，而至于三也。然而可否決乎意慮之中，行止定于幾微之際；假托于采藥之行，戾止于荆蠻之地。當此時也，人知其爲遠游者有矣，不知其讓國也；人知其爲讓國者有矣，不知其讓天下也。謳歌未歸，而先爲河南之避，固非若舜之避朱也；雖欲頌焉，以寫其讓德之容，其可得乎？訟獄未歸，而先爲陽城之避，亦未若禹之避均也；雖欲紀焉，以傳其謙光之實，其可得乎？是則讓可能也；固而隱焉，不可能也；泰伯之至德何如哉！唐刻全集六如居士制義

季子然問仲由冉求可謂大臣與 全章

聖人於時臣問二子，必先抑後揚，以致其意焉。蓋其所以抑之者，抑季氏；其所以揚之者，亦抑季氏也。言在于此，而意在于彼，聖人之爲魯至矣。且季氏之得臣由求，是由求之過也。子然則以公族有人，凡家之大事，可以倚才望壓衆，雖古之大臣何以加？夫用賢爲國，非以爲私也；子然挾之以爲夸，聖人知所以抑之矣。于是卑其問而告之

曰：「吾聞大臣之事君也，正之以道；道不行矣，決之以去。」法當如是，而後盡耳。今二子之爲臣也，果能以道正君否乎？君不從也，果能去否乎？殆亦備員已耳。其用與舍，不足爲吾道之興廢；其進與退，何係乎國家之輕重哉？是非過貶之也，所以衰季氏之羽翼也。子然又以中庸之才，每因人而成事。是非之際，將唯言而莫違。夫用賢自輔，非以自便也，子然資之以助己，聖人知所以與之矣；于是變其機而告之曰：「二三子之在于平時也，匡其所不及，成其所欲爲，泯乎圭角之不形。或遇乎大故也，利之不可誘，威之不可脅，凜乎氣節之難犯。」大臣之道，雖所不足；亂臣之道，則豈少徇哉？是非過取之也，所以杜季氏之奸萌也。吁！聖人之心，無一日而不在公室，故無一言而不在公室也。聖人雖不得位，而扶綱常、正名分之意，何惓惓乎？ 唐刻全集六如居士制義

魯衛之政兄弟也

聖人嘆二國之政，其弊有相似者焉。夫魯衛本兄弟之國，而其積衰之弊亦如之，此聖人深爲之嘆歟！昔孔子游仕列國，如魯之弱，衛之亂，尤其所究心者；況又皆文武之後

焉。至是形諸嘆曰：「溯自周公有大勛王室，而封諸魯；魯則以文之昭，而爲兄焉。康叔能夾輔王朝，而封諸衛，衛亦以文之昭，而爲弟焉。」其始之尊尊親親之治，固無異明德慎罰之主。然今日之魯，則非周公之魯矣；今日之衛，則非康叔之衛矣。較其政，亦兄弟之國焉。魯也，私門强僭，而三桓之子，竊據於公庭；樂則八佾，祭則辟雍；而君不君，臣不臣，有如此者。衛也，蒯聵出奔，而子輒之立，執兵以拒父；奪其父國，禰其祖祀；而父不父，子不子，有如此者。然則魯與衛，一則困於强臣，一則迫於賊子；欲定其孰爲兄焉，亦幾希之間耳，不可得也。欲定其孰爲弟焉，亦毫髮之際耳，不可得也。吁！使孔子而見用于魯，則尊君在所先乎？使孔子而爲政於衛，則正名在所急乎？吾見期月之間，復周公康叔之舊，不難矣。至是抑不知其孰爲兄歟？孰爲弟歟？唐刻全集六如居士制義

君子而不仁者有矣夫未有小人而仁者也

聖人指君子忽微之地，而慨小人迷復之終也。蓋循理者或忽於微，而縱欲者又忘返也。要之，君子小人，胥以辨矣。今夫無私而當理謂之仁，惟聖人能全體之。修此者，君子

也；悖此者，小人也。夫君子惟其修之也，孰不嚴豫養順動之功乎？然而群動弗齊者，物之感也；出入無定者，人之心也。是故斯須不莊不敬，而慢易之心，或入之矣；斯須不防不畏，而怠忽之心，或乘之矣。要之，不遠之復，亦奚祇於悔乎？蓋時有適然，義無終咎也。夫小人惟其悖之也，亦孰無既剥暫復之幾乎？然而善無根，而不可襲取；欲有種，而難以頓拔。是故良心雖萌於夜氣之時，而旦晝之爲已牿矣；天機雖發於有感之際，而縱欲之害已戕矣。奚有惕然修省，而卒入於善乎？蓋陷溺之既久，悔悟之無機也。吁！此君子所以修之而增吉，小人所以悖之而愈凶也。雖然，學者其慎微乎！夫善未有不由微而成德，惡未有不由微而滅身也。善利之間，舜跖之辨，惟危之欲，由識之不早耳。是故君子無專吉，小人無專凶，幾之不可以不審也。吁！慎獨辨介之功，欲誠其意者，亦察此而已矣。唐刻全集六如居士制義

舜亦以命禹

聖君禪位於聖臣，亦以前聖之命己者命之也。夫執中一言，堯之所以授舜也。舜禪禹，而亦以此詞命之，豈非三聖相授受一道歟？且帝王之治本于道，帝王之道本于中，故

堯之命舜曰「允執厥中」矣。其後舜之命禹，亦以此焉。夫舜，天下之大聖也，豈不能立法垂訓，以貽後人？而顧諄諄乎及此！以天下相傳，天下之大事也，豈無大經大法，可以教詔？而乃一言而重出！蓋天下之理，一中之外無餘法；聖人之心，一中之外無餘用。差之毫釐，則謬以千里，此堯所不能釋然於心者也。然舜之授禹，猶堯之授舜也，其獨能釋然乎？執其兩端，而用其中于民，此舜所常恐負訓于堯者也。舜之禪禹，猶己之自得也，其獨忍負訓乎？以故禮樂刑政，非所及也；而反覆叮嚀，不越乎昔日受終之語。典章法度，不遑道也；而顧命諄切，申重夫放勛咨爾之言。其曰「人心惟危，道心惟微」者，初非有所加也，所以明夫執中之難耳。其曰「惟精惟一」者，亦未常有所益也，所以示夫執中之功耳。是堯之前，執中之論未立也；堯以之命舜，而舜不以爲奇。舜之後，執中之論已著也；舜以之命禹，而禹不以爲襲。三聖相傳，一道世守。然則天下之理，復有加于此哉！唐刻全集六如居士制義

古之欲明明德於天下者 三節

聖經既兩叙古人欲新民，先務明德之序，因結言在人先明德，以爲新民之基。夫己治然

後可以治人也，古人之欲新民，豈不以明德爲先務哉？宜大學反覆於前，而結言於後也與？昔曾子述孔子之言，意謂欲進大學之道，當循大學之序。是故古之人，欲明明德於天下，使人人遂乎親長之願，必先治其一國焉。欲明明德於一國，使人人盡乎親長之道，必先齊其一家焉。親長之道：欲齊乎一家；孝友之風，當修於一己。欲修乎己，必先正其心，使所存無或偏。欲正其心，必先誠其意，使所發無或欺。意欲其誠，必先推極吾心之知，俾所知無不盡。知欲其致，必在窮知事物之理，俾極處無不到。然古人所以欲新民，而必先明德者何哉？蓋以物理之極既到，而後吾心之知可至。吾心之知既至，而後一心之發可實。意既實矣，心不可得而正乎？心既正矣，身不可得而修乎？身修矣，而後正倫理，篤恩義，一家齊也。家齊矣，而後立標準，胥教誨，一國治也。國治而後人人親其親，長其長，天下無不平矣。然此豈一人之私務哉？自天子下至於庶人，其間如公如侯，尊卑固不同也。由庶人上溯於天子，其間如卿如大夫，貴賤固不類也。莫不格物致知以修身，而爲齊家治國之根本焉；誠意正心以修身，而爲均平天下之先務焉。吁！新民必本於明德，明德始及於新民，古人爲學之序，有如此哉！唐刻全集六如居士制義

苟日新日日新又日新

傳者引聖人自警之詞，著新民之本也。夫自新而不已其功，聖人所以自警者至矣。新民之本，不既立矣乎？今夫所謂新民者，豈假刑驅而勢迫哉？亦本諸身而已。湯之盤銘有曰「苟日新，日日新，又日新」者，豈不以德之當明，猶身之當潔也。人患迷而不悟耳。有能感觸於夜氣之清，而奮發於一日之際，知天理爲吾之固有，而人欲爲吾之本無也。静以存之，使虚靈之不昧者，有以復其本然之正；動以察之，使利欲之相攻者，有以去其舊染之污；則心之奮發者，此爲之機；而攻之黽勉者，已有其地矣。但理本難明而易晦，功病鋭始而怠終，又必心有常主，而一念不容於少懈，力有常存，而一息罔敢以或忘。日日存養，又日亦此存養也。凡求復夫天理之正者，亹亹乎惟日之不足矣。日日省察，又日亦此省察也。凡求勝夫人欲之私者，凜凜乎若檢之不及矣。是日之繼今而來者無窮，而功之與日俱敏者亦無窮。功之與日俱敏者無窮，而德之與日俱新者亦無窮。聖敬所以日躋，而九圍所以用式者，皆是道也。唐刻全集六如居士制義

二三子何患乎無君我將去之

古人遷國，而先有以慰其民焉。夫賢如太王，民所依也；釋無君之憂，而明欲去之意，所以慰之者至矣！想其告耆老有曰：「天下之變，先時而慮之，斯有濟焉。後時而爲之，則無及已。今日之行，予豈得已哉？二三子其無眷眷也。天之立君，貽以地必貽以人；而患無養，不患無主。億兆至繁，當有人焉，出而統之。敵人縱利吾有，未必仇吾民也。是可欣然附矣。兵戈垂定，當有人焉，起而臨之。邠邑縱危於初，未必擾於後也，是可翕然從矣。況爾君平日，素無德以加父老；而爾等異日，力有藉以輯生靈，又何患乎？我將違故土之安，而潛身境外，勿攖難犯之鋒；棄先人之緒，而竄迹他邦，期遠不虞之禍。士臣之困也，決於斯須，不去且有憑陵而莫救者。吾由此適彼，庶所求既厭，争可息也。千里間關，所弗辭矣。二三子值流離瑣尾之頃，宜思以奠其居也，可徒懷聚散之悲耶？宗社之墟也，懸於旦夕，不去且有隕越而靡至者。吾舍舊圖新，庶所欲既捐，亂斯弭也。百年締造，所弗恤矣。二三子當危急存亡之秋，宜思以保其業也，可徒抱興衰之戚耶？爾也情不容於自已，而承平可待，將無君而有君。我也勢不可以

復留，而繼見爲難，故將去而未去。行矣！長與諸父老別！幸諭故人，勉事新主，毋以我爲念！」唐刻全集六如居士制義

又有微子微仲王子比干箕子膠鬲

商之季，有貴戚之卿，有異姓之卿。蓋國所賴，惟人也；商季親賢得人，尚何亡之易哉？孟子告丑曰：「紂之所以能延其國也，豈直重憑于先烈，抑且廣藉夫賢勞。」何則？故家遺俗，商季之德澤，非不存一二也；使國鮮匡勷之士，即累善何以振其衰？流風善政，商季之法度，非不存什一也；使朝乏共濟之臣，即孤忠誰與匡其亂？紂所深幸者，不在是乎？嚴嫡庶之分，而禄位之意輕；憫宗社之顛，而血食之念重，則有微子微仲其人。君德日昏，恥容身于結舌；國勢日蹙，不避禍于剖心，則有王子比干其人。逢難正志，誓九死以不移；佯狂忍辱，秉一誠而不易，非箕子乎？匡時大略，素藴乎斂德之時；經世遠猷，概見于登朝之日，非膠鬲乎？吾聞國以一人興，以一人亡。而况親者親，故者故；去者未去，死者未死，奴者未奴；則神人雖憤，所倚扶危者固衆也。典刑雖棄，所恃紓亡者非一也。紂是以失之難，而文王所以不易王與！唐刻全集六

葛伯放而不祀湯使人問之曰何爲不祀曰無以供犧牲也湯使遺之牛羊葛伯食之又不以祀湯又使人問之曰何爲不祀曰無以供粢盛也湯使亳衆往爲之耕

聖君處無道之鄰，而曲誘之善焉。夫放而不祀，葛伯之不君甚矣。湯所以誘成其善者，一而再焉，其用意何曲盡哉！孟子曉萬章意曰：「古之行王政而王者，不能不興問罪之師；亦未嘗不盡睦鄰之道，盍觀諸湯乎？」蓋其未征葛之先也，彼葛伯者，縱情淫佚，棄禮度而不修；怠志蒸嘗，置先德而罔念。不道若此，似可爲仗義者之口實矣。然而湯也不忍加之以兵，而惟愛之以德。故使人問之，蓋務探其不祀之故，因啓其反本之深思也。及葛伯以祀事不舉，犧牲未備耳；夫葛亦國也，豈無犧牲？此固飾非委罪之詞。而湯也問之，必有爲之處矣；于是遺之以牛羊，捐己有而不吝犧牲之供，庶其無所患乎？夫何葛也，牛羊之饋，引爲自奉之資；宗廟之祭，仍無舉行之志；其情若此，亦甘尋亡國者之覆轍矣。然而湯也不忍見其淪没，猶尚冀其改圖。故又使人問之，復欲詰其不祀之由，因回其不泯之天理也。及葛伯以犧牲雖具，粢盛尤缺焉；夫葛一國也，豈無粢盛？是固得此望彼之意。而湯也處之，亦且不容已矣。于是率吾亳衆，往彼地而代耕，粢盛之給，庶其有所出乎！吁！命使而通體問之情，既見而勤周恤之典，湯誠無負于葛矣。而童子銜冤，葛自負于湯耳；湯之征葛，豈得已哉！唐刻全集六如居士制義

禹惡旨酒而好善言　全章

大賢舉先聖之心法，明道流之相承也。夫聖人身任斯道之寄，則其心自有不能逸矣。由禹以至周公，何莫非是心耶？孟子舉之曰：「道必有所托，而後行于世，聖人同其道也。然而天無二道，聖無二心，其憂勤惕勵一也。」堯舜尚矣，自堯舜而下得統者，有禹湯焉，有文武周公焉。禹則致嚴于危微之辨，而閑之也切。旨酒則惡之，善言則好之；蓋遏流禍于將然，而廣忠益以自輔也。湯則加謹于化理之原，而圖之也至。中道則務執之，賢才則廣收之；蓋建皇極以經世，而集衆思以熙績也。文之繼湯也，則以德業未易全，而其心常操夫不足。民安矣，猶若阽于危也；道盛矣，猶若阻于岸也；蓋必欲達

于神化之域斯已矣。武之繼文也，則以治忽爲可畏，而其心常厚于自防。故慮深隱微而邇，弗敢泄也；明燭無疆而遠，弗敢忘也；蓋必欲密其周詳之念斯已矣。迨周公承其後，思欲兼三王以時措，舉四事以立法。故事有戾于時勢之殊，必精思以求其通，雖夜而不遑于寐。理有值夫變通之利，必果行以奏其效，待旦而不安于寢。夫思之至，則其神合；行之勇，則其化流；禹湯文武之傳，又在周公矣。即是而知數聖人所生之時雖不同，而心則一也。心一故道同，三代之治，所以盛與！唐刻全集六如居士制義

操則存舍則亡出入無時莫知其鄉惟心之謂與

大賢引人心之妙，示當養也。甚矣，人之一心，神妙莫測也。苟不知所以養之，則其神牿矣，何以爲萬事之主乎？孟子曰：「吾謂人心係於所養，而有不容易養者，孔子言之矣。」何則？凡物之滯於迹者，則操之未必遽存，而舍之未必遽亡也。兹有一操舍之間，或得之於明覺之餘，而卓然其有主也。或失之於放逸之際，而茫然其無知也。其存亡之易，有如此者。凡物之拘於方者，則求之必有定時，而索之必有定向也。兹有一出入之間，倏出焉，倏入焉，而不可以時測也。於彼乎，於此乎，而不可以象求也。其出入

之易，有如此者。若此者，反之吾身，何物爲然，惟心之謂耳。誠以四肢百骸，莫非形也；然具夫形，而不能以超夫形。喘息呼吸，莫非氣也；然屬夫氣，而不能以妙夫氣。惟心不離夫形，而主夫形；是以瞬息之頃，有存有亡，雖心亦不能自知也；所以貫通三才者，此耳；舍心之外，曾有若是其圓神者耶！不離乎氣，而乘夫氣；是以倏忽之間，有出有入，雖心亦不得自專也；所以神化萬物者，此耳；自心之外，曾有若是其虛靈者耶！夫存亡莫測，則當操之，使其存而不亡可也。出入靡常，則當存之，使之内而不外可也。否則徒有是心，而心之神明已牿亡矣，可以爲心乎？此孔子意也。唐刻全集六如居士制義

然則無有乎爾則亦無有乎爾

大賢即見知聖道者，既乏其人；決聞知聖道者，必乏其人。蓋聖道有見之者于前，始有聞知者于後也。見者且無矣，孰從而聞之？孟子自任之意，若曰：聖人之道，見而知者固難；聞而知者亦不易。由孔子至于今，但百有餘歲耳。鄒魯之相去也，地甚近；我之去孔子也，時又遠。然而當今之世，求其稟明睿之奇資，口傳心授，親見知乎孔子

之道，如禹皋在堯舜之世者，則既無其人矣；屈指斯民，何如其寥落耶！負剛健之峻德，耳提面命，親見知乎孔子之道，如伊虺在成湯之時者，亦既無其人矣；盼睨斯世，何如其寂寞耶！夫然，則五百餘歲之後，君子之澤既斬，聖人之道已微，求其資禀異常，不待口傳心授也，自然神會心得，而聞知孔子之道于異世之下，如成湯之于堯舜者，不啻鳳毛麟角，可逆料其必無矣；其所以抱斯文之正印者誰歟？峻德超衆，不待耳提面命也，自然心領神解，而默悟孔子之道于百世之遥，如文王之于成湯者，不啻景星慶雲，可預卜其罕見矣；其所以衍吾道之宗派者誰歟？吁！即見知之人，不出于今日；度聞法之人，必絶于後日；孟子自任之意，爲何深哉！唐刻全集六如居士制義

唐寅集附集二

畫譜卷之一

自序

世之談畫者，大都人物、山水、花木、鳥獸盡之矣。顧人物有神仙、士女之别，山水有遠近、淺深之别，花木有澹濃、榮瘁之别，鳥有翔集、鳴食之别，獸有毛骨、牝牡之别；以至運筆施彩，種種有訣。而三品、六法、六要、六長、三病、十二忌，皆當究心焉者。予棄經生業，乃托之丹青自娱。因述舊聞，附以己見，名曰畫譜。有志於圖繪者，悉心披閲；而寄興寓情，更求諸筆墨之外。俾賞鑒者以神品目之，則進乎技矣。吴趨六如居士唐寅題。

敍畫源流

唐 張彥遠

夫畫者，成教化，助人倫；窮神變，測幽微；與六籍同功，四時并運；發於天然，非由述作。古先聖王受命應籙，則有龜書效靈，龍圖呈寶；自巢燧以來，已有此瑞。庖羲氏發於滎河中，典籍圖畫萌矣。軒轅氏得於温洛中，史皇倉頡狀焉。是時也，書畫同體而未分，象制肇創而猶略。無以傳其意，故有書；無以見其形，故有畫。按字學之體，六曰「鳥書」，在幡信上書端象鳥頭者，則畫之流。漢末大司空甄豐校字體有六，其六曰「鳥書」，即幡信上作蟲鳥形也。顔光禄云：「圖載之意有三：一曰『圖理』，卦象是也；二曰『圖識』，字學是也；三曰『圖形』，繪畫是也。」又周官教國子以六書，其三曰「象形」，則畫之意也。故曰：「書畫異名而同體也。」周禮保章氏掌六書，其六曰「象形」，亦倉頡之遺意也。洎乎有虞作繪，繪畫明焉。既就彰施，仍深比象；於是禮樂大闡，教化由興，故能揖讓而天下治。廣雅云：「畫，類也。」爾雅云：「畫，形也。」説文云：「畫，畛也，象田畛畔也。」釋名曰：「畫，掛也，以彩色掛物象也。」故鐘鼎刻，則識魑魅而知神姦；旂章名，則昭軌度而備國制。清廟肅而尊彝陳，廣輪度而疆理辨。以忠以孝，盡在於雲臺；有烈有勛，皆登於麟閣。

見善足以戒惡，見惡足以思賢。留乎形容，式昭盛德之事；具其成敗，以傳既往之踪。紀傳所以叙其事，不能載其形；賦頌所以咏其美，不能備其象。圖畫之制，所以兼之也。故陸士衡云：「丹青之興，比雅頌之述作，美大業之馨香。」宣物莫大於言，存形莫善於畫，此之謂也。是以漢明宫殿，贊兹粉繪之功；蜀郡學堂，義存勸戒之道。馬后尚願戴君於唐堯，石勒猶觀自古之忠孝。豈同博弈用心，自是名教樂地。

制作楷模

宋郭若虚

大率圖畫，風力氣韻，固在當人；其如種種之要，不可不察。畫人物必分貴賤氣貌衣冠，釋像則有善功方便之類，道流必具度世修真之範，帝王當崇龍鳳天日之表，外夷應有慕華欽順之情，儒賢見忠信禮義之風，武士多勇悍英烈之氣，隱逸識高世肥遯之節，貴戚尚浮華侈靡之容，天帝明威福嚴重之儀，鬼神作醜魏馳趡之狀，士女宜秀色婑媠之姿，田家有醇甿樸野之真。畫衣紋林石，用筆全類于書。衣紋有重大而調暢者，有縝細而勁直者；勾綽縱掣，理無妄下，以狀高深卷摺飄舉之勢。林木有樛枝挺幹，屈節皺皮，紐裂多端，分敷萬狀；作怒龍虯螭之形，聳凌霄干日之態。山石多作礬頭，亦爲稜面；要見幽遠而氣雄，崢嶸而秀潤。畜獸須筋力精神，毛骨隱起；仍分牝牡飲齕動止之性。禽鳥須喙尾羽翰，文彩分明；仍别名類翔棲鳴食之形。龍悟蜿蜒升降，魚知跳躍游泳。或云：龍須析出三停，自首至膊，膊至腰，腰至尾分成九似。角似鹿，頭似駝，眼似蝦，鬚似蛇，腹似蜃，鱗似魚，爪似鷹，掌似虎，耳似牛山宜崒崒，水用湯湯。屋木折算無虧，取筆墨之匀壯深遠，不失繩墨，要顯晦之精神。花木有四時景候，陰陽向背，在苞萼之後先。笋篠出數竿老嫩，雨雪風晴，具葉枝之垂綽。逮諸園花野草，咸有生榮條達之性。融會貫通，闕一不可。凡畫氣韻本乎游心，神彩生于用筆。意在筆先，筆盡意足。雖不能盡夫賞閲之精，而工拙亦略可見。或有高人勝士，寄興寓情，當求諸筆墨之外，方爲得趣。

圖畫名意

宋郭若虛

古者秘畫珍圖，名隨意立。典範則有春秋、毛詩、論語、孝經、爾雅等圖，上古之畫多遺其姓其次後漢蔡邕有講學圖，梁張僧繇有孔子問禮圖，隋鄭法士有明堂朝會圖，唐閻立德有封禪圖，尹繼昭有雪宫圖。觀德則有帝舜娥皇女英圖，亡名氏隋展子虔有大禹治水圖，晉戴逵有烈女仁智圖，宋陸探微有勛賢圖。忠鯁則隋楊契丹有辛毗引裾圖，唐閻立本有陳元達鏁諫圖，吴道子有朱雲折檻圖。高節則晉顧愷之有祖二疏圖，王廙有木雁圖，宋史藝有屈原漁父圖，南齊蘧伯珍有巢由洗耳圖。壯氣則魏曹髦有卞壯刺虎圖，宋宗炳有獅子擊象圖，張僧繇有漢武射蛟圖。寫景則晉明帝有輕舟迅邁圖，衛協有穆天子宴瑶池圖，史道碩有金谷園圖，顧愷之有雪霽望五老峰圖。靡麗則晉戴逵有南朝貴戚圖，宋袁倩有丁貴人彈曲項琵琶圖，唐周昉有楊妃架雪衣女亂雙陸圖。風俗則南齊毛惠遠有剡中溪谷村墟圖，陶景貞有永嘉居邑圖，隋楊契丹有長安車馬人物圖，唐韓滉有堯民擊壤圖。此雖不能盡述，但略載其爲可鑒戒者，當與六籍并傳云。

畫訓　或作郭思林泉高致

宋　郭　熙

君子之所以愛夫山水者，其旨安在？丘園養素，所常處也；泉石嘯傲，所常樂也；漁樵隱逸，所常適也；猿鶴飛鳴，所常觀也；塵囂繮鎖，人情所常厭也；烟霞仙聖，人情所常願而不得見者也。直以太平盛日，君親之心兩隆；苟潔一身出處，節義斯係，豈仁人高蹈遠引，故爲離世絶俗之行，必與箕潁埒素，黄綺同芳哉？白駒之詩，紫芝之咏，皆不得已而長往者也。然則林泉之志，烟霞之侶，夢寐在焉，耳目斷絶。今得妙手，鬱然出之，不下堂筵，坐窮泉壑；猿聲鳥音，依約在耳；山光水色，滉漾奪目；此豈不快人意，實獲我心哉？此世之所以貴夫畫山水之本意也。不此之主，而輕心臨之，豈不蕪雜神觀，溷濁清風者云哉！或作「也哉」

凡畫山水有體，鋪舒爲宏圖而無餘，消縮爲小景而不少。看山水亦有體，以林泉之心臨之則價高，以驕侈之目臨之則價低。

山水大物也，鑒者須遠觀，方見一障山川之形勢氣象。若士女人物小景，即掌中几上，一覽便盡，此看畫之法也。

世之篤論，謂山水有可行者，有可望者，有可游可居者；畫凡至此，皆入妙品。但可行可望，不如可游可居之爲得。觀今山川，地占數里，可游可居之處，十無三四。而必取可游可居之品，君子之所以渴慕林泉者，正謂或有「此」字佳處故也。故畫者當以此意造，而鑒者又當以此意窮之；此之謂不失其本意。

畫亦有相法，李成子孫昌盛，其山脚地面，皆渾厚闊大，上秀而下豐，人之有後之相也。非必論相，兼理當如此故也。

人之學畫，無異學書。今取鍾王虞柳，朝夕臨摩，久必入其仿佛。至于大人達士，不局于一家，必兼收并覽，廣議博考，或有「以使我」自成一家，然後爲得。今齊魯之士，惟摹營丘；關陝之士，惟摹范寬；一己之學，猶爲蹈襲。況齊魯關陝，幅員數千里，豈能州州縣縣，人人作之哉？專門之學，自古爲病，正謂出於一律。或有「而不肯聽者，不可罪不聽之人，迨由陳迹」三句人之耳目，厭常喜新，故大人達士，不局於一家者，此也。

柳子厚善論爲文，余以爲不止於文，萬事有訣，盡當如是，況於畫乎？何以言之？凡一景之畫，不以大小多少，必須注精以一之，不精則神不專；必神與俱成之，神不與俱成，則精不明；必嚴重以肅之，不嚴則思不深；必恪勤以周之，不恪勤則景不完。蓋積或作「故積」惰氣而强之者，其迹軟懦而不決，此不注精之病也。積昏氣而汨之者，其狀黯淡或作「猥」而不爽，此神不與俱成之弊也。以輕心挑之者，其形脱略而不圓，此不嚴重之弊也。以慢心忽之者，其體疏率而不齊，此不恪勤之弊也。故不決則失分解法，不爽則失瀟灑法，不圓則失體裁法，不齊則失緊慢法，此最作者之大病也。然此可與明者道，難與俗人言。

郭熙嘗作一二圖，有一時委下不顧，動經一二十日不向，再三體之，是意不欲。意不欲者，豈非所謂惰氣者乎？又每乘興得意而作，則萬事俱忘。及事汨志撓，外物有一至，則亦委而不顧；委而不顧者，豈非所謂昏氣者乎？凡落筆之日，必明窗静几，焚香左右，精筆妙墨，盥手滌硯，如見大賓；必神閑意定，然後爲之；豈非所謂不敢以輕心挑之者乎？已營之，又撤之；已增之，又潤之；一之可矣，又再之；再之可矣，又復之。每一圖必重重複複，終終始始，如戒嚴敵，然後畢，此豈非所謂不敢以慢心忽之者乎？所謂天下之事，不論大小，例須如此，而後有成。

學畫花者，以一株置深坑中，臨其上而瞰之，則花之四面得矣。學畫竹者，取一枝竹，因月夜照其影於素壁之上，則竹之真形出矣。學畫山水，何以異此？蓋如神游物象，身即烟霞，則意度自見。以上三句或作「蓋身即山川而取之，則山水之意度見矣」真山水之川谷，遠望之以取其深，近游之以取其淺。真山水之巖石，遠望之以取其勢，近看之以取其質。真山水之雲氣，四時不同：春融怡，夏蓊鬱，秋疏薄，冬黯淡；畫見大象而不爲斬刻之形，則雲氣之態度活矣。真山水之烟嵐，四時不同：春山澹冶而如笑，夏山蒼翠而如滴，秋山明净而如妝，冬山慘淡而如睡；畫見大意，而不爲刻畫之迹，則烟嵐之氣象或作「景象」正矣。真山水之風雨，遠望可得，而近者玩習，不能究錯綜起止之勢。真山水之陰晴，遠望可盡，而近者拘狹，不能得明晦隱見之迹。山之人物，以標道路；山之樓觀，以標勝概；山之林木映蔽，以分遠近；山之溪谷斷續，以分深淺；水之津渡橋梁，以足人事；水之漁艇釣竿，以足人意。大山堂堂，爲衆山之主，所以分布以次岡阜林壑，爲遠近大小而宗主之；其象若大君，赫然當陽，而百辟奔走朝會，無偃蹇背却之勢。長松亭亭，爲衆木之表，所以分布以次藤蘿草木，爲振挈依附，而師帥之；其勢若君子軒然得時，而衆小人爲之役使，無憑陵愁挫之態。山近看如此，遠看如此，百數十里看又如此；每遠每異，所謂山形步步移也。山正面如此，背面如此，側面又如此；每看每異，所謂山形面面看也。如此是一山而兼數十百山之形狀，可得不悉乎？山，春夏看如此，秋冬看又如此，所謂四時之景不同也。山朝暮看如此，陰晴看如此，所謂朝暮陰晴之變不同也。如此是一山而兼數十百山之意態，可得不究乎？春山烟雲聯綿，人欣欣；夏山嘉木繁陰，人坦坦；秋山明净摇落，人肅肅；冬山昏霾翳塞，人寂寂；看此畫令人生此意，如真在此山中，此畫之景外意也。見青烟白道而思行，見平川落照而思望，見幽人山閣或作「客」而思居，見巖扃泉石而思游；看此畫令人起此心，如將真即其處，此畫之意外妙也。

東南之山多秀異，天地非爲東南私也。東南之地極下，水潦之所歸，以漱濯開露之所出，故其地薄而水淺。山多奇峰峭壁，斗出霄漢之外；瀑布千丈，飛落雲霞之表；非不如華山垂溜之千丈也，如華山者鮮爾。縱有渾厚者，亦多出地上，而非出地中也。

西北之山多渾厚，天地非爲西北偏也。西北之地極高，水源之所出，以岡隴臃腫之所埋，故其地厚而水深。山多堆阜盤礴，連延不斷於千里之外。介丘有頂，迤邐拔萃于四達之野；非不如嵩山少室之峭拔也，如嵩少者鮮爾。縱有峭拔者，亦多出地中，而非出地上也。

嵩山多好溪，華山多好峰，衡山多好别岫，常山多好列岫，泰山特好主峰。天台武夷廬霍雁蕩岷峨巫峽天壇王屋林慮武當，皆天下名山巨鎮，天地寶藏所生，仙聖窟宅所隱；奇崛神秀，莫可窮極。而欲奪其造化，則莫神于好，莫精于勤，莫大於飽游飫看，歷歷羅列於胸中。而目不見絹素，手不知筆墨，磊磊落落，杳杳漠漠，莫非吾畫。此懷素夜聞嘉陵江水聲，而草聖益佳；張顛見公孫大娘舞劍器，而筆勢益壯者也。今之執筆者，所養之不擴充，所覽之不淳熟，所經之不衆多，所取之不精粹；而得紙發筆，或作「而得紙拂壁」水墨遽下。不知何以掇景於烟霞之表，發興於溪山之巔哉？後生罔悟，其病可數。何謂所養之不擴充？近者畫手，有仁者樂山圖，作一叟支頤於峰畔；智者樂水圖，作一叟側耳於巖前，此不擴充之病也。蓋仁者樂山，宜如白樂天草堂圖，山居之意裕足也；智者樂水，宜如王摩詰輞川圖，水中之樂饒給也；仁智所樂，豈一夫之形狀可見之哉？何謂所覽之不淳熟？近世畫手，畫峰則不過三峰五峰，水則不過三波五波，此不淳熟之病也。蓋畫山，高者下者，大者小者，脊脉向背，巔頂朝揖，其體渾然相應，則山之美意足矣。畫水，齊者汩者，卷而飛激者，引而舒長者，其狀宛然自足，則水之態富贍矣。何謂所經之不衆多？近世畫手，生吴越者，寫東南之聳秀；居咸秦者，貌關隴之壯浪；學范寬者，乏營丘之秀媚；師王維者，缺關仝之風骨；凡此之類，咎在所經之不衆多也。何謂所取之不精粹？千里之山，不能盡奇；百里之水，豈能盡秀？太行枕華夏，而面目者林慮；泰山占齊魯，而勝絶者龍巖；一概畫之，版圖何異？凡此之類，咎在所取之不精粹也。故專於陂陀失之麤，專於幽閑失之碎，專於人物失之俗，專於樓觀失之冗，專於石則骨露，專於土則肉多。筆迹不渾成謂之疏，疏則無真意；墨色不滋潤謂之枯，枯則無生意。水不潺湲，謂之死水；雲不自在，謂之凍雲；山無明晦，謂之無日影；山無隱見，謂之無烟靄。今山，日到處明，日不到處晦；山因日影之常形也，明晦不分焉，故曰「無日影」。今山，烟靄到處隱，烟靄不到處見；山因烟靄之常態也，隱見不分焉，故曰「無烟靄」。

山，大物也。其形欲聳拔，欲偃蹇，欲軒豁，欲箕踞，欲盤礴，欲渾厚，欲雄豪，欲精神，欲嚴重，欲顧盼，欲朝揖，欲上有蓋，欲下有乘，欲前有據，欲後有倚，欲下瞰而若臨觀，欲上游或作「下游」而若指麾。此山之大體也。

水，活物也。其形欲靜深，欲柔滑，欲汪洋，欲回環，欲柔膩，或作「欲肥膩」欲噴礴，欲激射，欲多泉，欲遠流，欲瀑布插天，欲濺撲入地，欲漁釣怡怡，欲草木欣欣，挾烟雲而秀媚，照溪谷而光輝。此水之活體也。

山，以水爲血脉，以草木爲毛髮，以烟雲爲神彩。故山得水而活，得草木而華，得烟雲而秀媚。水，以山爲面，以亭榭爲眉目，以漁釣爲精神。故水得山而媚，得亭榭而明快，得漁釣而擴落。此山水之布置也。

山無烟雲，如春無花草；無雲則不秀，無水則不媚，無道路則不活，無林木則不生。

山，有高有下。高者血脉在下，其肩股開張，基脚壯厚，巖岫岡巒，勢相培擁勾連，映帶不絶，此高山也。故如是高山，謂之不孤，謂之不仆。或作「什」下者血脉在上，其巔半落，頂領或作「項領」相攀，根基龐大，堆阜擁腫，直下深插，莫測其端，或作「淺深」此淺山也。故如是淺山，謂之不薄，謂之不泄。高山而孤，體幹有仆或作「什」之理；淺山而薄，神氣有泄之理。此山水之體裁也。

石者，天地之骨也；貴堅深而不淺露。水者，天地之血也；貴周流而不凝滯。

山有三遠：自山下而仰山巔，謂之高遠；自山前而窺山後，謂之深遠；自近山而望遠山，謂之平遠。無深遠則淺，無平遠則近，無高遠則下。高遠之色清明；深遠之色重晦；平遠之色，有明有晦。高遠之勢突兀；深遠之意重疊；平遠之意，冲融而縹緲。其人物之在三遠也：高遠者明瞭，深遠者細碎，平遠者冲澹；明瞭者不短，細碎者不長，沖澹者不大。此三遠也。

山有三大：山大於木，木大於人。山不百數十如木之大，則山不大；木不百數十如人之大，則木不大。木之所以比夫人者，先自其葉；而人之所以比夫木者，先自其頭。木葉若干，可以敵人之頭；人身若干，可以方比於木。以上兩句或作「人之頭目，若干葉而成之」則人之大小，木之大小，山之大小，自此而皆中程度。此三大也。

山欲高，盡出之則不高；烟霞鎖其腰，則高矣。水欲遠，盡出之則不遠；掩映斷其脉，則遠矣。山因藏其腰則高；山不藏腰，不惟不高，且無秀拔，兼何異碓嘴之形？水因斷其灣則遠；水不斷灣，不惟不遠，且無盤折，兼何異蚯蚓之似？

正面溪山盤折委曲，鋪設其景而來，不厭其詳，所以足人目之近尋。傍邊平遠，嶠嶺重疊，鈎連縹緲而去，不厭其遠，所以極人目之曠望。

遠山無皴，遠水無波，遠人無目；非無也，如無爾。

畫意

宋郭　熙

世人止知落筆作畫，却不知畫非易事。莊子謂「畫史解衣盤礴」，此真得畫家之法。須養得胸中寬快，意思悦適，如所謂易直子諒，油然之心生；則人之笑啼情狀，物之尖斜偃側，自然布列於心中，不覺見之於筆下。晉顧愷之必構層樓以爲畫所，此真古之達士。不然，則志氣或作「意」鬱澀，局在一曲，如何得寫貌物情，攄發人思哉？如工人斲琴，得嶧陽孤桐，巧手妙意，洞然于中，則樸材在地，枝葉未披，而雷氏成琴，已曉然在目。其意煩體悖，拙魯悶嘿之人，見銛鑿利刀，不知下手之處，焉得焦尾玉磬或作「五聲」揚音於清風流水哉？更如前人言：「詩是無形畫，畫是有形詩。」哲人多談此言，吾人所師。

古今佳作，有道盡人腹中之事，裝出人目前之景。不因静居燕坐，明窗净几，一炷爐香，萬慮消沈，則幽情真趣，豈易品藻？及乎境界已熟，心手已應，方始縱横中度，左右逢原。世人將或有「就」字率意觸情，豈草草便得？因記古人清篇秀句，有發於佳思者，則雖一聯半語，録之亦可備觀，則古今名筆情思過半矣。如「女几山頭春雪消，路傍山杏發柔條；心期欲去知何日？惆悵回車下野橋。」或有注云「羊士諤望女几山」「獨訪山家歇還涉，茅屋斜連隔松葉；主人聞語未開門，繞籬野菜飛黄蝶。」或有注「長孫左輔尋山家」「南游兄弟幾時還？知在三湘五嶺間；獨立衡門秋水闊，寒鴉飛盡日沈山。」或有注「竇鞏」「釣罷孤舟繫葦梢，酒開新甕鮓開包；自從江浙爲漁父，二十餘年手不交。」或有注「無名氏」「舍南舍北皆春水，但見群鷗日日來。」或有注「老杜」「渡水蹇驢雙耳直，避風羸僕一肩高。」

或有注「盧雲詩」「行到水窮處，坐看雲起時。」或有注「王摩詰」「六月杖藜來石路，午陰多處聽潺潺。」或有注「王介甫」「數聲離岸櫓，幾點别洲山。」或有注「魏野」「遠水兼天净，孤城隱霧深。」或有注「老杜」「犬眠花影地，牛牧雨聲坡。」或有注「李後村」「密竹滴殘雨，高峰留夕陽。」或有注「夏侯叔簡」「天遥來雁小，江闊去帆孤。」或有注「姚合」「雪意未成雲着地，秋聲不斷雁連天。」或有注「錢惟演」「相看臨遠水，獨自坐孤舟。」或有注「鄭谷」，以下皆無「谿雲初起日沈閣，山雨欲來風滿樓。」「一水護田將緑繞，兩山排闥送青來。」「沙岸江村近，松門山寺深。」「疏簾看雪捲。」「野寺山邊斜有徑，漁家竹裏半開門。」「古樹老連石，急泉清露沙。」「雪埋寒樹短，雲壓夜城低。」「泉聲到池盡，山色上樓多。」「亂山藏古寺。」「野水無人渡，孤舟盡日横。」

畫之爲用大矣！盈天地間萬物纖悉，含毫運思，能曲畫其態者，止一法耳。一者何？曰：「傳神而已矣。」世徒知人之有神，而不知物之有神，此郭若虚深鄙衆工，雖曰畫而非畫者，蓋止能傳其形，而不能傳其神也。故畫法氣韻生動爲第一，良有以哉。

畫題

宋　郭　熙

世説所載：「戴安道就范宣之讀書，安道學畫，宣以爲無用而不喜。安道乃取南都賦爲宣畫賦内前代衣冠宮室，人物鳥獸，草木山川，莫不畢具，而一一有所證據徵考。宣始躍然曰：『畫之爲有益如是。』然後重畫。」然則自古帝王名公鉅儒，相襲而畫，皆有所爲而作也。如成都周公禮殿，有晉州刺史張牧畫三皇五帝三代至漢以來，君臣賢聖人物，粲然滿殿，令人識萬古禮樂。故王右軍恨不克見，而逮今爲寶。則世之俗工下隸，矜眩細巧，又豈知古人於畫事别有意旨哉！郭熙爲試官，嘗出堯民擊壤題，其間人物，却作今人巾幘，此不學之弊，不知古人作畫之大意也。

作畫先命題爲上品，胸次寬闊，自然合古人意趣。無題便不成畫。更要記春夏秋冬，各有初終曉暮，品意物色，便當分解；況其間各有趣哉？其他不消拘四時；而經史諸子中故事，又各從時所宜者爲可。如春有「早春曉景」，「早春晚景」，「早春雲景」，「早春雨景」，「早春殘雪」，「早春雨霽」，「早春雪霽」，「早春烟雨」，「早春寒雲」，「早春烟靄」，「春雲欲雨」，「春風春雨」，「斜風細雨」，「春山明麗」，「滿溪春溜」，「春雲出谷」，「春雲白鶴」，非謂如白鶴形也，謂如飛鶴之翻摺耳皆春題也。夏有「夏山晴霽」，「夏山風雨」，「夏山雨霽」，「夏山早行」，「夏山林館」，「夏山林木怪石」，「夏山平遠」，「夏山松石平遠」，「夏山雨過」，「夏雨山行」，「濃雲欲雨」，「驟風急雨」，「夏山雨罷雲歸」，「夏山溪谷濺瀑」，「夏山烟曉」，「夏山烟晚」，「夏日山居」，「夏雲多奇峰」，皆夏題也。秋有「初秋雨過」，「平遠秋霽」，「秋山雨霽」，「秋風雨霽」，「秋雲下隴」，「秋烟出谷」，「秋風欲雨」，又曰「西風欲雨」「秋風細雨」，「西風驟雨」，「秋晚烟嵐」，「秋山晚意」，「秋山晚照」，「秋晚平遠」，「遠水澄秋」，「疏林秋晚」，「秋景林石」，「秋景松石」，皆秋題也。　冬有「寒雲欲雪」，「冬陰密雪」，「冬陰霰雪」，「朔風飄雪」，「山澗小雪」，「回谿遠雪」，「雪後山家」，「雪中漁舍」，「艤舟沽酒」，「踏雪遠沽」，「雪谿平遠」，「風雪平遠」，「絶澗松雪」，「松軒醉雪」，「水榭吟風」，皆冬題也。　曉有「春曉」，「秋曉」，「晴曉」，「雪曉」，「烟嵐」，「春靄」，「朝陽」，皆曉題也。　晚有「春山晚照」，「雨過殘雪」，「晚山殘照」，「疏林晚照」，「平川返照」，「遠水晚晴」，「暮山烟靄」，「僧歸谿寺」，「客到酒家」，皆晚題也。　松有「雙松」，「三松」，「五松」，「六松」，「喬松」，「一望松」。皆祝壽用郭熙嘗作連山一望松，爲文潞公壽，以二尺餘小絹，作一老人，倚杖巖前一大松下。自此後作無數松，大小相亞，轉嶺下澗，幾千百松，一望不斷。平昔未嘗如此布置，取公子孫連綿公相之義。此外有所謂「青松」，「春松」，「長松」，皆隨題賦景，非可以執一論也。　木有「怪木」，「古木」，「老木」，「垂岸怪木」，「垂崖古木」。　石有「怪石」，「松石」，怪石兼雲松者也「林石」，林木兼之「秋江怪石」，怪石之在江岸者，蓼花蒹葭之屬，亦可作一二，遠近映帶「松石平遠」，此小景也，作平遠于松石旁，松石要大，平遠要小「松石濺瀑」。作濺瀑於松石邊，松石要凝重，濺瀑要飛動，亦小

景也；當以大素分別淺深高下

烟有「烟横谷口」，「烟生亂山」，「暮靄平林」，「輕烟引素」，「春山烟嵐」，「秋山烟靄」。　雲有「雲横谷口」，「雲出巖間」，「白雲出岫」，「輕雲下嶺」。

水有「回溪濺撲」，「雲嶺飛泉」，「雨中瀑布」，「雪中瀑布」，「烟溪瀑布」，「遠水鳴榔」，「雪或作「雲」溪釣艇」。

雜有「水村漁舍」，「憑高觀耨」，「平沙落雁」，「溪橋酒家」，「橋彴樵蘇」，皆雜題也。

畫格拾遺

宋　郭　熙

「早春曉烟」　驕陽初蒸，晨光欲動，晴山如翠，曉烟交碧，乍合乍離，或聚或散，變態不定。　飄飄繚繞於叢林溪谷之間，曾莫知其涯際也。

「風雨水石」　猛風驟發，大雨斜傾，瀑布飛空，奔湍射石，噴珠濺玉，交相濺亂，不知其源流之來近遠也。

「古木平遠」　層巒群立，怪木斜欹，影浸寒流，根蟠崖岸，輪囷萬狀，不可得而名也。

「烟生亂山」　平遠亂山，如幾百里；烟嵐聯綿，亂山巀嶭，矮林小寺，閉見掩映，看之令人意興無窮，亦人之所俊。　人家佛廟，津渡橋彴，縷分脉剖，佳思麗景，不可殫述；　惟略於濃嵐積翠之間，以朱色而淺深之。自大山腰横抹以旁達於向後。平遠林莽，烟雲縹渺；一帶之土，朱緑相異色，而輕重隱没相得，畫出山中一番曉意，可謂奇作。「西山走馬」其山作秋意。於深山中，數人驟馬出谷口，内一人墜馬；人馬不大，而人氣如生，喻躁進者如此。自此而下，乃一長板橋，有皂幘數人，乘款段而來，喻恬退者如此。又於峭壁之隈，青林之蔭，半出一野艇；艇中蓬庵，庵中酒榼書帙；庵前一人，露頂坦腹啜茗，仰看白雲，俯聽流水，冥搜遐想之象；舟側一夫理楫；斯則又高矣。

唐寅集附集三

畫譜卷之二

山水訣

唐王　維

夫畫道之中，水墨爲上，肇自然之性，成造化之功。咫尺之圖，寫千里之景。東西南北，宛在目前；春夏秋冬，生于筆下。先立主賓之位，次定遠近之形；然後穿鑿景物，擺布高低。筆無令太重，重則濁而不清；不可太輕，輕則燥而不潤。烘染過度，則不接；碎綽絮繁，則失神。發樹枝左長右短，立石勢上重下輕。擺布裁插，勢使相偎。上下雲烟，取秀不可太多，多則散漫；左右林麓，鋪陳不可太繁，繁則泊或作「相」塞。初鋪水際，忌爲浮泛或作「沉」之山；次布路岐，莫作連綿之道。主山最宜高聳，客山須要奔趨。山須高峻，無使傾危；水須深遠，勿教窮涸。路要曲折，山要高低。孤城置之遠邊，墟市依於山脚。雪天不用雲烟，雨裏無多遠近。山舍仍居隘窄，漁翁要在平灘。朝晴晃朗，暮雨昏陰。舍屋不在多間，漁釣有時而作。藤蔓依纏古木，窠叢簇劄山頭。高山雲鎖其腰，長嶺雲翳其脚。遠水縈紆而來，還用雲烟以斷其派；或作「脉」怪石巉巖而立，仍須土阜以培其根。石須圓混鋒芒，八面稜層；木要交叉挺幹，四時枯茂。迅風拔木，暴雨崩崖。淺流則岸畔平灘，深澗則陡崖直下。聳陂或作「坡」之土，必要高低則地淺；烟林之木，亦宜疏密則絮繁。重巖切忌頭齊，群峰布宜高下。孤峰遠設，野水遥施。路道時隱時顯，橋梁或有或無。遠怕陰濃，近嫌重濁。顛崖怪石，不用頻施；峻嶺枯槎，也宜少作。遥烟遠曙，太繁恐失朝昏；密樹稠林，斷續防他版刻。山原峻險，依稀樵徑猶存；崖岸漁舟，隱約雲林深暗。平川山遠，參差皴染而成；流水泉源，仿佛還多顛撲。布兩路有明有晦，起雙峰陟高陟低。或作「陡高陡低」霧薄雲爽欲晴，烟靄朦朧欲雨。喬木聳直，蟠屈者一株兩株；亂石礧堆，奇怪者三塊兩塊。點樹葉稀疏間密，皴石脉以重分輕。回抱處僧舍可安，水陸邊人家可置。村莊著數樹以成林，枝須抱體；山崖合一水而垂瀑，泉不亂流。渡口只宜寂寂，行人須是疏疏。泛舟楫之橋梁，且宜高聳；著漁人之釣艇，低也無妨。懸崖險峻之間，好安怪木；或作「水」峭壁巉巖之處，莫可通途。或作「峭壁巉鈎鎖處，取出泉源」遠岫與雲容相接，遥天共水色交光。山鈎鎖處，沿流最出其中；

路接危時，棧道可安其處。以上六句或作「於中路接危時，棧道可安其處」二句平地樓臺，偏宜高樹映人家；名山寺觀，雅稱奇松襯樓閣。遠景烟籠，深巖雲鎖。酒旗當路高懸，客帆遇風低或作「張」挂。近樹惟宜拔迸，或作「選」遠山須要低排。或作「遠山莫要安排」亭庵不在常施，樓觀仍須間作。人物轉換多般，野舍猶防相似。氣象則春山明媚，夏木繁陰，秋林搖落蕭疏，冬樹槎牙妥帖。樹根栽插，龍爪宛若扒拏；石布棱嶒，根脚還須帶土。之字水不過三轉，濺瀑水不過兩重。侵天一道飛泉，涌瀑多湍；徹底翻濤巨浪，淺瀨平流。烟波茫茫，雲江浩浩。山無獨木，石不孤單。林烟一帶便休，古木數株而已。喬木扶疏平野，矮窠密布山頭。孤烟遠似水邊，薄靄驟依巖脚。野橋寂寞，遥通竹塢人家；古寺蕭條，掩映松林佛塔。春水緑而瀲灧，夏澤漲而彌漫；秋潦盡而澄清，寒泉涸而凝泚。新窠肥滑，岸石須要皴蒼；古樹楂牙，景物兼還秀媚。分清分濁，庶幾輕重相兼；淳重淳輕，病在偏枯損體。山高水小，此句或無千巖萬壑，要低昂聚散之不同；疊巘層巒，但起伏崢嶸而各異。不迷顛倒回還，自然游戲三昧。心潛歲月之久，自能探索幽微。妙悟或作「悟理」者不在多言，善學或作「學之」者還從規矩。

山水賦

一作唐王維山水論

五代荊浩

凡畫山水，意在筆先。丈山尺樹，寸馬分人，此其法也。遠人無目，遠樹無枝，遠山無峻，或作「皴」或作「石」高與雲齊，遠水無波，隱隱似有；此其式也。山腰雲塞，石壁泉塞，樓臺樹塞，道路人塞；石分三面，路分兩岐，樹看頂頸，一作「頂顛」水看岸基；此其訣也。凡畫山水，尖峻一作「峭拔」者峰，平夷者嶺，峭壁者崖，有穴者岫，圓形者巒，懸石者巖，兩山夾水者澗，夾路者壑；水注川者溪，泉通川者谷；路下平土者坡，似土而高者陂。一作「極目而平者陂」若能辨別乎此，則知山水之仿佛也。觀者先看氣象，後辨清濁。定衆峰之揖拱，列群岫之威儀。多則亂，少則慢，不多不少，要分遠近。遠山不得連近山，遠水不得連近水。山要回抱，水要縈回。茂林古寺，樓觀可安；斷岸頹堤，小橋宜置。有路處人行，無路處林木；岸絶處古渡，山絶處荒村；水闊處征帆，林密處店舍。懸崖古林，或作「木」根露而藤纏；臨流怪石，嵌空而水痕。凡作林木，遠則疏平，近則森密；有葉者枝柔，無葉者枝硬；松皮似鱗，柏皮纏身；生於土者，修長而勁直；長於石者，拳曲而伶仃；古木節多而半死，寒林慘淡以蕭森。凡畫山水，須按四時：春景則霧鎖烟橫，樹林隱隱，山色堆青，遠水拖藍；夏景則林木蔽天，綠蕪平阪，一作「綠水平波」倚雲瀑布，近水幽亭；秋景則水天一色，霞鶩齊飛，一作「簇簇疏林」鴈橫烟塞，蘆渚沙汀；冬景則即地爲雪，水淺沙平，凍雲匝地，酒旗孤村，漁舟倚岸，樵者負薪。風雨則不分天地，難辨東西；行人傘笠，漁父蓑衣。有風無雨，枝葉斜披；有雨無風，枝葉下垂。雨霽則雲收天碧，薄靄依稀；山光淺翠，網曬斜暉。曉景則千山一作「門」欲曙，輕霧霏霏；朦朧殘月，氣象熹微。暮景則山銜落日，犬吠疏籬，僧投遠寺，帆卸江湄，行人歸急，半掩柴扉。或烟斜霧橫，或遠岫雲歸，或秋江古渡，一作「晚渡」或荒冢斷碑，或洞庭春色，或瀟湘霧迷；如此之類，謂之畫題。筆法布置，更在臨時。山形不得重犯，樹頭不得整齊。樹藉山以爲骨，山藉樹以爲衣。樹不可繁，要見山之秀麗；山不可亂，要顯樹之光輝。能留意於此，頓心會於元微。

意懶石不硬，心怯水不堅；筆尖樹不老，墨濃雲不輕。

畫說

五代荆　浩

靈臺記，整精緻。朝洗筆，暮出顔。勤渲硯，習描戳。學梳渲，謹點畫。烘天青，潑地綠。上疊竹，賀松熟。長寫梅，人蘭蒲。湛稽菊，匀鎚絹。冬膠水，夏膠漆。將無項，女無肩。佛秀麗，淡仙賢，神雄偉。美人長，宮様妝；坐看五，立量七。若要笑，眉灣嘴撓；若要哭，眉鎖蹙。氣努狠，眼張拱。愁的龍，現升降；嘯的鳳，意騰翔；哭的獅，跳舞戲。龍的甲，却無數；虎尾點，十三斑。人徘徊，山賓主；樹參差，水曲折。虎威勢，禽噪宿。花馥郁，蟲捕捉。馬嘶蹶，牛行卧。藤點做，草畫率。紅間黃，秋葉墮；紅間綠，花簇簇；青間紫，不如死；粉籠黃，勝增光。千思忖，不如見。色施名，物件便。

山水節要

五代荆　浩

夫山水，乃畫家十三科之首也。有山巒柯木，水石雲烟，泉崖溪岸之類，皆天地自然造化。勢有形，格有骨，格亦無定質。所以學者初入艱難，必要先知體用之理，方有規矩。山其體者，乃描寫形勢骨格之法也。運於胸次，意在筆先。遠則取其勢，近則取其質。山立賓主，水注往來。布山形，取巒向，分石脉，置路灣；模樹柯，安坡脚；山知曲折，巒要崔巍；石分三面，路看兩岐；溪澗隱顯，曲岸高低；山頭不得重犯，樹頭切莫兩齊。在乎落筆之際，務要不失形勢，方可進階，此畫體之訣也。其用者，乃明筆墨虚皴之法。

筆使巧拙，墨用重輕。使筆不可反爲筆使，用墨不可反爲墨用。凡描枝柯葦草，樓閣舟車之類，運筆使巧；山石坡崖，蒼林老樹，運筆宜拙。雖巧不離乎形，固拙亦存乎質。遠則宜輕，近則宜重。濃墨莫可復用，淡墨必教重提。悟理者不在多言，學者要從規矩。又古有云：「丈山尺樹，寸馬豆人，遠山無皴，遠水無痕，遠林無葉，遠樹無枝，遠人無目，遠閣無基。」雖然，定法不可膠柱鼓瑟，要在量山察樹，忖馬度人。可謂不盡之法，學者宜熟味之。

畫訣

元黄子久

凡經營下筆，必合天地。何謂天地？謂一幅半尺或作「一尺半幅」之上，上留天之位，下留地之位，中間方立意定景。見世之初學，據己下筆，率爾立意，觸情塗抹滿幅，看見填之人目，以上兩句或作「觸情塗抹，滿幅看之，填塞人目」已令人意不快；那得取賞於瀟灑，見情於高大哉！此條一作宋郭熙，或作郭思林泉高致

皮袋中置描筆，或於好景處見樹有怪異，便當模寫記之，分外有發生之意。登樓望空闊處氣韻雲采，即是山頭景物。李成、郭熙皆用此法。郭熙畫石如雲，古人云「天開圖畫」

是也。

山水先理會大山爲主峰。主峰已定，方作以次近者大者、遠者小者，以其一境，主之於此。故曰「主峰如君臣上下也」。此條一作宋郭熙畫訣　或作郭思林泉高致

山頭要折搭轉換，山脉皆順，此活法也。衆峰如揖遜，萬樹相從，如大將領卒，森然有不可犯之勢，此寫真山之形也。

山要用雲氣，見得山勢高不可測。

水出高源，自上而下，切不可斷派，要取活流。

林木或作「林石」先理會一大松，名爲宗老。宗老已定，以次方作雜窠小卉，女蘿碎石，以具一山之表。故曰「宗老如君子小人也」。

山有戴土山、戴石山。土山戴石，林木瘦聳；石山戴土，林木肥茂。木有在山，木有在水。在山者，土厚之處，有千尺之松；在水者，土薄之處，有數寸之蘖。水有流水，石有盤石；水有瀑布，石有怪石。瀑布練飛於林表，怪石虎蹲於路隅。或作「怪石怒蹲于海隅」

大松大石，必畫於大岸大坡之上，不可作於淺灘平渚之邊。以上三條一作宋郭熙　又作郭思林泉高致

松樹不見根，喻君子在野；雜樹喻小人崢嶸。

雨有「欲雨」、「大雨」、「雨霽」，雪有「欲雪」、「大雪」、「雪霽」，風有「急風」、「大風」，雲有「輕雲」、「歸雲」。大風有吹沙走石之勢，輕雲有薄羅引素之容。

店舍依谿，不依水衝；依溪以近水，不依水衝以爲害；或有依水衝者，必水之無害也。此句或作「水雖衝之，必無水害處也」村落依陸不依山，依陸以便耕，不依山以爲耕遠；或有依山者，必山有可耕之處也。以上二條一作宋郭熙　或作郭思林泉高致

山坡中置屋舍，水中置小艇，從此有生氣。

山下有潭渭之瀨，此甚有生意，四邊用樹簇之。

山水中惟水口最難畫。

樹要有身，畫家謂之「紐子」。要折搭得分，中各要有發生；要偃仰、稀密相間。有葉樹枝軟，而後須有仰枝，大概要填空。小大、偃仰、踈密、向背、濃淡各要得中，不可少有相犯。若畫得純熟，自然筆法出現。

石無十步真，石看三面用；方圓之法，須方多圓少。

畫一樹一石，當逸墨撇脱，有士人家風；纔多，便入畫工之流。

畫當得天趣爲妙，先求一敗墻，張絹素倚墻上，朝夕諦觀。既久，隔素見敗墻之上，高平曲折，皆成山水。心存目想，神領意造，恍然見其有人禽草木，飛動往來於陵谷溪澗，或

顯或晦；隨意命筆，自然景皆天就，不類人爲，是謂活筆。此條一作宋宋迪畫訣

六法三品

南齊謝　赫

畫有六法三品：一曰「氣韻生動」，二曰「骨法用筆」，三曰「應物象形」，四曰「隨類傅彩」，五曰「經營位置」，六曰「傳移模寫」。六法精論，萬古不移。自「骨法用筆」以下，五法可學而能；如其「氣韻」，必在生知，固不可以巧密得，復不可以歲月到；默契神會，不知然而然也。故「氣韻生動」，出於天成，人莫窺其巧者，謂之「神品」；筆墨超絶，傅染得宜，意趣有餘，謂之「妙品」；得其形似而不失規矩，謂之「能品」。

六要六長

宋劉道醇

畫之訣，在乎明六要，而審六長。所謂六要者，氣韻兼力，一也；格制俱老，二也；變異合理，三也；彩繪有澤，四也；去來自然，五也；師學舍短，六也。所謂六長者，麤鹵求筆，一也；僻澀求才，二也；細巧求力，三也；狂怪求理，四也；無墨求染，五也；平畫

求長，六也。既明六要，又審六長，自然至於知悟。

三病

宋郭若虛

畫有三病，皆係用筆：一曰「板」，二曰「刻」，三曰「結」。板者，腕弱筆癡，全虧取與，物狀平褊，不能圓渾。刻者，用筆中疑，心手相戾，勾畫之際，妄生圭角。結者，欲行不行，當散不散，似物凝礙，不能流暢。未窮三病，徒舉一隅。畫者鮮克用心，觀者當煩拭眦。

十二忌

元饒自然

畫有十二忌：一曰「布置迫塞」。凡畫山水，必先置絹素於明净之室，伺神閒意定，然後入思。小幅巨軸，隨意經營。若障過數幅，壁過十丈，先以竹竿引炭朽布，山谿樹石，樓閣人物，大小高低，一一位置。然後立於數十步之外，詳審諦觀，自見其可，却將淡墨約定，謂之「小落筆」。然後肆志揮灑，無不得宜。宋元君所謂「盤礴睥睨，意在筆先」之謂也。亦須上下空闊，四傍疏通，庶幾瀟灑。若充塞滿腹，便不風致。此第一事也。二曰「遠近不分」。作山水先要分遠近，使高低大小得宜。古人雖云「丈山尺樹，寸馬豆人」，此特約略耳。若拘此説，假如一尺之山，當作幾大人物爲是？蓋近則坡石樹木當大，屋宇人物稱之；遠則峰巒樹木當小，屋宇人物稱之。極遠不可作人物。墨則遠淡近濃，逾遠逾淡，不易之論也。三曰「山無氣脉」。畫山於一幅之中，先作一山爲主。却從主山分布起伏，餘山皆氣脉連接，形勢映帶。如山頂層疊，下必有數重脚，方盤得住。凡多山頂而無脚者，大謬也。此全景之大義也。若夫透角，不在此限。四曰「水無源流」。泉必於山峽中流出，頂上有山數重，則其源高遠。平溪小澗，必見水口；寒灘淺瀨，必見跳波，乃活水也。間有畫一摺山，便畫一派泉，如架上懸巾，絶爲可笑。五曰「境無險夷」。古人布境不一，有崒嵂者，有平遠者，有縈回者，有空闊者，有層疊者；或多林木亭館，或多人物船舫。每遇一圖，必立一意。若大障巨軸，悉當如之。六曰「路無出入」。山水貫出遠近，全在徑路分明。或林下透見，而水末復出；或巨石遮斷，而琳琅疑是「琳宫」之誤半露；或隱陂隴，以人物點之；或近屋宇，以竹木藏之；庶幾有不盡之景。七曰「石止一面」。各家畫石，皴法不一，當各隨所學，一家爲法。須要有頂有脚，分棱面爲佳。八曰「樹少四枝」。前代畫樹有法，大概生崖壁者多纏錯，生坡隴者多高直。干霄多頂，近水多根。枝干不可分左右，須當間作正背。葉有單筆雙筆，更分榮悴，乃按四時。九曰「人物傴僂」。山水人物，各有家數。描畫者眉目分明，點鑿者筆力蒼古；必皆衣冠軒昂，意態閒雅；古人所作可法。切不可以行者、望者、負荷者、鞭策者，一例作傴僂之狀，則僞甚矣。此狂縱之習，可不慎歟？十曰「樓閣錯雜」。界劃雖末科，然重樓疊閣，方寸之間，而向背分明，桷榱拱接，而不離乎繩墨，此爲最難。或論江村山隖間作屋宇者，可隨處立向，雖不用尺，其制一以界劃之法爲之。十一曰「滃淡失宜」。下墨不論水墨、設色、金碧，即以墨瀋滃淡，須要淺深得宜。如晴景空明，雨夜昏蒙，雪景稍明，不可與雨霧烟嵐相似。青山白雲，止當於夏秋之景爲之。十二曰「點染無法」。謂設色、金碧，各有重輕；輕者山用螺青，樹石用合緑。染爲人物，不用粉襯。重者山用石青緑，并綴樹石，爲人物。用粉襯金碧，則下筆之時，其石便帶皴法，當留白面，却以螺青合緑染之；後再加以石青緑，逐摺染之；間有用石青緑皴者。樹葉多夾筆，則以合緑染，再以石青緑。金泥則當於石脚沙嘴霞彩用之。此一家只宜朝暮及晴景，乃照耀陸離而明艷如此也。人物樓閣，雖用粉襯，亦須清淡。除紅葉外，不可妄用朱金丹青之屬，方是家數。如唐李將軍父子，宋董源、王晉卿、趙大年諸家可法。日本國畫常犯此病，前人已曾識之，不可不謹。

書畫一法

元饒自然

古人云：「畫無筆迹，如書家之藏鋒。」元趙孟頫自題己畫云：「石如飛白木如籀，寫竹應須八法通。」王紱亦云：「畫竹之法，幹如篆，枝如草，葉如真，節如隸。」所謂書畫一法，信乎！

唐寅集附集四

畫譜卷之三

畫龍輯義

宋董　羽

畫龍者，得神氣之道也。神猶母也，氣猶子也。以神召氣，以母召子，孰敢不致？所以上飛於天，晦隔層雲；下潛於淵，深入無底，人不可得而見也。古今畫圖者，角難推其形，貌其狀，乃分三停九似而已。自首至項，自項至腹，自腹至尾，三停也。九似者，頭似牛，嘴似驢，眼似蝦，角似鹿，耳似象，鱗似魚，鬚似人，腹似蛇，足似鳳，是名爲九似也。雌雄有别，雄者角浪凹峭，目深鼻豁，鬐尖鱗密，上壯下殺，朱火奕奕。雌者角靡浪平，目肆鼻直，鬐圓鱗薄，尾壯於腹。龍開口者易爲巧，合口者難爲功。但要揮毫落墨，隨筆而生；筋骨精神，佇出爲佳。貴乎血目生威，朱鬚激發，鱗介藏烟，鬃鬣肘毛，爪牙噀伏其雨露，踴躍騰空，點其目而飛去。若張僧繇葉公，則其人也。

寫像秘訣

元王思善

凡寫像須通曉相法，蓋人之面貌部位，與夫五嶽四瀆，名各不侔，自有相對照處；而四時氣色亦異。彼方叫嘯談論之間，本真發現；我則静而求之，默識於心。閉目如在目前，放筆如在筆底；然後以淡墨霸定，逐旋積起。先蘭臺廷尉，次鼻準；鼻準既成，以之爲主。若山根高取，印堂一筆下來；如低取，眼堂邊一筆下來；或不高不低，在乎八九分中，側邊一筆下來。次人中，次口，次眼堂，次眼，次眉，次額，次頰，次髮際，次耳，次髮，次頭，次打圈。打圈者，面部也。必宜如此一一對去，庶幾無纖毫遺失。近代俗工，膠柱鼓瑟，不知變通，必欲其正襟危坐，如泥塑人，方乃傳寫，因是萬無一得，此又何足怪哉？吁！吾不可奈何矣。

采繪法

元王思善

凡面色先用三朱，膩粉，方粉、藤黄、檀子、土黄、京墨、合和襯底。上面仍用底粉薄籠，然後用檀子墨水斡染。面色白者，粉入少土黄、胭脂；不用胭脂，則入三朱。紅者，或入少土朱。紫堂者，粉檀子，老青入少胭脂。黄者，粉土黄入少土朱。青黑者，粉入檀子，土黄，老青各一點，粉薄罩檀墨斡。以上看顔色清濁加減用，又不可執一也。

口角胭脂淡。如要帶笑容，口角兩筆略放起。眼中白染瞳子外兩筆，次用烟子點睛，墨打圈。眼梢微起有摺，便笑。口唇上胭脂藹。鼻色紅，胭脂微抹。面雀斑，淡墨水斡，麻檀水斡。髯色黑者，依鬢髮渲；紫者，檀墨間渲；黄紅者，藤黄檀子渲。髮先用墨染，次用烟子渲。有間渲、排渲、亂渲，當自取用。手指甲先用胭脂染，次用粉染根。

凡染婦女面色，胭脂粉襯，薄粉籠，淡檀墨斡。

凡染法，白紙上先染，後罩粉，然後再染提掇。絹則先襯背後。

調合服飾器用顏色

元王思善

緋紅，用銀朱、紫花合。　桃紅，用銀朱、胭脂合。　肉紅，用粉爲主，入胭脂合。　柏緑，用枝條緑入漆緑合。　墨緑，用漆緑入螺青合。　柳緑，用枝條緑入槐花合。　官緑，即枝條緑。　鴨緑，用枝條緑入高漆合。　月下白，用粉入京墨合。　鵝黄，用粉入槐花合。　柳黄，用粉入三緑標，并少藤黄合。　磚褐，用粉入烟合。　荆褐，用粉入槐花、螺青、土黄標合。　艾褐，用粉入槐花、螺青、土黄、檀子合。　鷹背褐，用粉入檀子、烟墨、土黄合。　銀褐，用粉入藤黄合。　珠子褐，用粉入藤黄、胭脂合。　藕絲褐，用粉入螺青、胭脂合。　露褐，用粉入少土黄、檀子合。　茶褐，用土黄爲主，入漆緑、烟墨、槐花合。　麝香褐，用土黄、檀子入烟墨合。　檀褐，用土黄入紫花合。　山谷褐，用粉入土黄標合。　枯竹褐，用粉、土黄入檀子一點合。　湖水褐，用粉入三緑合。　葱白褐，用粉入三緑標合。　棠梨褐，用粉入土黄、銀朱合。　秋茶褐，用土黄、三緑入槐花合。　油裏墨，用紫花、土黄、烟墨合。　玉色，用粉入高三緑合。　駝色，用粉漆、緑標，墨入少土黄合。　氊子，用粉、土黄、檀子入墨一點合。　藍青，用三青入高三緑合。金黄，用槐花入胭脂粉合。鴉青，用蘇青襯，螺青罩。鼠毛褐，用土黄粉入墨合。不老紅，用紫花、銀朱合。葡萄褐，用粉入三緑紫花合。丁香褐，用肉紅爲主，入少槐花合。杏子絨，用粉螺青墨入檀子合。毯綾，用紫花底，紫粉搭花樣。番皮，用土黄、銀朱合。鹿胎，用白粉底紫花樣。水獺氈，用粉、土黄合。牙笏，用粉一點，土黄粉凝。皂韡，用烟墨標。柘木椅，用粉、檀子、土黄、烟墨合。金絲柘，同上，不入墨。紫袍，用三青、胭脂合。其餘一一不能備載，在對物用色可也。

合用顏色細色

元王思善

頭青。二青。三青。深中青。淺中青。螺青。蘇青。二緑。三緑。花葉緑。枝條緑。南緑。油緑。漆緑。黄丹。三硃。土硃。銀硃。枝紅。紫花。藤黄。槐花。削粉。石榴顆。綿胭脂。檀子。其檀子用銀硃淺入老墨，胭脂合。

襯絹色式

元王思善

大紅，畫丹或二朱。大緑，三緑或淡緑粉。白，韶粉、土粉合。大青，螺青粉或靛花青粉。嫩鵝黄，槐花淡粉。老黄，淡土黄粉。三青，淡青粉。二緑，淡緑粉。桃紅，淡脂粉。紫，淡青粉。

用筆

元王思善

使筆不可反爲筆使，用墨不可反爲墨用。筆墨，人之淺近事；二者且不知所以操縱，又焉得臻於絶妙哉？此亦非難，近取諸書法正類此。故説者謂王右軍喜鵝，意在取其轉項，如人之執筆轉腕以結字；此正與論畫用筆同。世之善書者多善畫，由其轉腕用筆之不滯也。此條一作宋郭熙畫訣　或作郭思林泉高致

山水中用筆法，謂之筋骨相連。有筆有墨之分：用描處糊突其筆，謂之有墨；水筆不動描法，謂之有筆。此畫家緊要處，山水樹石皆用此。此條一作元黄公望寫山水訣

用墨

元王思善

硯用石，用瓦，用盆，用甆片。墨用精墨而已，不必用東川與西山。筆用尖者，圓者，粗者，細者，如針者，如刷者。運墨有時而用淡墨，用濃墨，用焦墨，用宿墨，用退墨，用廚中埃墨；有時而取青黛雜墨。墨水不一而足，則不一而得。用淡墨六七，加而成深；雖在生紙，墨色亦滋潤而不枯燥，李成惜墨如金是也。用濃墨焦墨，欲特取其限界；非濃與焦，則松棱石角不瞭然。然後用青墨水重疊過之，即墨色分明，常如霧露中出也。淡墨重疊旋旋而取之，謂之斡淡。或作「幹淡」以銳筆横卧惹而取之，謂之皴擦。以水墨再三而淋之，謂之渲。以水墨滚同而澤之，謂之刷。以筆頭直往而指之，謂之捽。或作「淬」以筆頭特下而指之，謂之擢。以筆端而注之，謂之點。點，施於人物，亦施於木葉。以筆引而去之，謂之畫。畫施於樓閣，亦施於松針。雪色用濃淡墨。或另有「作濃淡」三字故作墨之色，不一而足，亦不一而得。

染烟色就縑素本色縈拂，以淡水而痕之，不可見筆墨蹟。風色用黄土或埃墨而得之。土色用淡墨、埃墨而得之。石色用青黛和墨，而淺深取之。瀑布用縑素本色，但焦墨作

其傍以得之。以上二條一作宋郭熙畫訣　或作郭思林泉高致

畫石之法，先從淡墨起，可改可救，漸用濃者爲上。

畫石之妙，用藤黄水浸入墨筆，自然色潤；不可多，多則滯。筆間用螺青入墨亦妙；畫樹色甚潤，好看。

吴妝容易入眼，便墨士氣。

夏山欲雨，要帶水筆。山上有石，小塊堆在上，謂之礬頭。用水筆暈開，加淡螺青，又是一般秀潤。畫不過意思而已。冬景借地爲雪，薄粉暈山頭。以上四條一作元黄公望山水訣

水色：春緑夏碧，秋青冬黑。天色：春旻或作「春晃」夏蒼，秋凈冬黯。畫之處所，須冬燠夏凉，宏堂邃室。畫之志思，須百慮不干，神盤意豁。杜詩所謂：「五日畫一水，十日畫一石；能事不受相迫促，王宰始肯留真蹟。」斯言得之。此條一作宋郭熙　又作郭思林泉高致

皴法　一作元黄公望　　元王思善

山水之法，在乎隨機應變。先記皴法，不雜布置，遠近相映，與寫字一般，以熟爲妙。畫

山石有「披麻皴」，「亂麻皴」，「亂雲皴」，「斧鑿痕皴」，「亂柴皴」，「芝麻皴」，「雨點皴」，「骷髏皴」，「鬼皮皴」，「彈渦皴」。有濃礬潑墨，礬頭稜面。用筆有老潤者，有帖潔者。描人物有鐵綫筆，蘭花一作「葉」筆，游絲筆，戰筆。亦各師一家，但調暢勁健爲妙也。

董石謂之麻皮皴。坡脚先向筆墨邊皴起，然後用淡墨破其深凹處，着色不離乎此。着色要重。

董源小山石謂之礬頭。山上有雲氣，坡脚下多碎石，乃金陵山景。皴法要滲軟。下有沙地，用淡墨掃，屈曲爲之；再用淡墨破。

辯古今名畫優劣 一作宋郭若虛

元王思善

佛道人物，士女牛馬，近不及古。山水林石，花竹禽魚，古不及近。何以明之？晉顧愷之、宋陸探微、梁張僧繇、唐吴道子、閻立本，皆純重雅正，性出天然。吴生之作，爲萬世法，號曰「畫聖」。唐張萱、周昉、韓幹、戴嵩，氣韻骨法，皆出意表。後之學者，終不能到，故曰「近不及古」。至如李成、關仝、范寬、董源之迹，徐熙、黄筌、居寀筌之子之踪，前不藉師資，後無復繼踵。借使二李、三王之輩復起，邊鸞、陳庶之倫再生，亦將何以措手於其間哉！故曰「古不及近」。

古畫真迹難存

元王思善

董源、李成，皆宋人也，所畫猶稀如麟鳳；況晉唐名賢真迹，其可得見之哉？常考其故，蓋古畫紙絹皆脆，如常舒卷，損壞者多。或聚於富貴之家，一經水火喪亂，則舉群失之。非若他物，猶有散落存者。

古畫用筆設色

元王思善

古人畫，筆法圓熟，用意精到，墨色俱入絹縷，思致神妙。初若率易，愈玩愈研；雖年遠破舊，精神迥出。僞者，粉墨皆浮於縑素之上，神氣索然。今人雖極工緻，全無精采，一覽意盡，殊無可觀。

名畫無對軸

元王思善

李成、范寬、蘇東坡、米南宫父子，皆士夫高尚，以畫自娱。興適則爲數筆，豈能有對軸哉？今人以孤軸爲嫌，不足與言畫矣。

士夫畫

元王思善

趙子昂問錢舜舉曰："如何是士夫畫？"舜舉答曰："隸家畫也。"子昂曰："然，觀之王維、李成、徐熙、李伯時，皆士夫之高尚，所畫蓋與物傳神，盡其妙也。"近世作士夫畫者，其謬甚矣。

無名人畫

元王思善

無名人畫，有甚佳者。今人以無名，命爲有名，不可勝數。如見牛即説是戴嵩，馬即韓幹，尤爲可笑。

没骨畫

元王思善

常有一圖，獨梭絹，乃蜀黄筌畫榴花百合。皆無筆墨，惟有五彩布成，榴花一樹百餘花，百合一本四花。花色如初開，極有生意。信乎其神妙也。

院畫

元王思善

宋畫院衆工，凡作一畫，必先呈稿，然後上真。所畫山水人物，花木鳥獸，種種臻妙。今朝廷内畫及民間畫人物皆然。

粉本

元王思善

古人畫稿，謂之粉本，前輩多寶蓄之。蓋其草草不經意處，有自然之妙。宣和、紹興所藏粉本，多有神妙者。

御府書畫

元王思善

宋徽宗御府所藏書畫，俱是御書標題，後有宣和年號，玉瓢御寶記之。於中多有臨摹者，未可盡以爲真。惟明昌所題最多，具眼者自能別識。

畫難題名

元王思善

米南宫云：「范寬師荆浩，王詵常以二畫見送，題『勾龍爽』，因重褙入水，於石上見『洪谷子荆浩筆』。後於僧房見一山水，與若同。於瀑布邊題『華原范寬』，乃少年所作，信荆浩弟子也。以一畫易之，收以示鑒者。」以此論之，畫信難題名也。

題跋畫

元王思善

古人題畫，書於引首。宋徽廟御書題跋亦然。故宣和間褙書畫，用黄絹引首也。近世多書於畫首，故趙松雪云：「畫至元朝，遭一劫也。」

賞鑒

元王思善

看畫如看美人，其丰神骨相，有出於肌體之外者。今人看古蹟，必先求形似，次及事實，殊非賞鑒之法也。米元章謂好事家與賞鑒家不同。家多資力，貪名好勝，遇物收置，不過聽聲，此謂好事；若賞鑒則天資高明，多閲傳録，或有能畫，或深畫意，每得一圖，終日飽玩，如對古人，雖聲色之奉，不能奪也。看畫之法，不可一途而取，古人命意立迹，各有其道，豈拘拘以所見繩律古人之意哉？燈下不可看畫，醉餘酒邊亦不可看畫。卷舒不得其法，最爲害物。

古畫絹色

元王思善

古畫絹色淡墨，自有一種古香可愛。惟佛像有香烟薰黑者，多僞作。取香烟瀝或用竈烟擣碎，煎汁染絹，其色黄而不精采。古絹自然破者，必有鯽魚口，須連三四絲不直裂。僞作者則否，其絹亦新。

古畫絹素

元王思善

唐絹絲麤而厚，或有擣熟者。有獨梭絹，闊四尺餘者。五代絹，極麤如布。宋有院絹，匀净厚密。亦有獨梭絹。有等極細密如紙者。但是稀薄者，非院絹也。元絹類宋絹。有獨梭絹，出宓州。有宓機絹，極匀净，原是嘉興魏塘宓家，故名宓機。趙子昂、盛子昭、王若水多用此絹作畫。宓俗音密

國朝内府絹，與宋絹同。兩京亦有好者。

裝褫

元王思善

古畫不脱，不須褙褾。蓋人物精神髪彩，花之穠豔蜂蝳，只在約略濃淡之間；一經褙褾，多損精神。墨蹟法帖亦然。故紹興裝褫古畫，不許重洗，亦不許剪裁過多。褫古厚紙，不得揭薄。若紙去其半，則書畫精神，一如摹本矣。檀香辟濕氣，畫必用檀軸有益。開匣有香，而無糊氣，又辟蠹也。

裝褫定式

元王思善

大整幅：　上引首三寸。下引首二寸。

小全幅：　上引首二寸七分。下引首一寸九分。經帶四分。上褾除打攦竹外，净一尺六寸五分。下褙除上軸外，净七寸。

一幅半：　上引首三寸六分。下引首二寸六分。經帶八分。

雙幅：　上引首四寸。下引首二寸七分。上褾除打攦竹外，净一尺六寸八分。下褾除上軸外，净七寸三分。
兩幅半：上引首四寸二分。下引首二寸九分。經帶一寸二分。
三幅：上引首四寸四分。下引首三寸一分。經帶一寸三分。
四幅：上引首四寸五分。下引首三寸一分。經帶一寸五分。
横卷：褾合長一尺三寸。引首闊四寸五分。高者五寸

唐寅集補輯卷第一

賦

南園賦

葉君復初，家包山之陽，辟圃數弓，藝樹卉木，築堂面之。春日載和，萬匯條暢，鳥鳴草怒，怡然相對，逌有忘世之想。今冢宰太原公既爲之序矣，復命余賦之。其詞曰：

伊人卜室，于園之南；君子面明，和樂且湛。玩品物之喜怒，鑒流形之吐含；極中星之揆測，廢黄道之討探。薰風入弦，拉黄羲以共語；鈞天在奏，齊贔屭以盤珊。春日熙熙，好鳥關關。樂陽舒於厚地，效仁道於高山；賦盤桓以適志，咏歸來以怡顔。珮紉都梁，案具衡茝；曲蹊長徑，芳菲鬱薈；蝶蘧蘧而飛，燕喃喃而對。萬卉千葩，流紅濕翠；春風窺桃杏之麗華，秋霜感蓼莪之憔悴。棘僮楚傖，披秧別穗；寒菘露芥，辛夷辣桂；味各因其時，藝各從其類。主者誰氏？其弁伊耆；有嚴來賓，各執令儀。攀條鬥葉，于徑于湄；嘆棠棣有韡韡之華，視杕杜有湑湑之枝。屏風軨匝，步障逶迤；重檐映樹，曲檻臨池。錯綺羅於竹木，間歌舞於杯匜；布流黄以爲席，浮大白以罰詩。由是嘆爲樂之及時，感斯鄉之吾故。長誦華門之章，不羨王門之步。消摇寤言，從容望晤；對壘於北里之産，鄰墻於辟疆之顧。功名忘世外之機，風月有山間之助。隔絶氛埃，清虚窗户；即此可娱，無心他慕。故因地以自稱，聊引言以爲賦。具區志卷十一第宅

四言古詩

送文温州

日月組暑，時風布和；遠將仳離，撫筵悲歌。左右行觴，緝御猥多；墨札參横，冠帶崔峨。絙弦嘈嘈，嘉木婆娑；孔雀西南，止於丘阿。我思悠悠，慷慨柰何！列朝詩集丙集第九

畫蘭竹

竹之勁，蘭之香；石之貞，苔之蒼。宜伴野人，居乎山房。真蹟日録卷二

鍾進士圖 嘉靖癸未清和既望畫於桃花塢

長嘯一聲，鬼避千里；佩劍執笏，疾視不已。夢園書畫録卷十

題文德承畫楊季静小像二首

指隨流水，心逐冥鴻；白眼一雙，青山萬重。昭文調高，陽春寡和；櫪馬仰秣，梁塵暗墮。

劉媛短調，嵇生廣陵；譜中傳指，律内符心。石室烟霞，竹窗風雨；流水百灘，冥鴻萬里。吴派畫九十年展

五言古詩

白髮

白髮日較短，吾生行衰暮；囊無神仙藥，此世安得度？滅没光景促，人生草頭露；年少輕前途，老大戒末路。踵下掃陳迹，結屨學新步；奔波敢自恕，五十舜猶慕。大孝終立身，匪猶官資故；黽勉達巷旨，庶不忝吾父。明代四大家書畫集

陳孝子歌

元季有孝子，姓陳名立興；結屋住蠡口，采樵以養生。有母年七十，癱瘓雙目盲；居然卧床席，九年六月零。愛啖王家糕，其家住在城；地名臨頓里，相去將一程。每日買一貫，持歸母點心；午後小食曰點心。吴曾漫録。如此以爲常，不限晦與明。一日持糕歸，其橋名楊涇；道傍遇老叟，帕首腰繫繩。相揖仍問訊：「手中何所擎？」立興答以故，其

老側耳聽。聽罷囁嚅言：「冀子諒微情；吾母亦嗜糕，欲買惜未曾；倘然肯相惠，免我轉脚行。」立興聞其語，慨然而就膺：「汝老筋力衰，我壯腿脚輕，我便再去買，與翁奉尊親。」南北兩分首，飄然入烟冥。此行到王家，糕盡難再蒸。頓足空手歸，舉拳連槌膺。及歸未至家，遥見母倚門；手脚盡輕舉，雙目亦清明。立興驚且問：「阿母乃能亨？能亨二字，見癸辛雜志。兒已買糕歸，道逢一先生；就手乞將去，莫知其姓名；再買甑已空，兒心正征營。」母言「糕寄來」，具説寄者形，形與乞糕者，更不差毫分。「自啖今日糕，其味甜如餳；大與平日異，頓覺痼疾平。」鄰里聞此異，觀者來如雲；父以喻諸子，子以喻諸孫。善者手籲天，惡者兩眼睜；喧嘩動城郭，彌月猶薨薨。立興仍賣柴，路由向所徑；忽見囊老叟，橋傍睡瞢騰。立興再拜跪，感謝父老恩；其老笑且答，「汝錯却眼睛」。立興苦牽衣，「乞過寒家庭；雖無珍羞饌，素餐有菜羹；願賜一下筯，裏脊少可伸」。父老再三辭，云「不食烟薰；汝既心懇悃，送我登蓬瀛」。與之一衣囊，背負如馱鈴；行行久不至，胃懆不可勝，父老指顧間，忽有山峻層；云「此是蓬萊，晷刻便可登」。立興念母饑，欲歸事鼎鐺；懇死辭父老，相送實不能。情切難挽留，臨别甚殷勤；相贈一葫蘆，大如新結橙。云「與汝救患，功可代參苓」，解袂携之歸，試振中有聲。村墟疲癃輩，聞之來乞靈；先須懺罪過，然後就手傾。或傾而烏有，或傾得微塵；得之才人口，靡疾不可平。轉轉相傳諭，蜚聲達朝廷。五雲擁帝座，左右列公卿；涣汗發大議，以爲誠可旌。御札下臺省，有司轉鈔謄，提點江南路，焚修禮三清。立與羽化去，仙瓢世相承。迨我皇明朝，英廟親北巡，駕抵榆木川，聖躬忽少寧；傳旨取此藥，馹騎馳流星；未及達御前，天王遽云崩。其瓢竟淪没，在否不可明；子孫口相傳，符牒亦具存。我爲賦其事，兼述舊所聞；五通爲神仙，十號稱世尊；諸佛證圓覺，群仙保長生。

附　錢貴續成

此上吾友唐君所作，凡百四十有六句。皆出等閒談笑，而詞源滔滔，出不容已，有非苦思劇學所能及者。然不及終篇，遂成絶筆；予竊悲焉。因效其體，作五十四句續而成之，殊愧不相似也。

道遠名徒在，茫昧未足憑；試泛蠡口塘，近以百年徵。南有顧翱氏，雕胡竭精誠；吴縣人，嘗煮雕胡飯奉母，稱顧孝子。北有朱良吉，剖胸事朝烹；常熟朱孝子。東有俞用禮，刲股以作羹；太倉俞太保。西有華寶氏，冠娶終不應。無錫華孝子，不忘父命，終身不娶、冠。豈必更遠求？數子已足稱；立興即其輩，至性薄青冥。仙乃導其事，遠俾達神京。

高名豈易致？天公爲調停；如木具生理，氣弘滋峥嶸；如石蕴良玉，嵐明焕光榮。生能動神人，死合有精英；堂門駐神標，曉啓夜不扃。奚必資葫蘆，輸善自有靈；永言保鄉族，衆孝藹德馨。昔也借耰耡，德色以自矜；昔也取箕箒，誶語昭不平。迺承仁厚化，肆赦倏西懲；造端曰惟爾，此道良足銘。人孰無父母？爲爾樂遐齡；人孰無孫子？爲爾傳典型；坐令聖明朝，治與唐虞并。豈惟刑可措？尚有道堪鳴。爾能福鄉人，亦見福爾增；既永爾廟食，子孫更繩繩。我歌寧有極，爲爾傳雲仍。嘉靖乙酉春仲一日，致鴻臚寺漕湖錢貴。上海博物館藏沈周化緣疏　中國古代書畫圖目二

孟嘗

按：分咏漢循吏送朱升之出守延平而作。此咏合浦太守孟嘗

允矣孟伯周，頌牧臨溟渤；結組驅征車，夙夜恭迺職。還珠地應教，澍雨天合德；天地通神明，時世寡察識。七疏不見用，作息老三澤；今君守延平，地亦與相值。所望在勵勤，何須添足翼？千載傳循良，去去行努力。穰梨館雲烟過眼録卷十六

野望憫言圖

正德己巳九月望後，寅忝侍柱國少傅太原公出弔石田鄉丈於相城，夜宿宗讓三舅校書宅，酒半書此，聊伸慰答之私耳。

吴以水爲國，相城當其污；旱熯與衆異，淖涸不可鋤；淹潦先見及，宛在水中居。己巳春不雨，逮秋欲焚巫；七夕月離畢，驟雨風挾諸。始謂油然雲，助我潤槁枯；涔涔乃不息，山崩溢江湖。拯溺急兒女，騎牛雜羊猪；始旱終以潦，歲一灾二俱。縣官不了了，按籍征税租；連境盡魚鱉，比屋皆逃逋。我隨宰公來，艀艋如乘桴；村有太丘生，典賣具牛哺。公既恤以詩，賡之我能無？勸子買積荒，携口就上腴。早晚得飽餐，鼓腹歌皇虞。清河書畫舫

題王摩詰春溪捕魚圖

客歲見王右丞雪溪圖，以爲希世之珍。不意今日再見此卷，豈神物有靈，散而復聚

耶？余深異之，并賦短句：

澄江何悠哉，滉漾春未晚；恬風水鏡浄，一望疋練坦。遠山積濃翠，歷歷烟樹短；草平露洲溆，夾岸桃花暖。羡彼垂綸翁，扁舟寄疏散；赬魴與赤鯉，來往亦纘纘；危坐下中流，目送飛鴉遠。虚齋名畫續録卷一　寶繪録卷六卷册類

題石田爲王盤畫壑舟園圖

一丘諒自足，陸處仍無家；古昔曾有云，此道久可嗟。洞庭有奇士，構室棲雲霞；窗榻類畫舫，山水清且嘉。移者固爲愚，負者焉足誇；智力措身外，諷咏日增加。眷彼動静心，爲樂安有涯。中國古代書畫圖目二沈周壑舟圖咏册

爲楊君祐先生作復生圖仍爲賦此

楊君抱奇疹，三載違動履；賢郎爲精禱，倏愈如脱屣。至誠可通神，勿藥而有喜；從今斑衣堂，百歲延嘉祉。酒盞對花樹，日日春風裏。石渠寶笈卷三十三　寓意録卷四

題滄浪圖 爲滄浪先生賦

昔人歌滄浪，其志良有以；今君號「滄浪」，事亦有所啓。紛紛污濯中，潔己將自洗。達官跨高馬，所行爲衆鄙；志士守閭閻，不辱寧肯死。世不分白黑，類視若蜂蟻；蜂蟻有君臣，世途無涇沚。他日我期君，散髮衡門裏；萬事何足問？長纓付流水。乾旋坤轉日月改，白髮長泉吾已矣！千墨庵帖　寓意録卷四　虚齋名畫録卷八

壽梅谷七袠

三朋古稱壽，七秩世云稀；洗爵傳浮白，懸魚看賜緋。華筵盛賓從，誕節好春暉；不醉歌毋返，無疆共所祈。青雲連鳳閣，白髮映魚磯；山色浮南岳，星辰近少微。錦開花裏幛，彩戲膝前衣；大老兼尊德，吾將同所歸。印本磵上清吟圖　吴門畫派

竹枝

歲寒有貞節，孤竹勁而直。虚心足以容，堅節不撓物。可比君子人，窮年交不易。曄曄桃李花，旦暮改顏色。珊瑚網畫録卷十六

七言古詩

書似雲莊老兄

花前人是去年人，去年人比今年老。明日花開又一枝，明日來看又是誰？明年今日花開否？今日明年誰得知？面前斟酒酒未寒，面未變時心已變。區區已作老村莊，英雄才彦不敢當；但恨人心不如古，高歌伐木天滄浪。感君稱我爲奇士，又言天下無相似；庸庸碌碌我何奇，但願盍各言其志。我之所志無所奇，有酒與君斟酌之；君今既許我爲友，對酒彼此相箴規。倘不相規惟飲酒，此非古友今之友；願學今人與古人，在

君一言之可否。北京故宫博物院藏唐寅行書七言詩卷

題文與可墨竹

風雨淒其春去促，鷓鴣啼斷湘江曲；紛紛紅紫委塵沙，碧羽亭亭一枝玉。翠梢看漸拂雲長，籜解時聞節粉香；葉密豈容群噪雀，枝高但宿孤飛凰。孤凰求鳳丹山去，林外天寒日將暮；秋聲蕭颯滿庭來，涼影參差半窗度。莫言清瘦不成林，却喜承恩雨露深；匪是盤根并錯節，歲寒那識此君心！壯陶閣書畫録卷四

題沈石田幽谷秋芳圖

乾坤之間皆旅寄，人耶物耶有何異？但令托身得知己，東家西家何必計？石丈筆跡滿天下，得托與否難自記；譬如造化賦與人，富貴窮達皆其戲。我展此幅向壁間，壁下秋風花滿地；黄花墨葉相對好，齊物論之同是僞。摘花捲畫見石丈，請證無言第一義；得托與否壽與夭，勞勞兩途且姑寘。對花共飲十分盞，主人自是張驃騎。式古堂書

畫彙考畫録卷之七

爲錢君題鶴聽琴圖 按：張靈爲錢秉良作圖，吴寬、朱存理亦有題。

飄飄王孫金馬客，十年學琴成琴癖；虚窗颯颯雪打竹，静坐焚香弦在膝。庭前舊鶴翻頂久，昂昂如人長六尺；延頸就琴不肯去，口無所道聽以膈。瓠巴昔能出流魚，師涓亦解鳴伏櫪；有靈感物物自應，琴清鶴靈況相得。張生有才托粉墨，斗酒落魄破疋帛；空廚無烟朝束腹，忽有好事來拂席；曲肱直腕爲寫圖，余亦作句聯後册。展舒信手再嘆息，世之知音不輕得；願君奏琴只向鶴，技工毋學齊王瑟。清歗閣藏帖 虚齋名畫録卷三

青山讀書圖

湖州得絹俱充襪，我把輕縑試高揭；東塗西抹出天涯，管領烟霧主風月。人家聯絡住青山，良朋好友時往還；讀書比比不出户，柴門流水聲潺湲。危椒絶磴走行旅，嵐氣濕衣雲作侣；山腰隱隱見招提，落日長途渺何許？林坳樹底跨浮梁，一泉玉瀉秋琳琅；

荷衣涼透忍不得，寒郊瘦島誰争强？遥天兩兩沙鷗起，中有吴船過越水；輕帆帶影掠雙鳬，頃刻錢塘三百里。平生吾亦信吾癡，拙身欲往良不疑；酒家急就澆磈磊，取醉還酬個裏詩。式古堂書畫彙考畫録卷二十七

爲公錦畫

十年重到吴門道，風物依稀身轉老；不堪揮手又東回，馬首斜陽亂春草。難將斗酒酹寸心，衹緣跋涉傷懷抱；長溝浸月驛亭空，彈徹琵琶人悄悄。愛日吟廬書畫録卷一秋山行旅軸

黄茅小景 爲丘舜咨題

震澤東南稱巨浸，吴郡繁華天下勝；衣食肉帛百萬户，樵山汲水投其剩。我生何幸厠其間，短笠扁舟水共山；黄茅尺壁一百丈，熨斗湖渚三十灣。北風烈烈耳欲墮，十里梅花雪如磨；地爐通火瓶酒熱，日日蒲團對僧坐。四月清和雨乍晴，楊梅滿樹火珠明；岸巾高屐携小妓，低唱并州第四聲。人生誰得長如此？此味維君曾染指；若遠説與

未游人，雙盲却把東西指。中國古代書畫圖目二唐寅黄茅小景圖卷　大觀録卷二十

附　文徵明次韻

斜日翻波山倒浸，晚晴幻出西南勝；絶島雙螺樹色浮，遥天一綫鷗飛剩。誰剪吴淞尺紙間？唐君胸有洞庭山；古藤危蹬黄茅渚，細草荒宫消夏灣。我生無緣空夢墮，三十年來蟻旋磨；睡起窗前展畫看，恍然垂手磯頭坐。湖山宜雨亦宜晴，春色蘢葱秋月明；知君作畫不是畫，分明詩境但無聲。古稱詩畫無彼此，以口傳心還應指；從君欲下一轉語，何人會吸西江水？謹次唐君原韻，君尾句重押指字，輒爲易之。衡山文壁徵明甫。中國古代書畫圖目二唐寅黄茅小景圖卷　大觀録卷二十

石壁題名圖

七峰山上多石壁，虎踞龍蹲兼卧立；有時斜疊波濤紋，蘚固苔封半乾濕。主人乘興恣登臨，不速長携二三客；臺閣山林半相雜，一時謔浪皆文墨。梯高躡險不肯辭，淋漓每灑如扛筆；深鎸淺刻動錐鑿，從此長年費工力。我也從傍記姓名，太歲庚辰年正德；

雖然汗漫一時事，百年轉眼存舊迹。試聽夜深風雨中，應有鬼神驚且泣。韻石齋筆談

夫椒幽居圖爲耿敬齋作

大江之東水爲國，其間巨浸稱震澤；澤中有山七十二，夫椒最大居其一。夫椒山人耿敬齋，與我十年爲舊識；晝耕夜讀古人書，青天仰面無慚色。令我圖其所居景，烟樹茫茫渾水墨。我也奔馳名利人，老來静掃塵埃跡；相期與君老湖上，香飯魚羹首同白。故宫週刊第七十六期　壯陶閣書畫録卷十

梅花圖

北風着面刮起霜，蠟月何處尋紅芳？尺杖柱短湘竹節，雙鞋踏盡江莎芒。溪橋突兀田塍裂，雪裏梅開梅勝雪。不妨地上有微冰，且是江南好明月。千古誰能賞風韻？一朵偏先漏春信；不獨何遜解吟詩，不獨壽陽能裹鬢。三更且貯雁足缸，半斗再洗螭頭觴；高致久契梅與雪，微名素輕公與王。一年若得長寒冷，四季便拚長不醒；買田築

室老西湖，密種梅花八千頃。神州國光集引唐伯虎題畫詩

愛菜詞

我愛菜，我愛菜；傲珍饈，欺鼎鼐，多吃也無妨，少吃也無奈。商山芝也在，西山芝也在，四皓與夷齊，有菜不肯賣。顔子居陋巷，孔子阨陳蔡；飲水與絶糧，無菜也自耐。菜之味兮不可輕，人無此味將何行？士知此味事業成，農知此味倉廩盈；技知此味藝業精，商知此味貨利增。但願人人知此味，此味安能别蒼生？我愛菜，人愛肉；肉多不入賢人腹，廚中有碗黄虀粥，三生自有清閑福。何刻外編卷三遺事　六如居士外集卷二詩話

風花雪月詞四首

風裊裊，風裊裊；冬嶺泣孤松，春郊摇弱草；收雲月色明，捲霧天光早。清秋暗送桂香來，拯夏頻將炎氣埽。風裊裊，野花亂落令人老。右咏風

花艷艷，花艷艷；妖嬈巧似妝，瑣碎渾如翦；露凝色更鮮，風送香常遠。一枝獨茂逞冰肌，萬朵發妍含笑臉。花艷艷，上林富貴真堪羨。右咏花

雪飄飄，雪飄飄；翠玉封梅萼，青鹽壓竹梢；灑空飛絮浪，積檻聳銀橋。千山渾駭鋪鉛粉，萬木依稀挂素袍。雪飄飄，長途游子恨迢遥。右咏雪

月娟娟，月娟娟；乍缺鈎横野，方圓鏡挂天；斜移花影亂，低映水紋連。詩人舉盞搜佳句，美女推窗遲夜眠。月娟娟，清光千古照無邊。右咏月　何刻外編卷三遺事　六如居士外集卷二詩話

五言排律

爲芝庭葉君賦

煒煒商山秀，明明謝氏庭；貞符萌五彩，瑞孽應三靈；堂北留仙餌，天南聚德星；郭駝羞種樹，周雅賦攸寧；孤陋無知識，題詩待勒銘。中國古代書畫圖目六芝庭卷

七言排律

缺題 正德元年穀雨日書

千金良夜萬金花，占盡東風有幾家？門裏主人能好事，手中杯酒不須賒。碧紗籠草層層翠，紫竹支持疊疊霞；新樂調成胡蝶曲，低檐將散蜜蜂衙。清明争插西河柳，穀雨初來陽羨茶；二美四難俱備足，晨雞歡笑到昏鴉。民國二十六年故宫日歷

唐寅集補輯卷第二

五言律詩

與諸同志集王少參園作

竹逕留歡地，頻過侍孔融；幽篁喧暮鳥，叢菊耐秋風。醉怯樽中緑，歌憐席上紅；不愁銷樺燭，片月已臨空。明賢翰墨册

次韻孫太初秋夜泛月之作

静夜開杪檝，涼風滿葑田；漁家明隙火，宰木襯湖天。蟲語争詩律，蟾光溢酒船；先生挾佳客，歡笑自年年。中國古代書畫圖目二沈周夜游波静圖扇頁

送戴明甫

柳脆霜前緑，橋垂水上虹；深杯惜離别，明日路西東。歡笑辜圓月，平安附便風；歸家説經歷，挑盡短檠紅。珊瑚網書録卷十四

餞宗暘年兄赴闕

扁舟泛秋水，相送上神京；吴市門頭酒，山陽笛裏情。雁轉勞書信，鷄鳴想珮聲；舊游煩謝及，白社已吾生。寓意録卷四唐六如扁舟秋水圖

客中送陶太癡赴任

年紀清尊上，江湖白髮前；一官何自繫，千里又南遷。久客親鄉曲，窮冬具别筵；浮雲没歸鴈，執手意茫然。臺灣歷史博物館印明代四大家書畫集

缺題四首

郭外山色暝，主人林館秋；疏鐘入卧内，片月到床頭。遥夜惜已半，清言殊未休；君雖在青瑣，心不忘滄州。吴越所見書畫録卷三

山居不鑿井，百家同一泉；曉來南邨□，雨氣和人烟。霜畦吐寒菜，沙雁噪河田；隱者不可見，天壇飛鳥還。

無計留君住，應須絆馬蹄；紅亭莫惜醉，白日眼看低。解帶憐高柳，移床愛小溪；此來相見少，王事各東西。

田中開白室，林下閉玄關；□迹人□處，無心雲自閑。竹深喧暮鳥，花缺□春山；勝事那能説？王孫去未還。吴越所見書畫録卷四唐解元五言詩三軸

敬閱少傅王老師所藏閻立本畫秋嶺歸雲圖并賦一律

丹碧涂霞嶺，青紅上鬱林；秋陰雲氣肅，水落岸痕深。幽客來何處？仙家歷古今；望

中無限思，未敢動長吟。嶽雪樓書畫録卷三

題石田翁石泉交卷 外集作「自題濯足圖」

貞抱幽壑姿，曠懷江湖心；俯仰宗泰岱，歷落從浮沉。君方問逝者，我亦投山林；了此泉石期，百年謀合簪。吳越所見書畫録卷三　六如居士外集卷二

題沈石田贈韓山人支硎山居圖

小隱結茅屋，城西無盡山；一牀雲靉靆，滿地水潺湲。藥籠朝來發，柴門夜不關；時憂鹽米累，蹙額到人間。味水軒日記

晚翠圖爲惟盛高君寫

野亭題晚翠，笠屐試來大觀録作「誠未」登；臘盡松顔重，日斜山色凝。穿林下樵擔，隔樹

過大觀録作「遇」漁燈；此景有真趣，欲圖誰個能？海山仙館藏真三刻　大觀録卷二十

金閶別意圖奉餞鄭儲豸大人先生朝覲之別

別意江南柳，相思渭北天；一杯黄菊酒，五兩黑樓船。故舊情淒切，窮民淚泗漣；傾危望扶植，丹陛莫留連。吳派畫九十年展

松崖圖并詩爲欽甫沈君作

長松積冰雪，深崖藏龍蛇；貞節見遲暮，挺立無傾斜。豈若履扁石，不復傷朝花；君子以自擬，斯名誠堪嘉。中國古代書畫圖目十四

七言律詩

上元京城看鰲山燈 弘治己未

宫柳條長影可搓，金吾弛禁不相訶；内人争唱横□調，樂府新諧□鄧歌。戲局結團分鬬雀，燈輪自轉應鳴鼉；遺鈿墮珥知多少？帝里春宵奈爾何！石渠寶笈卷十七唐寅燈宵閨話圖　吴派畫九十年展

登天王閣 穰梨館、壬寅録作「梅雨喜晴」

雨爲黄梅破四旬，水津平地汗津身；風將棹泊翻滄海，穰梨館、壬寅録作「東海」天迫樓開近紫辰。穰梨館、壬寅録作「北辰」科斗裏巢新乳雀，穰梨館作「叵羅中游初霽日」壬寅録作「叵羅中浮初霽日」闌干上見遠行人；詩成既醉穰梨館、壬寅録作「酒醉」依然醒，拭眼西山紫邏新。吴越所見書畫録卷三　穰梨館雲烟過眼録卷十六　壬寅銷夏録

秋日城西

亞城西嶺號穹窿，詩卷小字改「金昌亭下路西東」步屧閒來覓舊踪；鴉鵲集田鐮稻後，牛羊下坂落暉中。晚雲不動天凝碧，楓葉初飛樹減紅；惆悵欲歸仍少佇，翩翩雙袖正翻風。行書詩卷墨蹟

正德丙寅奉陪大冢宰太原老先生登歌風臺謹和感古佳韻并圖其實景呈茂化學士請教

此地曾經玉輦巡，比鄰争睹帝王身；世隨邑改井猶在，碑勒風歌字失真。仗劍當時冀亡命，入關不意竟降秦；千年泗上荒臺在，落日牛羊感路人。式古堂書畫彙考畫録卷七　明代吴門繪畫

附　王鏊過歌風臺賦

鑾輿翠蓋始東巡，隆準依然泗上身；父老尚疑豐沛舊，塵埃誰識帝王真。八千子弟空歌楚，百二河山竟去秦；聞説四方須猛士，商山閒殺采芝人。

游張公洞

張又玄云：此詩集中失載。有石刻，公手書寄謝樗仙，且跋云「勝地須急覽，歸當議作一圖」云云。

仙都許借壺中景，雷部分開洞裏天；石徑螺旋防失脚，藤崖虹捲倒摩肩。乳泉冷浸騎驢跡，瑶草叢生種玉田；人未曾來難與説，得來亦是有前緣。何刻外編卷三遺事　六如居士外集卷二詩話

丹陽道中

丹陽郭外路逶遲，一束琴書信所之；落日高原人钁地，西風古樹鵲争枝。迴舡就岸隨

棲泊，攜榼沽村問路歧；以上兩句小字改「迴舡乞火吹麩炭，攜榼沽村望酒旗」，小字注云「麩炭二字見白樂天集」情味若論何所似？一盂清水淡滋滋。行書詩卷墨蹟

聞太原閣老疏疾還山喜而成咏輒用寄上

元宰陳痾乞北山，君王賜告許南還；始終勳業三朝眷，前後承疑四相班。聊落宦囊餘玉帶，滄茫烟水迴柴關；若非特拜雲天寵，藥餌扶衰未許還。一九八七年書法第六期　中國古代書畫圖目九

贈王御馬 書法作「寄王馬監」

勤勞書法作「辛勤」帷幄事書法作「侍」三朝，辛苦書法作「刻苦」篇章稿一瓢；身作星辰扶帝座，書法作「華蓋近」心持忠悃奉皇堯。書法作「心歸調御業緣消」秋衣裁葉酹閒書法作「佳」睨，夜玉鐫花作繫腰；忘却尊崇能下士，濫交書法作「濫竽」從此及蒭蕘。康肇篁齋刻帖　一九八七年書法第六期　中國古代書畫圖目九

送曹郡侯

郡侯入覲擁鉦鼙，旆影悠揚雜馬蹄；列校參隨弓韔虎，從官承語帶横犀。漫山梓葉垂寒露，一乘漢箱載介圭；萬口明朝望行幰，毘陵道遠白雲低。康肇篁齋刻帖

送别圖

世貞韓五校書與僕爲通家兄弟，戊午忝登選時，相餞秦淮。翹首三年，轉成夢寐。歲壬戌，世貞啣恤還鄉，事畢歸金陵，敢用小律爲别，座上有不勝欣感之意。乃弟世年命觴，聊紀一時之勝云。弘治壬戌

同歌梓葉憶臨岐，夢寐秦淮入撫髀；素韡再逢心藴結，青蛇催發酒淋漓。雪消茂苑河流急，帆轉西閶日影遲；此後敢勞書一尺，雁群天末正參差。上海博物館藏唐寅送别圖

彦九郎還日本作詩餞之座間走筆甚不工也　正德七年壬申仲夏望日

萍踪兩度到中華，歸國憑將涉歷誇；劍珮丁年朝帝扆，星辰午夜拂仙槎。驪歌送别三年客，鯨海遄征萬里家；此行倘有重來便，煩折琅玕一朵花。中國歷代書法鑒賞大辭典

奉和文停雲贈進卿楊先生詩韻　正德丁丑

書緘屢辱寄鱗鴻，好在安流與便風；深盞舊醅談笑裏，繞梁明月夢魂中。當時惜别雞聲上，今日重逢馬首東；欲贈暮雲春樹色，盡將心緒比良工。嶽雪樓書畫録卷四

附　文徵明進卿自金陵來吴顧訪玉蘭堂題贈短句

蹤跡憐君似雪鴻，南來歲歲逐秋風；寧知白髮重逢處，又是黄花細雨中。十載聲名慚海内，一時冠蓋夢江東；玉蘭堂上瞻行色，欲咏江雲苦不工。嶽雪樓書畫録卷四

上寧王 此詩已見原集，但差異多，重録于此。

信口吟成四韻詩，自家腔調説和誰？且將白髮簪花蕊，難得青天滿酒卮。得一日閑無量福，做千年調算來癡；是非顛倒人間事，問我如何總不知。與西洲詩畫卷墨蹟

兵勝雨晴

電掃干戈復太平，天開晴霽擬豐營；壬寅録作「豐登」一朝頓減糟糠價，半夜收回鼓角聲。天子聖明成大慶，野人歡喜保殘生；□遭壬寅録作「遭逢」盛事須歌頌，慚愧無才達下情。

穰梨館雲烟過眼録卷十六　壬寅銷夏録

落花詩十七首

刹那斷送十分春，富貴園林一洗貧；借問牧童應没酒，試嘗梅子又生仁。若爲軟舞欺

花旦，難保餘香笑樹神；料得青鞋携手伴，日高都做晏眠人。落花詩卷　落花詩稿

夕陽黯黯笛悠悠，一霎春風又轉頭；控訴欲呼天北極，臙脂都付水東流。傾盆恠雨泥三尺，繞樹佳人繡半鈎；顔色自來皆夢幻，一番添得鏡中愁。落花詩卷　落花詩稿

李態樊香憶舊游，蓬飛萍轉不勝愁；一身憔悴茅柴酒，三月傷春滿鏡愁。愛惜難將窮褲贈，凋零似把睡鞋留；紅顔春樹今非昨，青草空埋土一丘。落花詩卷

杏瓣桃須掃作堆，青春白髮感衰頹；蛤蜊上市驚新味，鶗鴂教人再洗杯。忍唱驪歌送春去，悔將羯鼓徹明催；爛開賺我平添老，知到來年可爛開？落花詩卷

青鞋布襪謝同游，詩集作「芒鞋布襪罷春游」粉蝶黄蜂各自愁；傍老光陰情轉切，惜花心性詩集作「性心」死方休。膠黏日月無長策，酒酹詩集作「酒對」荼蘼有近憂；一曲山香春寂寂，碧雲暮合隔紅樓。落花詩卷　列朝詩集

伯勞東去燕西飛，南浦王孫怨路迷；鳥喚春休背人去，雨妝花作向隅啼。緑陰茂苑收弦管，白日長門鎖婢㜎；蛺蝶飜飜殘夢裏，曲欄纖手憶同携。落花詩卷

春風百五盡須臾，花事飄零剩有無；新酒快傾杯上緑，衰顔已改鏡中朱。絶纓不見偷香椽，墮溷翻成逐臭夫；身漸衰頹類如此，樹和淚眼合同枯。落花詩卷

時節蠶忙擘黑時，花枝堪賦比紅兒；看來寒食春無主，飛過鄰家蝶有私。縱使金錢堆

北斗，難饒風雨葬西施；匡床自拂眠清晝，一縷烟茶颺鬢絲。落花詩卷

簇簇雙攢出繭眉，淹淹獨倚曲欄時；千年青塚空埋怨，重到玄都只賦詩。香逐馬蹄歸蟻蛭，詩卷作「鶴垤」影和蟲臂罥蛛絲；尋芳了却新年債，又見成陰子滿枝。落花詩卷

芳菲又謝一年新，能賦今無八斗陳；命薄錯拋傾國色，緣輕不遇買金人。杜鵑啼血山中夜，蝴蝶游魂葉底春；色即是空空是色，欲從調御懺貪嗔。落花詩稿

坐看芳菲了悶中，曲教遮護展屏風；衙蜂蜜熟香粘白，梁燕巢成濕補紅。國色可憐難再得，酒杯何故不教空？忍看馬足車輪下，一片西飛一片東。落花詩稿

崔徽空寫鏡中真，洛水難傳賦裏神；國色自來多命薄，詩卷作「薄命」桃紅又見一年春。已無錦帳圍金谷，漫把青鞋踏麴塵；繞樹百回心語口，明年勾管詩卷作「勾當」是何人？落花詩稿　落花詩卷

天涯晻詩稿作「淹」溘碧雲横，社日園林紫燕輕；桃葉參差誰問渡？杏花零落憶題名。月明犬吠村中夜，雨過鶯啼葉滿城；人不歸來春又去，與誰連臂唱盈盈？落花詩卷　落花詩稿　中國古代書畫圖目十四

白華垂柳弄新晴，紫背浮萍細點生；三月尋芳騎鳳侶，一時齊唱踏莎行。收燈院落傷栖燕，細雨樓臺濕囀鶯；莫問東君訴恩怨，自來春夢不分明。落花詩卷

催耕聲裏短柴門，熼藾香中雉草園；西子歸湖餘有井，昭君出塞尚留村。春風院院深籠鎖，細雨紛紛欲斷魂；拾得殘紅忍抛却，也教粘向阿咸幡。落花詩稿

舊酒新啼滿袖痕，憐香惜玉此心存；可憐窗外風鳴樹，辜負尊前月滿軒。奔井似喞亡國恨，墜樓如報主人恩；長洲日暮生芳草，銷盡江淹黯黯魂。落花詩稿

麗色堪餐莫漫誇，一朝衰颯看伊家；昭君偏遇毛延壽，煬帝難留張麗華。深院青春空自鎖，火堤紅日又西斜；小橋流水閑村落，不見啼鶯有落花。蔬香館法帖

按：蔬香館法帖所刻落花詩共三十首，列朝詩集所録落花詩共二十首；中國古代書畫圖目一唐寅落花詩卷中七律十七首，落花詩爲七首；世界各博物館珍藏中國書法名迹集唐寅落花詩稿爲落花詩二十一首。與原集不同者有以上十七首。

元旦次韻奉答徵仲先生削正 正德己巳

一曲陽春早爲傳，東風冉冉物華遷；梅花近水疑寒雪，柳色當門弄曉烟。論道昔看重戴席，題詩今日樂堯年；餐霞應接安期壽，自適逍遥世外篇。真蹟日録卷三

附　文徵明元日試筆

晨光藹藹散祥烟，寶曆初開第四年；井里蕭條占歲儉，人情薄劣與時遷。雪殘梅圃難藏瘦，日轉冰池欲破堅；老大未忘惟筆硯，小窗和醉寫新篇。甫田集四卷本卷三

嘉靖二年元旦作

曉日騰騰上畫椽，春符處處揭紅箋；鳩車竹馬兒童市，椒酒辛盤姊妹筵。鬢插梅花人蹴踘，架垂絨索院鞦韆；仰天祝願吾王壽，一個蒼生借一年。行書詩卷墨蹟

五十自壽

自家只道是童兒，誰料光陰驀地移；總算一萬八千日，轃成四十九年非。從前悲喜皆成夢，向後榮枯未可知；去日已多來日少，急忙歡笑也嫌遲。明吳門四君子法書

祓禊

茂苑芳菲集麗人，牙盤飣餖簇時珍；轢弦護索仙音合，杜彬事叉手摇頭酒令新。孟昶事白日不消雙鬢雪，黄金難鑄百年身；逢時遇景須歡笑，是笑從來勝是顰。北京故宫博物院藏唐寅行書七言詩卷

又一首

茂苑芳菲集麗人，當筵飣餖簇時新；撩花譁鳥分曹戲，扠手摇頭把令巡。老去光陰偏可惜，貧於故舊轉相親；莫辭到手金螺滿，是笑從來勝是顰。與西洲詩卷墨蹟

漫興六首

兩都塵土老落花詩卷作「滿」青襟，半畝蓬茅舊碧岑；落花詩卷作「一榻氍毹卧碧岑」拖懶病多難

對藥，落花詩卷作「去日苦多愁看曆」知音人少不留琴。落花詩卷作「莫修琴」平康驢轡落花詩卷作「驢背」馱殘醉，轂雨花壇落花詩卷作「花欄」費苦吟；老向酒杯棋局畔，此生何望不甘心。明吴門四君子法書　北京中國美術館藏唐寅行書落花詩卷

歸來京國滿頭塵，了鳥衣冠落花詩卷作「衣衫」墊角巾；萬點落花俱是落花詩卷作「都是」恨，一杯明月即忘貧。香燈不起維摩病，櫻笋商量落花詩卷作「堪酬」轂雨春；鏡裏自看成大笑，落花詩卷作「一笑」功名傀儡下場人。明吴門四君子法書　北京中國美術館唐寅行書落花詩卷

恠是落花詩卷作「自悔」趨蹌總不能，方知才命兩無憑；難尋萱葉非饑渴，原作「難尋萱草酬知己」，後圈改。落花詩卷作「難尋瓊樹酹知己」且摘蓮花供聖僧。三顧草廬原旁注改「柴門」，仍圈去。成底事？百年蔬水曲吾肱；盡嘗世味猶存舌，荼薺隨緑敢愛憎。吴門四君子法書　北京中國美術館藏唐寅行書落花詩卷

造物何曾苦忌名？昇平端合棄無能；親知散去綈袍冷，風雪欺凌瓦罐冰。二頃難謀田負郭，一餐隨分欲依僧；十年消盡英雄氣，彈劍嗚嗚淚滿膺。中國古代書畫圖目二吴寬等吴中名賢詩牘

都憑乖黠討便宜，我討便宜只是癡；把日繫繩終不住，待天倚杵是何時？隨緣冷暖開懷盞，不計輸贏伴手棋；七尺形骸一棺土，任他評我是和非。珊瑚網書録卷十六

龍頭獨對五千文，鼠跡今眠半榻塵；萬點落花都是恨，滿杯明月即忘貧。香燈不起維摩病，櫻笋消除穀雨春；鏡裏自看成大笑，一番傀儡下場人。書法叢刊第七輯　過雲樓書畫録書類卷四

憶昔

憶昔琴書縱漫游，舟車都會愛揚州；金鞭蹋地醉公子，青旆揭天新酒樓。吴苑衰年聊寄食，隋堤何日重維舟；兩句小字旁改「欲訪秋娘知在否？重攀隋柳去無由」西風吹起田田雁，一桁烟山青不休。行書詩卷墨蹟

春來

穰梨館、壬寅録作「新春」，扇面墨蹟作「春來書寄社友」

春來踪跡轉飄蓬，多在鶯花野寺中；昨日醉連今日醉，小瓶空到大瓶空。西洲詩卷、穰梨館、壬寅録作「新年窮似舊年窮」，扇面作「試燈風接落燈風」漫吟險韻邀僧和，煖蒸西洲詩卷作「簇」薰籠與妓烘；借問西洲詩卷、穰梨館、壬寅録、扇面作「寄問」社中諸契友，心情比我可相同。吴越所見

書畫録卷三　與西洲詩卷墨蹟　扇面墨蹟　穰梨館雲烟過眼録卷十六　壬寅銷夏録

春日城西 詩卷作「秋日城西」

亞城西嶺接穹窿，詩卷小字改「金閶亭下路西東」步屧來尋舊日踪；鴉鵲集田鐮稻後，牛羊下坂落暉中。晚雲不動天凝碧，楓葉初飛樹減紅；惆悵欲歸仍少佇，帽裙平漲鯉魚風。詩卷作「翩翩雙袖正翻風」　吴派畫九十年展詩扇　行書詩卷墨蹟

缺題

夜泊松陵繫短篷，埠頭燈火集船叢；人行烟霧長橋上，月出蒹葭漫水中。自古三江稱禹迹，波濤五夜起秋風；鱸魚味美村醪賤，放筯金盤不覺空。虚白齋藏中國書畫選

無題

紅粉啼妝對鏡臺，春心一片轉悠哉；若爲坐看花枝圖目作「花飛」盡，便是傷心圖目作「傷多」

酒莫推。無藥可醫鶯舌老，有香難返夢魂圖目作「蝶魂」來；江南多少閒庭館，依舊朱門鎖綠苔。列朝詩集　中國古代書畫圖目十四

詠身

輕如飛葉拙如蠶，一褐能小字旁改「餘」温一肉甘；酒病仰眠看鬬八，計偕曾是書畫集作「濫」給行三。瘦來小婦書畫集作「看諸妓」能縫帶，老去賢僧許借龕；隨伴看花書畫集作「賞看」偷灑淚，樹猶如此我何堪。一九八七年書法第六期　臺灣歷史博物館本明代四大家書畫集　中國古代書畫圖目九

送春　野航命録石田楊花卷後蓋以其慨傷相類故也　弘治庚戌

細雨庭除復送春，倦游肌骨對佳人；瓶中芍藥如歸客，鏡裏年華屬妄塵。夜與寸心争蠟燭，淚將殘酒共羅巾；石州詞調揚州夢，收拾東風又一巡。中國古代書畫圖目二明沈周楊花詩卷

言懷

原兩首，第一首見原集「四十自壽」。自書詩卷題作「避事」。

年來避世自書詩卷、西洲詩卷作「避事」縮如龜，凈掃茅茨鎖竹籬；繫日無繩那得住？自書詩卷、西洲詩卷作「終不住」待天倚杵是何時？　隨斟自書詩卷、西洲詩卷作「隨緣」冷暖開懷酒，自書詩卷、西洲詩卷作「盞」懶算自書詩卷、西洲詩卷作「不計」輸贏信手自書詩卷、西洲詩卷作「伴手」棋；千古英雄一抔土，自書詩卷作「七尺形骸一棺土」，西洲詩卷作「七尺形骸一丘土」不如歡笑有便宜。自書詩卷、西洲詩卷作「任他評泊是和非」　列朝詩集　北京故宫博物館藏唐寅行書七言詩卷　與西洲詩畫卷墨蹟

吴門避暑

吴門避暑不愁難，緑柳陰濃畫舫寬；石首鮮呈黄臘面，楊梅肥綻紫金丸。　密遮竹葉涼冰檜，散插榴花角黍盤；急報洗天風雨至，一時龍挂萬人看。　藝苑掇英　中國博物館叢書遼寧博物館

小酌 詩卷作「晚酌」

净揩棐几過三迴，軟爍詩卷有小字注「音閘」虀盤舉一杯；有客相陪無也好，得錢便買没賒來。詩卷作「無錢賒取有沽來」虛名後世將何用？試問古人安在哉？落日下檐移樹影，詩卷作「落日階前紅葉裏」悠然且看玉山頹。明吴門四君子法書　行書詩卷墨蹟

夜坐

竹篝燈下紙窗前，伴手無聊展一編；茶罐煮湯鳴蚓竅，詩卷作「茶罐湯鳴春蚓竅」香爐埋炭炙龍涎。詩卷作「乳爐香炙毒龍涎」漫思詩卷作「細思」寓世皆羈旅，坐盡寒更似老禪；筋力漸衰頭漸白，江南風雪又殘年。明吴門四君子法書　行書詩卷墨蹟

貧病

貧欺病壓兩相兼，影拙形羸自亦嫌；瘦肋似膠粘卧榻，斜陽如綫勒虛檐。風塵四海窮

途澁，筆硯三冬老境甜；宇宙古今容偃仰，榮枯隨分不須占。北京故宫博物院藏唐寅行書七言詩卷

醉卧落葉中作

寒日茅檐落葉中，弓腰藉地睡朦朧；難將此樂獻天子，夢守南柯戲乃公。困頓一身炊甑破，蕭條萬事酒尊空；青衫塵土蒼鬚雪，大與年來趣不同。北京故宫博物院藏唐寅行書七言詩卷

獨宿

白木栖床厚疊氈，烏綾夾被緊摁肩；無燈不做謾心詩集作「瞞心」夢，有酒何愁縮脚眠。渺渺邯鄲塵滿面，詩集作「滿路」蘧蘧蝴蝶絮漫天；誰知詩集作「要知」此段安身法，是我新參没眼禪。北京故宫博物院藏唐寅行書七言詩卷　列朝詩集

小閣

小閣憑虚曲檻前，秋光曉色競新鮮；庭柯照月鴉猶宿，野店發車燈已懸。衫褟人行黄霧裏，玲瓏鷄唱碧天邊；坐來盡有飄然興，破帽籠頭髮滿肩。行書詩卷墨蹟

缺題

爲玉峰先生書

愁從日裏憶家鄉，夢裏思鄉轉不忘；伏兔標斜懸酒市，買魚船直到茶坊。六街夜市杯盤鬧，百里春山橘柚香；到處不如生處好，況兼生處號天堂。中國古代書畫圖目九

除夕

柴烟塞屋罐鳴湯，兩歲平分此夜長；鬢影鬅鬙燈在壁，壯圖牢落酒澆腸。命臨磨蝎窮難送，飯有溪魚老不妨；掃地明朝拜新歲，吴趨且逐綺羅行。一九八七年書法第六期　中國

古代書畫圖目九

責貓

剔起書燈放酒螺，丁寧軟語責狸奴；縱令鼠輩橫如此，坐廩魚餐將若何？偷眼覷盤涎欲墮，拳腰入被睡成窩；自緣尾大如蛇懶，豈爲年來醉薄荷。穰梨館雲烟過眼録卷十六　壬寅銷夏録

題沈石田南湖草堂圖卷

浪紋鋪錦漫鷗沙，四繞春陰翠柳遮；燕愛書畫舫作「受」輕風頻掠絮，魚吹細雨却飛花。般游勝賞嘗移櫂，美景清歌自浣紗；占斷東吴奇絶處，鑒湖一曲并堪夸。珊瑚網畫録卷十三　清河書畫舫

題沈石田匡山新霽圖

翁昔少年初畫山，蒼松黄竹雜潺湲；直疑積雨得深潤，不假浮雲相往還。世外空青秋一色，巖前遠黛曉千鬟；天台鶴鹿同人境，尚恐翁歸向此間。珊瑚網畫録卷十三

次張秋江韻題陸明本贈沈石田墨梅卷

踪迹茫茫過隙塵，旅途三遍遇陽春；筆端剩有千花朵，眼底相逢幾故人？此日寤言盃酒薄，他年夢見月華新；相聞欲寄無官驛，搓軟青梅秖咽津。吴越所見書畫録卷四

題周東邨爲顧氏作聽秋圖

半夜西風兩耳悲，二人奄棄九秋時；紙屏掩靄烏驚夢，玉露凋傷木下枝。白髪鏡容存小障，清商琴調感孤兒；有注云「樂府清商琴調有孤兒行」永思何物堪憑據，滿袖啼痕滿鬢絲。

虛齋名畫録卷三

題文徵明山水

傍巖結屋蔭垂蘿，日日閒情在磵阿；雲忽漫來通海氣，水争流去漲湖波。微茫日照松間少，浩蕩春風柳上多；杖履幾番尋野趣，蓬萊彷彿見嵯峨。日本東京大學出版會中國繪畫總合圖録

題仇英竹居圖卷

漁有烟湖樵有山，利名誰着眼中間？社開盡玩棋年月，門静惟容鶴往還。稻衲稱披清骨瘦，蓬心愛把舊詩删；贈君長律愁追韻，倚盡闌干楚竹斑。日本東京大學出版會中國繪畫總合圖録

按：此詩在沈周七言古詩後，末款「唐寅奉和」，不知和何人詩。

題仇英東林圖卷

抑抑威儀偉武詩，鄉吾同舉學吾師；百年舊宅黄茅厚，四坐諸生絳幕垂。靈出尾箕身獨禀，器成瑚璉衆咸推；他年撫翼烟霄上，故舊吾當不見遺。大觀録卷二十

題仇英春溪耕讀圖卷

幽人林下久盤桓，耕讀平生足自歡；百畝田園朝出作，一編經史夜歸看。肯如甯越因求貴？惟效龐公獨自安；幸得子嫺詩禮訓，聲名有日著朝端。古芬閣書畫録卷十五

垂虹别意圖

垂虹不是灞陵橋，送客能來路亦遥；西望太湖山閣月，東連滄海地通潮。酒波汩汩翻荷葉，别思茫茫在柳條；更欲傳杯遲判袂，月明倚柱唤吹簫。珊瑚網畫録卷十六

西山草堂圖 草堂詩爲丁君潛德賦

厚苦芒葛柱椶櫚，欲比南陽舊草廬；頰壁破憑蘿月補，乳梁低與燕分居。烏皮淨拭窗中几，朱版齊裝架上書；笑殺汗衣車馬客，勞勞奔走欲何如！「頰壁」「乳梁」見急就。「烏皮几」出杜詩。「朱版書」出李商隱詩。 日本東京大學出版社中國繪畫總合圖録

爲愛竹湯君作小圖長句 千墨庵帖作「爲夢筠作小圖長句」

聞説君家新闢庭，參差滿種粉梢青；炎時靜坐不覺暑，晝日仰面常見星。一點虛心是知己，千墨庵作「一點虛心通曉夢」百年君子千墨庵作「手澤」與忘形；秋來四壁聲如雨，帳掩薰爐獨自聽。 寓意録卷四 千墨庵帖

爲吴徵君寫韋庵圖并贈以詩

構得名庵竟若何？情懷無日不雍和；繞溪水色青流玉，排闥山光翠擁螺。靜裏研朱

將易點，醉中邀月鼓琴歌；知君所好無塵趣，肯許吾儕見訪過。古緣萃録卷四

煉藥圖 次弘農楊儀部韻

人來種杏不虚尋，仿佛廬山小徑深；常向静中參大道，不因忙裏廢清吟。願隨雨花三春澤，未許雲閒一片心；老我近來多肺疾，好分紫雪掃煩襟。清河書畫舫

月溪圖 爲月溪上人作

趺坐蒲團六十年，香燈事業意蕭然；破除忘見疑是「妄見」之誤歸諸佛，不起思維了衆緣。林下無人騎白象，鉢中有水長青蓮；化緣未盡不歸去，衣衲空留兜率天。寓意録卷四

山居圖 此卷原題七絶七律各一首

霜前柿葉一林紅，樹裏溪流一望空；此景憑誰擬何處？金昌亭下暮烟中。式古堂書畫彙

考畫卷二十七題金昌暮烟圖

隱居深在碧山空，澗壑纔堪側步通；芋栗一園秋計足，僮奴百指治生同。短墻甃石牢牽荔，薄酒盈罇共轉篬；我欲相隨卜居去，此身一脱世塵紅。石渠寶笈卷四十三

臨米烟江疊嶂圖

山勢迢遥江水深，亂流乘興試登臨；眼前吴楚分南北，地上風波自古今。春日客途悲白髮，給園兵燹廢黄金；日斜未放滄浪渡，飽酌中泠洗宿心。壬寅銷夏録

倣徐幼文墨法并詩 寓意録作「倣雲林筆意」

高人深隱漫藏修，占得東溪事事幽；想像練光拖屋後，何殊鑒影晃源頭。新蒲寓意録、壬寅録作「緑蒲」匀緑綸竿晚，芳蓼分香石瀨秋；風景宛然揚子宅，問奇休厭客頻游。書畫鑒影卷七　寓意録卷四　壬寅銷夏録

題崔娘像

□□□□□□身，□□□□□□辰；琵琶寫語番成恨，栲栳量金買斷春。一捻腰肢底是瘦，九迴腸斷向誰陳？西厢待月人何在？秋水茫茫愁殺人。何刻外編卷三遺事　六如居士外集卷二詩話　孫允伽記

附　徐渭和詩

仿佛相逢待月身，不知今夕是何辰？行雲總作當年散，胡粉空傅半面春。嫁後形容難不老，畫中臨搨也應陳；虎頭亦是登徒子，特取妖嬌動世人。何刻外編卷三遺事　六如居士外集卷二詩話　孫允伽記

石榴圖 賀世澤陳御臨先生得子詩并圖

君家積慶自醫儒，帝命金童下玉衢；不信上天輕至寶，忽驚空手得明珠。一涔碧水麟遺趾，九疊丹山鳳長鶵；從此螽斯多少數，過于榴子萬囊朱。唐伯虎題畫詩

唐寅集補輯卷第三

五言絶句

題文徵明横斜竹外枝圖

跏趺對梅坐，至静發心香；樹静鳥聲寂，蕭然物我忘。式古堂書畫彙考畫録卷二十八

事茗圖

日長何所事？茗碗自賫持；料得南窗下，清風滿鬢絲。石渠寶笈卷十五

畫壽古溪黄翁 正德庚午

堂上白髮人，階前紅花草；花紅草逢春，髮白人年老。真蹟日録卷三

錢君孔元療李毓秀之子濱之疾爲作瞻杏圖以謝

十日不出門，春風已如許；瞻仰見杏花，滿面落紅雨。寓意録卷四

寫桃渚先生玩鶴圖并題

千株曉露墜，一塢濕雲蒸；指顧仙源在，何須問武陵？古緣萃録卷四

爲昌符畫 珊瑚網作「題畫」，無識

雲樹含晴日，烟巒閣晚風；高人將木履，珊瑚網作「木屐」送目大江東。郁氏書畫題跋記卷十一

唐子畏巖居高士圖　珊瑚網畫録卷十六

題畫 正德四年三月

石壁曉然立，白雲護重重；下有餐霞客，獨坐對青峰。別下齋書畫録唐六如秋林野興圖

題畫 正德己卯春日

緑水擷清波，青小繡芳質；落景皎晚陰，山花綺餘日。明四大家畫展水閣納涼圖軸

題畫廿二首

久仰遠山計，於今漸有緣；終當來此處，盤礴味松泉。烟雲寶笈成扇目録

危橋渡清澗，深岫出閒雲；已息麒麟想，終成麋鹿群。清河書畫舫唐子畏淺絳山水軸

彈琴茅屋中，客至還在坐；何處是知音，松風自相和。臺灣歷史博物館印明代四大家書畫集

山雨滴空翠，微風摇嫩青；幽人有高致，岸幘坐虛亭。又

山高鳥不巢，水清龍不住；至察則無徒，故寫糢黏續題跋作「糢糊」樹。珊瑚網畫録卷十六　續書畫題跋記卷十一

大雪壓茅檐，縣官誰得知？殷勤付杯酒，貧自有便宜。續書畫題跋記卷十一

夜泊瀟湘渚，惟聞浪拍江；怪來眠不穩，急雨打船艙。中國繪畫總合圖録

幽人燕坐處，高閣挂斜曛；何物供吟眺，青山與白雲。明代吴門繪畫

清時有隱倫，衣冠阿誰肖？幽澗納飛流，空山答長嘯。藝苑掇英第十四期唐寅清時有隱圖　中國古代書畫圖目十三

渺渺蘋花白，離離柹葉紅；越來溪上路，總是畫圖中。環香堂法帖

湖上桃花塢，扁舟信往還；浦中浮乳鴨，木杪出平山。石渠寶笈卷三十八唐寅花溪漁隱圖　落花詩卷作漁隱圖　吴派畫九十年展

灌木倚道左，流澌鳴沙中；欲涉未摳衣，且乘君子風。珊瑚網畫録卷十六

松溪訪隱君，直過橋南去；日暮携杖歸，羣鴉噪高樹。唐伯虎題畫詩

狼藉驚飛雨，心危路轉賒；簾摇見遠浦，懽喜是黄家。墨妙畫册印本

蕭寺空山晚，危橋古澗秋；愴惶行簇簇，何處店堪投？墨妙畫册印本

緋桃斜映水，茅店側臨崖；白白炊稻米，青青爨葉柴。游居柿録西山春曉圖

緑樹雨初收，白烟生翠壑；寂寂倚欄人，邀涼在溪谷。小鷗波館畫論

緑樹秋風合，青山落照邊；幽人閒坐處，石上挂飛泉。吴越所見書畫録卷三唐六如緑樹秋風圖軸

金風秋立至，涼生雪鬢虚；梧桐一葉落，打着手中書。珊瑚網畫録卷十六

雲樹含晴日，烟嵐閣晚風；高人將木屐，郁氏作「白屐」送目大江東。珊瑚網畫録卷十六　郁氏書畫題跋記卷十一唐子畏巖居高士圖

飛瀑漱蒼崖，山空響逾遠；惟有洗心人，行來不辭晚。石渠寶笈卷三十八唐寅空山觀瀑圖軸　民國廿三年故宫日歷　故宫週刊第二百八十期

鳥道挂松頂，漁家留水心；山花摇黯黯，江氣静沉沉。真蹟日録卷三

畫牡丹

倚檻嬌無力，臨風香自生；舊時姚魏種，高壓洛陽城。上海博物館藏唐寅牡丹圖扇頁

寫生二幀

猗蘭孔氏操，千載少知音；瀟灑一屏意，與君盟此心。
先生貧似洗，不肯羨腰纏；笑指寒籬下，黄金萬斛錢。寓意録卷四

墨竹

唐寅畫竹叢，頗似生成者；原非筆有神，蓋是心自野。真蹟日録卷三

題竹

開徑便見竹，對人閒賦詩；泠泠風觸佩，正是雨晴時。續書畫題跋記卷十一

題松

根梢都不見，上下有雲遮；願我三千歲，山中學服花。續書畫題跋記卷十一

庚辰冬十月廿日戲作古梅數枝并記歲月云

白賁誰爲偶？黄中自保真；相看經歲改，獨領四時春。有正書局本中國名畫

畫梅二首

偶過溪橋去，寒梅已着花；暗香雖未動，清影自横斜。

山上雪如梅，山下梅如雪；怪底暗香清，浮動黄昏月。神州國光社本沈石田唐六如張夢晉花卉合卷

王右軍像

微步覺遲遲，清吟動我思；呼僮渾埽壁，走筆有羲之。古緣萃録卷四

幽人燕坐圖

幽人燕坐處，高閣挂斜曛；何物供吟眺，青山與白雲。中國古代書畫圖目二十

六言絶句

乙卯深秋登鸊鵜臯岑玩桂香亭畔俯翠壁葑巖蒼茫百里皆雲氣烟光對景摹于舟次

臯岑丹桂飄香，古岸夕陽秋色；烟波江上歸帆，鸊鵜憑林暮迫。幽篁風送蛩鳴，野色閒花沈陌；蒼茫雲水悠然，中有高人游逸。好古堂家藏書畫記

七言絶句 編年

南游圖一首 爲楊季静作 弘治乙丑

江上春風吹嫩榆，挾琴送子曳長裾；相逢若有知音者，隨地芰茆好結廬。嵇康舊日廣陵散，寂寞千年音調亡；今日送君游此地，可能按譜覓宫商？大觀録卷二十

題畫 弘治乙丑臘月上旬畫并題

楷杖横挑鶴步高，古林斜日踏平皋；煉成五字吟腸斷，一任西風亂鬢毛。吴越所見書畫録卷三唐六如寒林高士圖

題畫 正德改元正月畫并詩　丙寅

白祿襴衫碧玉環，身於世事不相關；風情抵老如潘閬，顛倒騎驢過華山。虚齋名畫録卷八唐六如華山圖　域外所藏中國古畫集

水墨山茶梅花 正德二年丁卯

紅蠟山茶白雪梅，是誰移向一壇栽？先生耆德余紈袴，也得春風一月陪。味水軒日記卷四

正德戊辰鐙夕余訪蠡谿發解留宿數夕春寒特甚天意欲雪因作此圖系之以詩用紀時事云二首

十日春閒閉閤眠，銅匜燒盡篆紋烟；開窗正見陽山雪，白玉巍巍倚檻邊。

城中鐙事夜何如？簫鼓喧闐錦褲裾；争似寒齋對知己，火圍榾柮酒浮蛆。大觀録卷二十唐六如陽山積雪圖

三月十日偕嗣業徵明堯民仁渠同飲正覺禪院僕與古石説法而諸公謔浪庭前牡丹盛開因爲圖之 戊辰

接箭投梭了却春，牡丹且喜未成塵；共憐色相憑師證，轉世年康第幾人？ 吴越所見書畫録卷一

題文徵明雨景 戊辰

春去柴門尚自關，那知櫻笋已闌珊；憑君寫出朝來景，靄靄濃雲疊疊山。中國名畫第二十集

附 文徵明原題

偶向空門結勝因，談無説有我何能？只應未滅元來性，雲水悠悠愧老僧。戊辰三月十日，偶與堯民伯虎嗣業同集竹堂，伯虎與古石師參問不已；余愧無所知，漫記此以識余愧。文璧。中國名畫第二十集

題畫 正德三年孟夏月畫

狂風驟雨暗江干，萬籟山中夏亦寒；獨有牧童牛背穩，歸來一笠帶滄烟。吴門畫派

爲達卿先生作存菊詩二首　正德己巳

昔人種菊住秋林，人去秋來菊賸金；拂拭青氈坐相對，百年多少永思心。
聞君三徑未全荒，寒菊猶存萬本黄；最是留心栽蒔者，不留欣賞已云亡。大觀録卷二十

壽王少傅　正德己巳

緑蓑烟雨江南客，白髮文章閣下臣；同在太平天子世，一雙空手掌絲綸。戒庵老人漫筆卷五　六如居士外集卷二詩話

林屋洞圖

弘治甲子，奉陪太原丞相題名林屋洞側。俯仰歲月，忽又五載，敢作小圖，以伸私仰。門下諸生唐寅再拜謹上，正德己巳。

暘谷東頭丙洞前，葉迷行逕水迷天；相公舊日題名在，重到摩挲思惘然。大觀録卷二十

題畫 正德四年初夏寫

鄉村四月少閒人，極目吳江水自清；底事桔槔聲最急，晝眠懶婦挈兒行。壯陶閣書畫録卷十

題陳克養蒴菖蒲圖二首

陳克養畫蒴菖蒲圖，在光懋處已及二十餘年矣。正德己巳，與克養之高徒陳良器展玩之，存殁升沈，不勝感慨。重爲書此，而不知再得後二十年爲何如也。九月廿日。

水養靈苗石養根，根苗都在小池盆；青青不老真仙草，别有陽春雨露恩。

早起虚庭賦考槃，稻田新納十分寬；呼童摘取菖蒲葉，驗到秋來白露團。珊瑚網畫録卷十

六　式古堂書畫彙考畫卷二十六

正德四年十月十日出郭訪張夢晉秀才因書道中所見作小詩一首于圖上

歷亂山嵐草樹深，隱居踪迹杳難尋；我來但聽樵歌出，小答松篁太古音。書畫鑒影卷二十一秋山尋隱圖

按：另「紅樹中間飛白雲」一首，見原集卷三。

題畫

正德己巳季冬朔後五日，再宿子儋存餘堂中，時風雪寒甚，寫此寄興，且索浮休和之。

殘冬風雪宿君家，燭影横杯隔絳紗；三載重來論契闊，窗前幾夜夢梅花。

附　薛章憲詩

枳籬竹落野人家，蟬翼疏疏晃帳紗；記取月明清不寐，風爐瀹茗對疏花。薛章憲應教補空。石渠寶笈卷二十六明唐寅寫春風第一枝軸

竹堂看梅和王少傅韻 辛未

黄金布地梵王家，白玉成林臘後花；對酒不妨還弄墨，一枝清影寫横斜。中國美術全集唐寅墨梅圖軸

爲梅谷徐先生作 正德辛未

插天空谷水之涯，中有官梅兩樹花；身自宿因纔一見，不妨袖手立平沙。

附 都穆方豪王應鵬和詩

除却山顛與澗涯，也輸深谷貯梅花；先生抱癖無人識，閒詠東風岸冒沙。都穆。

幽人結屋練塘涯，百畝春田只種花；花裏野梅居太半，夜深香屐月籠紗。豪。

按：下有「戊辰進士」一印，蓋方豪也。豪與王應鵬皆正德三年進士，豪官崑山知縣，應鵬官嘉定知縣。

雪晴丹壑水西涯，爲訪寒梅幾樹花；歸路不知雙屐冷，碧天明月照晴沙。王應鵬。榮寶齋金

賞梅圖 正德六年臘月上浣

天教桃李鬧春臺，特遣寒梅第一開；憑仗幽人奴艾納，國香和雪入清苔。古芬閣書畫録卷十四

題雲林畫六幅 正德壬申

韓君東式古堂作「若東」齋頭得世傳倪嬾小册，因爲賦之。時正德壬申中秋。

白髪蕭蕭迂嬾生，每將殘墨記經行；名家孫子留傳得，半紙千金不敢輕。珊瑚網畫録卷二十　式古堂書畫彙考畫録卷四

畫呈何老大人 正德癸酉

青雲臺殿泉聲隔，黄葉關河雁影來；别有詩人好懷抱，西風雙鬢一登臺。珊瑚網畫録卷十

六　味水軒日記卷四

倦繡圖　正德八年夏五月

夜合花開香滿庭，玉人停繡自含情；百花繡盡皆鮮巧，惟有鴛鴦繡不成。珊瑚網畫録卷十六

次韻題陳道復花石扇　陳淳畫款「甲戌首夏陳淳道復」

磖下花枝扇上同，花枝吹落扇中風；惜花抛扇臨磖坐，扇上磖前一樣紅。故宮週刊第二百八十六期

附　杜愿祝允明陳淳等和作

滴血凝朱點點同，娟娟一握笑春風；爲看九轉功成後，與爾容顔相映紅。愿。

花枝人面笑顔同，妙句曾聞向衛風；細襞裙爲天水碧，濃施朱作杜鵑紅。允明和。

萬卉千葩總不同，一般消受這春風；若論顔色無如此，便比猩猩血更紅。□□和。按：花押

難識，疑即馬愈。

曾聞花面比仙同，卉物何緣有道風；眼底未能成九轉，研朱先爲駐顔紅。淳奉次。故宫週刊第二百八十六期

按：文徵明題五絶一首，略。

乙亥歲二月中旬游錦峰上人山房戲寫梅枝并絶句爲贈

東風吹動看梅期，簫鼓聯船發恐遲；斜日僧房怕歸去，還携紅袖繞南枝。真蹟日録卷二

人日

此近作卷中七絶詩，卷首「近作雜詩數首，呈上請教」爲七律五首，七絶三首末款：「治下唐寅頓首，李父母大人先生台座。」蓋爲吴縣知縣李經作。

今朝人日試題詩，更簇辛盤煖酒巵；楊柳弄黄梅破白，一年歡賞動頭時。吴越所見書畫録卷三明唐六如近作卷　中國繪畫總合圖録

穀雨

亞字城中穀雨春，滿街車馬漲天塵；金釵錦袖知多少？都是看花半醉人。吴越所見書畫録卷三明唐六如近作卷

題畫 畫呈李父母大人先生

女几山前野路横，松聲偏解合泉聲；試從静裏閑傾耳，便覺冲然道氣生。故宫週刊第四百九十三期 民國廿二年故宫日歷

按：吴縣志卷二職官表吴縣知縣李經以正德九年任，十二年陞户部主事。

題畫 正德丁丑三月

蕭蕭竹樹度雲陰，陰裏幽人愜野心；磵底驚泉千尺雪，想君從此滌塵襟。域外所藏中國古畫集

丁丑十一月望夕夜宿廣福寺前作

曲港疏籬野寺邊，藍橋重叙舊姻緣；一宵折盡平生福，醉抱仙花月下眠。珊瑚網書録卷十六

題畫 正德己卯春日

玲瓏金鐙五花驄，斜把絲鞭弄晚風；獨自醉歸湖岸上，桃花萬樹映人紅。藤花亭書畫跋卷二

墨牡丹 正德庚辰五月畫於學圃堂

瀔雨花開春正深，沉香亭北晝陰陰；太真曉起忘梳洗，雲鬢釵鈿未及簪。退庵金石書畫跋

正德庚辰冬漫書舊作二首于寤歌齋

春暘出谷發晨光，燈掩殘檠書滿床。多少清明平旦氣，悠然直似對羲皇。

禪宫竹樹翠深沉，匝地平開十畝陰。檐外重枝層葉裏，一聲時自弄春禽。收藏一九九三年十一期

菖蒲壽石圖 正德辛巳春日

拳石玲瓏漘墨痕，古盆元氣結靈根；青青不老真仙草，深受陽和雨露恩。虚齋名畫續録卷二

正德辛巳結夏於福濟院畫以遺與并賦

嬾學禪門愛學仙，却從丹汞得真傳；忘機便是長生術，修到人間福利天。吴湖帆臨文點摹本

正德辛巳夏五月望後二日畫并題

荻蘆瑟瑟西風裏，唱出漁歌自按腔；欲采芳華何處聽？芙蓉朵朵隔秋江。壯陶閣書畫録卷十明唐子畏山水小立軸

絶句

絶句十二首，皆張打油語也。子言乃謂其能道意中語，故録似之。時正德辛巳九月登高日，書於學圃堂。

早起　珊瑚網作「曉起」

獨立柴門倚瘦笻，珊瑚網作「嬾拄笻」葛襟涼沁珊瑚網作「鬢絲涼拂」，詩扇作「鬢絲涼沁」豆花風；曙鴉無數盤旋處，緑樹稍頭珊瑚網作「枝頭」一綫紅。城西詩扇　珊瑚網畫録卷十六

南樓　吴越録作「早起」，書畫集作「春曉」

數盡南樓百八鐘，殘燈猶掩小吴越録作「曲」，書畫集作「石」屏風；鷄聲一片催春曉，吴越録作「天曉」都在紅霞緑樹中。臺灣歷史博物館明代四大家書畫集　吴越所見書畫録明唐六如近作卷

酷熱

烈日燒雲雲迸開，森羅萬象盡成灰；只疑一隻篷盛火，天上篷將火下來。

所見

杏花蕭寺日斜時，瞥見娉婷軟玉枝；撮得繡鞋尖下土，搓成丸藥療相思。

牡丹

縠雨花開結綵鼇，牙盤排當各争高；滿城借看挑燈去，從此青驄不上槽。

仕女

拂臉金霞解語花，花前行不動裙紗；香泥淺印鞋蓮樣，付與芭蕉緑影遮。

漁父　石渠以題所畫蘆汀繫艇圖

插篙蘆中繫孤艇，石渠作「插篙葦渚繫舴艋」三更月上當篙頂；老漁爛醉喚不醒，覺來霜印蓑衣影。石渠寶笈卷三十八

廬山

白酒沽來紅樹間，墮工斟勸就驢鞍；先傾一盞揩雙眼，要把廬山仔細看。

牆花

墻上花枝墻下路，不容人折容人覷；風吹一片墮鞋前，便道如今不如故。中國古代書畫圖目二明唐寅墨竹扇

按：另有「夢見」、「看花」、「詠鷄」三首，見原集卷三，題作「抱枕」、「題畫牡丹」、「詠鷄聲」。

題畫　辛巳九月畫

松濤謖謖響秋風，雲影巒光浄太空；何事幽人常獨立？祇緣詩意滿胸中。故宮週刊第二

三九期唐寅畫山水

墨竹　壬午人日

春雷轟起碧篔簹，攙地毰毸鳳尾長；篷底仰看吹尺八，滿天明月下瀟湘。中國繪畫總合圖録

畫墨蓮　侯生居士修佛有年，其友鈕君惟賢因乞予詩畫稱壽。嘉靖改元壬午季秋

學佛俄經二十年，于今地上擁青蓮；我來願結三生友，共看當時手指天。古緣萃録卷四

題美人二首　嘉靖癸未

西施戲瓢

亡國多因有美姿，扁舟載去亦云宜；戲瓢尚想當時事，深涉何曾讀衛詩。

飛燕嬌舞

亞竹眠桃態自嬌，夜深銀燭正高燒；不將善舞歸長袖，宜是輕身好折腰。寓意録卷四唐六如絶代名姝册

按：寓意録載唐寅絶代名姝册末唐寅跋語，其文君、昭君、緑珠、太真、碧玉、梅妃、鶯鶯、薛濤及西施、飛燕十詩，似皆杜堇所作，而何刻外集及唐刻全集以文君等八詩列爲唐寅作。故此二詩仍録存待考。

絶筆詩　燕中記云：「伯虎絶筆詩，他本互異。予僑居燕中，友人邵百朋手一編來云：此係伯虎定本。」

一日兼他兩日狂，已過三萬六千場；他年新識如相問，只當飄流在異鄉。何刻外編卷三遺事　六如居士外集卷二詩話　燕中記

唐寅集補輯卷第四

七言絶句

饒稼橋 以下皆編年未詳

層疊巖巒高雜卑，山人獨樂衆云癡；此情能識惟仁者，颶段心情誰得知？墨緣彙觀録卷四明賢姑蘇十景册

雨花臺感昔

雨花烟月此時逢，臺殿虚無古寺中；莫問六朝何事業，萬家砧杵弄秋風。天香樓藏帖十二梅花書屋帖

爲德輔契兄書

落落長林隱者居，百年恒業只犁鉏；往來不識車輿路，惟有鄰翁來看書。壬寅銷夏録

周良温别號學稼以詩贈之

休云孔子陋樊遲，稼穡艱難合盡知；嘉種護持稂莠去，斯言端的是農師。書法一九八七年第六期　中國古代書畫圖目九

贈華善卿三首

謝庭摇曳滿春風，相見賢孫想阿公；今日贈言吾自愧，立身已了孝之終。

飄摇襟爽玉麒麟，磊落文章席上珍；聖主求賢方急急，好將三策奏楓宸。

柳含霧氣濛濛重，月蕩湖光愰愰明；翠幙坐船紅拂妓，鵝肫蕩口欲三更。澄觀樓帖

自詠五絶呈野航先生

鉛華隊上揮金客，荊棘圍中奪錦人；今日方牀一居士，白藤如意紫綸巾。

面上有忝徒自苦，心中無愧始爲賢；憑誰寄語機關客，開曆頻頻看紀年。

裘馬少年輕俠客，香燈今日病頭陀；故人不必多相忌，杯粥麻衫願不多。真蹟日録卷二

按：第一首「維摩卧病餘鬚髮」、第五首「高懷自信能忘我」見原集卷三「效白太傅自詠三首」。

絶句

五陵鞍馬少時年，三策經綸聖主前；零落而今轉蕭索，月明胥口一江烟。何刻外編卷三遺事　六如居士外集卷二詩話

端陽

端陽風物最清嘉，猩色戎葵亂着花；雄黄更摻菖蒲酒，盃裏分明一片霞。蘭言室藏帖　中

國古代書畫圖目二唐寅蜀葵圖扇面

缺題六首

席地松陰樂有餘，瓦盆盛酒炙枯魚；心中洗盡閒名利，一派泉聲應讀書。珊瑚網畫録卷十六

一雨江南水接天，春山凝翠樹浮烟；飽看山水歸來晚，隔岸應須買渡船。珊瑚網書録卷十六

平日春醪賤可賒，春來酒價忽然加；山林野店如城市，都爲游人賞杏花。珊瑚網書録卷十六

游湖分夾崦東西，苦竹叢深路欲迷；細雨愔愔山色凈，鵓鴣相應隔林啼。穰梨館雲烟過眼録卷二十　中國古代書畫圖目三

索寞林亭溪水寒，詩人合社入詩壇；汗衣塵鞅難□□，只許傳來畫裏看。日本平凡社印本書道全集

小閣珊瑚網作「山閣」臨溪晚更佳，繞崖珊瑚網作「繞簷」秋樹集昏鴉；何時再借西窗榻，相對寒燈細品茶。明詩紀事　珊瑚網畫録卷十六

絶句四首

杏花春雨晚晴天，篙檝衝烟放釣船；恰有一壺寒食酒，却邀同局話新年。

清驢仙客到詩家，會賞臨溪好杏花；山佃馱柴出換酒，鄰翁陪坐自撈蝦。

翁乎家在水雲居，不弄綸竿便讀書；四海五湖風月好，清高誰是笠澤漁。

俯看流泉仰看松，泉聲松韻合笙鏞；如何不把瑶琴和，爲是今無人姓鍾。中國古代書畫圖目十三

題趙仲穆天閑騏驥圖

騏驥驊騮世有之，不逢伯樂自長嘶；却憑筆貌千金骨，誰信相知是畫師。珊瑚網畫録卷八

郁氏書畫題跋記卷七　式古堂書畫彙考畫録卷十六

題曹雲西林亭遠岫圖

黯黯陰雲入望低，落花飛絮盡沾泥；眼前風物催春晚，滿地蘼蕪長欲齊。嶽雪樓書畫録卷三

題姚少師畫竹

維摩示疾隱蒲團，閒寫江東大觀録作「南」翡翠竿；想式古堂作「相」歎故栖歸未得，朔風吹雪滿長安。珊瑚網畫録卷八　大觀録卷十九　式古堂書畫彙考畫卷三十

題朱宗儒爲鄒汝平作緑香泉卷

伊優金索轉銀牀，滿引瑶池碧玉香；聞説一杯甘石渠作「甜」似蜜，與君相結賦滄浪。好古堂家藏書畫記卷上　石渠寶笈卷三十三

題石田爲宗瑞畫壽鄧宗盛八十

八十詩翁隱者流，手栽椿樹破青丘；而今枝幹大于斗，下有長春上白頭。好古堂家藏書畫記卷上　石渠寶笈三十八明沈周畫白頭長春圖

題石田春郊散犢圖

犁罷春郊小雨餘，長林大野飽青芻；未逢炎暑休教喘，丞相經過恐下車。石渠寶笈卷十五

題周東邨畫

南嶽丹楓向曉摧，西園籬菊倚霜開；停車游衍多秋興，更喜山郵送酒來。烟雲寶笈成扇目録

題文徵明林亭秋色

踏破蒼苔一徑深，滿林晴翠晝陰陰；數聲鷄犬柴門裏，知是誰家傍水潯。寓意録卷四

題仇英白描仕女

春嬌欲睡不勝衣，晴日妝成出户遲；行近牡丹花石畔，竟無言語立多時。夢園書畫録卷十

題仇英畫武侯像

淺色輕描形逼真，綸巾散髮漢忠臣；出師表寄終身恨，不爲茅廬左顧頻。故宫歷代法書全集

題隋煬帝幸江都圖

泛泛揚帆出海查，□□□□□□□；一聲纜斷君王喜，滿地春風滚落花。何刻外編卷三遺事　唐刻全集外集卷二　孫允伽記

孫允伽記云：「隋煬帝幸江都，使殿脚女牽縴沿堤行。或令人斷縴，女皆頓仆，帝笑以爲樂。有繪爲圖，唐伯虎題詩其末，惜忘第二句，漫存之，不妨鳳毛麟角耳。」

農訓圖　奉爲繼庵尹老大人寫

白衣村老鬢蕭蕭，誇説官家降教條；縣裏不容詞狀入，萬家都教插青苗。中國古代書畫圖目六

懷樓圖　爲鳴遠蔣鄉兄寫

百尺高樓寄所懷，暮烟如絮接天涯；望時多少思親念，雙眼迷茫手自揩。中國古代書畫圖目六

風木圖贈葉希謨

西風吹葉滿庭寒，孽子無言鼻自酸；心在九泉燈在壁，一襟清血淚闌干。吴越所見書畫録卷一　虚齋名畫録卷四　明代吴門繪畫

周封君有五子而登庸者三其末振仕塗者亦已學淹百氏不才忝辱與其季子同鄉舉先生索拙畫爲賀率略成此并題

燕山丹桂漆園椿，椿老還看桂樹新；雙鳳周公渾可似，五人青紫奉嚴親。壯陶閣書畫録卷十明唐子畏大椿圖軸

贈茂化

百畝家田號上腴，五車遺業舊鈔書；不知世外秦忘鹿，且喜盤中食有魚。真蹟日録卷一

故宫週刊第三十九期唐寅山水扇　吴派畫九十年展

清樾吟窩爲桐山作

吾聞淮水出桐山，古來賢哲産其間；君今自稱亦私淑，漁鈎當須借一灣。大觀録卷二十

明代吴門繪畫

爲汪東原寫夢仙草堂圖

閒來隱几枕書眠，夢入壺中别有天；仿佛希夷親面目，大還真訣得親傳。虚齋名畫録卷四

爲竹沙嚴君寫意

竹中小雨細於麻，静聽圍爐弄火丫；春社乍過蠶趲葉，夜潮初落蟹爬沙。大觀録卷二十

寓意録卷四

爲德輔契兄作詩意圖

乞求無得束書歸，依舊騎驢向翠微；滿面風霜塵土氣，山妻相對有牛衣。中國古代書畫圖目一

附　朱曜次韻

喜聞天子駕新歸，欲控應慚一蟻微；誤入雲龍山下路，杏花妍映緑羅衣。玉洲朱曜次韻。中國古代書畫圖目二

爲德輔盧君作詩意圖

短袖田衣漉酒巾，柳根生耳甑生塵；北窗一枕薰風卧，自是羲皇以上人。中國繪畫總合圖録

爲德輔契兄先生作詩意圖

畫棟朱簾烟水中，落霞孤鶩渺無踪；千年想見王南海，曾借龍王一陣風。中國古代書畫圖

目二　壬寅銷夏録唐子畏詩翰册　上海博物館藏畫

爲成器宋君畫

風月何須遍五湖，一方溪水便堪娱；秋蓴肥毳堪更鯉，春浪浮沉看浴凫。江邨銷夏録卷一

爲南隱先生寫

野橋流水地行仙，風月無邊在在然；我把新詩聊見意，祝君眉壽到三千。吴越所見書畫録卷三唐六如倣李成山水軸

飲承宗先生蒟溪草堂中作此小幅爲贈

枯木蕭疏下夕陽，漫燒飛葉煮黄鱨；與君且作忘形醉，明日驅馳汗浣裳。寓意録卷四

雪景爲愛梅老友作

雪霽溪山白渺茫，一編斜倚映寒光；勤劬不是孫康意，要傍梅花一樹香。味水軒日記卷四

題畫爲王君景熙作

梅花爛熳小軒前，鶴氅來看雪霽天；誰識一般清意味，江南今復有逋仙。劉靖基藏雪霽看梅圖卷

題贈謝相國梅花圖

萬樹苔梅一草堂，相公歸去了年芳；天家賸此和羹手，澤國來開屑玉莊。

按：此詩上海圖書館藏明刻唐伯虎先生外編續刻卷之二墨筆所注。

品茶圖

買得青山只種茶，峰前峰後摘春芽；烹煎已得前人法，蟹眼松風候自嘉。西清劄記卷一
吴派畫九十年展

曉林慈烏圖

慈烏鳴鳴鬧曉林，羽毛單薄雪霜深；世間人子非梟獍，聞得誰無反哺心。墨緣彙觀録卷四

金閶送別圖

金閶楊柳麴塵緑，又送吾兄上路歧；若到長安見知己，爲言貧甚轉工詩。珊瑚網畫録卷十六

對竹圖二首

簞瓢不厭石渠作「不飲」久沉淪，投著虛懷好主人；榻上氍毹黄葉滿，清風日日坐陽春。

此君少與契忘形，何獨想延厭客星；苔滿西階人跡斷，百年相對眼青青。好古堂書畫記卷上　石渠寶笈卷三十四

關山勒馬圖

九月新霜貼地飛，木棉重補舊征衣；家園萬里無書到，勒馬關山看雁歸。筆嘯軒書畫録

附　文徵明題

積鐵千尋蝕蘚斑，古藤絡樹午陰寒；修梁不是偏難渡，正好留雲駐馬看。徵明題。筆嘯軒書畫録

版築求賢圖

聖主求賢撫畫圖，頓將天秩畀胥徒；精神不是能玄會，顔色安知非濫竽。珊瑚網畫録卷十六

匡廬圖

匡廬山前三峽橋，懸流濺撲魚龍跳；羸驂强策不肯度，古木慘淡風蕭蕭。中國古代書畫圖目十二

題畫扇

參差茅屋枕溪流，櫻笋酬春麥報秋；村老醵錢祈穀社，夕陽撾鼓賣魚舟。

附　王守黄省曾題

島嶼金風翠欲流，江湖落日豁高秋；青天白日孤懷迴，樽酒忘歸范蠡舟。太原王守

木梁平地接清流，茅屋溪山淡杪秋；聞説太平歌舞日，五湖何事弄扁舟？黄省曾

中國繪畫總合圖録　臺灣歷史博物館明代四大家書畫集

題畫一百十三首

一林甘露萬花明，□道泉深徹底清；花外客來尋曲徑，隔林遥處候吹笙。亨金簿唐伯虎桃花塢圖卷

一派銀河傾碧落，耳根如此洗塵囂；要知盡日支吾處，五老峰前三峽橋。吴派畫九十年展

三十年來一釣竿，幾曾叉手揖高官；茅柴白酒蘆花被，明月西湖何處灘？江邨銷夏録卷一　大觀録卷二十

三峽橋頭驟雨過，竹橋如錦架平坡；先生欲向橋中去，驚散詩腸幾陣魔。書畫鑑影卷二十

一山溪幽趣圖軸

不向伊人求友生，却于桐樹締交盟；風清月白深秋夜，長得噰噰聽鳳鳴。真蹟日録卷三唐六如淺絳山水軸

不煉金丹不坐禪，不爲商賈不耕田；興來只寫江山賣，免受人間作業錢。雪濤小書

仙杏花開女几山，道傍流水碧潺潺；書畫集作「潺湲」邛藜書畫集作「杖藜」欲把心期寫，況是憐逋剩有閒。書畫集作「況是林隱有剩閒」壯陶閣書畫録卷十春山偕隱圖　臺灣歷史博物館明四大家書畫集

俯看流泉仰聽風，泉聲風韻合笙鏞；如何不把瑶琴寫，爲是無人姓是鍾。南京博物院藏畫集看泉聽風圖　中國美術全集　吴門畫派

入市歸來欲暮天，半林曉色一村烟；悠然濯足滄浪裏，怕帶紅塵上釣船。故宮週刊第四十四期唐寅山水扇　吴派畫九十年展

匝塢連岡十里松，緑陰深處小橋通；携琴欲扣吟邊社，雲上風騷不可窮。印本墨妙畫册

函關雪霽旅人稠，輕載驢騾重載牛；科斗店前山積鐵，蝦蟆陵下酒傾油。故宮週刊第一六四期函關雪霽圖　吴門畫派　吴派畫九十年展

十年行李憶關山，紈綺何堪道路難；今日酒梧歌袖畔，竟忘門外到長安。唐伯虎題畫詩

十年阿對在泉頭，草衣木食傲王侯；枝梧白眼看天際，尚嫌鴻鵠爲身謀。真蹟日録卷一泉石幽踪圖

十年隱跡無人問，一片秋山映讀書；黃粳稻香醲釀酒，紫蓴絲熟飽羹魚。味水軒日記卷四

十里桐陰覆紫苔，先生閑試醉眠來；此生已謝功名念，清夢應無到古槐。明代吴門繪畫

十畝濃陰蔭緑墟，五椽茅屋野人居；塵埃不到市纏寓意録作「廛」遠，琴趣年來還自如。國光藝刊第一期琴趣圖　寓意録卷四空山琴趣圖

千山飛雪白漫漫，不獨藍關道路難；野衲歸來何所有？擔頭挑得萬峰寒。游居柿録

冬深木落碧山空，寒勒氈裘閶闔風；猶試尋梅溪上步，一壺相伴任西東。真蹟日録卷一絹畫山水

古木深深覆草廬，江湖無際碧天舒；臨軒盡日悠然坐，雅志應知不在魚。印本墨妙畫册

古殿空山老給園，香燈長不廢晨昏；欲教煮栗燒紅葉，豈爲高車自掃門。壯陶閣書畫録卷十山水小幀

四月江南農事興，漚麻浸穀有常程；莫言嬌細全無事，一夜繅車響到明。石渠寶笈卷三十八江南農事圖　故宫週刊第二七八期　民國廿三年故宫日歷

家住東南雲錦鄉，心魂原是水花香；哦詩想入秋塘境，鴛鷺驚起式古堂作「飛」一夕忙。大觀録卷二十秋塘詩意圖　式古堂書畫彙考畫録卷二十七

山腰繫帶家收曬，水面生皺船撥回；不是吾儂識風雨，只緣生長在蘇臺。味水軒日記卷二

山澤龍蛇偃卧高，筋骸甘分老漁樵；消除未盡英雄氣，拼却釣竿讀豹韜。唐伯虎題畫詩

巖居蕭散未全迂，掌上清樽膝上書；滿目繁花堪自喜，笑他金紫釜中魚。珊瑚網畫録卷十六

贏得湖山作醉狂，苦吟不覺已斜陽；東風桃李應無數，只有梅花似舊香。書畫鑑影卷二十一溪山梅逸圖

土作墻垣墨跡作「門墻」竹作扉，前頭墨跡作「泉頭」茆舍是吾墨跡作「我」歸；不因問字重墨跡作「還」携酒，依舊人來訪布衣。古緣萃録卷四　日本京都博物館藏畫　墨跡

平地新柳板橋斜，路繞東西賣酒家；拼却杖頭錢一串，時時來醉碧桃花。中國古代書畫圖目二柳橋賞春圖

拔嶂懸泉隔塵世，層臺曲閣倚雲霄；賞春會有溪堂環香堂作「東鄰」約，侵曉携琴環香堂作「清曉來過」獨木橋。拔嶂懸泉圖印本　環香堂法帖

把酒當天問明月，古到如今幾圓缺？照亮九洲多少人？人間多少離和合？中國繪畫總合圖録

春山伴侣兩三人，擔酒尋花不厭頻；好是泉頭池上石，軟莎堪坐静無塵。虛齋名畫録卷八中國古代書畫圖目二

春風修禊憶江南，酒榼茶爐共一擔；尋向人家好花處，不通名姓即停驂。列朝詩集

昨夜南湖春水生，遥看天與水痕平；蘆中狎鳥群相唤，樹裏暗山一片横。中國古代書畫圖目二南湖春水扇

曉起松林露未乾，泉頭流水玉聲寒；世間多少閒茅舍，要向溪山好處安。古緣萃録卷四

沽得重陽酒一壺，滿城風雨正催租；黄花自作東籬主，覓個閒人絶世無。味水軒日記卷八

荘草苫墻土築臺，手抄書卷是家財；朝霜打落山榆葉，滿地秋風掃不開。故宫週刊四十九期山水扇　吴派畫九十年展

酒罷茶餘思兀然，未能除得舊琴緣；臨流試罷金徽拂，流水泠泠寫七弦。虚齋名畫録臨流試琴圖

涼露梧桐月滿坡，廣寒仙史興如何？自將竹板敲魚鼓，醉唱青天萬象歌。壬寅銷夏録桐坡唱月圖

溪畔欄干多夕陽，松陰如水碧生涼；清談未已酒先醒，鵲尾銅爐起柱香。壯陶閣書畫録卷十立幅

滿目晴山春滃滃，一溪春水碧粼粼；畫橋有客携筇去，可是桃源避世人？烟雲寶笈成扇目録

滿地松陰六月涼，采芹歸去擔頭香；相逢夕照誰家子，倚樹喃喃話正長。珊瑚網畫録卷十六

滿檐新篺緑高低，舊隱三椽在瀼西；想得枕書高卧處，霏霏細雨鵓鴣啼。壯陶閣書畫録卷十絹本山水卷

濯錦江頭霽雨時，一鞭春色踏春泥；半醒半醉不知處，一路梅香入品題。烟雲寶笈成扇目録

濺沫吴越録作「濺墨」飛流白練長，吴越録作「張」亂山雲鎖樹千章；忘機盡日惟吴越録作「懷」猿鶴，吴越録作「猨鶴」應笑紅塵市裏忙。珊瑚網畫録卷十六　吴越所見書畫録卷三亂山雲鎖圖軸

濺沫飛流白練張，重雲深鎖樹千章；空山盡日惟猿鳥，堪笑紅塵市裏忙。味水軒日記卷六

松壑奔流日日狂，高懷静坐水之傍；千山萬壑都非物，雙耳冥然不覺忙。烟雲寶笈成扇目録

松籬深徑積蒼苔，夜半荊扉何事開；犬吠嘹嘹驚鶴夢，月明千里故人來。箑齋藏扇

枯木斜陽古渡頭，解包席地待漁舟；隔林遥見青簾影，醵取青錢賣酒甌。明代名畫選待渡圖

柳花如雨散雲端，一釣臨江意獨難；借問玉盤供鱠客，可知風雨許多寒。夢園書畫録卷十一柳陰垂釣圖

柴門雪霽榿林彊，藤枕味水軒作「榼」新開煮酒嘗；正是騷人安穩處，一編文字一爐香。珊瑚網畫録卷十六　味水軒日記卷一　續書畫題跋卷十一

桃花過雨續作「雨過」水連天，古樹高巖亂玉泉；獨立谿頭窮物理，不知斜日落平川。珊瑚網畫録卷十六桃花過雨圖　續書畫題跋卷十二

梅花開遍向南枝，抱膝看來欲去遲；試問雪銷春日落，先生吟就幾聯詩？唐伯虎題畫詩

楊柳陰濃著地垂，泉聲汩汩日遲遲；村翁早自携壺至，來問輸贏昨日棋。真蹟日録卷一絹

畫山水

楓樹半含溪日影，遥山高蕩水波清；釣竿不是功名具，長伴白蘋紅蓼汀。烟雲寶笈成扇目録

樹合泉頭圍緑蔭，屋横磵上結黄茅；日長别有消閒興，一局楸枰對手敲。藝苑掇英第十四

期楸枰一局圖　中國古代書畫圖目十三

樹迷春雨暗山椒，自捻藤枝過野橋；山鳥不知身半醉，提壺固固苦相招。雨山圖軸印本

樹密高岡風日晴，桃花山鳥自春情；高人燕坐寂無事，一卷丹經注已成。烟雲寶笈成扇目録

白板黄扉隱者居，家常聊辦一餐魚；平橋落葉迷行徑，時有鄰翁來借書。郁氏書畫題跋記

卷十　珊瑚網畫録卷十六

白雲古寺自前朝，世上紅塵隔板橋；料得絶無環珮至，百年消受許漁樵。焦氏説楛

白露蒹葭八月秋，征鴻又作稻粱謀；一群嘹嚦相呼處，多在萍荒淺水洲。珊瑚網畫録卷十

六征鴻圖

百尺松頭千仞岡，閒時來此振衣裳；回看世上人如蟻，蠻觸干戈正自忙。藤花亭書畫跋卷

四觀瀑畫軸

石磯平净蒼苔合，高木空添接葉深；二叟清談無俗事，亦應許與二同心。珊瑚網畫録卷十六

秋色蒼涼懷抱開，古林藏拙軒作「古松」泉石總詩材；平頭鞋子方春盛，青石藏拙軒作「枯木」橋旁散步來。珊瑚網畫録卷十六　藏拙軒珍賞

種樹隨宜養道心，聲華空自滿儒林；綈袍誰問寒如許？紅樹青山古寺深。中國繪畫總合圖録

群飛白鷺囀黄鸝，四月江南戽水時；青襖兒郎紅襖女，一群歌唱韻呦咿。唐伯虎題畫詩

背郭茅檐終日静，果林霜後葉無聲；山僧不管門前路，任爾行人終日行。珊瑚網畫録卷十六

虚閣臨溪趁圖目作「足」晚涼，檻前千斛藕花香；蔗漿貯滿金甌冷，更圖目作「復」有新蒸薄荷霜。藝苑掇英第九期虚閣納涼圖　中國古代書畫圖目二

按：此係兩畫。一詩兩題。

茅屋人家傍小溪，秋光却在石林西；粗疏氣象淳風古，耕讀漁樵樂事齊。古芬閣書畫記卷十四

茅屋風清樹圖目作「槐」影高，白頭聯坐講離騷；懷賢欲鼓猗蘭操，有客携琴過小橋。吴越所見書畫録卷三抱琴過橋圖　中國古代書畫圖目二茅屋風清圖

茅屋青山住幾家，滿林秋葉勝春花；離騷讀罷幽亭晚，獨對空山看落霞。晉唐五代宋元明

清書畫集　唐六如畫集

草閣臨溪足晚涼，檻前千斛藕花香；蔗漿滿貯金甌冷，復有新蒸薄荷霜。吴越所見書畫録卷三草閣晚涼圖

草覆虛亭隱者居，日長能辨一餐魚；山空寂静人聲絶，棲鳥數聲春雨餘。吴越所見書畫録卷三春林雙鳥圖

茶竈魚竿養野心，水田漠漠樹陰陰；太平時節英雄懶，湖海無邊草澤深。真蹟日録卷三吴門畫派

萬事傷心在目前，一身憔悴對花眠；黄金用盡教歌舞，留與他人樂少年。愛日吟廬書畫續録卷二風塵三俠圖

萬樹攢雲翠幄深，紅塵不到日陰陰；高山流水知音少，散步溪橋獨抱琴。壯陶閣書畫録卷十山水軸

落落喬松滿院陰，匡床章甫坐□深；風帆遠浦何爲去？浮海饒他先獲心。唐伯虎題畫詩

紅樹青山飛亂雲，白茅檐底帶斜曛；此中大有逍遥處，難説與君畫與君。郁氏書畫題跋記卷十　珊瑚網畫録卷十六

紅樹黄茅野老家，日高山犬吠籬笆；合村會議無他事，定是人來借看花。中國古代書畫圖目二山居圖扇頁

紅霞瀲灧碧波平，晴色湖光畫不成；此際欄干能獨倚，分明身是試登瀛。中國美術全集湖山一覽圖軸　吴門畫派　中國古代書畫圖目一

紙窗寒月夜三更，八尺新梢夜洞横；閒把毫揮描上扇，蕭蕭颯颯自傷情。石渠寶笈卷十一修竹茅亭扇面

逶迤十里平溪路，滴瀝三重下瀨泉；爲底時來策藜杖，春衣要試浴沂天。故宫週刊第五十五期暮春林壑圖　吴派畫九十年展

道人長住匡廬峰，幅巾掩耳頭鬖鬆；世間萬事不解了，去看瀑布飛銀龍。過雲樓書畫記畫四匡廬觀瀑圖卷

道人歸去驚秋雁，薄暮遲行恨蹇驢；窗裏朱黄閒作戲，長安塵世憶馳驅。唐伯虎題畫詩

重重樓閣凍雲連，烟樹蒼茫帶瀑泉；一夜空山千丈雪，草玄人在玉壺天。珊瑚網畫録卷十六

野寺空林落照低，微鐘烟樹使人迷；逢僧只道山門近，不覺穿雲又過溪。珊瑚網畫録卷十六

金谷中分此水長，問津從不到漁郎；山添爽氣砭詩骨，獨坐樫陰送夕陽。珊瑚網畫録卷十六

錢塘景物似圍屏，路寄山崖屋寄汀；楊柳坡平人馬歇，鸕鷀舡過水風腥。臺灣歷史博物館

雪花如蓆白漫漫，賴有村醅何刻外編、故劍篇作「酤」可破寒；不避手皴猶弄筆，灰香時節夜闌干。寓意録卷四雪景大幀　何刻外編卷三　故劍篇　唐刻全集外集卷三

雪霽天涯冷更嚴，騎驢何處覓青簾；蕭條萬木空山裏，短句尤堪信口占。何刻外編卷三　唐刻全集外集卷三

雪霽天涯冷更嚴，衡茆柴熟舊青簾；瓦爐團坐松明火，短句時時信口占。珊瑚網畫録卷十六

雲山烟樹靄蒼茫，漁唱菱歌互短長；燈火一村鷄犬静，越來溪北近横塘。大觀録卷二十雲山烟樹圖

雲斂溪山秀色開，滿溪清水紀事作「新水」緑于苔；偶然二叟臨磯坐，無數青山倒影來。珊瑚網畫録卷十六　明詩紀事丁籤

霜前柿葉一林紅，樹裏溪流極望空；石渠作「一望空」此景憑誰擬何處，金昌亭下暮烟中。式古堂書畫彙考畫卷之二十七金昌暮烟圖　石渠寶笈卷四十三山居圖卷

青藜拄杖尋詩處，多在平橋山徑中；壬寅作「緑樹中」紅葉没鞋人跡斷，壬寅作「人不到」野棠花落一溪風。真蹟日録卷一絹畫山水　壬寅銷夏録秋山圖

長松落落清如玉，蒼蘚平平穩似茵；短杖逍遥且游衍，風光都屬此詩人。烟雲寶笈成扇

目録

長松百尺蔭清溪，倒影波間勢轉低；恰似春雷未驚蟄，髯龍頭角暫蟠泥。藝苑掇英第十四期清溪松蔭圖　吴門畫派　中國古代書畫圖目十三

阿對泉頭舊布衣，對讀霏屑入玄機；悠悠盡日無人到，一樹桃花隔翠微。真蹟日録卷二山水軸

阿對泉頭舊布衣，共論不二破禪機；悠然盡日無人見，一樹桃花隔翠微。寓意録卷四阿對泉圖

領解皇都第一名，猖披歸卧舊芳蘅；立錐莫笑無餘地，萬里江山筆下生。唐伯虎題畫詩

頭扶殘醉欲羹鮮，高拍闌干唤網船；藜藋山妻嫌不繼，吝開紙裏賣文錢。味水軒日記卷七

風捲楊花逐馬蹄，送君此去聽朝鷄；誰知深夜相思處，一樹寒鴉未定棲。唐伯虎題畫詩枯木寒鴉圖

風聲遠振千山樹，天影低垂百尺臺；况有杏花村裏酒，詩鞍那得不長來？真蹟日録卷一絹畫山水

颯颯山風吹樹枝，冷冷石澗寫冰澌；幽人獨坐柳亭内，煮茗焚香自覓詩。古芬閣書畫録卷十四畫山水人物

饘粥隨宜養道心，聲華空自滿儒林；綈袍誰問寒如許？紅樹青山古寺深。烟雲寶笈成扇

目録

骯髒衡門兩鬢蓬，葛巾涼沁荳花風；曙鴉無數盤旋處，緑樹梢頭一綫紅。環香堂法帖　故宮週刊第四十七期畫扇

驛路逶迤入翠微，行人躚躚馬騑騑；一肩行李衝飛葉，塵滿征袍何處歸？中國古代書畫圖目二秋山行旅圖

高山奇樹似城南，兀坐聯詩興不厭；一自孟韓歸去後，誰人敢把兔毫拈？高山奇樹圖印本　中國古代書畫圖目二

高泉落澗玉淙淙，怪石蟠旋似卧龍；詩卷滿肩芝滿地，吾能此處著吾踪。珊瑚網畫録卷十六　郁氏書畫題跋記卷十

高泉落澗玉淙淙，采藥歸來意自冲；人爲利名閒不得，故從此地著吾踪。唐伯虎題畫詩采藥圖

高閣□天雲繞棟，奇峰拔地樹干霄；獨來訪隱茅齋夜，□□遥聞吹洞簫。中國繪畫總合圖録

鴉能返哺天生性，樹欲安寧風不平；昏曉兩般關耳目，却教人子若爲情！唐伯虎題畫詩

麋鹿魚蝦厚結緣，琴書甘分老林泉；日長獨醉騎驢酒，十畝松陰供自眠。吴派畫九十年展吴門畫派

黄葉玲瓏映落暉，秋風蕭瑟滿絺衣；看山多少悠然思，每欲携琴入翠微。石渠寶笈卷二十

二秋山圖

自題墨花卷五首

沉香亭下春光好，白玉闌干圍鼠姑；賞罷三郎已沉醉，太真嬌顫不勝扶。牡丹

墨汁淋漓映袖寒，濫着赤棘傍闌干；憑君懸向閒亭館，解却眉尖仔細看。萱花

洛花開日端陽近，海燕來時華屋深；勝賞莫教辜負却，春宵自古值千金。百合

五月庭前挺此枝，向陽心事有誰知？暖風昨夜輕吹破，朵朵鮮霞始出奇。蜀葵

輕煖輕寒初夏時，枇杷將熟我堪思；蜜漿止渴添詩意，一樹金丸晚翠枝。枇杷　江邨

銷夏録卷三

按：另有題「桃子」一詩「蓬萊弱水三千里」，已見原集題王母贈壽。

折枝花卉卷

寫罷花枝却有神，十年磨脱筆頭塵；明朝雨露天恩降，不比繁華十様春。石渠寶笈卷三十四

寫生 與飲五臺作此戲墨

草率杯盤試蹋青，虎丘山上可中亭；日斜客散僧催掃，藕節式古堂作「蔗節」蓮房滿石庭。

珊瑚網畫録卷二十一　式古堂書畫彙考卷之七

寫生 獻之求芝，漢文得之，同氣相求，蓋有自也。

東家有棗西家食，張氏靈芝還與張；信是楚弓憑楚得，春風處處自生光。真蹟日録卷三

畫蘭

白鷗波點硯池清，楚畹香風筆底生；記得弁峰春雨後，撥雲移動向南榮。古芬閣書畫録卷十四

石庵以蕙花見贈因寫此爲答

蕙花分贈到山齋，對酒貪看把眼揩；就與寫生腰扇有注云「腰扇見褚淵傳」上，香風依舊入君懷。書畫鑑影卷十五

墨筆茶花

雪深庭院下簾絲，照地山茶發舊枝；一樹紅顔誰管領？佳人相對美嬌姿。夢園書畫録卷十

畫杏花二首

新霞蒸樹曉光濃，歲歲年年二月中；香雪一庭春夢短，天涯人遠意匆匆。石渠寶笈卷三十八　故宮週刊第二七八期　參加倫敦展覽會出品圖説　民國廿五年故宮日歷　吴派畫九十年展

試向臨邛看杏花，紅橋低界緑樹斜；清明時節殘陽裏，個個行人問酒家。味水軒日記卷四

萱草二首

雨降淋漓映袖寒，濫將赤棘傍欄干；憑君直向閑亭館，解却眉愁仔細看。萱花圖拓本　過雲樓書畫記卷四

北堂草樹發新枝，堂上萊衣獻酒卮；願祝一花添一歲，年年長慶賞花時。珊瑚網畫録卷十六

題墨花

嚏涕春風欺薄羅，扶頭薄酒想輕歌；牡丹花滿蛤蜊到，學士其如此夜何？列朝詩集

牡丹圖

故事開元重牡丹，沈香亭北冷泉南；如今顔色還依舊，風雨江東月閏三。珊瑚網畫録卷十六

寫生

韓國夫人酒半酣，沈香亭北畫欄南；如今顔色還依舊，穀雨江東月閏三。寓意録卷四

畫牡丹　呈宗瀛解元

春風吹恨上紅樓，日自黄昏水自流；穀雨清明都過了，牡丹相對共低頭。中國繪畫總合圖録　臺灣歷史博物館明四大家書畫集

並蒂芍藥　爲商霖契舊畫

最是好花多並蒂，每當颸帶織同心；畫堂紅燭清明近，一刻春宵值萬金。式古堂書畫彙考畫録　卷之四

梔子花

天上仙真號玉巵，偶然逢着散花時；凡心欲藉香濺骨，乞取金盤白露枝。唐刻全集外集卷三　故劍篇

墨筆楊梅

五月山人便枕肱，楊梅盧菊雜洮冰；只嫌山衲來論道，敲破柴門不肯應。書畫鑑影卷十五　寶迂閣書畫録卷一

畫芙蕖

倚柱得瞻肩項處，推簾驚見靨權時；從人仔細都評泊，知是蓮花第幾枝。石渠寶笈卷三十八

瑞石海棠圖

桃花丰態海棠名，映石穿階到處生；好是小窗殘月夜，一枝擎露正三更。石渠寶笈卷三十八

秋葵

葉裁緑玉蕊舒金，微賤無媒到上林；歲晚冰霜共摇落，寓意録作「莫道地移心就改」此中不改向陽心。三松堂書畫記　寓意録卷四

附　袁衮孫益和作

秋色離離花有金，五陵車馬隔寒林；風前硉矹烟峰古，誰寫玄雲托素心。袁衮。

花發秋風點嫩金，不隨紅紫颭芳林；眼前清淡無人識，總是輸渠一赤心。孫益和。三松堂書畫記

秋葵 爲一之作

庭下秋葵鵠色花，風前駘蕩似流霞；偏宜茅屋疏籬下，妝點閒居隱士家。中國繪畫總合圖録　臺灣歷史博物館明代四大家書畫集

菖蒲壽石圖

拳石玲瓏澹墨痕，古盆元氣結靈根；青青不老真仙草，深受陽和雨露恩。虛齋名畫續録卷一

秋圃雜花

芳園秋色似春時，紅紫紛菲映緑池；珠露未乾啼絡緯，曉風初拂颺蛛絲。珊瑚網畫録卷十六

墨葡萄

緑雲架上草龍蟠，馬乳含秋露不乾；昨日文園愁肺渴，幾丸嚼破蔗漿寒。珊瑚網畫録卷十六

畫菊二首

錦里先生日晏眠，味水軒作「醉眠」客來高論坐無氈；味水軒作「瓶中無粟榻無氈」酒資盡在東籬下，散貯黄金萬斛錢。珊瑚網畫録卷十六　味水軒日記卷八

紅紫東籬菊又芳，一年佳節是重陽；莫教負却登高興，拚取西山作醉鄉。適園藏真集刻

墨菊二首

故園三徑吐幽叢，一夜玄霜墜續記作「墮」碧空；多少天涯未歸客，借人籬落看秋風。珊瑚網畫録卷十六　續書畫題跋記卷十二

彭澤先生嬾折腰，葛巾歸去意蕭蕭；東籬多少南山影，挹取菊花入酒瓢。中國博物館叢書
天津博物館　中國古代書畫圖目九

畫芙蓉

爲南谷趙君寫

拒霜花綻秋風落，緑水紅橋畫閣前；何物將來堪領略，金杯檀板小詞篇。石渠寶笈卷三十
九　臺灣歷史博物館明代四大家書畫集

堂上雙白頭圖

海棠枝上白頭公，頭映花枝轉覺紅；恰似老夫高興在，醉欹紗帽領春風。珊瑚網畫録卷十六

墨竹

南塘鄒蠡溪過余學圃堂，因言及南沙知己，故寫此爲寄。

滿窗蕭灑五更風，怪是無端攪夢中；夢見故人忙起望，白烟寒竹路西東。吴越所見書畫録卷三

雨竹

一林寒雨暮蕭蕭，卧聽令人轉寂寥；記得浙江曾買棹，蓬窗深掩候春朝。唐刻全集外集卷三　故劍篇

畫竹八首

鳩雨初晴苦竹生，瀟湘明月動秋聲；他年練骨輕如葉，擬蹋風梢散袖行。珊瑚網畫録卷十六

一林寒竹護山家，秋夜來聽雨似麻；嘈雜欲疑蠶嘬江邨銷夏録作「上」葉，蕭森更比蟹爬沙。味水軒日記卷四　江邨銷夏録卷一

醉墨淋漓寫竹枝，分明風雨滿天時；此中意恐無人會，更向其間賦小詩。中國古代書畫圖目二一墨竹扇頁

細雨蕭疏苦竹深，茅茨高卧静愔愔；日高反把柴門鎖，莫放人來攪道心。三松堂書畫記

竹論幽韻不論長，風過疑聞新籜香；曾收玄暉長幅意，藉來一般是三湘。唐伯虎題畫詩

鴛鴦繡褥蘆花冷，險韻詩成殘醉醒；蟋蟀呼雌聲似哽，半窗月浸湘竿影。吴派畫九十年展

春雷轟起碧篔簹，寶迂閣作「篔簹」攙地氈樓寶迂閣作「排地毾㲪」鳳尾長；篷底仰看吹尺八，滿天明月下瀟湘。中國繪畫總合圖録　寶迂閣書畫録卷一

竹裏通泉逶曲流，小亭結竹近泉頭；清風滿榻枕書卧，白眼青天何所求。中國繪畫總合圖録　臺灣歷史博物館明四大家書畫集

枯木寒鴉圖

風捲楊花逐馬蹄，送君此去聽朝鷄；誰知深夜相思處，一樹寒鴉未定棲。唐伯虎題畫詩

竹樹

緑雲飛舞鳳翎長，翠葆輕摇玉節香；舊曲不彈瑶瑟怨，秋風秋雨夢瀟湘。民國廿五年故宫日歷　吴派畫九十年展

畫蕉石

緑陰窗前有幾多？瀟瀟細雨灑斜坡；學書儘得臨池樂，墨瀋淋漓任擘窠。美術生活第三十七期　唐六如畫集

夢椿朱君立夫壽六秩令姪舜俞索畫壽星爲賀并爲賦此

煌煌南極老人星，長代虛皇夢賜齡；三尺形軀身首半，過頭拄杖挂丹經。大觀録卷二十唐六如壽星圖

爲守齋索奉馬守庵壽

王母東鄰劣小兒，偷桃三度到瑶池；群仙無處追踪跡，却自持來薦壽卮。美術生活第三十七期曼倩竊桃圖　中國古代書畫圖目二東方朔像

題醉曼倩圖

盡將東海釀流霞，醉倒瑶池阿母家；却笑小童扶不起，月明踏碎碧桃花。

按：此詩爲上海圖書館藏明刻唐伯虎先生外編卷之二墨筆所注。

嫦娥奔月圖

月中玉兔搗靈丹，却被神娥竊一丸；從此凡胎變仙骨，天風桂子跨青鸞。民國廿三年故宫日曆

洛神二首

迷芒烟水接瀟湘，雙珮緝緝憶澹妝；試向蘋花問蘋葉，定應羅襪有餘香。味水軒日記卷六

鼎湖舊有駕魚仙，一住人間八百年；珮紉芙蓉蓮貼步，輕風吹到壽樽前。石渠寶笈卷三十九

謝傅東山圖

臘屐東山想謝公，笙歌游賞碧山空；還朝一笑江山定，那着英雄在眼中。穰梨館雲烟過眼録卷十六

題畫

李白才名天下奇，開元人主最相知；夜郎垂老迢迢去，不記金鑾走馬時。列朝詩集

題畫

玉骨仙人吴彩鸞，夜書唐韻辨朝餐；天明跨虎歸山去，手墨淋漓尚未乾。環香堂法帖　十二梅花書屋帖

畫八仙 擬宋梁楷法

洞仙遥集恨來遲，浩氣沖霄貫斗時；爲與君家傳壽籙，堂前聞奏步虚詞。古芬閣書畫録卷十四

吕仙化身圖

誰家清醮法筵開？寄産嬰兒十月胎；滿地丹砂瓶兩口，方知玩世吕仙來。寓意録卷四

鶯鶯圖 爲江陰夏氏作

扶頭酒醒寶香焚，戲寫蒲東一片雲；昨夜隔墻花影動，猛聞人語唤雙文。何刻外編卷三 唐刻全集外集卷二

題雙文小照 又作「題美人」

楊柳依依水拍堤，春晴茅屋燕争泥；海棠昨夜東風惡，零落殘紅襯馬蹄。壬寅銷夏録

臨夜宴圖二首

身當釣局乏魚羹，預給長勞借水衡；廢盡千金收艷粉，如何不學耿先生。

梳成鴉鬢演新歌，院院燒燈擁翠娥；瀟灑心情誰得似？灞橋風雪鄭元和。藝苑掇英第七期

孟蜀宮妓圖

蜀後主每于宮中郁氏、印本有「裹小巾」三字命宮妓衣道衣，冠蓮花冠，日尋花柳以侍酣宴。郁氏題識下無蜀之謡已溢耳矣，而主君猶挹注之，印本作「而主之不挹注之」竟至濫觴。

俾後想摇頭之令，無不扼腕。

蓮花冠子道人衣，日侍君王宴紫薇；花柳不知人已去，年年鬬緑郁氏作「鬬綵」與争緋。珊瑚網畫録卷十六　郁氏書畫題跋記卷十二李後主圖　湖社月刊第十五册四美圖　印本四美圖

附　汪珂玉次韻

芙蓉城裏試仙衣，詩酒流連致式微；花柳豈關亡國恨，降王原是受朝緋。汪珂玉次韻題

張仙圖

曾禮文昌讀化書，桂香錫嗣語非虚；眉山軾轍分明事，羨爾熊羆入夢初。壬寅銷夏録

仙女圖

佳人獨步語泠泠，只隔中堂孔雀屏；香穗已消燈欲燼，侍姬知是讀仙經。三萬六千頃湖中

畫船録

李端端落籍圖

善和坊裏李端端，信是能行白牡丹；花月圖目作「誰信」揚州金滿市，佳人價反圖目作「臙脂價到」屬窮酸。吴派畫九十年展　中國古代書畫圖目七

鞦韆圖

梳成鬆髻嬾騰騰，打罷鞦韆倦不勝；憑仗東風莫停泊，少年心性自無憑。珊瑚網畫録卷十六

宫妃夜遊圖

融融温暖香肌體，牡丹芍藥都難比；釵垂寶髻甚嬌羞，花雲飛散青霄裏。唐伯虎題畫詩

玉玦仕女圖

簾外輕寒起暝烟，手持玉玦小庭前；沉沉良夜與誰語？星落銀河在半天。壬寅銷夏録

折梅仕女

梳成鬆鬢下妝臺，瞥見梅花帶露開；試折一枝閒玩處，蜜蜂蝴蝶鬬飛來。石渠寶笈卷八

折桂仕女

廣寒宫闕舊游時，鸞鶴天香捲繡旗；自是嫦娥愛才子，桂花折與最高枝。美術生活第三十七期吴中文獻特輯　中國繪畫總合圖録

杏花仕女

曲江三月杏花開，携手同看有俊才；今日玉人何處所？枕邊應夢馬蹄來。文物第三二八號

牡丹仕女

牡丹庭院又春深，一寸光陰萬兩金；拂曙起來人不解，只緣難放惜花心。中國古代書畫圖目二　藝林月刊第十四期

畫美人

蘅杜洲邊粉膩香，雪肌冰骨水雲裳；不憑青鳥傳消息，誰識東風一面妝？味水軒日記卷七

畫鵝

鷩盜驅蛇策上功，低頭也不免鷄籠；不如麥隴朝飛雉，織翼雙雙雌逐雄。何刻外編卷三

唐刻全集外集卷三　娛野園隨筆

秋葵圖

戲和青黛擠胭脂，畫出霜前綽約姿；挂起帳中并褥上，繞身都是此花枝。中國古代書畫圖目二十

聯句

陽山大石聯句　與王鏊

峻極惟崧高，王集作「嵩」應誤嘗聞吉甫誦。唐寅石今者何爲？勢若與之共。偶來試春

衣，蹔爾外編作「足」解塵鞚。王鏊登原路屢回，入門樹爭滃。寅疊處譬爲山，呀然勿王集作「忽」成洞。鏊横陳類涅槃，分峙譬吴都作「儼」翁仲。寅啾啾猿度悲，跕跕王集作「貼貼」鳥飛恐。鏊躍冶祥金流，摧鋒王集、外編作「黝堊」聖鐵凍。寅化工孰燃爐，氣機潛理綜。鏊一整還一欿，誰迎復誰送？寅陽山劃中開，虎阜凜旁從。鏊靈璧豈同儕，岐陽真異種。寅仰窺天闕低，側壓坤維重。鏊蹲猊怒將嚙，奔馬猛難控。寅有並若肩隨，或分如鬭訟。鏊龍象整法筵，鼪鼯失家衖。寅鑿須神禹功，煉待媧皇用。巖巖揖王集、外編作「挹」孟軻，侃侃立子貢。洲邊樓碎槌，江上城臥甕。鏊憑焉或言晉，砰爾倏隕王集作「賈」宋。寅五丁安能驅？百神互相奉。鏊負戴賴鯤鯨，點化謝鉛汞。寅支傾力已疲，任大材堪中。鏊攫外編作「攖」拏鬼亦驚，秀傑天所縱。寅好事來重尋，佳句時一諷。鏊甯能辭脚繭，且得愈頭痛。寅秦禪偶遺吴，漢封當始雍。鏊扛非九鼎雄，富比八珍供。王集作「共」鏊咄叱起老羝，搏拊來儀鳳。寅太湖隱見微，遠山朝挹衆。鏊沉船露危檣，敗屋横折棟。寅苔古積成衣，藤枯倒穿縫。鏊贔屭下倒懸，嵌空旁或擁。寅凌兢步難移，瑟縮心屢動。鏊幔亭危冠頗，梵宇巧補空。寅舉酒欲浩歌，援琴時一弄。鏊　按：原漏和兩句雲生殿閣浮，風發鐘磬碚。寅上帝闕九重，下界市一闤。鏊目中無全吴，胸次有雲夢。寅便當結幽廬，採擷當月俸。鏊　吴都文粹續集卷三十三　王文恪公集卷九　何刻外編卷三遺事　六如居士外集卷二詩話

齊雲山聯句

齊雲山與碧雲齊，四顧青山座座低。此二句不知誰作隔斷往來南北雁，只容日月過東西。唐寅　娛野園隨筆　何刻外編卷三遺事　六如居士外集卷二詩話

正德庚午仲冬廿有四日嘉定沈壽卿無錫呂叔通蘇州唐寅邂逅文林舟次酒闌率興聯句皆無一字更定見者應不吝口齒許其狂且愚也

寒林春色滿深杯，呂便覺烘烘暖意回；紫蟹紅蝦堪入饌，沈難酬險語更書灰。百年邂逅風塵闊，唐一叙從容顔色開；莫訝萍踪無定所，呂別來還許寄江梅。沈　中國美術全集

題畫聯句

畫竹二聯

瀟灑一簾雨　玲瓏半榻陰　故宫週刊

簾下垂垂雨　春殘日日雷　中國古代書畫圖目十六唐寅雨竹扇

墨竹爲半閒作

寒雨落空翠　涼蟾疏影青　三松堂書畫記

畫水仙

江妃冰作態　姑射雪爲膚　何刻外編卷三　唐刻全集外集卷二

題畫二聯

抱琴杖策歸來晚　明月隨人直到家　烟雲寶笈成扇目録
緣知對坐松間客　水注山經細較量　書畫鑑影卷十五

崇柯修竹圖

萬木號風疑虎吼　亂泉經雨挾龍飛　壬寅銷夏録

秋樹豆藤

丁丑仲秋畫於學圃堂

燈火匡牀淹夜雨　野人籬落有秋風　有正書局印本中國名畫

古槎鸜鵒

山空寂静人聲絶　淒鳥數聲春雨餘

中國古代書畫圖目二

畫竹

未出土時先有節　已凌雲處亦虛心

臺灣歷史博物館明代四大家書畫集

唐寅集補輯卷第五

詞

如夢令 新燕詞二首

燕子歸來蓦地，□怪窩兒解記。門裏主人公，依舊落花殘醉。無異！無異！添却一年憔悴。

王謝門墻狼藉，今是誰家食客？無限報恩心，憔悴烏衣猶昔。贏得，贏得，一把風流窮骨。行書詞扇頁

滿庭芳

月下歌聲，風前笛韻，遥思當日風流。枕邊言語，猶記在心頭。玉佩叮噹，别後恐惆悵，永巷閑雅。行雲去，纔離楚岫，却又入瀛洲。　仙境裏奇逢姝麗，端好綢繆。羡金桃玉李，鳳偶鸞儔。一個文章清雅，一個體態嬌柔。誰念我雕欄獨倚，一日似三秋。何刻外編卷三　唐刻全集外集卷二

水龍吟　題山水二首　正德庚辰四月既望，泊舟梁溪，爲心菊先生漫書。

江山風景依然，一望碧山三十里。愛丹楓林外，白蘋洲上，紫烟光裏。繫住扁舟，呼來旨酒，吟餘秋水。看西飛鳥翼，東奔兔足，朝昏能幾？　浮生不及時爲樂，塵土事，又隨人起。海翁鷗鳥，漆園蝴蝶，謝家燕子。多少清華，尋常消歇，百年眼底。都不如子同西塞，橛頭細雨。

門前流水平橋，有人曳杖閑行過。愛樹林陰翳，鳥聲上下，巖花妥墮。有魚可狎，有賓

可樂，有農可課。更竹堪題字，水堪垂釣，草堪藉坐。所見者清泉白石。那得有軟紅塵涴？雲添景象，雨催清思，風飄咤唾。渴時即飲，饑時即飯，倦時即卧。浮世間觸蠻蝸角，多時識破？自怡悦齋書畫録卷十二唐六如水龍吟册

醉璃香譜

香閨長日不勝情，把春心分付銀箏。巧弄十三弦，間關花底流鶯，寫幽怨，緑慘紅驚。還記得，天寶年中舊曲，調促音清。且移宫换徵，試奏新聲。能彈，更羨人如玉；玉生香，笑語盈盈。十指弄纖柔，傳芳意，款語叮嚀。催象板，一任他翠鈿零落，金雁縱横。憑風流也應，應未數薛瓊瓊。式古堂書畫彙考卷二十五

惜奴嬌

春從天上來，春霽和風扇淑。沁園春景巧安排，花柳分春，有流鶯宿。單衣初試探春令，喜的是畫堂春滿，錦堂春足。那更慶春澤畔，正雪消春水，來有魚游，春水分萍緑。

玉樓春盎日初長，忽看海棠春放。春光好，看無拘束。又何如，登帝春臺，賞漢宫春，謾醉春風中，齊唱徹宜春令曲。休輕放絳都春光，武陵春去，春雲怨惹愁眉蹙。何刻外編卷三　唐刻全集外集卷二

過秦樓　崔鶯鶯小像

宋陳居中模唐人畫，正德辛未，唐寅再模。書畫鑑影作「宋陳居中摹唐人畫鶯鶯小像，太原王繹重摹，吴郡唐寅再摹并續新詞一闋」

瀟灑才情，風流標格，鑑影作「約束」默默滿身春倦。修鑑影作「羞」薦齋場，禁烟簾箔，坐見梨花如霰。乘斜月赴佳期，燭燼墻影，釵敲門扇。想伉儷鸞皇鑑影作「鸞鳳」萬年，鑑影作「萬千顛倒」不勝羞靦。　塵世上，昨日紅粉，鑑影作「紅妝」今朝青塚，頃刻時移事變。秋娘鑑影作「佳人」命薄，杜牧無緣，鑑影作「才子緣輕」天不與人方便。休負良宵，此生春景鑑影作「春色」無多，光陰如箭。聞道河中普救，鑑影作「試看如今普救」賸得數間荒殿。大觀録卷二十　書畫鑑影卷二十一

曲

閨情

二犯月兒高 用先天韻

烟鎖垂楊院，日長繡簾捲；人静鶯聲細，花落重門掩。薄倖不來，羞覩雕梁燕。天涯咫尺情人遠，只怕路阻藍橋，無繇得見。天，天若肯周全，除是夢裏相逢，把衷腸訴一遍。

前腔 用魚模韻

院落飄紅雨，輕風蕩飛絮；有限春將盡，無計留春住。倚遍欄干，默默悄無語。雲山萬疊空凝佇，薄倖喬才知他在何處？書，欲待付雙魚，只怕水漲湘潭，飄泊迷前路。

前腔　用尤侯韻

慢折長亭柳，情濃怕分手；欲上雕鞍去，扯住羅衫袖。問道歸期，端的是甚時候？回言未卜奇和偶，懶唱陽關，慵斟別酒。酒，除是你消愁，只怕酒醉還醒，愁來又依舊。

前腔　用東鐘韻

髻亂香雲擁，冷落釵頭鳳；塵暗菱花鏡，香斷芙蓉夢。月黯黄昏，孤燈有誰共？心頭紅淚如泉涌，愁聽畫角頻吹，梅花三弄。風，休吹入繡簾中，只怕惱亂離懷，把相思的病越重。吴騷合編卷一

咏遇 片心樓改本 詞林逸響、古今奏雅作「咏豔」

梁州新郎 用皆來韻

梁州序飛瓊伴侶，神仙姿態，一種奏雅作「天措」風流無賽。輕籠淡掃，娉婷別樣安排。那更蘭心柔膩，奏雅作「柔順」蕙質温存，性格偏堪愛。奏雅作「所事皆堪愛」錦香浮簇處，好紅白，奏雅作「萬花開」偏占奏雅作「獨占」屏前第一釵。賀新郎（合）秦臺畔，巫山外，把真情暗裏相傾待。奏雅作「把真心一片相依待」惟願取，永和諧。

前腔

霞籠杏臉，春生銀海，乍見靈心先解。匆匆幽恨，低從曲裏傳來。暗把酒浮花瓣，香結鮫綃，勾却前生債。奏雅作「悄地裏留恩愛」，逸響作「勾起前生情」千金奏雅作「春宵」同一刻，暢奇哉，不用情傳雙奏雅作「金」鳳釵。合前

前腔 換頭

錦雲明，花滿樓臺；翠烟浮，柳擎飛蓋。喜青春游冶，瀟灑襟懷。正好偎紅依翠，爲雨爲雲，牢結同心帶。奏雅作「兩意相憐愛」香肩雙並處，樂無涯，奏雅作「小筵間」輕却當年十二釵。合前

前腔

自慚無華國雄才，怎消受傾城眉黛？喜瓊花玉樹，並蒂同栽。最好是芙蓉帳裏，奏雅作「春風帳底」明月窗前，底事無聊賴？嬌癡剛半醉，以上兩句，奏雅作「雙綰同心帶。嬌柔扶不起」鬢雲歪，珊枕欹斜墮玉釵。奏雅作「寶釵」 合前

節節高

簫聲起鳳臺，彩雲開，銀蟾奏雅作「月輪」涌出瓊瑶界。香浮靄，花户埋，三星在。雙雙携手

奏雅作「相並」深深拜，海枯石爛情無懈。奏雅作「山傾海竭情無解」（合）盟言從此記心懷，莫教犯却神前戒。奏雅作「今生斷不忘恩愛」

前腔

佳期莫浪猜，命中該，奏雅作「喜重來」鳳幃香煖春如海。奏雅作「歡娱寨」心兒快，奏雅作「真奇邁」絶世才，無瑕色。當鑪重過臨邛客，從今牢占鶯花寨。奏雅作「儘弃償盡風流債」　合前

尾

這姻緣奏雅作「天然才貌」應無賽，似趙璧隋珠合彩，願世世蟠桃會裏來。奏雅作「占斷人間風月懷」

吴騷合編卷二　古今奏雅卷五　詞林逸響風卷

夜思 墨憨齋改本，較原稿異。

亭前樓 用車遮韻

瓶墜寶簪折，人遠信音賒。又蚤黄昏到，欹枕暗傷嗟。（合）被兒怎地温得熱，冷似生鐵；淚滴點漸成血。

前腔

嘘嘖没休歇，耳朵兒鎮常熱。聽得譙鼓動，今夜又回絶。合前

皂羅袍 仙吕

負却花臺月榭，奈玉簫聲斷，遠樹雲遮。賞春羞向七香車，因循過了清明也。離愁百

種，放不下些；珍羞百味，嚥不下些。（合）心兒待捨教我如何捨。

前腔

最苦如年長夜，聽瀟瀟窗外，細雨不絶。自從陽關與郎別，衾衣獨自熏蘭麝。相交情重，好的記些；相思魂斷，夢兒做些。合前

下山虎

香羅難挽，錦帶雙結。一任他雲鬟亂，好花倦折。那更繡綫慵拈，水沉懶爇，無限淒涼捱未撤。從去後，半年別；整思量，幾個月。（合）女伴中難説向，把金錢暗跌；猶怕他人輕漏洩。

前腔

待他歸後，看他怎説。害得伶仃瘦，你忒狠切。直教他跪到更深，柳梢月上，管取雙膝

上，都見血。下得憑抛撇？轉思量，添哽咽。合前

尾

鸞鈴聲響依然歇，暢好是冤家歸也，把受過淒涼從頭慢慢説。

太霞新奏評云：此套詞甚本色，而腔多不叶。三籟頗嚴于律調，乃推爲上乘，吾不解也。得墨憨改本，爲之一快。吴騷合編卷三

閨情

新水令　用先天韻　南北宫調

水沉消盡瑞爐烟，夢驚回可憎語燕。掩重門深小院，空辜負艷陽天。花柳争妍，好集無「好」字教人倍傷感。

步步嬌

徐步閒庭，試把愁懷遣。無奈金蓮倦，心中愁萬千。滿目繁花，總是離人怨，默默悄無言；把欄杆十二閒凭遍。

折桂令

數歸期，惟困春纖。纔見春來，又蚤春還；盼多才，雲鬢倦整，繡綫慵拈。恨東風吹散了殘紅萬點，怨東君收拾去光景無邊。心事綿綿，鬼病懨懨。又蚤見南窗外新笋成竿。

江兒水

瞬息端陽至，門庭艾虎懸，想年時共賞荷亭畔。切菖蒲漫把金尊勸，浴蘭湯相並揺紈扇。誰料薄情心變，一别經年，杳没個音書回轉。

雁兒落帶得勝令 集無「帶得勝令」四字

我爲他被娘行苦自嫌，我爲他被姊妹們相輕賤；我爲他消疏了柳葉眉，我爲他清減了桃花面。我爲他滴盡了相思淚，我爲他茶飯上不周全；我爲他害了懨懨病，我爲他終夜裏竟忘眠。天天，怎不與集有「人」字行方便？若得他團也麼圓，準備着誓盟香，答謝天。

僥僥令

丹桂飄香出廣寒，皓魄鬬嬋娟。嘆我孤幃無人共，心自想姮娥集作「嫦娥」也獨眠，想姮娥集作「嫦娥」也獨眠。

收江南

呀！蚤知道這般樣薄倖呵，誰待要結良緣！捱盡了衾寒枕冷夜如年。愁聞征雁過樓前，一聲聲可憐，一聲聲慘然。爲甚的冤家不把信音傳？

園林好

你緣慳，奴身命蹇；　别時易，相逢甚難。　一任雲鬟撩亂，零落了翠花鈿，憔悴了粉容顔。

沽美酒帶太平令　集無「帶太平令」四字

值嚴冬陽九天，彤雲布，朔風旋。只見柳絮梨花亂撲簾，獨坐在獸爐邊；　烹鳳髓，煮龍涎，銷金帳共誰歡忭？　不記得雙雙罰願。　我呵，到黄昏轉添悶懨，對清燈悄然淚漣。呀猛傷情，把玉釵敲斷。

清江引

紅顔古來多命蹇，不索將人賺。　恓惶兩淚流，界破殘妝面。　望長安，路迢遥，郎去遠。吴

騷合編卷四　吴騷集卷一

咏妓

畫眉序

花下見妖嬈，髣髴仙姝離蓬島。看眉横翠黛，臉暈紅桃。步香塵，羅襪輕盈；歌麗曲，鶯聲嬌巧。見人未語先含笑，朱唇淺破櫻桃。

黄鶯兒

楊柳鬬纖腰，露春葱，十指嬌；琵琶撥盡相思調。能詩賦薛濤，賽江東小喬，雙生何必尋蘇小？鳳鸞交，偎紅倚翠，無福也難消。

集賢賓

也曾焚香告天把蘭麝燒；也曾詩句兒寫滿鮫綃；也曾向芍藥欄前閒鬭草；也曾在月下吹簫。他有文君雅操，正遇相如才調。同傾倒，相隨稱月夕花朝。

貓兒墜

千金一刻，難買是春宵。白髮相催人易老，貴人頭上不曾饒。今朝典却霜裘，解下金貂。

尾

一團驕紅迎俏，鎮日裏追歡賣笑。只恐人老花殘空懊惱。古今奏雅卷六　詞林逸響風卷

嘆世詞

對玉環帶清江引

有酒無花，端的爲省酒；有妓不佳，也難當做有。選妓要班頭，方纔是對手；不論酸甜酒，須傾一百斗。爛醉酕醄，通宵不肯走。老頭兒非是要出醜，世事多參透。一朝那話兒來，要耍不能勾。想人生有幾箇到九十九？

荏苒春光，不覺歸去早；老朽容顔，怎能又還小？明月尚可邀，昨宵難再找；緑螘紅裙，一刻不可少。萬事由天，何勞空自吵！甜的苦的一般樣老，甜的多歡樂。赴了些有名席，睡了些風流覺。把一個張揭老兒乾罷了。

一主一賓，一個知心俵；一味一壺，一輪明月皎。或把話兒嘲，幾將琵琶埽；只唱新詞，舊曲多丢了。只論今番，往事多勾倒。今年覺比去年老，緊要著光陰到。今日説你忙，明日説無鈔。問先生那一日纔是個好？

競短争長，世事何時已？富貴貧窮，由天不由己。七十古來稀，而今豈止你？風雨憂愁，又常多似喜。屈指尋思，前途能有幾？是會的從今日受用起，莫爲千年慮。對景且開懷，有酒須招妓。既爲人，須索要爲到底。珊瑚綱書録卷十六

附　王錫爵倣唐六如對玉環帶清江引

樂處酣歌，時光容易過。苦處奔波，早晚偏難度。世界號娑婆，苦樂平分破。佩玉鳴珂，生辰不似他。戴笠披簑，安閒不羨他。別人騎馬我騎驢，更有徒行個。日月疾如梭，天地旋如磨。也非過意相推挫。

美竹幽花，便是清涼界。淡飯麤茶，且共消閒話。白日苦喧譁，有約來良夜。網得魚蝦，壺傾問酒家。筆走龍蛇，詩成付會家。世間禍福亂如麻，我也難禁架。休言鵲與鴉，任作牛和馬。只教方寸長瀟灑。

覆轍翻舟，那個曾回首？大劍長矛，那個曾丟手？無數世間愁，憑着人承受。拜將封侯，是英雄釣鈎。按簿持籌，是愚夫枷杻。休題能向死前休，更算千年後。步步使機關，也要天公凑。行年五十曾參透。

皂帽絲絛，一第猶難料。紫綬緋袍，一品猶嫌小。量盡海波濤，人心難忖著。翠養翎毛，爲誰頭上好？豕養脂膏，爲誰腸内飽？千尋鳥道上雲霄，何必都經到？平

地好逍遥，高處多顛倒。世人只是回頭少。

畫棟雕梁，推收紙半張！緑鬢紅妝，消除淚幾行？此事本尋常，漫説多魔障。百草芬芳，須防秋降霜。萬木萎黃，須逢春再陽。假如傀儡一登場，多少悲欣狀。旁人費忖量，兀自生惆悵。不知刊定傳奇上。

百甕黄齏，須了今生事。一縷紅絲，須是前生繫。人事有推移，總是天安置。智似靈龜，何常脱死期？巧似蜘蛛，何常不忍饑？命通若在四更時，夜半猶憔悴。千年薦福碑，九日滕王記。勸君且等時辰至。

鐵鎖銅關，財寶終須散。玉液金丹，遲速難違限。但放此心寬，萬事從天斷。不坐蒲團，西方掉臂還。不戴蓮冠，南華合眼看。人間苦海黑漫漫，送盡聰明漢。饑來粥與饘，睡要牀和簟。此外不須多繾綣。

麋鹿山邊，終日防弓箭。鸚鵡檐前，終歲愁猫犬。身在畏途間，頃刻憂機變。恩愛纏綿，多成仇恨緣。涕淚流連，多因歡喜緣。白駒過隙難留轉，何苦又加鞭？靈臺一寸間，簇起和冰炭。任教世事如電閃。

愁多病多，早已鬢毛皤。恩多寵多，轉入是非窩。洗耳聽漁歌，一一多嘲我。漫天網羅，方被浮名誤。三載沈疴，兒被阿爺誤。只今九表向天呼，誓不上長安路。黄昏夢已徂，破衲還堪補。聊就人間小結果。

一粒芝麻，救饑也是他。一片黄瓜，解渴也是他。其餘萬事賒，到了成虚話。纔説西家，殺牛與宰馬。又説東家，鑽龜與打瓦。他家圖甚王和霸，一任的閒搭挂。待乘博望槎，看過天河界。那時碌碌纔干罷。

南陌東疇，是兒孫馬牛。趙舞秦謳，是歡喜寃仇。萬事總悠悠，勞生何所求。一簇眉頭，算前又算後。三寸舌頭，説强又説醜。饒君一日可千秋，空落得多僝僽。青山夢裏游，玄牝空中守。羲皇一夢君知否！

你會使乖，别人也不呆。你要錢財，前生須帶來。我命非我排，自有天公在。時該運該，人來還你債。時衰運衰，你被他人賣。常言作法可消災，怕没福難擔戴。有酒且開懷，見怪何須怪。一任桑田變滄海。珊瑚網書録卷十六

唐寅集補輯卷第六

序

畫譜序

□□一事，大率天機奥妙，固在當□□天地造物，不可不察。假如畫人物□□貴賤窮通，冠裳面貌，儒雅風流，□有意度。畫山水則烟雲氣運，明晦隱見，布致變幻，莫可窺測。畫花卉則四時景候，斜正背向，須見生發。畫獸類則筋力毛骨，精神起伏，牝牡飲齕，亦能動定。畫禽鳥則飛鳴棲啄，羽翰文□□在嘴爪毛片。畫臺殿宫觀，則標□□木末雲表，當有着落。至于畫□□林石，則重大調暢，卷摺飄舉。林□則樛枝挺幹，干日凌霄。山石則虎頭鬼面，須要峥嶸秀澤。蓋濃淡枯潤，全在筆華墨色，筆墨得宜，□□真意。故柳子厚善論爲文，余以爲不止于文，萬事有訣也。融會貫通，□一不可；所謂神游物外，意在筆先，筆盡意足。雖未能盡夫活潑之機，而工拙之間，殆亦可見，若有具眼者，當求諸點畫之外，方爲韻士。吴郡六如居士唐寅題并書。唐解元仿古今畫譜

説

三也罷説

也罷，圖目無「罷」字話助之詞；一曰詞之終。也其翻羊者切，與「野」「冶」同音。罷乃休也，止也，已也。廣韻薄蟹翻，收入十二蟹，餘不再見。禮韻亦收入十二蟹，而以部賣翻，與陰氏韻翻收俱同。惟毛氏韻收入四十禡，而以皮駕翻，引漢書曰：「諸侯罷戲下。」賈氏韻以皮賈翻其音，與禮韻、陰韻略同。祝氏韻以普馬翻入開音清。普屬師卦之第五爻，馬屬兑卦爲水土，音月，月聲。楊氏韻以並皆圖目作「駭」翻，以四聲等之，入牌罷粺拔。劉氏韻同翻，而入排罷敗拔。中州韻入霸，又與毛氏韻同。歷考韻書，則北音呼罷爲去聲；南音呼罷爲上聲。則也之訓爲助語與決詞，罷之訓爲休止，乃北音也。若以南音訓之，則也爲就也即也，罷爲住也，亦爲休也，又爲自止也。瑞之丁君，以「也

罷」自謂。君乃吴人，合從南音。也以羊者翻，罷以部買翻爲當。則所謂也罷者，就住也，即休也，就自止也。夫人之趨名利者，莫不以高遠爲期。故臨海望洋，而歎其莫濟；騎危觀天，而傷其難登。瞻烏不知止于何屋，遠之不可到也；行蝸竟黏枯于誰壁，高之不可極也。知高遠之不可極到，而假足以趨，脅翼以升，蓋以萬萬計。瑞之乃反其所向，不急名，不尚利，即其所在而自止，其賢明出于萬萬者之上矣。予嘉其合老氏之旨義，而獲我心之同然，故爲説其字之音辨，而係以志趣之所尚焉。時正德甲戌重陽，書于桃花精舍之夢墨亭。真蹟日録卷三　中國古代書畫圖目十六

記

秋庭記

四時之序，代謝相因，而摇落淒楚者，惟秋則然。居于家庭者，猶或可處；若處于道途□旅之間，鮮有不爲之慘神傷心者。心傷于中，神慘于外；其與□天和，養性命者異矣。善于保養之君子，于斯時也，深宫端居以養心神，不爲摇落淒楚之氣所傷，則可以

齊年彭喬，接踵軒岐矣。夫人孰不欲深宫端居，以保養心神哉？豈必欲奔走道途而爲羈旅哉？蓋亦君子之不得已者耳。其得已者之君子，肯若是哉？子芳徐君，君子也。其保養之道，素所究熟。當夫淒楚摇落之時，端居深默以御天和。黄菊滿籬，緑酒盈尊；青山半窗，紅葉填竈；雖王侯扣門，而不屑迎也；雖金玉滿堂，而不屑計也。紗帽籠頭，蒲團□足；秋風滿天，不出庭户，人皆以秋庭先生稱之。夫人之不得已而奔走羈旅，徒然朵頤深居之樂者，不爲夫名，則爲夫利。名牽利制，不由乎己。殘生命，勞筋骸者，比肩而數；若秋庭者，□少有一二。筋骸生命，受之父母，禀之天地；爲名利所驅而不能保全之，其于秋庭，蓋不可同年而語矣。余嘉之賢之，因時保生，得軒岐松喬之旨，故爲記其事，且説其詳云。時正德戊寅二月社日，書于桃花庵之夢墨亭。湖海閣藏帖

雙鑑行窩記

冶金於範以爲鑑，可以正衣冠，修容貌。引水於沼以爲鑑，可以涵天光，泳雲影。會理於心以爲鑑，可以知事理，察古今。夫鑑一也，或以金，或以水，或以心。而所鑑之事，或於身、於心、於天。其大小迥絶不同，然其所賴者皆光也。金以瑩爲光，水以止爲光，

心以静爲光。金無光則昏，水無光則濁，心無光則愚，昏蒙溷濁愚頑不靈，豈金水與人之願哉？蓋金患於塵以蔽之，水患於魚蝦以汩之，心患於利欲事物嗜好以累之；則所有之光，失而不明，其衆患畢至矣。君子反之，自心以達於身，自身以達於天，誠而明之，理與心會，身與德修，道與天合，其得於鑑者，豈少乎哉！

新安富溪汪君時萃，號賓軒，年已踰甲子。築室數楹，苫茅以蔽風雨，填垣以蒔果藥。布衣韋帶，讀書其中。夾室鑿池二區，儲水平階，歌滄浪之濯纓，翫泌水之樂饑，不知老之將至，由是若將終身，遂扁其室之楣曰雙鑑行窩。

世固知金之爲鑑以鑑形，而不知水之爲鑑以鑑天，而又不知理之爲鑑以鑑心也。水之爲鑑以鑑天，人或可見，理之爲鑑以鑑心，又人不可得而窺者。汪君假人之所共知者，以名人之所共見者，則其人所不知與不見者，斯獨得之矣。

徽之縉紳大夫，高其志趣，咸爲歌詠其情性，俾余識其端。余與汪君雖未伸寤言，即其室之所扁而占之，其修容儀、持莊嚴者歟？其翫天運、體造化者歟？其以理養心、以道養高者歟？故爲撰記如左云。時正德己卯季冬朔日。中國古代書畫圖目二十

手柬

致王觀 款鶴

子貞侍人有疾，欲屈老先生過彼拯救。萬乞不辭勞頓，于僕有光，于彼感德，兩知重矣。侍生唐寅再拜，款鶴老先生大人侍下。明代名賢手札墨寶第二　明代名人墨寶

致姜龍 時川　夢賓

昨約非敢怠緩，諒是照察。明日辰刻一叙，座中止有清之一人，再無雜賓。倘承垂念書生貧乏，措置不易，得下一筯，以盡此念，則其慶幸，何復可言。萬望少羈半日之程，以副平生之望。謹此再用懇祈，仰希曲賜恩光，不勝悃愊；不覺言之切而詞之復也。美果拜領，青絹決不敢受。侍生唐寅拜，時川大人先生座下。中國古代書畫圖目二

寅頓首頓首，夢賓姜儀部大人座下。別來簡闊殊甚。僕自去歲游廬山，欲泝江西上，悉

覽諸名勝；不意留頓在豫章，三月中旬得回吴中矣，所謂興敗而返也。丈夫潦倒于江山花竹之間，亦自有風韻。此但可與先生道，難與俗人言也。游廬山開先寺詩一首奉上請教。詩見原集卷二，題作廬山即日，唐寅頓首拜稿，夢賓姜大人先生座下。明賢墨蹟

致文徵明 衡山

硯後奉煩尊筆書「唐寅子畏學圃堂硯」，容謝萬一。屢承左臨，感感。寅頓首，衡山老兄先生。亦不必拘此八字，但憑尊意一書足矣。明清藏書家尺牘

致吴自學

寅拜，自學吴兄。前者匆匆相别，遂不得盡言。向者之事，托在尊兄好意，故有此舉，不想其間有許多掣肘，明年進禮，專望此帳；萬望尊兄全其終始，勿使他人笑我可也。唐採在彼處事乖張，甚爲可惱，煩爲戒之。向者云：「黄忠有所厚者爲之保領。」望督速之，使得回，實出所賜。料尊兄決不薄于鄉里故人，而反厚于異鄉牙儈也。相見有期，

客居保重。寅再拜。明賢墨蹟

致子悱茂才

寅頓首，子悱茂才。連日困于人事，遂爾稽誤。向晚云云，無任局促。今早右足大指忽紅腫發痛，不能出門；而福孫又詐病不起，若非馬氏子來，則皇恐當何如耶？稍能步履，即當趨領令祖燕窩之餉也。廿三日蒙裁庵公召見，備問令祖起居；聞清健如昨，甚爲喜慰。又云：懸懸亟欲詣見，因軍務驅迫，未遑。浙回，當請謝；且托區區躬詣令祖前一道意。適有脚疾，無可奈何，惟執事委曲先之，幸幸。舊硯留滯几案久矣，趁便附納；再别借一方，資文房之玩耳。力疾草草，不備，唐寅再拜。顧定之竹枝卷，閒中可檢出，當過高齋閲之。寅又白。寄暢園法帖

致納齋

跋語甚草草，希恕。子容四月間自義興往茅山，遂從金焦渡江。僕欲隨之往揚州，聞公

亦欲餞之，僕有些少行篋可容附載否？緣其行時，與太傅公同船，人吏冗雜，恐有差失故也。寅頓首，納齋老兄執事。寄暢園法帖

致施敬亭

侍生唐寅頓首再拜，敬亭施大人先生。匆匆一别，便閱寒暑。久闕修問起居，懸想公餘多暇，令聞昭彰。當今側席求賢，明府豈能安坐？友生温子載，有太平之行，附此展敬。伏維納福，皇恐不宣。侍生唐寅頓首再拜，敬亭施大人先生下執事。子載善刻碑文牌扁，并善書。并此奉啓。寅再拜。明清畫苑尺牘

致海濱中翰

夢墨亭成，未得兄一坐。明日請子貞一飯，特求陪之。幸辰刻降重，庶讌笑竟日耳。望切望切。唐寅頓首，海濱中翰大人。明代名賢手札墨蹟

致周臨朐

遠承教札，感佩感佩。别來兩致書問，未知目入否？所委備與子容道之，彼亦旦暮爲公周旋也。僕困頓風波，無可道者。聞執事政學并進，可賀可賀。子漸近來何似？人便，望勿吝一道意。十月盡，僕還家矣，欲來一見而不得，怏怏。寅再拜，臨朐周年兄大人執事。日本博文堂本明賢尺牘

致若容

手教委示云云，且謂言下有得，此自是公宿命。譬若昏睡者，偶被他物驚覺，洒然而起耳，于僕有何力焉。雖然，僕嘗遍扣諸善知識，皆以爲心者，萬事之根本，歷劫之英靈也。其用無所不備。譬如寶藏，珍珠、瑪瑙、琉璃、琥珀、金銀、貨財，滿積其中，隨其取用，無不具足。而今之人乃自抛弃，甚可惜也。在佛氏言之，輪迴生死，不昧因果者，此心也。在仙家言之，法用先天，將用元神者，亦此心也。在儒家言之，天地位焉，萬物育

焉，亦此心也。證佛作祖，得道升仙，爲聖爲賢，舍此心而外求者，皆非也。佛氏謂：苦海無涯，回頭是岸；道家謂：踏破鐵鞋無覓處，得來全不費工夫；儒家謂：求諸外則惟日不足，反諸己即日有餘。鄙見如此，公自擇之。所云誦咒，其功效遲速在乎立心之精誠與怠慢耳。精進誠信，誦數十萬遍，必有神驗；若徒以爲戲笑之具，雖終身誦之，亦無益也。故佛家誓願深重，道家信力精專，儒家至誠無妄，皆欲一其心神，使不散亂也。然尤欲誦咒者，感通天地，莫先乎聲故也。近日頗有拙作，欲寫上請教，而病中甚懶捉筆。姑具來旨奉答，不多悉也。暑中自愛。六月十八日，友生唐寅再拜，若容老兄侍右。清歠閣藏帖

寅頓首頓首，若容老兄翰學。省示，知浮丘遷化，欲往哭之，事冗不克遂懷也。即日，寅頓首頓首，若容老兄翰學。墨緣彙觀録卷二

按：全書尚未見，所記僅首尾，姑録附于後。

致陳春山

寅頓首，春山陳先生足下。前屢奉書，不審達否？兹有小懇，浙江張都閫大人許惠僕台州山羅漢樹葉一筩，不知曾寄來否？如不曾寄來，望吾兄速之，千萬千萬，至祝至

祝。光懋處壓衣板并紫牡丹；海漚處白木香，今冬要移來種。尚古處黄薔薇，俱托在吾兄轉轉取之。平日蒙愛，所托者止此耳，萬望留心，爲懇之至。十一月冬至前□日，寓洪州友生唐寅再拜頓首。前寄奉麻姑酒一罈，未審收否？可于舍弟處取之。九錫圖稿乞寄來。穰梨館過眼續録卷五

致歸老先生等

歸老先生、張辦之、楊季静見字：僕前賣疑是「買」字筆誤貂皮，失入行囊；今在黄四哥處，煩取而回之。附：多多上覆四哥、子仁、芊伯列位後。又三哥，楊家毛兒鞋樣討了來。寅再拜。皮是韓湘之物，楊季静要當心，要當心。明清畫苑尺牘

祭文

祭文温州文

維弘治十二年十一月二十七日，學生唐寅謹以脩脯，致奠于故温州太守文先生之靈。

惟兮温州，番番令傑。文爲國紀，武振邦碣。三仕無喜，翩哉明潔。茹飲園泉，若將終没。士女懷惠，投章守闕。再屈章綬，卧護甌越。寅昔不敏，執席預列。敢謂夙成，寔藉無斁。謦咳在耳，勉以睿哲。承訓北征，强逐筆舌。公爲莅職，遠墮詞札。不謂邇者，人事飄忽。寅坐罪謗，脱幘廢斥。公罹禍殃，行車輟跡。使寅無階，趨侍坐席。使公尚在，眦眥應裂。念此反覆，涕集心結。吁嗟我公，眉目永别。城東言笑，正爾契闊。斗酒生芻，敢酹英烈。仰號再俯，不勝悵咽。三泉有知，歆其芳潔。文温州集卷十二附録

跋

跋王右軍感懷帖

古今書家，輒稱鍾、王。後世雖有作者，莫不宗之。鍾則專工楷則，而逸少獨能兼之。嘗自言：「吾書比鍾當抗衡，比張芝猶雁行。」夫逸少自許如此，亦由自知之明，無或異同。默庵近得此帖，乃真跡之尤者。西山公評爲中年妙境之書，誠知言哉！至于元季諸名家題識詳密，璀璨陸離，尤可寶愛。王右軍感懷帖拓本

跋華尚古藏王右軍此事帖

黄伯思辨帖文，精别毛髮，理析毫釐。華光禄尚古嘗刊其所著行于時。今收王帖片掌，必有見于中耳。昔人相馬，妙盡神凝。驪黄爲别者，未必良工也。余何能爲言。珊瑚網畫録卷一

記思陵題馬遠畫册

是畫竹下有冠者道士持酒杯，侍以二童一鶴烟泉之間。賜王都提舉爲壽。上有「辛巳」長印，下有「御書之璽」。珊瑚網畫録卷二十

跋朱文公顔淵注稿册

昔坡翁嘗謂昌黎先生道濟天下之溺，愚亦謂自宋之亡，得晦翁夫子注述諸經，故斯文有

傳，而五常不廢，可不謂濟天下之溺乎？至于翰墨，沈着典雅，雖片縑寸楮，人争珍秘，不翅如璠璵圭璧。況集注手稿，夫豈偶然哉！吴越所見書畫録卷一　穰梨館雲烟過眼録卷三

跋趙千里蘭亭圖

宋室趙伯駒，丹青高手，南渡畫家之冠。寸楮傳世，價重南金；況此燦然全璧乎？匏庵先生及希哲皆當代巨鑒，則余何敢望諸公哉！勉附數語，以申幸觀。退庵金石書畫題跋

跋劉松年層巒晚興卷

劉松年畫師汴梁張敦禮，工爲人物山水，種種臻妙，名過于師。昔在崑山黄氏見刷色聽琴圖，秀潤清雅，墨法精奇；後有復齋楊鐵笛七詩，爲東原老人鑒賞。又于嚴氏觀西湖春曉圖，堪與趙千里桃源問津卷相伯仲。而此卷層巒晚興，尺山尋水，寸木分人，具巉巖浩渺之勢，蓊鬱生動之神，尤爲入神品，列諸卷之上，蓋師六朝筆意云。嘉靖二年冬十月。壯陶閣書畫録卷五

跋劉松年烹茶圖

右玉川子烹茶圖，乃劉松年作。玉川子豪宕放逸，傲睨一世，甘心數間之破屋，而獨變怪鬼神于詩。觀其茶歌一章，其平生宿抱，憂世超物之志，洞然于幾語之間；讀之者可想見其人矣。松年復繪爲圖，其亦景行高風，而將以自企也夫！玉川子之向洛陽，人不知也；獨昌黎知之。去昌黎數百年，知者復寒矣；而松年温之，亦不可不爲之遭也。予觀是圖于石湖盧臬副第，喜其敗鑪故鼎，添火候鳴之狀，宛然在目，非松年其能握筆乎？書此以俟具法眼者。西清劄記卷四

跋趙松雪寫陶靖節像　壬午夏重□□□唐寅□籤

吴興此幀，以全力仿龍眠，神形俱得。平生所見，無踰于此矣。後學唐寅識并藏。虚齋名畫録卷七元趙文敏寫陶靖節像軸

跋沈石田法宋人筆意卷

此三圖爲石丈作。余初草草展閲，未暇細玩。今爲子貞中舍所得，因借觀數日，始得熟識。用筆真與宋人無異，已入神品。百世之下，當有巨眼，傳世何時已耶，宜珍藏之。石渠寶笈卷三十三

跋文徵明關山積雪圖

徵明先生關山積雪圖全法二李，兼有王維、趙千里蹊徑。觀其殿宇樹石，村落旅況，無不曲盡精妙，可以追踪古人。千山寒色，宛然在目，殊非高手不能。余生平謂文先生工于趙文敏、叔明、大癡諸名家，獨此卷豐致清逸，令人畏敬，信勝國諸賢，不能居其右矣。大觀録卷二十

跋吴嗣業書千字文

吴下後輩，磊落都可，皆寔諸鄉賢先生琢磨成就之力耳。若銷夏蔡羽九逵詞翰，衡山文徵明文章筆妙，祝允明希哲、邢麗文、張夢晉、徐昌國，並御齊逸，難爲兄弟；而嗣業少年貴游，以墨槧參錯數人中，風聲藉甚；不爲紈綺所動，凌然卓立，大可重也。其所書千字文，今歸清壯君，而石田先生題爲「逼蘇」。嗣業，相國先生猶子也；相國書法類坡公，而今嗣業又與相國合轍。舊有云「長松下自有清風」，良以此夫。墨蹟

附　跋吴仲圭漁父圖卷

余自正德庚午暮春之初，移居金閶之吴趨坊，相傳即顧辟疆之舊居也。房易數主，前後俱經改造；獨南廳一處，歷來未更。庭前蓄老梅一樹，高已覆屋。每遇花開，香聞數里，坐卧其下，暗香撲面，栩栩然如遊蜨之飛入衆香國。忽一日，房之東頂板颼颼有聲，僮子竊視之，似有一匣，堆塵數寸，兩鼠爲之争嚙。急令取下，啓而視之，乃梅花和尚手制漁父圖也，真令人喜之欲狂。由是謝絶塵事，刻意臨摹，不啻數十卷，遂覺畫學少進。若徵仲輩不與

一見也，密諸笥中，寶爲秘本。但思此卷，藏自何人何代？若此塵封高厚，自是百年前所遺。倘此房一經修改，則卷不知落于誰氏手矣。可見一物之得失，蓋有數焉，何况功名富貴，真如蜨夢蕉鹿，人可認真耶？暇日偶出卷展玩，爲述其所由來。倘我後人守而不失，羹墻寤寐，如見汝翁于眉睫間矣，望之望之。六如居士。書畫所見録卷三吴鎮

按：祝允明撰唐伯虎墓志云：「唐氏世吴人，居吴趨里。」正德庚午，伯虎年四十一歲，時桃花庵已建成，曾與沈周、祝允明等小集有詩，安有另處新居之理？此文附録于末，以作參考。

自跋

自書詩册

象圓社長冬日過我桃花庵中，劇論詩律。因書新作數首，呈上請教；并煩鑒定是何等乘禪也。正德乙亥十一月望後三日。臺灣歷史博物館明代四大家書畫集

摹古册

余性嗜古人名畫，而不能多藏。聞吴江史氏儲蓄甚富，因與德弘走閲數日。因盡發其帳中之秘，歸而不忘。暇日輒意所記，圖爲一册，共得一十餘幀。不知古人勝我，我勝前人？因以貽德弘，使其評一勝負。德弘反謂青于藍者大半，殆愛我而譽我也。正德庚午四月二十五日，唐寅識。石渠寶笈卷四十一

桃花庵圖卷

長洲惠茂卿，善鼓琴，别號桐庵，清醇幽調，善與人交。是日，雪雪字應誤壓竹窗，香浮瓦鼎，請其再一鼓行，僕雖非延陵季子，洋洋盈耳，必能知君志趣所在。正德辛巳夏五月端午後二日，晉昌唐寅畫于桃花庵之夢墨亭。無事爲福齋隨筆

畫牛扇

此啓南先生舊本，余過其廬，見之壁上。自題云：「力大如牛服小童，見渠何敢逞英雄？從來萬物都有制，且自妝呆作耳聾。」後待詔文先生題曰：「此啓南幼時作也。家居相城，村野荒濱，人多横逆，因作此自慰。」歸而檃其意，形頗似之。寫于箑頭，以待厥然者贈之，甚可。時嘉靖二年四月也。晉昌唐寅。故宫週刊第四十二期

附　祝允明題

「傳寫何如太逼真，筆精墨妙實堪珍；偶然醉寤朦朧覩，恍若桃花塢裏人。」予與君三月未晤，昨自檇李歸，聞采薪已愈，心始慰也。今承贈佳摇，展玩難置；因浪占奉答，歸而藏之秘笥可也。枝山。故宫週刊第四十二期

絶代名姝圖册

右絶代名姝圖一册，凡十人，吴杜堇檉居所作。檉居善繢事，能詩，然亦不苟落筆。一人一物，動寓其意。若此册則豈徒夸魚沉鳥飛，胡然天帝，而爲絶代之所無，以誨人之淫哉？要亦知君子之化，先于閨門，列之美刺，使謹之于權輿也。觀于其詩，可以槩見矣。夫以吴之滅越，天以越與吴也。夫差不鑒褒姒之僨，而受美娃之獻，國亡身辱，誰爲厲階？漢懲白登之厄，屈計和親，以鸞鳳之姿，爲犬羊之耦，讋服夷貊；將相滿廷，何藉一婦人哉？不此之務，而殺一毛壽，亦末矣。明皇親戒武、韋之亂，手刃妖淫，可謂明知矣。夫何一見艷麗之容，遂爲聚麀之溷？癖愛黠虜，濁亂宮庭；漁陽之變，孰使之也？至漢成以歌舞之技，以薦椒寢；長卿以徽軫之韻，以誘鶉奔；季倫以幽粲之姜，以寒俎豆；喬知之假人以聲色，而自售其奸；元微之借言于淫媟，而適蒙其恥。然則君子之于權輿，其可不致謹乎？夫文君、飛燕、鶯鶯，皆桑中淇上之流；雖薛濤之能詩，亦蠶叢之一妓耳，胡足論哉！然西施之逸去，孰若碧玉之感亡？太真之醜聲，孰若梅妃之不二？昭君以青塚表心，緑珠以墜樓報主，君子容亦有可取者。檉居之作是，豈無意耶？是豈不爲畫中之史也耶？是圖余始得觀於匡廬朱氏，喜而摹之，并録其詩于後，而枝山復爲之和，其亦得吾心之同得者，吾何不言？嘉靖癸未中秋月中秋日，吴趨唐寅書于學圃堂中。寓意録卷四

溪亭山色册

王摩詰爲盧鴻畫嵩山草堂，其後爲米南宫得之，寶愛數年，竟遭回禄，惜哉！李咸熙派至南渡馬夏輩出，風斯下矣。若能以神仙點化手倣之，亦可指石爲金。此仿郭河陽晚年之筆也。

畢宏、張璪，并師關穜、大癡道人極得神髓。

江貫道師董巨，而自然成家者。善平遠曠闊之景。

王洽能以醉筆作潑墨，遂爲古今逸品之祖。仿古山水册

趙幹山水師荆關，屋宇師忠恕。仿古山水册有「屋宇」二字不用界自恕先始，用界折算無遺自伯駒始。其後李嵩輩則是木工界法，終成下品。仿古山水册

王晉卿仿摩詰而自成一家，同時有馮覲者又師之。晉卿真跡，絶于世久矣；今曹知白、

陸天游輩，是其宗派。

大米難于渾厚，若用潑墨、破墨、積墨、焦墨，便得之矣。

許道寧、陳用志、翟院深三人，俱爲李咸熙高足。仿古山水册

仿吾家復古，其兄道，其猶子子房，俱北宋人，師李營丘、郭河陽，并列逸品。

陸瑾、王士元善作江南景，初師李公麟，後學趙令穰。當時便有冰清之譽。

大年仿古山水册作「趙大年」脱去畦町，自成一種嫵媚可人。同時王士元仿古山水册作「同時有陸瑾士元」師之，常作湖山仿古山水册作「湖天」曠蕩之景，真可爲仿古山水册作「謂」大年功臣。仿古山水册

李晞古雖南宋畫院中人，體格不甚高雅，而丘壑布置最佳。仿古山水册

小米之精細者，清致可掬。更有一種作拖泥帶水皴者，亦自蒼潤奇雅。

黄子久一丘一壑，亦自仿古山水册作「自是」過人。仿古山水册

吴仲圭如仙姝邨妝混田姑中，骨氣自是不凡。

倪元鎮以焦墨仿荆關筆，真逸格中第一人也。

此放趙松雪筆。

晉卿太史購求四方法書名畫，宋元人真跡最多。其間溪亭山色一册，尤精絶無比。頃

從太史齋頭獲覩之，恍然有空花水月之妙。不覺技癢，遂假榻于太史家，刻意摹臨，凡五十餘日，始克告成。不能仿佛萬一，自甘效顰之誚，觀者幸勿哂之。湘管齋寓賞編卷六

按：古緣萃録卷四唐六如仿古山水册八開。一開云：「仿商德符，學摩詰筆意。」一開原缺。

臨李公麟飲仙圖并書飲中八仙歌

正德丁丑長夏，避暑石湖，偶客出示龍眠飲仙一卷，甚可愛玩。留余數日，臨此。遂書飲中八仙歌于尾，鼠心二李，不能效顰耳，觀者勿哂。石渠寶笈卷十六

倣李晞古山陰圖

庚午冬，客寓錫山成趣園。是日大雪盈尺，不能出户。適友人持李晞古山陰圖見示，玩其筆墨精妙，不覺技癢。因以酒解手卷，呵凍臨此。興致勃勃，遂得仿佛其神韻，觀者能相許否？古芬閣書畫記卷十四

高士觀書圖 燕中記作「煮茶圖」

束書杯茶，氈毹就地，吾事辨燕中記作「畢」矣。不憶世間有黄塵汙衣、燕中記作「汗衣」朱門臭酒也。好古堂書畫記續記　燕中記

女兒嬌圖

昨于劉都憲齋頭見女兒嬌，乃蜀中牡丹奇本也。正白樓子中泛大紅數葉。達夫索牡丹，因爲貌之。大觀録卷二十　墨緣彙觀録卷三　寓意録卷四

競渡圖

過飲九逵王兄，大醉而歸。便舟得觀競渡之勝，殊爲技癢；圖此寄意，必爲識者之笑。但興之所至，不能自抑也。古緣萃録卷四

贊

秦景容像贊 弘治七年孟春

布衣致龍衮之勤，林下來朝廷之敕。生有奇功，死有遺澤。噫！斯人也，山水同風，萬古不息者歟！秦景容先生事跡考 淮海宗譜

墓志銘

潘孺人任氏墓志銘

孺人之父曰任文盛，母黄氏，爲婁江觀瀆里人。宣德庚戌十一月辛丑生。年十八，歸潘氏士成。生一男，曰文聰，娶丁氏。女二人：長贅李江，次適陸源。孫男三人：曰桂、曰槐、曰松。孫女二人：曰秀寧、秀芸。桂娶許氏，秀寧適鈕徵，槐、松聘陳氏、顧氏，

秀芸納聘俞盤之氏。曾孫男一人，曰聖吉，年稚，未聘娶。于弘治癸亥七月甲午卒，距生之年，得七十有四。其始家居之時，人未嘗聞咳唾與刀尺聲。柔而婉，順而静，麗而正。及歸潘氏，晝紡夜績，課訓童隷；内輔饋食，外應凡百；隆殺異宜，親疏隨等。故家日益裕，指日益夥，而孺人統轄之，肅如也。由是人無怠事，事無廢功。然尤重桑門家言，以方便爲本，而果報隨之。故食饑衣寒，舉故興墜，輯橋梁，除道途，掩骸胔，興梵宇。自生抵没，手足拮据，而鄉黨亦以善人歸焉。文聰卜以卒後五十日九月甲申安厝于陳公鄉匠門堂受字圩之新阡。山川恐移，陵谷有遷，故爲之銘，銘曰：

粤惟孺人，振振内德；少肅閨教，長閑婦則。徧匐有無，民含其澤；皈依無漏，誓造其域。累累子孫，穰穰金帛；一旦觀化，泊然示寂。玄堂廠開，青丘之陌；杳然居中，化爲異物。百萬斯年，安其兆宅。拓本

按：石藏蘇州碑刻博物館。張靈書篆，温玉鎸字。

唐寅集附録一

原集序跋

唐伯虎集序

袁袠

唐伯虎集二卷，樂府、詩總三十二首，賦二首，雜文一十五首，内金粉福地賦闕不傳。伯虎他詩文甚多，體不類此。此多初年所作，頗宗六朝。惟遊金焦、匡廬、嚴陵、觀鰲山諸詩及嘯旨後序，乃中季所作，亦可入選，故附入選。唐伯虎者，名寅，初字伯虎，後乃更字子畏，吴縣人也。少有雋才，性豪宕不羈。家貧，不問産業。好古文辭，與故京兆祝公允明、博士徐公禎卿，今内翰文公徵明相友善。而尤工四六，藻思麗逸，翩翩有奇氣。然行實放曠，人未之奇也。獨故太守文公林奇之。嘗上書吴文定公寬，覽書曰：「吴安得有此人耶？」頗爲延譽公卿間，而提學御史方誌，惡其跅跑，將黜之。比試，故大學士梁公儲，讀其文驚嘆，以爲異材，遂薦第一；由是聲稱藉甚。會試禮部，衆擬伯虎復當首選，伯虎亦自負。江陰徐經者，通賄考官故尚書程公敏政家人，得其節目，以示伯虎，且倩代草文字。事露，逮錦衣衛獄，掠問無狀。先是，梁公奉使外夷，伯虎乞程公文送之，竟以此論發爲吏；恥不就，免歸。友人文徵明以書切責之，伯虎答書自明，文多載集中。乃益自放廢，縱酒落魄。所著述多不經思，語殊俚淺。人或規之，伯虎曰：「夫太上立德，其次立功，其次立言。寅遭青蠅之口，而蒙白璧之玷，爲世所弃。雖有顏冉之行，終無以取信于人；而夔龍之業，亦何以自致？徒欲垂空言，傳不朽，吾恐子雲劇秦，蔡邕附卓，李白永王之累，子厚叔文之譏，徒增垢辱而已。且人生貴適志，何用劌心鏤骨，以空言自苦乎？」宸濠之謀逆，欲招致四方材名之士，乃遣人以厚幣招，伯虎堅辭，不可。至則陰知將有淮南之謀，遂佯狂以酒自污。宸濠曰：「唐生妄庸人耳。」乃放歸，得免于難。過富春渚，想子陵之風，慷慨悲歌，徘徊者久之。築室桃花塢中，讀書灌園。家無擔石，而客嘗滿座。風流文采，照映江左。外若奢汰，而中慕沉玄。勤究内典，旁精繪事。衮童時，嘗獲侍高論，接杯酒之歡。哲人已遠，九京不作，撫頌遺文，慨仰遐烈。爰加蒐摭，庶存梗概云爾。嘉靖甲午蜡月望日，胥臺山人袁衮謹序。袁永之集卷十四　袁刻本　何刻袁本　曹刻彙集　唐刻全集

序

袁宏道

吴人有唐子畏者，才子也。以文名，亦不專以文名。余爲吴令，雖不同時，是亦當寫治生帖子者矣。余昔未治其人，而今治其文。大都子畏詩文，不足以盡子畏，而可以見子畏。故余之評隲，亦不爲子畏掩其短，政以子畏不專以詩文重也。子畏有知，其不以我爲俗吏乎？公安袁宏道中郎父書。唐刻全集

唐伯虎先生集序

何大成

吾吴彙集無此二字伯虎唐先生以風流跌宕，擅名一時；厥後轗軻淪落以死。議者謂：「良玉善剖，寶劍善割；嗟嗟唐生，終已焉哉！」愚曰：「不然，伯虎當宸濠物色時，名已敗矣，身已廢矣。英雄末路，能不自點者幾人哉？伯虎佯狂自污，卒以獲免，此豈風流跌宕之士所能窺其際乎？其殆幾于智者歟？」議者終咎其失足于徐經，以爲口實。於戲！伯虎尚不失足于宸濠，乃甘以其身徇徐經耶？雖然，文人無行，自古有之。司馬

長卿才絶古今，倘略其才而第指其竊貲一事，則長卿窮矣。其是其非，曷足爲唐生咎乎？故夫伯虎者，風流跌宕人也，蓋有才而不善用之者也。彼自負有才而善用之者，强半皆工于鞶帨者也。工于鞶帨者，不取也；則不如伯虎之不事鞶帨，而卒以成其爲伯虎者也。愚故曰：「伯虎殆幾于智者也。」所著詩文，翩翩有奇藻；乃其邁往不屑之韻，卓然如野鶴之在鷄群，是烏可以無傳哉？噫！其傳者亦寡矣！萬曆壬辰春三月既望，吴趨後學何大成君立題。彙集款作「海虞後學何之柱君立撰」，款上無年月。何刻袁本　曹刻彙集　唐刻全集

伯虎外編小序

何大成

伯虎集既成，有客過而問曰：「子之集唐生文備矣！乃其殘膏剩馥，風流輝映，至今騷人墨士，以爲美談；忍令湮没弗傳可乎？」予對曰：「伯虎小詞，率多浮薄傷雅；且不足供覆瓿，奈何災木邪？」客曰：「否，不然也。今世所行稗官野史，俚歌雜劇，寧盡符于道者？然皆相傳不廢，况伯虎亦嘗領袖東南，才名藉甚；不幸轗軻落魄，其胸中磈礧鬱勃之氣，無由自泄，假諸風雲月露以泄之。雖語涉不經，亦以自攄其才情之所至而

已。若以其爲大雅罪人，則無論今世稗官、野史，俚歌、雜劇，一切可廢；即如齊諧志怪，博物炫奇，桑中誨婬，溱洧彙集作「秘辛」啓蕩，以迨高唐神女，引柔曼之端，子虚上林，決奢靡之竇，莫不妙騁才情，發皇藻繪，將盡付諸祖龍烈焰，而後足以飽侏儒之一快乎？天下安得有才子？有文章哉？又況乎勸百風一，有進于此者乎？」予因是旁蒐逸豔，并輯其志銘，暨諸名公貺彙集作「贈」答，釐爲若干卷，題曰外編，附刻卷末，以貽同好。於戲！千載而下，知吾吴有風流跌宕如唐先生伯虎其人者，其以是編也夫。萬曆丁未佛誕日，吴趨何大成題于妙香閣。彙集款作「海虞何之柱題于妙香閣」　何刻外編　曹刻彙集　唐刻全集

又

何大成

伯虎著作寔繁，俱散佚不傳。至其率爾題詠，人皆什襲藏之；不佞無繇遍閲，兹編特其萬分之一耳。好事者倘能拾其遺珠，以成完璧，匪直爲伯虎功臣，實爲藝林勝事云。時丁未玄月，吴郡何大成君立謹白。何刻外編

伯虎外編續刻序

何大成

客謂何子曰：「唐伯虎，畸人也，而子務廣其傳，宜乎子之益窮也。」何子哭曰：「伯虎洵能窮人哉？使予鎸金谷園集，亦能金谷我乎？」客無以應。一日，予友王叔平過我云：「鳳林孫師齋頭，有伯虎集二卷，雲間彙集無此二字曹寅伯氏梓而行之者也。卷中蒐録遺亡，十得八九。」不佞索觀之，大都按予舊本，稍增損顛倒其間，而金粉一賦，補亡之功，于斯爲大矣。竊念伯虎而禮法之士嫉之者猶故也。嗟夫！古道雖亡，人心不死；文章一脉，久而彌著。盧柟縲紲于庸奴，徐渭挫衄于悍室，一元委蜕于貧交，陳昂溝壑于織屨，皆近代才子落魄顛放者之左券也。然而蠛蠓以元美炫奇，三集以石公抉秘；獻吉締好，太白顯名，伯敬嘘枯，白雲價重；儻所謂附青雲而聲施後禩者非與？伯虎迄今百有餘年，其文采風流，卒無有彙而傳之者；至使區區窮愁之何子與夫未達之曹生竊附其名，以傳于世。方之四子所遭，其窮不綦甚乎！客之言，夫豈欺我？時萬曆甲寅宿月穀雨，吴趨何大成君立父題于金臺之摩訶庵。何刻續刻　唐刻全集

伯虎唐先生彙集序

曹元亮

自古荆玉夜珠，爲世所寶者，非其傳愈久而神愈光耶？文亦有之。三吴自公游闢藻，代有逸才。而清豪之致，無逐隴右者，獨伯虎唐先生。先生幼奇穎，豪宕不羈，有專季風，落筆雲烟，不加點綴。弱冠負氣跅跎，半爲江南路鬼揶揄。賴梁文康、吴文定兩相國延譽公卿間，才名日藻。而鹿鳴首薦之後，益爲入宫所妬。青蠅搆讒，便挂吏議。先生嘆曰：「寒山一片，空老鶯花，寧特功名足千古哉？」遂築室金閶門外，日與祝希哲、文徵仲詩酒相狎。踏雪野寺，聯句高山，縱游平康妓家；或坐臨街小樓，寫畫易酒，醉則岸幘浩歌。三江烟樹，百二山河，盡拾桃花塢中矣。嘗夢得龍劑墨一囊，文愈奇，詩日益藻。然吐語珠璣，多不屬草，是以散逸少傳。胥臺袁先生裒重先生文，已刻樂府、雜文、賦四十七首，爲世片玉，而海虞何君立柱全集作「氏」復稍加補葺，然終非完豹也。今所集二十二種，百五十餘篇，大都皆先生中年作。悲歌慷慨，而寄韻委婉；謔浪笑傲，而談言微中。先生善畫，恨不得於畫見先生，今于兹集見之矣。謹校閲付梓。遺珠在世，博雅鑒補，則先生益不朽。萬曆壬子相月，雲間曹元亮寅伯甫題并書。曹刻彙集

唐伯虎先生彙集序

張鼐

余讀唐伯虎先生與文衡山先生書，慷慨激烈，悲歌風雅，眼底世情，腔中心事，一生沖凌海岳之氣，續刻、全集作「一生沖宇宙凌海岳之氣」奮在几席。掩卷究其本末，嗟乎！丈夫遭時不遇，遂至此哉！余生也晚，濫竽木天，畏友曹寅伯爲先生校刻其藏。夫南渡諸人，大家不二數，趣好不同，靈竅不一。先生以磊落不羈之才，放浪形骸之外，爲吴中傑士，與名人儔伍。戊午發弘治第一，以不檢落籍，知者惜之。佯狂宸濠，俠詠山林，不啻數萬言，已入堂奥。而今傳者，未免有靳容德色之病。遺散七八，寅伯僅收一二，有神契焉，傾囊梓之。先生之文，一新行流，日焕吴苴，密邇景星慶雲。幸切瞻慕，得捧遺篇，如睹璉璧；秘中當有收之者。李杜而下，更有定論，不敢加喙其間。獨喜先生之吟，得寅伯而後著，何知賞之難哉？好古者其在兹歟？嗟乎！劉定之退災記爲先生公案，識者烏乎删定？賜進士第翰林院檢討文林郎華亭張鼐書。曹刻彙集　何刻續刻　唐刻全集

重刊六如居士集序

唐仲冕

嘉慶六年嘉平月，重刊家子畏先生集成，因爲之叙曰：吾宗以國爲氏，自前涼陵江將軍輝徙居晉昌，其曾孫瑶、諮皆爲晉昌守。諮子揣，瑶孫褒，皆封晉昌公。褒來孫儉，從唐太宗起晉陽，封莒國公，圖像凌烟。後世或郡晉昌，或郡晉陽，皆莒公後。迄宋皇祐爲侍御史介以直諫謫渡淮；至明爲兵部車駕司主事泰，死土木之難；子孫分居白下槜李間。珏籍富順，珪籍益都，其季子瑾乃籍豐城。子畏先生蓋白下槜李間近派，仲冕則自豐城分支者。雖譜系難考，亦同出於兵部公矣。先生才名冠世，人豔稱之；而落拓不羈，或爲方領矩步者所不樂道。余讀其傳，考其行事，裒輯其所著文，知其寓氣節於風流，與俗所稱有文無行迥異。其被黜禮部也，人謂徐經本富人，而程篁墩愛先生才，或不免有鬻題事。近見沈宗伯德潛題畫像記，據孝宗實録辨之甚晰，數百年疑獄始雪。第當時對簿，不屑置辯，故甘以廢黜終耳。先生爲文，自言「後人知我不在此」，其集致多散佚。余於袁徵君棠、王孝廉曇春、何文學元錫得袁中郎批本四卷，及萬曆間何君立本二十二卷，輯而刻之。補之以家藏山水畫端詩；阮中丞元、黄司馬易所藏墨蹟；王太守文治、邵茂才騄、趙上舍輅、魏茂才標所見詩篇；且刻其制藝、畫譜。而孫觀察星衍寄示康熙甲戌宋中丞刊本表墓詩一卷；韓封君是升有明天啓間周廷簡所臨畫像題跋；并采録外集，都爲十六卷。遺文軼事，亦稍蒐羅矣。然傳志稱先生窮研象數律曆揚馬元虚五遁太乙諸書，以余所見周髀算經中有先生辯證趙君卿、甄鸞諸人勾股法數十條，最爲精核。則其著述之弗傳者，又豈少哉！其墳墓一在桃花塢，一在横塘。桃花塢有明胡太守纘宗碑，横塘載在方志，今并修之。余以同族來宰是邑，既修其墓，刻其遺集，欲求其後裔不可得。董生國華出鈔本唐氏渡淮譜，列先生兄弟於松陵支系之後，其先世亦未能詳。而自長民殤後，子重復生二子，曰兆民、阜民，以兆民後先生。兆民生昌祚，昌祚生應祥，應祥生宜瑞，宜瑞生允錫、允欽、允銓，允錫生道濟，早卒，餘無可考。又云：子重三子，官字長民，宗字兆民，寧字阜民；又有兆民遺命記，自稱紹宗。名字互異，是可疑也。然過而廢之，寧過而存之；因附録於集中，以俟博考云。長沙族裔仲冕撰。唐刻全集

唐寅集附録二

史傳銘贊

唐寅，字伯虎，一字子畏。性穎利。與里狂生張靈縱酒不事諸生業；祝允明規之，乃閉户浹歲，舉弘治十一年鄉試第一。座主梁儲奇其文，還朝示學士程敏政，敏政亦奇之。未幾，敏政總裁會試；江陰富人徐經賄其家童得試題。事露，言者劾敏政，語連寅，下詔獄。謫爲吏，恥不就。歸家，益放浪。寧王宸濠厚幣聘之；寅察其有異志，佯狂使酒，露其醜穢；宸濠不能堪，放還。築室桃花塢，與客日般飲其中。年五十四而卒。寅詩文初尚才情，晚年頹然自放，謂後人知我不在此，論者傷之。明史文苑 唐刻全集卷七志傳

唐寅字伯虎，一字子畏，吴縣人。童髫入學，才氣奔放。與所善張靈縱酒放懷；諸生或笑之，慨然曰：「閉户經年，取解首如反掌耳。」弘治戊午舉鄉試第一。主考洗馬梁儲還朝，携其文示詹事程敏政，相與嘆賞，遂招寅往還門下。儲奉使，寅乞敏政文以餞。己

未會試，敏政爲考官，同舍生徐經以幣交敏政家人，爲給事華昶所參。詞連寅，俱下獄，掠問無狀，竟坐乞文事，論發浙藩爲吏，不就。放浪遠游祝融、匡廬、天台、武夷，觀海于東南，浮洞庭彭蠡。歸，築室桃花塢，與客般飲其中。嘗緣故去其妻。自傷放廢，無所建立，譬諸梧枝旅霜，苟延何爲？復感激曰：「丈夫雖不成名，要當慷慨，何乃效楚囚？」因圖其石曰：「江南第一風流才子。」作悵悵詩，讀者悲之。寧庶人慕其名，厚幣聘往。寅一見，知其有異志，佯狂以歸。少嘗乞夢九鯉仙，贈墨一擔，自是才思日進。其學務窮研造化，尋究律曆，求揚馬元虛邵氏音聲之理而贊訂之。旁及風烏、壬遁、太乙，出入天人之間。其于應世詩文，不甚措意，謂後世知我不在是。奇氣時發，或寄于畫，下筆輒追唐宋名匠；厭苦徵求，亦不盡其所至。晚乃皈心佛乘，自號六如。年五十四卒。張靈，字夢晉，家貧嗜酒，亡所得。寅嘗晨詣之，卧未起；呼之，靈作色曰：「乃公正酣，遽醒之，若豈能醉我者？」寅與游虎丘，見數賈飲于可中亭，且賦詩。靈更衣爲丐者，賈與之食，靈且噉且談，詞辨雲涌。賈始駭，令賡詩，揮毫不已，凡百絶。抵舟，易維蘿陰下。賈使人迹之，不得，以爲神仙。賈去，復上亭，朱衣金目，作天魔舞，形狀殊絶。靈亦能畫人物；間作山水，斬然絶塵。惟掩其醉得之，莫可購取。尤侗明史擬稿　唐

唐寅，字伯虎，一字子畏，吳縣人。性穎利，與里狂生張靈縱酒不事諸生業。祝允明規之，乃閉戶浹歲，舉弘治十一年鄉試第一。座主梁儲奇其文，還朝示學士程敏政，敏政亦奇之。未幾，敏政總裁會試；江陰富人徐經賄其家僮得試題事露，寅友人都穆搆其事。言者劾敏政，語連寅，下詔獄。謫爲吏，寅恥不就。歸家益放浪；後緣故去其妻。家無擔石，客座嘗滿。自署其章曰「江南第一風流才子」。寧王宸濠厚幣聘之，寅察其有異志，佯狂使酒，露其醜穢，宸濠不能堪，放還。築室桃花塢，與客日般飲其中。年五十四而卒。寅詩文初尚才情，晚年頹然自放，謂後人知我不在此，論者傷之。穆字元敬，吳縣人，弘治十二年進士，官至太僕少卿。里人娶婦，夜雨滅燭，遍乞火不得；或言南濠都少卿家有讀書燈，往叩果然，其老而好學如此。以陷寅，爲世所薄云。王鴻緒明史稿　唐刻全集卷七志傳

唐寅字子畏，吳縣人。中弘治戊午鄉試第一，坐同舍舉子事，發爲吏，不就。築圃桃花塢，游息其中。其學務研窮造化，尋究律曆，旁及風烏、壬遁、太乙，出入天人間。其于應世詩文，不甚措意，曰「後世知我不在此」。奇趣時發，或寄于畫，下筆直追唐宋名匠。雖遭放弃，坐客常滿。文章風采，照耀江表，寧藩以厚幣聘，甫至，即佯狂以歸。同邑張靈字夢晉，善圖畫，文思便敏，佻達自恣。祝允明愛其才，令受業門下。與寅交最善。江

南通志　唐刻全集卷七志傳

唐寅字伯虎，一字子畏。性穎利，與里狂生張靈縱酒不事諸生業。祝允明規之，乃閉户浹歲，舉弘治十一年鄉試第一。座主梁儲奇其文，還朝示學士程敏政，敏政亦奇之。未幾，敏政總裁會試，江陰富人徐經賄其家僮，得試題。事露，言者劾敏政，語連寅，下詔獄。謫爲吏，寅恥不就，益放浪形迹。遠游祝融、匡廬、天台、武夷，觀海東南，浮洞庭、彭蠡。歸益窮研造化，尋究律曆，求揚馬元虚邵氏聲音之理，而贊訂之。旁及風烏、壬遁、太乙，出入天人間。寧王宸濠慕其名，厚幣聘之。寅察其有異志，佯狂使酒，露其醜穢；宸濠不能堪，放歸。其于應世詩文，不甚措意，謂後世知我不在是。奇趣時發，或寄于畫，下筆輒追唐宋名匠，亦不盡其所至。晚乃皈心佛乘，自號六如。築室桃花塢，與客日般飲其中，年五十四而卒。蘇州府志人物·文苑　唐刻全集卷七志傳

唐寅，字伯虎，一字子畏，性絶穎，數歲能文，然不屑事場屋。其父廣德致舉業師教之。父殁終制，已籍名府學。弘治戊午，試應天第一。傍郡有富子，亦舉於鄉，慕寅，載與俱北，既入試，二場後，有仇富子者，抨于朝，言與主司有私，并連寅。詔亟捕富子與寅付獄，逮主司出，同訊于廷。富子既承，寅不復辨，同被黜。放浪形迹，翩翩遠游。益肆力于學，窮研造化元蘊象數，尋究律曆，求揚馬元虚邵氏聲音之理，旁及風烏、壬遁、太乙。

其于詩歌文字，不甚措意。或寄趣于畫，下筆輒追唐宋名匠。晚皈心佛乘，號六如。治圃桃花塢，年五十四卒。吴縣志

唐寅字伯虎，一字子畏，吴縣人也。寅幼讀書，不識門外街陌，中屹屹有一日千里氣。爲諸生，不或友一人，桀特之志錚然。同郡生祝允明歆其才，望而願友之，規之曰：「萬物轉高轉細，未聞華峰可建都聚；惟天極峻且無外，故爲萬物宗。」寅始肯可，久乃大契。然一意望古豪傑，不屑事場屋，著廣志賦自見。允明曰：「子必從己願，便可褫襴幞，燒科策。今徒籍名泮廬，目不接時業，子則取舍奈何？」寅曰：「諾，明年當大比，吾試捐一年力爲之。若弗售，一擲之耳。」明年爲弘治十一年，太子洗馬梁儲主試應天，舉寅爲第一人。當赴會試，江陰舉人徐經亟欲交知於寅，百金爲壽，同舟俱北。時寅文名藉盛，都中公卿造謁，闐咽于門。儲還京，言于詹事程敏政曰：「僕在南都得唐生，天下才也，請君物色之。」敏政曰：「吾固聞之，寅故江南奇士也。」寅以是與經咸得受知敏政門下。其春，敏政奉詔典禮闈，於是有訐二生於朝，以爲敏政鬻題受賄者；詔逮二生下詔獄，連敏政并廷詢。經竟承服，寅亦爲所株累，罷黜爲藩掾。計是時，經用其富，愚抵於此，亡怪也。寅以其才若彼，豈其喪志若此？一飲其惠，遂罹其菑，比匪之傷，從自及已。寅既坐廢，自以爲不復見齒士林，皈依佛氏，自號六如居士。築室桃花塢，日般

飲其中；客來共飲，去不問，醉便頽寢。有桃花庵歌，詠之能令醉士解頤。嘗夢人惠墨一囊，龍劑千金，繇是詩文日益奇。畫稱一時神品。晚年，稍欲别成一家之言，以冀名世，其學務窮研造化，玄蘊象數，尋究律曆，求揚馬玄虚邵氏聲音之理而贊訂之。旁及風鳥、壬遁、太乙，出入人天之間，未及成章而没。年僅五十四歲。寅有答友人文徵明書，見者無不酸鼻。其書曰：書略，見集卷第五寅家世業賈，寅父方用寅起家；然竊自嘆曰：「此兒必成名，殆難成家乎！」父没，寅猶落落。及舉賢科，忽遭擯绌；又有妬婦，斥去之；以是落魄逾甚，益任達自放。文徵仲與寅少小爲文字交，甚相得，每規之正，寅輒心伏，請隅坐受教。然不勝其磊落之氣，狂奴自若。過金閶，見畫舫，一女郎顧己一笑，悦之，知爲吴興官家婢。自設無聊狀，求從門下書傭。主人甚愛之，已而以娶求歸，主人曰：「汝肯終留我門下，吾當爲汝置室。」寅曰：「主人不見弃，使小人今日得爲門下犬，何幸！」主人盡出室中婢睞寅，寅請以女郎，許之。昏之夕，女郎謂寅曰：「妾向過金閶見似君，非乎？」曰：「然。」曰：「君士人也，何自賤若此？」曰：「汝昔顧我，不能忘情耳。」女郎曰：「妾昔見諸少年擁君出素扇求書畫，君揮翰如流，歡呼浮白，旁若無人。睨視吾舟，妾知君非凡士也，乃一笑耳。」寅曰：「何物女子，於塵埃中識名士耶！」益相歡洽。亡何，有客過其主人，見寅，乃白主人。主人大駭，請列賓席盡歡。明日，治百金裝，并婢送歸吴中。與祝希哲及張夢晉嘗雨雪中作乞兒，鼓節唱蓮花落，得錢沽酒野寺中痛飲，曰：「此樂恨不令太白知之。」三人皆以風流自豪。論曰：論者多咎伯虎失足於徐經。余曰：「不然，伯虎當宸濠物色時，名已敗矣，身已廢矣。英雄末路，能不自點者幾人哉？且脱屣若此矣，矧在志士盛年之秋。伯虎肯以身徇徐經，必不然也。」或又言文人無行；若論司馬長卿而第指其竊貲，後世無長卿矣。夫士負不羈之才，故多違俗之累。嗟哉！伯虎何失其爲伯虎哉？明史竊列傳第七十三

唐寅，字子畏，一字伯虎，吴人。以諸生舉鄉試第一。嘗赴會試，而有所同載者，以賄主司得題事株累，罷爲吏，謝弗就。寅才高，少嗜聲色；既坐廢，見以爲不復收，益放浪名教外。嘗一赴寧王宸濠聘，度有反形，乃陽爲清狂不慧以免。卒年五十四。始爲詩，奇麗自喜，晚節稍放格諧俚俗，冀託以風人之旨。其合者，猶能令人解頤。畫品高甚，在五代北宋間，人多寶之。明書卷一百五十一列傳十二藝術傳

子畏死，余爲歌詩，往哭之慟。將葬，其弟子重請爲銘，子畏余肺腑友，微子重且銘之。子畏性極穎利，度越千士。世所謂穎者，數歲能爲科舉文字，童髫中科第，一日四海驚稱之。子畏不然，幼讀書不識門外街陌，其中屹屹，有一日千里氣。不或友一人，余訪之再，亦不答。一旦以二章投余，乘時之志錚然。余亦報以詩，勸其少加宏舒，言萬物

轉高轉細，未聞華峰可建都聚；惟天極峻，且無外，故爲萬物宗。子畏始肯可，久乃大契。然一意望古豪傑，殊不屑事場屋。其父廣德，賈業而士行，將用子畏起家，致舉業師教子畏，子畏不得違父旨。廣德嘗語人：「此兒必成名，殆難成家乎！」父没，子畏猶落落。一日，余謂曰：「子欲成先志，當且事時業；若必從己願，便可褫襴幞，燒科策。今徒籍名泮廬，目不接其册子，則取舍奈何？」子畏曰：「諾，明年當大比，吾試捐一年力爲之；若弗售，一擲之耳。」即墐户絶交往，亦不覓時輩講習。取前所治毛氏詩與所謂四書者，繙討擬議，祇求合時義。戊午試應天府，録爲第一人。己未，往會試，時旁郡有富子，亦已舉于鄉，師慕子畏，載與俱北。既入試，二場後，有仇富子者，抨于朝，言與主司有私，并連子畏。詔馳敕禮闈，令此主司不得閲卷，亟捕富子及子畏付獄。詔逮主司出，同訊于廷，富子既承，子畏不復辨，與同罰，黜掾于浙藩。歸而不往。或勸少貶，異時亦不失一命，子畏大笑，竟不行。放浪形迹，翩翩遠游，扁舟獨邁祝融、匡廬、天台、武夷，觀海于東南，浮洞庭、彭蠡。蹔歸，將復踏四方，得疾，久少愈，稍治舊緒。其學務窮研造化，元蘊象數，尋究律曆，求揚馬元虚邵氏聲音之理，而賛訂之。旁及風烏、壬遁、太乙，出入天人之間，將爲一家學，未及成章而殁。其于應世文字詩歌，不甚措意，謂後世知不在是，見我一斑已矣。奇趣時發，或寄于畫，下筆輒追唐宋名匠。既復爲人請乞煩雜不休，遂亦不及精諦。且已四方慕之，無貴賤富貧，日請門徵索文辭詩畫，子畏隨應之，而不必盡所至。大率興寄遐邈，不以一時毀譽重輕爲趨舍。子畏臨事果決，多全大節，即少不合，不問；故知者誠愛寶之，若異玉珍貝。王文恪公最慎予可，知之最深重。不知者亦莫不歆其才望；而媢疾者先後有之。子畏糞土財貨，或飲其惠，諱且矯；樂其菑，更下之石，亦其得禍之由也。桂伐漆割，害雋戕特，塵土物態，亦何傷于子畏？余傷子畏不以是，氣化英靈，大略數百歲一發鍾于人，子畏得之，一旦已矣，此其痛宜如何置？有過人之傑，人不歆而更毀；有高世之才，世不用而更擯；此其冤宜如何已！子畏爲文，或麗或澹，或精或泛無常態，不肯爲鍛煉功。奇思常多，而不盡用。其詩初喜穠麗，既又放白氏，務達情性；而語終璀璨，佳者多與古合。嘗乞夢仙游九鯉神，夢惠之墨一擔，蓋終以文業傳焉。唐氏世吴人，居吴趨里。子畏母丘氏，以成化六年二月初四日生子畏。歲舍庚寅，名之曰寅，初字伯虎，更子畏。卒嘉靖癸未十二月二日，得年五十四。配徐，繼沈。生一女，許王氏國士，履吉之子。墓在横塘王家村。子畏罹禍後，歸好佛氏，自號六如，取四句偈旨。治圃舍北桃花塢，日般飲其中，客來便共飲，去不問；醉便頹寢。子重名申，亦佳士，稱難弟兄也。銘曰：「穆天門兮夕開，紾吾乘兮歸來。睇桃夭兮故土，回風衝兮蘭玉摧。不兜率兮猶徘徊，星辰下上兮雲雨灌。

椅桐輪囷兮稼無滯穟，孔翠錯璨兮金芝葳蕤，碧丹淵涵兮人間望思。」友人長洲祝允明撰。祝氏集略卷十七唐子畏墓志并銘　懷星堂集卷十七唐子畏墓志并銘　何刻外編卷四　曹刻彙集唐伯虎外集　袁評本唐伯虎外集　唐刻全集卷七墓志銘

唐寅，字伯虎。雅資疏朗，任逸不羈。喜翫古書，多所博通。不爲章句，屬文務精思。氣最峭厲，嘗負凌軼之志，庶幾賢豪之踪。俛仰顧盼，莫能觸懷。家資微羨，而饜習優汰，不能自裁，日以單瘠，踽然處困。銜杯對友，引鏡自窺，輒悲以華盛時，榮名不立；俟河之清，人壽幾何？恐世卒莫知，没齒無聞，悵然有抑鬱之心，乃作昭恤賦以自見。又嘗自論曰：「嗟乎唐生，何志之肆而材之縮邪？若使剖質相明，亦足以彰偉觀，流薄曜也。」素伉於意氣，怪世交鄙甚，要盟同比，死生相護，毋遺舊恩；故長者多介其誼慨云。系曰：「有鳥驕斯，高飛提提；飲擇清流，棲羞卑枝。俶蕩激揚，操比俠士；超騰踔詭，又類君子。長鳴遠慕，顧命儔似；猥叙苦辛，仍要素辭。與子同心，願各不移；恒共努力，比翼天衢。風雨凌敝，永勿散飛；天地閉合，乃絶相知。」吴郡徐禎卿撰。新倩籍　何刻外編卷四　曹刻彙集唐伯虎外集　袁評本唐伯虎外集　唐刻全集卷七墓志銘

唐寅，字伯虎，一字子畏，吴縣吴趨里人。有俊才，博習多識。善屬文，駢驪尤絶；歌詩婉麗，學劉禹錫。爲人放浪不羈，志甚奇，沾沾自喜。衡山文林，自太僕出知温州，意殊

不得，寅作書勸之，文甚奇偉。林出其書示刺史新蔡曹鳳，鳳奇之曰：「此龍門燃尾之魚，不久將化去。」寅從御史考下第，鳳立薦之，得隸名。未幾，果中試第一。先是，洗馬梁儲校寅卷，嘆曰：「士固有若是奇者耶？解元在是矣。」儲事畢歸，嘗從程詹事敏政飲，敏政方奉詔典會試，儲執卮請曰：「僕在南都，得可與來者，唐寅爲最。且其人高才，此不足以畢其長，惟君卿獎異之。」敏政曰：「吾固聞之，寅，江南奇士也。」儲更詣請寅三事，曰：「必得其文觀。」儲令寅具草上，三事皆敏捷，會儲奉使南行，寅感激，持帛一端詣敏政乞文餞。後被逮，竟因此論之。寅罷歸，朝臣多嘆惜者。歸無幾，緣故去其妻。寅初爲諸生，嘗作悵悵詩，其詞曰：「悵悵莫怪少時年，百丈游絲易惹牽；何歲逢春不惆悵？何處逢情不可憐？杜曲梨花杯上雪，灞陵芳草夢中烟；前程兩袖黄金淚，公案三生白骨禪；老後思量應不悔，衲衣持鉢院門前。」允與其事合，蓋詩讖也。後作多怨音，其自詠曰：「擁鼻行吟水上樓，不堪重數少年游；四更中酒半床病，三月傷春滿鏡愁。白面書生期馬革，黄金説客剩貂裘；近來檢校行藏處，飛葉僧家細雨舟。」每謂所親曰：「枯木朽株，樹功名于時者，遭也。吾不能自持，使所建立，置之可憐，是無枯朽之遭，而傳世之休烏有矣。譬諸梧枝旅霜，苟延奚爲？」後復感激曰：「大丈夫雖不成名，要當慷慨，何乃效楚囚？」因圖其石曰：「江南第一風流才子。」論曰：伯虎以不能謹行，終身歷落，欲施于世者，可以觀矣。其所逮事不可知，就其家論之，不裕。縱使果然，世之爲市科目者多，而彼獨白著，豈非命歟？且如伯虎之才，授之底石何愧？惟其不克令終，豪士亦解骨也。長洲閻秀卿撰。吴郡二科志　何刻外編卷四　曹刻彙集唐伯虎外集　袁評本唐伯虎外集　唐刻全集卷七墓志銘

唐寅字子畏，一字伯虎，蘇州人。舉應天鄉試第一，坐事廢。坦夷疎曠，冥契禪理。弱居庠序，漫負狂名。著廣志賦暨連珠數十首，跌蕩融暢，傾動群類。清谿倪公見之，亟稱才子。以故翰苑先輩，争相引援。驕妬互會，竟媒禍胎。弃落之餘，益任放誕。邪思過念，絶而不萌。託興歌謡，殉情體物，務諧里耳，罔避俳文。雖作者不尚其辭，君子可以觀其度矣。今司馬袁袠所刻，僅僅數篇，則其絶詣也。贊曰：「嗟嗟伯虎，孰廣爾志？登臺則流，牖下斯滯。生滅既一，寵辱奚驚？上善若水，是生令名。」姑蘇顧璘撰。國寶新編　何刻外編卷四　曹刻彙集唐伯虎外集　袁評本唐伯虎外集　唐刻全集卷七墓志銘

解元唐君子畏，吴縣人，幼小聰明絶殊凡，作詩肖古人之風雅。然性則曠遠不羈。補府學生，與張夢晉爲友，赤立泮池中，以手激水相鬭，謂之水戰，不可以蘇狂趙邪比也。後玉峰翁中殿元，立竿有旂帶飄飄之影，往來于君屋角，短檠光照，君遂攬衣，通宵劬書。不判年，學成；至弘治戊午，鄉試首薦。會試遇江陰富人徐姓者，有賫題之毀，君與徐

則舊交也。徐以三四書題丐君代作，而君不知其文衡，泄之。被給事中華昶因劾程篁墩先生事連逮下獄，落其桂籍。然篁墩道學之士，決無以私滅公之弊；而家人之竊窺以售得其金，未可保也。後歸林下，每見重于人。且善畫，逼宋人筆勢，可當石田一面。每陪邑令燕敘，則朗誦長歌以諷之云：「朝裏有官做不了，世上有錢要不了。」其貪黷者內赧焉。黄魯曾吴中故實記　何刻外編卷四　唐刻全集卷七墓志銘

唐先生寅，字伯虎，一字子畏，吴趨里人。性絶穎利。少讀書，不識户外街陌，其中屹屹有千里氣。父廣德，嘗語人：「此兒必成名，殆難成家乎！」父没，猶落落。其友祝希哲先生謂之曰：「子欲成先志，當且事時業。若從己願，便可褫襴幞，燒科策。今徒籍名泮廬，目不接其册子，則取舍奈何？」先生於是墐户絶交往，亦不覓時輩講習，第日取少所治毛氏詩與所謂四書者，繙討擬議，祇求合時義；一年，試應天，遂録第一人。己未，偕計北上，有旁郡富子强先生偕往，富子以賄敗，株累斥爲吏。先是，梁文康公竣試還京，與程詹事敏政從容語次，數稱：「唐某才士，寧第甲江南？」程公遂詣先生，請三事使具草。三事皆敏捷。程公因亦數稱：「唐某當世奇才，一第不足畢其長。」亡何而程公奉詔主會試，忌先生者以蜚語聞。比廷鞫，竟論削程公籍，而先生廢。先生既廢，益放浪形迹間。扁舟獨邁祝融、匡廬、天台、武夷，觀海東南，浮洞庭、彭蠡。歸，益研習造

化，玄藴象數，尋究律曆，求揚馬玄虚邵氏聲音之理而贊訂之。旁及風烏、壬遁、太乙，出入天人間。而是時寧庶人者，慕先生名，厚幣聘先生。先生往，一見則度濠有反形，乃陽清狂不慧以免。其於世間詩文，不甚措意，謂後世知我不在是。奇趣溢發，或寄於畫，下筆趣追唐宋名匠。晚乃皈心佛乘，自號六如。治圃舍桃花塢，日般飲其中。客來共飲，去不問，醉便頽寢，年僅五十四卒。祝先生爲銘曰：「穆天門兮夕開，紾吾乘兮歸來。睇夭桃兮故土，回風衝兮蘭玉摧。不兜率兮猶徘徊，星辰下上兮雲雨垂。椅桐輪困兮稼無滯穟，孔翠錯璨兮金芝歲蕤，碧丹淵涵兮人間望思。」蓋天下歌而悲之。論曰：余每詢故老唐先生事，讀其遺詩，未嘗不流涕也。曰：世有才如先生，而竟以寃錮耶？當時名公卿滿交戟，無一人能爲先生暴者何也？困英雄而黄槁之，見謂不復收矣。逆藩之變，佯狂自免，大節確如斯，其人不足千古乎？彼媢先生者，媢先生復第一雋耳。人材第一，風流第一，畫品第一，夫又誰家媢先生也？膏自銷，熏自燒，桂伐漆割，迺令人瞿然有餘思矣！文震孟姑蘇名賢小記卷下

唐寅，吴趨里人。少輕俠，有逸才。詩艷冶，長於諷刺。爲博士弟子時，文林薦之守新蔡曹公鳳，大奇之，名始藉藉。洗馬梁公儲論士東南第一，歸而言之程詹事敏政云：「所與來唐生，今無比也。即太常籍奏，未足盡生萬分一。」敏政亦雅聞寅，從儲請其文，

寅立奏幾萬言，遂大被賞。寅懷梁深，會其當行，亦請敏政文。適敏政被命都諸奏上者，都穆嫉寅，潛譖之，謂有寄請。給事論罷之，且斥寅爲掾。寅由此廢，而人亦尤穆猜狠甚矣。寅故蘊藉，游於酒人。詩多淒怨。方其少年好爲饑窮語，初欲發其憤傷，於世有所慨惋；既乃卒蹈之。嘗爲書與徵明，自悼其窮，云：「孔墨皆因所遭，垂之空文。逮史遷下蠶室，賈生放流，厥有叙述。身雖罹戮辱，視吾舌存否也。」又嘗作昭恤賦以自哀。繪事尤稱擅古今。張靈本窶人子，力作自給。而靈生乃有爽氣，選爲博士弟子，與諸俊少并游，唐寅尤善之。靈所爲詩能速成，雖使遲之，亦無復加也。嗜酒，貧無從得。寅嘗晨詣之，卧未起。呼之，靈作色曰：「而公正酣，遽醒之，若豈能醉我者？」寅與之適他所，見群賈有被酒吟者，謂靈曰：「爲若舞，彼來奚若？」靈乃佯爲丐，和其詩。賈驚，飲食之。已而迹知二生，乃大笑，人以此污之。使者方誌來，惡爲古文詞者，斥焉。生亦善圖畫，能不逮寅。贊曰：「自子畏遭讒，亦坐所與富人子。行己不自慎，卒困於游。顧專患才耶？才者，衆所側目，已又甚之，其何以免？夢晉無行，黜乃其宜。然以彼其才，而使摧折至死，生棟覆宇，健犢破車，獨不可少俟之乎。」劉鳳續吴先賢讚卷十一文學

唐寅，字伯虎，更字子畏，吴郡吴趨里人。才雄氣逸，花吐雲飛。先輩名碩，折節相下。

庶幾青蓮之駕，無忝金龜之席矣。中南京解元，坐事廢。逃禪學佛，任達自放。畫法沉鬱，風骨奇峭，刊落庸瑣，務求濃厚。連江疊巘，纚纚不窮。信士流之雅作，繪事之妙詣也。評者謂其畫遠攻李唐，足任偏師；近交沈周，可當半席。王穉登吳郡丹青志妙品志　何刻外編卷四　六如居士外集卷三題跋

唐寅，字伯虎，一字子畏，吳縣吳趨里人。幼有俊才，博雅多識，工古文辭。詩歌效白香山體，其合者尤能令人解頤。畫品高甚，自宋李營丘、李唐、范寬、馬遠、夏圭，以至勝國名家大癡、山樵之迹，無不探討。由諸生舉應天鄉試第一，嘗赴禮闈，與江陰徐生同載；以賄主司程敏政得題事株累，罷爲吏，謝弗就。先生賦性疎朗，任逸不羈，頗嗜聲色。既坐廢，益游於酒人，惟以詩畫自適。嘗一赴寧王宸濠聘，度濠有反形，乃佯爲清狂不慧以免。歸無幾，以故去其妻。初，爲諸生時，嘗作悵悵詩，中有「杜曲梨花杯上雪，灞陵芳草夢中烟；前程兩袖黄金淚，公案三生白骨禪」之句，蓋詩讖也。晚好佛氏，自號六如，取四句偈旨。治圃桃花塢，日夕嘯歌其中。卒年五十四，時嘉靖二年十二月也。姜紹書無聲詩史卷二

唐寅字伯虎，更字子畏，別號六如居士，吳人。首領鄉薦，坐事就吏；因任達自放。工詩文，尤精書畫。其山水自李成、范寬、馬、夏、元四大家，靡不研解。行筆秀潤縝密，而

有韻度。美人花鳥，尤極精研。徐沁明畫録

盤谷序言大丈夫得志于時之所爲，予竊笑焉。若而人果無愧丈夫之稱乎？唐子畏一試而冠于鄉，再試而欲冠于國；如天馬之長鳴，秋鷹之整翮，不可以駕馭束縛。竟罹娼嫉者中傷之禍，遂弃帖括而肆其力于繪圖。每每借畫而矢詩遂歌，以洩其抑塞不平。千古而下，觀其畫，讀其詩者，莫不骨騰肉飛，而代爲之悲不幸也。予以爲先生生前之不幸，乃身後之大幸焉。先生既魁鄉國，廷對時焉知其不爲商文毅、王文恪，俾其任職守，秉國成；無過如李愿云得志所爲而已。安得精工繪事？今日者，海内好古之家，明窗净几，異卉奇香，供養遺墨，可以不朽。先生有知，在彼不在此。顧復平生壯觀卷下

請問六如，六如何居？書如伯喈，文如相如；詩如摩詰，畫如僧繇；氣如湖海之豪，貌如山澤之癯。若夫禪家六物，吾不知其所如矣；無乃得居士之觕者歟！少傅王鏊贊。

吴越所見書畫録卷五明諸賢題唐六如像册

此居士非仙而有仙之風，非禪而類禪之屬。孰以金莖露滌腸？孰以玉壺冰换骨？孰飲以天河之水？孰飼以藍田之玉？故能摹天地之精英於文章，垂金石之聲華於簡牘；然則雖千載而不朽可也。胡爲乎有所謂如幻、如夢、如泡、如影、如露、如電者六耶？無乃洞視死生，而以是六者自目邪？平洲生張傑贊。吴越所見書畫録卷五明諸賢題唐

六如像册

六如云何，狀有爲法。凡厥有爲，非本來意。惟親體之，乃見無有。有居士唐，往學居龍；竟不一試，縮手就閒。方悟釋語，亦非妄述；遂視身外，脱然相忘。心與天游，虚室存白。九柏山人吕常贊。吴越所見書畫録卷五明諸賢題唐六如像册

現居士身，在有生境；作無生觀，無得無證。又證六物，有物是病；打死六物，無處討命。大光明中，了見佛性。沈周贊。吴越所見書畫録卷五明諸賢題唐六如像册

吴下奇才果絶倫，錦心繡口雪精神；若非金粟如來相，應是玉皇香案人。雲霧掃開廬阜景，鯨鯢吸盡洞庭春；此生風月笙歌債，惹得百花香滿身。抗生費景雲。吴越所見書畫録卷五明諸賢題唐六如像册

唐六如先生寅，字子畏，一字伯虎，吴縣之吴趨里人。以諸生舉鄉試第一。當赴會試，而有所同載者以賄主司得題事株累，罷爲吏，謝弗就。先生才高，少嗜聲色；既坐廢，見以爲不復收，益放浪名教外。嘗一赴寧王宸濠聘，度有反形，乃陽爲清狂不慧以免。其卒年五十四。先生之始爲詩，奇麗自喜，晚節稍放，格諧俚俗，冀托於風人之旨；其合者猶能令人解頤。畫品高甚，在五代北宋間。今像頗質而野，顧猶襲太學衣裾，若重戴者，可悲也。贊曰：「奪汝薦，曷以掾？汝何恧？讒面靦。樸其外，文其中；咄惜哉，

以樂窮；以窮工，藝乃終。」王世貞弇州山人續稿卷一百四十八像贊

烈士骨，不可屈。烈士精，允乃靈。瞋爾目，階可觸。正爾心，邪可擒。欽爾風，望爾容；魑魅魍魎咸潛踪，千秋之下真英雄。陳曼詠歸堂集唐子畏像贊

公姓唐，諱寅，字子畏，吴縣人。有俊才，善屬文。爲人曠達不羈，磊落自異。弘治十一年鄉試第一，傍郡有富人子亦舉於鄉，慕公，載與俱北。既入試，有仇富人子者抨於朝，言與主司有私，并連公；下詔獄。黜爲吏，公恥不就。放浪山水間。寧藩慕公名，厚幣聘往。公一見，度有反形，乃佯狂以歸。其於應世詩文，不甚措意，謂後世知我不在是。奇趣時發，或寄於畫，下筆輒追宋元名家。晚乃皈心佛乘，號六如。治圃桃花塢，日游息其中。客來共飲，醉便頹寢。每感激曰：「大丈夫雖不成名，要當慷慨，何乃效楚囚？」因刻其私印曰：「江南第一風流才子。」卒年五十四。葬横塘之王家村。贊曰：才因冤錮，禍以智免。大節不虧，藝傳猶淺。顧沅吴郡名賢圖傳贊卷七

土木其形骸，冰雪其性情。藐千駟以若浼，擁萬卷而自榮。狂士標格，才子聲名。是將共叔夜伯倫而尚友，豈徒引徵仲希哲爲同盟。嘉慶辛酉年冬，錢大昕贊。唐刻全集

天啓改元冬，匯庵楊先生買地於桃花塢，欲建準提閣；初不知爲古桃花庵址也。至壬戌春，創精舍數椽，供禪僧聞宗於内舍之傍。有清池縈繞，適童子就而浴，得一石碑，水

漬苔封，竟不知爲何物。募衆持起視之，則桃花庵歌也。聞宗走告家大人，大人撫几三嘆，遂出敬堂韓宗伯手札視之，而聞宗亦爲三嘆矣。先是，宗伯公欲復建桃花庵，因爲人誤，卒不果；故以「百年遺迹，竟付衰草斜陽」句相示。今日此碑劫盡復見，匯庵與六如洵有宿緣，諒有爲宗伯之功臣也。因檢吴中往哲册摹成六如一像，以紀不朽云。癸亥仲春望日，長洲周廷簡畫并書。六如居士外集・遺事・題跋

六如先生像，吴中臨摹甚多。然皆出近人手，失六如之真矣。此本猶前朝人所摹，風神秀朗，存才子清狂氣象。弇州傳贊，簡而能該，得立言之體。惟「同載者以賄主司得題」一語，頗爲失實。當時同年生爲徐經，主司爲程篁墩。經與六如同謁篁墩，問會試擬題，篁墩以數題示之。後點主司，所出次題，即在所擬中；唐與徐曾擬作者。華昶劾奏之，因而被累。試思篁墩高行，豈受賄之人？徐富而多才，豈行賄之人耶？余見孝宗實録甚詳，因辨其誣。沈德潛題，時年八十有五。六如居士外集・遺事・題跋

唐寅集附録三

軼事

唐子畏寅未第時，往仙游縣九仙山祈夢。凡祈者先至判官前致禱，祀以白鷄，留一宿，夜必有夢。子畏夢一人遺墨一擔。弘治己未發解應天府第一。横遭口語，坐廢。日以詩酒自娱，夢墨之兆始驗。踰年，復往祈之，夢人示以「中吕」二字，子畏訊諸多人，皆不曉。一日，偶訪守谿王公於洞庭山中，見壁間揭東坡書滿庭芳詞一軸，下有「中吕」二字。子畏驚曰：「此余夢中所見也。」試誦之，其詞有「百年强半，來日苦無多」之句，子畏遂惻然不樂。後壽止五十三而卒，果應「百年强半」之語。噫！人生出處，自有分定，不可强也。山樵暇語

唐子畏詣九仙祈夢，夢人示以「中吕」二字。語人，莫知其故。後訪同邑閣老王鏊於山中，見其壁間揭東坡滿庭芳詞，下有「中吕」字。子畏驚曰：「此予夢中所見也。」誦其

詞，有「百年强半，來日苦無多」之句，默然歸家，疾作而卒，年五十四。果應百年强半之語。曹刻彙集注云：外紀作五十三者誤，祝允明墓志可據，今正之。何刻外編卷三　曹刻彙集外集紀事

袁評本外集紀事　六如居士外集卷一

唐寅字子畏，弘治間解元也。嘗詣九仙祈夢，夢人示以「中吕」二字，語人亦莫知故。後訪同邑閣老王鏊於山中，見其壁間揭東坡滿庭芳詞，下有「中吕」字。唐驚曰：「此余夢中所見也。」誦其詞，有「百年强半，來日苦無多」之句，默然歸家，疾作而卒，時年亦五十三也。七修類稿

唐寅，字子畏。少有逸才，發解應天第一。横遭口語坐廢。自吴至閩，詣九仙蘄夢，夢有人示以「中吕」二字，歸以問余曰：「何謂也？」余亦莫知所指。一日，過余于山中，壁間偶揭東坡滿庭芳，下有「中吕」字。子畏驚曰：「此余夢中所見也。」試誦之，有「百年强過半，來日苦無多」之句。默然。後卒，年五十三，果應百年强過半之語。震澤長語卷下

夢兆

伯虎嘗夢有人惠墨一囊，龍劑千金。由是詞翰繪素，擅名一時，因構夢墨亭。晚年寡出，常坐臨街一小樓，唯乞畫者携酒造之，則酣暢竟日。雖任適誕放，而一毫無所苟。有言志詩云：「不煉金丹不坐禪，不爲商賈不耕田；閑來就寫青山賣，不使人間造業

錢。」堯山堂外紀　何刻外編卷三遺事　曹刻彙集外集紀事　袁評本外集紀事　六如居士外集卷一遺事

唐子畏乞夢仙游九鯉神，夢惠之墨一擔。蓋終以文業名。年五十四卒，無子。唐自作夢墨亭，祝枝山有記。湧幢小品卷二

弘治戊午科應天鄉試，解元唐寅，經魁陸山，鎖榜陸鍾，首尾皆蘇人，至今爲鄉中美談。太守曹公鳳作綵旗，一聯云：「一解一魁無敵手，龍頭龍尾盡蘇州。」遠近爲之傳誦。山樵暇語

伯虎與張靈俱爲郡學生，博古相上。適鄞縣人方誌來督學。惡古文辭，察知寅，欲中傷之。靈挹鬱不自遣。寅曰：「子未爲所知，何愁之甚？」靈曰：「獨不聞龍王欲斬有尾族，蝦蟆亦哭乎？」吴郡二科志　何刻外編卷三　曹刻彙集外集紀事　袁評本外集紀事　六如居士外集卷一

袁宏道評云：妙人妙語。

弘治中，唐解元伯虎以詿誤問革，困厄終身。聞其事發於同里都冏卿元敬。都亦負博洽名，素與唐寅善。以唐意輕之，每懷報復。會有程篁墩預洩場題事，因而中之。唐既罷歸，誓不復與都穆接。一日，都瞰其樓上獨居，私往候之。方登梯，唐顧見其面，即從檐躍下，墮地幾死。自是遂絶，以至終身。聞都子孫甚微，或其脩郄之報。然唐後亦不

聞有賢者。此説得之吳中故老云。湫帚剩語

弘治己未，程篁墩敏政鬻試目，給事中華昶發其事，始于舉子都穆玄敬，爲昶西賓，言之昶，因舉劾。昶與穆誓死不相累，故昶雖被掠笞，終不及穆。至今人咸弗知之。嘉靖初，昶姪孫鑰職方主事語予云。時昶歷方伯，都爲郎中，俱歸休矣。磯園稗史

弘治十二年會試，大學士李東陽、少詹事程敏政爲考官。給事中華昶劾敏政鬻題與舉人唐寅、徐泰，按：應是徐經乃命東陽獨閱文字。給事中林廷玉復攻敏政可疑者六事；敏政謫官，寅、泰皆斥譴。寅江左才士，戊午南闈第一，論者多惜之。明史卷七〇選舉二

唐六如中解元日，適有江陰一巨姓徐經者，其富甲江南，是年與六如同鄉舉，奉六如甚厚，遂同船會試。至京，六如文譽藉甚，公卿造請者闐咽街巷。徐有戲子數人，隨從六如，日馳騁於都市中，是時都人屬目者已衆矣。况徐有潤屋之資，其營求他逕以進，不無有之。而六如疏狂，時漏言語，因此罣誤，六如竟除籍。六如才情富麗，今吳中有刻行小集，其詩文皆咄咄逼古人。一至失身後，遂放蕩無檢，可惜可惜。四友齋叢説卷十五

弘治己未，給事中華昶、林廷玉論敏政鬻題。先是，敏政問策秘，人罕知者。其故所昵門生徐經居平日竊得之，爲其同年解元唐寅説，由是各舉答無遺。寅，疏人也，見則矜且得上第；爲昶及廷玉所論，併敏政下獄按問。經自誣服購敏政家人得之。又寅曾以

一金幣乞敏政文，送洗馬梁儲。獄成，敏政致仕，經、寅俱充吏。一云：「果敏政家人爲之也。」弇山堂别集　何刻外編卷三　六如居士外集卷一

梁儲論士東南歸，而言之程敏政云：「所與來唐寅，今無比也；即太常籍奏，未足盡生萬分一。」敏政亦雅聞寅，從儲請其文；寅立奏幾萬言，遂大被賞。寅懷梁深，會其當行，亦請敏政文。適敏政被命都諸奏上者。都穆嫉寅，潛譖之，謂有奇請。給事論敏政罷之，且斥寅爲掾。寅由此廢，而人亦尤穆猜狠甚。玉劍尊聞卷十仇隟

己未春，程敏政與李西涯同主考禮闈。其第三問策題，程所出，以四子造詣爲問，許魯齋一段，出劉静脩退齋記。士子多不通曉。程得一卷，甚異之，將以爲魁，而京城内外盛傳其人先得題，意乃程有所私；爲華給事中昶等所劾，爲私徐經、唐寅等。上命李公覆閱，遲三日始揭曉。言路復論列，欲窮治之。上怒，下都給事中林廷玉等于獄，落言官數人職；而程亦致仕以去。亦一時文運之玷云。治世餘聞上篇卷二

唐六如先生寅，天才宏放，負奇自喜。舉鄉試第一。當會試，爲同載生株累，罷爲吏。放浪詩酒山水間，多奇僻，踪迹詭異。嘗一赴寧王聘，度有反形，佯爲清狂不慧以免。卒年五十四。以孝廟之寬仁也，程篁墩學士之重望也，子畏之高才也，竟以徐生事，不能稍寬文法於耳目形迹外，國朝之嚴制科如此！當時無敢有爲唐生稱寃者，令淪落不

屬，賫志九原，何哉？讀祝希哲志銘，千載墮淚。磯園稗史

程敏政會闈發策，用劉静修退齋記爲問，時罕知者；徐經、唐寅坐是得禍。記具載劉因集中。科場尚正大明白，不炫奇辟。程此問原措大氣。禍傳爲都穆譖成。國史唯疑　明詩紀事

弘治己未科會試，程學士敏政主考。僕輩假通關節以要賂，舉人唐寅輩因而夤緣，欲竊高第，爲言官華昶等所發，逮赴詔獄。孝皇親御午門會法司官鞫問，以東宫舊官，從輕奪職。正問時，一巨璫進言曰：「使奴輩在内，豈有此事？」孝皇叱之曰：「兹事豈汝輩所可與！」真聖明之見也。嘗聞事未發時，孝皇内宴，優人扮出一人，以盤捧熟豚蹄七，行且號曰：「賣蹄呵。」一人就買，問價幾何？賣者曰：「一千兩一個。」買者曰：「何貴若是？」賣者曰：「此俱熟蹄，非生蹄也。」哄堂而罷；孝皇頓悟。程世家子，以文學名天下，自負甚高；此事不待辯而知其爲所誣。第疏于檢防，爲群小所誤耳。後雖復職贈官，白璧青蠅，終不可掩，惜哉！徐襄陽西園雜記上

程敏政，字克勤，休寧人，南京兵部尚書信子也。弘治十二年，敏政以禮部右侍郎專典内誥敕。與李東陽主會試。舉人徐經、唐寅預作文與試題合，給事中華昶劾敏政鬻題。時榜未發，詔敏政毋閱卷；其所録者令東陽會同考官覆校。二人卷皆不在所取中，東

陽以聞；言者猶不已。敏政、昶、經、寅俱下獄。坐經嘗贄見敏政，寅嘗從敏政乞文，黜爲吏。敏政勒致仕。而昶以言事不實，調南太僕主簿。敏政出獄，憤恚發癰卒，後贈禮部尚書。或言敏政之獄，傅瀚欲奪其位，令昶奏之，事秘，莫能明也。明史卷三百八十六文苑二

傅瀚欲攘取内閣之位，乃嗾同鄉監生江瑢奏大學士劉健、李東陽。既而恐謀泄，遂倡言瑢與學士程敏政善，且奏事決非瑢所能，而奏中「排抑勝己」一言，又實敏政平日心事；以此激當道之怒，而敏政之獄，自是始矣。敏政既死，瀚果自禮部改詹事，代其位。後瀚家人忽晨見敏政入瀚室，又數見怪異，因憂悸成疾。踰年，瀚竟死。玉堂叢話卷八志異

江陰舉人徐經者，其富甲江南。六如舉鄉試第一，經奉之甚厚，遂同舟會試。至京，六如文譽籍甚，公卿造請者闐咽街巷。徐有優童數人，從六如日馳騁於都市中，都人屬目者已衆矣。況徐擁厚資，其營求他逕以進，不無有之。而六如疏狂，時漏言語，竟坐削籍。

按：南國賢書：徐經係江陰縣學增廣生，治易，中弘治乙卯科鄉試第四十一名。唐寅係蘇州府學附學生，治詩，中弘治戊午科鄉試第一名。外紀謂徐經與寅同鄉舉，誤矣。堯山堂外紀　何刻外編卷三　曹刻彙集外集紀事　袁評本外集紀事　六如居士外集卷一遺事

徐經字直夫，中弘治乙卯科。父元獻，成化庚子科第三人。經與吴門唐寅以才名相引重，寅發弘治戊午解元，公車北上，與經偕行。爲都穆所忌，蜚語誣以賄主司程敏政家僮預得試題，實因戊午鄉試主司梁儲奇寅文，還朝携以示人；敏政亦奇之。忌者妬兩人才，因經家富，遂飾成萋菲。言官風聞，劾之。下詔獄，分别謫遣。乾隆本江陰縣志

徐經字直夫，同年十五舉子之一。與吴門唐寅并以才名相引重。寅領戊午解，經與俱北上。吴門都穆惡之，蜚語流聞京師，經竟與寅同鎸名。歸益肆力詩文，著貢感集。黄傅贈詩曰：「夏商人物徐直夫，周漢以來人世無；窮年對坐不見客，閉户反觀恒喪吾。四壁芸香時落蠹，千倉紅朽食無魚；迂余老眼亦空爾，公是公非敢厚誣！」光緒本江陰縣志識餘

戊寅春初，看梅于吴中諸山，于楞伽山會雅宜先生子龍罔，龍罔固六如唐先生子婿，爲説唐先生事，漫識如左。子畏少英邁不羈，與南濠都君穆游，雅稱莫逆。江陰有徐生名經者，豪富而好事，結交吴中諸公，間與六如友善。經故太學生。弘治戊午，歲大比，徐通考官得關節；徐亦能文，念非唐先生莫可與同事者，遂以關節一事語唐。唐得之，更以語穆。是歲唐遂舉第一人，而徐與穆亦得同榜。徐德唐甚，相與偕計。徐更通考官程敏政家奴，先期得場中試目，復以語唐。唐爲人洞見底裏，無城府，如前語穆。未揭

榜前，穆飲於馬侍郎（失其名）邸寓，與給諫華昶俱會。有要宦謁馬，馬出接之，與談會試事，宦云：「唐寅又舉一第矣。」穆從隔壁耳之。宦去，馬入與穆語，喜盈於色。穆輒起嫉妬心，遂語馬以故，昶亦與聞之；一日而徧傳都下矣。昶遂論程，并連唐、徐。至廷鞫，兩人者俱獲罪，程亦落職。是歲，凡取前列者，皆褫名。都以名在後，反得雋；而唐先生遂終身落魄矣。唐後與穆終恨恨誓不相見，如此累年。有一友生游於兩君之門者，欲合其交。伺唐飲於友人樓居，亟聞於穆。乃語唐曰：「穆且至。」唐聞之，神色俱變。穆謂友已通情，疾入樓襲見之。唐瞥見，遂躍樓窗而下，亟趨歸。友人恐其傷也，縱迹之，已抵家，口呼：「咄咄賊子，欲相逼耶？」亦竟無恙。兩人者，遂終身不相見。穆後官至太僕，亦有文名。子畏鬱鬱不得志，以詩酒自娱。其繪事不減顧、陸云。按此事絶無知者，少嘗聞之陸蕙田先生；先生，陸海觀南之子。性迂怪，好談吴中故實。云「此事得之衡山文先生」，衡翁長者，口不談人過，云：「方語此時，詞色俱厲。」且云：「人但知穆爲文人，不知媢嫉若此。」此事蓋實録云。秦酉巖游石湖紀事　何刻外編卷三　曹刻彙集外集紀事　袁評本外集紀事　六如居士外集卷一

正德末，待詔困諸生，而伯虎爲山人以老。寧庶人慕其書畫名，以金幣卑禮聘之。待詔謝弗往；伯虎往，而覯庶人有反狀矣，乃陽爲清狂。寧使至，或縱酒箕踞謾駡，至露其

穢。庶人曰：「果風耶？」放之歸。歸二年而庶人反，伯虎已卒矣。藝苑巵言附録卷四　何刻外編卷三　六如居士外集卷一

按：宸濠事敗被擒在正德十四年，子畏年五十歲。弇州此語失考。

宸濠甚慕唐六如，嘗遣人持百金至蘇聘之。既至，處以别館，待之甚厚。六如居半年餘，見其所爲多不法，知其後必反，遂佯狂以處。宸濠差人來饋物，則倮形箕踞，以手弄其人道，譏訶使者。使者反命，宸濠曰：「孰謂唐生賢？直一狂生耳。」遂遣之歸。不久而告變矣。蓋六如于大節能了了如此。四友齋叢説卷十五　何刻外編卷三　曹刻彙集外集紀事　袁評本外集紀事　六如居士外集卷一

袁宏道評云：妙，妙！

宸濠素重我鄉唐伯虎，使使具幣徵之，伯虎佯狂不應命。其後又遣人以數百金儀物饋文衡山求書畫，衡山辭却，不受一絲，亦不與一字。宸濠既敗，二公皆獲免禍。誰謂二公所長獨藝哉！馮元成集

宸濠事敗，六如幾不免。當事者甚憐之，然不能挽也。及見題壁一詩云：「碧桃花樹下，大脚黑婆娘；未説銅錢起，先鋪蘆席床。三杯渾白酒，幾句話衷腸；何時歸故里？和它笑一場。」遂保護其壁，深白伯虎鬱鬱思歸，略不與黨狀；復奏得釋。風流逸響　何刻

外編卷三　六如居士外集卷二詩話

姑蘇唐寅，南圻解元也。善詩畫，知名于時。宸濠禮致之，日與賡詩論畫。酒間，語涉悖逆，寅即佯狂不答；或作喪心狀，遇人若泄其謀者；濠懼，遣歸，得不及禍。浮梁汪文慶有才器，濠重其人，欲官之。汪辭曰：「某疏散菲才，不堪任使。」劉養正力爲從臾，汪又謝之。寅笑曰：「汪君所處是也，丈夫安能作佛座八角獅頭鬼耶？」言所負者重，卒不可脱也。寅外若放誕，而中有所主如此。徐襄陽西園雜記上

王秩字循伯，弘治己未進士。官江西副使備兵南贛時，寧庶人有異志，秩謂家人曰：「王志滿氣揚，必且爲亂，不出十年矣。」時唐寅客王所，秩微示意，寅始佯狂以歸。乾隆本崑山新陽合志卷二十人物

唐子畏被放後，於金閶見一畫舫，珠翠盈座，内一女郎，姣好姿媚，笑而顧己。乃易微服，買小艇尾之。抵吴興，知爲某仕宦家也。日過其門，作落魄狀求傭書者。主人留爲二子傭。事無不先意承旨，主甚愛之。二子文日益奇，父師不知出自子畏也。已而以娶求歸，二子不從，曰：「室中婢惟汝所欲。」遍擇之，得秋香者，即金閶所見也。二子白父母而妻之。婚之夕，女郎謂子畏曰：「君非向金閶所見者乎？」曰：「然。」曰：「君士人也。何自賤若此？」曰：「汝昔顧我，不能忘情耳。」曰：「昔妾見諸少年擁君出素扇

求書畫，君揮翰如流，且歡呼浮白，旁若無人。睨視吾舟，妾知君非凡士也，乃一笑耳。」子畏曰：「何物女子，于塵埃中識名士耶！」益相歡洽。居無何，有貴客過其門，主人令子畏典客。客于席間，恒注目子畏；客私謂曰：「君貌何似唐子畏？」子畏曰：「然，余慕主家女郎，故來此耳。」客白主人，主人大駭，列于賓席盡歡。明日治百金裝，并婢送歸吴中。蕉窗雜録　何刻外編卷三　曹刻彙集外集　唐刻全集外集卷一

袁宏道評云：此事盡可譜入傳奇。此女大不俗，得子畏爲配，亦一笑爲之媒耶？子畏亦可謂有心人矣。

唐子畏往茅山，道出無錫。晚泊河上，登岸閑步。見肩輿來，女從如雲，中有丫環尤艷。唐迹之，知是華學士華察，字子潛，無錫人。官至侍讀學士。華氏富累世，察擢清華，乃矜孤介，寡逢迎，以此被讒遭蹶，不究宏施。宅桂華。謀爲傭書，改名華安，因得此婢。居數日，逃還。久之，華偶謁唐，見極類安；稍述華安始末以挑之。又云：「貌正肖公。」唐但唯唯。華起欲去，唐曰：「少從容。」命燭導入後堂，召諸婢擁新婦出拜，華愕然。唐曰：「無傷也。」拜畢，因携新婦近華曰：「公言我似華安，不識桂華亦似此婦否？」乃相與大笑而別。玉劍尊聞　卷九假譎

華學士鴻山，艤舟吴門，見鄰舟一人，獨設酒一壺，斟以巨觥，科頭向之極罵，既而奮袂舉觥，作欲吸之狀，輒攢眉置之。狂叫拍案，因中酒，欲飲不能故也。鴻山注目良久，

曰：「此定名士。」詢之，乃唐解元子畏。喜甚，肅衣冠過謁，子畏科頭相對。談謔方洽，學士浮白屬之，不覺盡一觴，因大笑極歡。日暮後，大醉矣。當談笑之際，華家小姬隔簾窺之而笑，子畏作嬌女篇貽鴻山，鴻山作中酒歌答之。後人遂有傭書獲配秋香之誣。桐下听然

姚旅露書云：吉道人，父秉中，以給諫論嚴氏，廷杖死。道人七歲爲任子，十七與客登虎丘，適上海有宦家夫人擁諸婢來游。一婢秋香姣好。道人有姊之喪，外衣白衫，裏服紫襖絳裩。風動裾開，秋香見而含笑去。道人以爲悅己，物色之。乃易姓名葉昂，改衣裝作窶人子，往賄宦家縫人，鬻身爲奴。宦家見其閑雅，令侍二子讀書，二子愛暱焉。一日，求歸娶，二子曰：「汝無歸，我言之大人，爲汝娶。」道人曰：「必爲我娶者，願得夫人婢秋香，他非願也。」二子爲力請，與之。定情之夕，解衣，依然紫襖絳裩也。秋香凝睇良久，曰：「君非虎丘少年耶？君貴介，何爲人奴？」道人曰：「吾爲子含笑目成，屈體惟子故耳。」會勾吴學博遷上海令，道人嘗師事者。下車，道人隨主人謁焉。既出，竊假主人衣冠入見。令報謁主人，并謁道人。旋道人從兄東游，其僕偶見道人，急持以歸。宦家始悉道人顛末，具數百金，裝送秋香歸道人。道人名之任，字應生，江陰人。本姓華，爲母舅趙子。按今演其事爲劇，移以屬唐伯虎云。浪跡續談卷六

按：華察生于弘治十年丁巳（一四九七），時唐寅廿八歲。華察舉進士在嘉靖五年，唐寅卒已三年。

伯虎應試南都。偶因出游，見樓上一美人，以目挑之，伯虎亦致殷勤焉。美人者，某揮使女也，慕伯虎才名，暗以手書訂桑間之約，期以八月十五試畢赴之。伯虎因浪游出，偶爲友人發其篋中私藏，驀見此書，即懷之。伺畢試夜，其友盛招賓客，留連伯虎，酌以兕觥。伯虎堅辭不得，頹然一醉。其友冒往，與其女歡洽。已爲其父揮使所覺，男女俱被殺。比伯虎醒時，漏下四鼓矣；因暗赴其期。中途喧傳某揮使家以奸情事發，殺人變起，伯虎大驚趨避，獲免于難。噫！亦奇矣。何刻外編卷三遺事　錫山孫寄生談　六如居士外集卷一遺事

張東海先生汝弼守南安，入覲，謁王文恪公；適公以他冗不時見。公即就几上塵封手書曰：「始知東閣先生貴，不放南安太守參。」拂衣歸。歸謁唐伯虎，伯虎方與人弈，得刺謝曰：「吾竟局，即來訪矣。」東海歸，卧舟中。伯虎報謁，夜且半，即捧足卧。比覺，方知伯虎也。後作吴中一段佳話。磯園稗史

唐寅與客對弈，有給事自浙來訪，入其廳，與寅揖。寅曰：「正得弈趣。」給事趨而出。至黄昏，寅弈罷，始訪給事。舟人告：「給事已寢。」寅曰：「吾亦欲寢。」竟上給事床，解衣卧，引其被相覆。給事欲與談，寅酣寐不應。至明日，午已過，寅猶未起。給事欲赴

他席，呼寅；寅曰：「請罷席歸而後起。」給事登輿去，寅竟披衣還家。玉劍尊聞卷九簡傲

外大父七峰孫君，吾陽高士也；與唐六如、祝希哲、楊邃庵、陳石亭、張石川諸名彦稱莫逆交。相思命駕，群賢畢集，往往見之圖詠，流傳人間。孫氏所居之南山，石壁奇峭，屹立江湄。正德庚辰歲，七峰與諸君修禊于石壁之下，題名巖表，鐫之以紀勝游。其懸崖揮翰者，乃楊文襄也。唐六如圖之，兼題長歌于幀首。雖西園雅集，不是過也。余追慕渭陽，遣人搨之。其磨崖之刻，半漶于風雨；惟六如圖詠，尚焜耀于天壤間。七峰之藉以不朽者，不在金石，而在縑緗矣。石壁題名詩，六如集中未載，今録于此，以俟桑梓之彦，如葛常之著韻語陽秋者採焉。韻石齋筆談卷上　按：詩七古，見補遺。

余聞之故老，玄敬少與唐伯虎交，最莫逆。伯虎鎖院得禍，玄敬實發其事。伯虎誓不與相見，而吴中諸公皆薄之。玄敬晚年，深自悔恨。其殁也，不請銘于吴人，而遠求胡孝思，蓋亦其遺意云。列朝詩集

六如有人求畫，若自己懶於著筆，則倩周東村代之。東村名臣，字舜卿，蘇州人。何刻外編卷三遺事　六如居士外集卷一遺事

周臣，别號東村，亦吴人。所得宋、郭、李、馬、夏法尤深。其用筆視唐生亦熟，特所謂行家意勝耳。唐每有酬應，多從臣磅礴，始落筆。若臣者，可謂外接文進者也。藝苑巵言附

録四　何刻外編卷三遺事　六如居士外集卷一遺事

周東邨，名臣，字舜卿，蘇州人，其畫法宋人，學馬、夏者。若與戴静庵并驅，則互有所長，未知其果孰先也。亦是院體中一高手。聞唐六如有人求畫，若自己懶於着筆，則倩東村代爲之；容或有此也。四友齋叢説卷二十九

昔人謂唐子畏畫師周臣，而雅俗迥別。或問：「臣畫何以俗？」曰：「臣胸中只少唐生數十卷書耳。」余謂此論却未盡然。如吾邑烏目山人，彼胸中與周臣何異？而畫却不俗。柳南隨筆卷五

祝京兆謂唐子畏曰：「萬物轉高轉細，未聞華峰可建都聚。惟天峻極且無外，故萬物爲宗。」誰謂書畫中人，果以藝溺志哉？紫桃軒雜綴卷二

伯虎嘗夏月訪祝枝山，曹刻彙集、袁評本作「祝京兆」枝山適大醉，裸體縱筆疾書，了不爲謝。伯虎戲謂曰：「無衣無褐，何以卒歲？」枝山遽答曰：「豈曰無衣？與子同袍。」玉劍尊聞卷九排調　曹刻彙集外集紀事　袁評本外集紀事　六如居士外集卷一遺事

伯虎與張夢晉、祝允明皆任達放誕，嘗雨雪中作乞兒鼓節，唱蓮花落，得錢沽酒野寺中痛飲，曰：「此樂惜不令太白知之。」何刻外編卷三遺事　曹刻彙集外集紀事　袁評本外集紀事　六如居士外集卷一遺事　按：明史竊亦載此事。

袁宏道評曰：淡甚，妙甚！

唐子畏、祝希哲浪游維揚，貲用乏絶。謂鹽使者課税甚饒，乃僞作道士爲玄妙觀募緣。鹽使者檄下長、吴二邑，資金五百爲葺觀費。唐、祝更修刺謁二尹，許爲道士關説，得金如數。乃悉召諸妓及所與游者，暢飲數日而盡。玉劍尊聞卷九假譎

唐伯虎曹刻彙集作「唐子畏」祝枝山曹刻彙集作「祝希哲」兩公，浪游維揚，極聲妓之樂。資用乏絶，兩公戲謂鹽使者課税甚饒，乃僞作元妙觀募緣道者，衣冠甚偉，詣臺造請焉。鹽使者大怒，叱之曰：「爾獨不聞御史臺霜威凜凜耶？何物道者，輒敢徑曹刻彙集作「輕」造乎？」兩公對曰：「明公將以貧道游食者與？非敢然也。貧道所與交，皆天下賢豪長者。即如吾吴唐伯虎、祝希哲輩，咸折節爲友。明公不弃，請奏薄技，惟公所命。」御史霽威，隨指牛眠石爲題，命兩公賦之。兩公立就一律，其辭云：「嵯峨怪石倚雲間，唐拋擲于今定幾年？祝苔蘚作毛因雨長，唐藤蘿穿鼻任風牽。祝從來不食溪邊草，唐自古難耕隴上田；祝袁宏道評曰「自古二字不通」恠殺牧童鞭不起，唐笛聲斜挂夕陽烟。祝」御史得詩，笑謂兩公曰：「詩則佳矣，意欲何爲？」兩公進曰：「明公輕財好施，天下莫不聞；今姑蘇元妙觀圮甚，明公倘能捐俸葺之，名且不朽。」御史大悦，即檄下長、吴二邑，資金五百，爲葺觀費。兩公得檄，遂扁舟歸吴，投檄二邑。更修刺往謁二尹，許爲道者關説，

得金果如其數。乃悉召諸妓及所與游者，暢飲數日輒盡。異日，鹽使者按吴，肅儀謁觀。見廟貌傾圮如故；召長、吴二令責之。令對曰：「奉明公檄，適唐解元伯虎、祝京兆允明兩公云自維揚來，極道明公爲此勝舉，令即畀金如數久矣。」鹽使者悵然，心知兩公，然惜其才名，不問也。

按：高季迪大全集石牛詩云：「一拳怪石老山巔，頭角崢嶸幾百年；毛長紫苔春夜雨，身藏青草夕陽天。中宵望月何曾喘，盡日看雲自在眠；惱殺牧童呼不起，數聲長笛思悠然。」與兩公詩絶相類。意當時鹽使者以此題面試，兩公顛放之極，稍改舊作應命耳。然不可考矣。姑存之，以俟知者。　何刻外編卷三遺事　曹刻彙集外集紀事　袁評本外集紀事　六如居士外集卷一

袁宏道評曰：此事亦妙。然不可無一，不可有二。

唐子畏居桃花庵，軒前庭半畝，多種牡丹。花開時，邀文徵仲、祝枝山賦詩，浮白其下，彌朝浹夕。有時大叫痛哭。至花落，遣小伻一一細拾，盛以錦囊，葬於藥欄東畔，作落花詩送之；寅和沈石田韻三十首。六如居士外集卷二詩話

文待詔徵仲，生年與靈均同，嘗爲圖書記，取離騷句曰：「惟庚寅吾以降。」徵仲書畫名盛，郡守令無不致敬者。有一貳守，北人也，不欲言其名。問人曰：「文先生前，尚有善畫於先生者否？」或對曰：「有唐解元伯虎。」問：「唐何名？」曰：「唐寅。」貳守躍然起

曰：「信然信然。吾見先生圖書曰：『惟唐寅吾以降。』」聞者爲之絶倒。蓋唐庚二字，篆書難辨也。二酉委譚

有吴士游外郡，遇一縉紳先生，問：「金閶寫生，孰爲擅長？」答以「文徵仲」。又問：「文所服膺何人？」曰：「唐子畏也。」縉紳首肯曰：「良然，嘗見文先生私篆云『惟唐寅我以降。』」蓋「惟庚寅我以降」，文之印記也。聞者掩口。王道衡私記　何刻外編卷三　六如居士外集卷一

伯虎與文徵仲交誼甚厚，乃其情尚固自殊絶，伯虎、希哲兩公每欲戲之。一日，偕徵仲同游竹堂寺；伯虎先囑近寺妓者云：「此來文君，青樓中素稱豪俠。第其性猝難狎，若輩宜善事之。」妓首肯，已密伺所謂文君者。兩公乃故與徵仲道經狎邪；伯虎目挑之。妓即固邀徵仲，苦不相釋。徵仲悵然曰：「兩公調我耳。」遂相與大笑而别。何刻外編卷三　曹刻彙集外集紀事　袁評本外集紀事　六如居士外集卷一

文徵仲素號端方，生平未嘗一游狹邪。伯虎與諸狎客曹刻彙集作「俠客」縱飲石湖上，先携妓藏舟中，乃邀徵仲同游；徵仲初不覺也。酒半酣，伯虎岸幘高歌，呼妓進酒。徵仲大詫，辭别。伯虎命諸妓固留之，徵仲益大叫，幾赴水，遂于湖上買舴艋逸去。何刻外編卷三　曹刻彙集外集紀事　袁評本外集紀事　六如居士外集卷一

袁宏道評曰：徵仲亦太癡，然亦自趣。

蔡君謨知福州，飲于後圃，陳烈與焉。留伎佐酒，舉歌一拍；烈驚怖，越墻攀木而逝。因有「山鳥不知紅粉樂，一舉檀板便驚飛」之句。唐六如邀文徵仲飲石湖上。半酣，六如呼妓，徵仲大詫，辭别。伎固留之，徵仲大叫，幾赴水。遂於湖上買舴艋逸去。萊陽姜如須偶落秦淮伎館，冒辟疆執巨斧作大盜來劫，如須長跪乞命。三君風韻亦大癡；然亦自趣，非假道學一流所可托。散花庵叢語

徐禎卿字昌穀，琴川人，徙家吴縣，遂籍焉。貌寢。生天性穎異，家不蓄一書，而無所不通。與吴趨唐寅相友善，寅獨器許，薦于石田沈周、南濠楊循吉，由是知名。吴郡二科志·文苑

徐博士昌穀，在前明成弘間，與唐解元伯虎、祝京兆希哲、文待詔徵明稱吴門四才子，而昌穀實吾邑梅李鎮人也。昌穀名字不比唐、祝、文之婦孺皆知，而迪功一集，詞調高雅，實出三公之上。柳南隨筆卷四

張靈，字夢晉，吴縣人。家故貧窶，作業閭閻；至靈始讀書，好交游爲俠。客至，不過具器，而必欲極其歡。靈醉，則使酒作狂。每嘆曰：「日休小豎子耳，尚能稱醉士，我獨不能醉耶？」所與游者，吴趨唐寅最善。寅嘗擬游武丘，召靈與俱，往促之。尚卧。寅抵

寢所呼曰：「日高舂矣，睡何爲？得無夢晉乎？」靈覺，怒曰：「今者無酒，雅懷殊不啓。方入醉鄉，又爲相覺。」寅曰：「所以來，固欲邀子。」靈喜，加衣起，遂與寅上舟，扣舷痛飲，作野人歌。吴郡二科志·狂簡

唐伯虎與里中生張夢晉善。張才大不及唐，而放誕過之。藝苑卮言卷六

張靈嗜酒，醉則曰：「日休小竪子，尚稱醉士，我獨不能耶？」與唐寅善。寅招靈飲，直抵寢所，呼曰：「日高舂矣，睡何爲？」靈怒曰：「今日無酒，雅懷不啓。入醉鄉，又爲相覺。」寅曰：「正欲邀子耳。」靈喜，披衣，與寅痛飲。皇明世説新語　何刻外編卷三遺事　六如居士外集卷二遺事

張靈嗜酒傲物。或造之者，張方坐豆棚下，舉杯自酬，目不少顧。其人含怒去，復過唐伯虎，道張所爲，且怪之。伯虎笑曰：「汝譏我。」舌華録　何刻外編卷三遺事　六如居士外集卷一遺事

張靈，字夢晉，家與唐寅爲鄰。兩人氣志雅合，茂才相敵。又俱善畫，以故契深椒蘭。靈畫人物，冠服玄古，形色清真，無卑庸之氣。山水間作，雖不由閑習，而筆生墨勁，斬然絶塵，多可尚者。靈性落魄，簡絶禮文。得錢沽酒，不問生業，嘐嘐然有古狂士之風。爲郡諸生，竟以狂廢。吴郡丹青志

余少時閲唐解元六如集有云：六如嘗與祝枝山、張夢晋大雪中效乞兒唱蓮花，得錢沽酒，痛飲野寺中，曰：「此樂惜不令太白知之。」心竊異焉，然不知夢晋爲何許人也。頃閲稗乘中，有一編曰十美圖，乃詳載張夢晋、崔素瓊事，不覺驚喜叫跳。已而潸然雨泣，此真古今來才子佳人之佚事也，不可以不傳，遂爲之傳。張夢晋，名靈，蓋正德時吴縣人也。生而姿容俊奕，才調無雙，工詩善畫。性風流豪放，不可一世。家故赤窮，而靈獨早慧。當舞勺時，父命靈出應童子試，輒以冠軍補弟子員。靈心顧不樂，以爲才人何苦爲章縫束縛，遂絶意不欲復應試。日縱酒高吟，不肯妄交人，人亦不敢輕與交，唯與唐解元六如作忘年友。靈既年長，不娶。六如試叩之，靈笑曰：「君豈有中意人，足當吾耦者耶？」六如曰：「無之，但自古才子宜配佳人，吾聊以此探君耳。」靈曰：「固然，今豈有其人哉？求之數千年中，可當才子佳人，唯李太白與崔鶯鶯耳。吾雖不才，然自謫仙而外，似不敢多讓。若雙文，惜下嫁鄭恒，正未知果識張君瑞否？」六如曰：「謹受教。吾自今請爲君訪之，期得雙文以報命，可乎？」遂大笑别去。一日，靈獨坐讀劉伶傳，命童子進酒。屢讀屢叫絶，輒拍案浮一大白。久之，童子跽進曰：「酒罄矣。今日唐解元與祝京兆燕集虎丘，公何不挾此編一往索醉耶？」靈大喜，即行。然不欲爲不速客，乃屏弃衣冠，科跣雙髻，衣鶉結。左持劉伶傳，右持木杖，謳吟道情詞，行乞而前。

抵虎丘，見貴游蟻聚，綺席喧闐。靈每過一處，輒執書向客曰：「劉伶告飲。」客見其美丈夫，不類丐者，競以酒饌貽之。有數賈人方酌酒賦詩，靈至前，請屬和。賈人笑之。其詩中有蒼官、青士、撲握、伊尼四事，因指以問靈。靈曰：「松、竹、兔、鹿，誰不知耶？」賈人始駭，令賡詩，靈即立揮百絶而去。遥見六如及祝京兆枝山數輩，共集可中亭，亦趣前執書告飲。六如早已知爲靈，見其佯狂游戲，戒座客陽爲不識者以觀之。語靈曰：「爾丐子持書行乞，想能賦詩。試題悟石軒一絶句，如佳，即賜爾巵酒，否則當叩爾脛。」靈曰：「易耳。」童子遂進毫楮。靈即書云：「勝蹟天成説虎丘，可中亭畔足酣游；吟詩豈讓生公法，頑石如何不點頭？」遂并毫楮擲地曰：「佳哉，擲地金聲也。」六如覽之，大笑，因呼與共飲。時觀者如堵，莫不相顧驚怪。靈既醉，即拂衣起，仍執書向悟石軒長揖曰：「劉伶謝飲。」遂不別座客徑去。六如謂枝山曰：「今日我輩此舉，不減晉人風流。宜寫一幀爲張靈行乞圖，吾任繪事而公題跋之，亦千秋佳話也。」即舐筆伸紙，俄頃圖成。枝山題數語其後，座客争傳玩嘆賞。忽一翁縞衣素冠前揖曰：「二公即唐解元、祝京兆耶？僕企慕有年，何幸識韓。」六如遜謝。徐叩之，則南昌明經崔文博，以海虞廣文告歸者也。翁得圖諦觀，不忍釋手。因訊適行乞者爲誰？六如曰：「敝里才子張靈也。」翁曰：「誠然，此固非真才子不能。」即向六如乞此圖歸。將返舟，見舟已移泊他所，呼之始至。蓋翁有女素瓊者，名瑩，才貌俱絶世。以新喪母，隨翁扶櫬歸。先艤舟岸側時，聞人聲喧沸，乍啓檻窺之。則見一丐者，狀貌殊不俗。丐者亦熟視檻中，忽登舟長跪，自陳「張靈求見」。屢遣不去。良久，有一童子入舟，强拘之，始去。故瑩命移舟避之。崔翁乃出圖示瑩，且備述其故。瑩始知行乞者爲張靈，嘆曰：「此乃真風流才子也。」取圖藏笥中。翁擬以明日往謁唐、祝二君，因訪靈。忽抱病，數日不起，爲榜人所促，遽返豫章。靈既于舟次見瑩，以爲絶代佳人，世難再得，遂日走虎丘偵之，久之杳然。屬鄞人方誌來校士，誌既深惡古文詞，而又聞靈跅弛不羈，竟褫其諸生。靈聞，乃大喜曰：「吾正苦章縫束縛，今幸免矣。顧一褫何慮再褫？且彼能褫吾諸生之名，亦能褫吾才子之名乎？」遂往過六如家，見車騎填門，胥尉盈坐，則江右寧藩宸濠遣使來迎者也。六如擬赴其招。靈曰：「甚善，吾正有厚望于君。吾曩者虎丘所遇之佳人，即豫章人也。乞君爲我多方訪之，冀得當以報我。此開天辟地第一吃緊事也。幸毋忽忘。」六如曰：「諾。」即偕藩使過豫章。時宸濠久蓄異謀，其招致六如，一博好賢虛譽，一慕六如詩畫兼長，欲倩其作十美圖獻之九重。其時宫中已覓得九人，尚虚其一。六如請先寫之，遂爲寫九美，而各綴七絶一章于後。九美者，廣陵湯之謁、字雨君，善畫姑蘇木桂、文舟，善琴嘉禾朱家淑、文孺，善書金陵錢韶、鳳生，善歌江陵熊御、小馮，善舞荆溪杜若、芳洲，善箏洛陽花萼、未芳，善笙錢唐柳春陽、絮才，善瑟公安薛幼端端清，善簫也。圖咏既成，進之濠。濠大悦，乃盛設特宴六如，而别一殿僚季生副之。季生者，憸人也。酒次，請觀九美圖，因進曰：「十美欠一，殊屬缺陷。某顧舉一人以充其數。」詰朝請持圖來獻。」比持圖以獻，即崔瑩也。濠見之曰：「此真國色矣。」即屬季生往説之。先是崔翁家居時，瑩才名噪甚，求姻者踵至。翁度非瑩匹，悉拒不納。既從虎丘得張靈，遂雅屬意靈。不意疾作遽歸，思復往吴中托六如主其事。適季生旋里喪耦，熟聞瑩名，預遣女畫師潛繪其容，而求姻于翁。翁謀諸瑩，瑩固不許。于是季生銜之，因假手于濠以泄私忿。時濠威殊張甚，翁再三力辭，不得。瑩窘激欲自裁，翁復多方護之。瑩嘆曰：「命也！已矣！夫復何言。」乃取笥中行乞圖自題詩其上云：「才子風流第一人，願隨行乞樂清貧；入宫只恐無紅葉，臨别題詩當會真。」舉以授翁曰：「願持此覆張郎，俾知世間有情癡女子如崔素瓊者，亦不虚其爲一生才子也。」遂慟哭入宫。濠得之喜甚，復倩六如圖咏，以爲十美之冠。而六如先已取季生所獻者摹得一紙藏之。瑩既知六如在宫中，乘間密致一緘，以述己意。六如得緘，乃大驚惋，始知此女即靈所托訪者。今事既不諧，復爲繪圖進獻，豈非千古罪人？將來何面見良友？因急詣崔翁，索得行乞圖返宫。將相機維挽。不意十美已即日就道。六如悔恨無已，又見濠逆迹漸著，急欲辭歸。苦爲濠羈縻，乃發狂，號呼顛擲，溲穢狼籍。濠久之不能堪，仍遣使送歸。杜門月餘，乃起。過張靈時，靈已頹然卧病矣。蓋靈自别六如後，悒悒亡憀，日縱酒狂呼，或歌或哭。一日中秋，獨走虎丘千人石畔，見優伶演劇。靈貯視良久，忽大叫曰：「爾等所演不佳，待吾演王子晉吹笙跨鶴。」遂控一童子于地，而跨其背，攫伶人笙吹之。命童子作鶴飛，捶之不起。童子怒，掀靈于地。靈起曰：「鶴不肯飛，吾今既不得天仙，唯當作水仙耳。」遂躍入劍池中。衆急救之出，則面額俱損，且傷股，不能行。人送歸其家。自此委頓枕席，日日在醉夢中。至是忽聞六如至，乃從榻間躍起，急叩豫章佳人狀。六如出所摹素瓊圖示之。靈一見，詫爲天人，急捧至案間，頂禮跪拜，自陳「才子張靈拜謁」云云。已聞瑩已入宫，乃撫圖痛哭。六如復出瑩所題行乞圖示之。靈讀罷，益痛哭，大呼：「佳人崔素瓊！」遂踣地嘔血不止。家人擁至榻間，病愈甚。三日後，邀六如與訣曰：「已矣！唐君，吾今真死矣！死後，乞以此圖殉葬。」索筆書片紙云：「張靈，字夢晉，風流放誕人也。以情死。」遂擲筆而逝。六如哭之慟，乃葬靈于玄墓山之麓，而以圖殉焉。檢其生平文章，先已自焚。唯收其詩草及行乞圖以歸。時瑩已率十美抵都，因駕幸榆林，久之未得進御。而宸濠已舉兵反，爲王守仁所敗，旋即就擒。駕還時，以十美爲逆藩所獻，悉遣歸母家，聽其適人。于是瑩仍得返豫章。值崔翁已捐館舍，有老僕崔恩殯之。瑩哀痛至甚。然煢孑無依，葬父已畢，遂挈裝徑抵吴門。命崔恩邀六如相見于舟次。瑩首訊張靈近狀，六如愴然抆涕曰：「辱君鍾情遠顧，奈此君福薄，今已爲情鬼矣！」瑩聞之，嗚咽失聲。詢知靈葬于玄墓，約明日同往祭之。六如明果持靈詩草及行乞圖至，與瑩各拏舟抵靈墓所。瑩衣縗絰，伏地拜哭甚哀。已乃懸行乞圖于墓前，陳設祭儀，坐石臺上，徐取靈詩草讀之。每讀一章，輒酹酒一卮，大呼「張靈才子」。一呼一哭，哭罷又讀，往復不休。六如不忍聞，掩淚歸舟。而崔恩佇立已久，勸慰無從，亦起去，徘徊丘隴間。及返，則瑩已自經于臺畔。恩大驚，走告六如。六如趨視，見瑩已死，嘆息跪拜曰：「大難大難，我唐寅今日得見奇人奇事矣！」遂具棺衾，將易服斂之。而瑩通體衫襦，皆細綴嚴密無少隙，知其矢死已久。六如因取詩草及行乞圖并置棺中爲殉。啓靈壙，與瑩同穴。而植碑題其上云：「明才子張夢晉、佳人崔素瓊合葬之墓。」時傾城士人閧傳感嘆，無貴賤賢愚，争來弔誄。絡繹喧逐，雲蒸雨集；哀聲動地，殆莫知其由也。六如既合葬靈、瑩，檢瑩所遺囊中裝，爲置墓田，營丙舍，命崔恩居之，以供春秋奠掃之役。嗚呼！才子佳人，一旦至此，庶乎靈、瑩之事畢，而六如之事亦畢矣。而六如于明年仲春，躬詣墓所拜奠。夜宿丙舍傍，輾轉不寐。啓窗縱目，則萬樹梅花，一天明月，不知身在人世。六如悵然嘆曰：「夢晉一生狂放，淪落不偶。今得與崔美人合葬此間，消受香光，亦差可不負矣。但將來未知誰葬我唐寅耳！」不覺欷歔泣下。忽遥聞有人朗吟云：「花滿山中高士卧，月明林下美人來。」六如急起入林迎揖，則張靈也。六如訝曰：「君死已久，安得來此吟高季迪詩？」靈笑曰：「君以我爲真死耶？死者形，不死者性；吾既爲一世才子，死後豈若他人泯没耶？今乘此花滿山中，高士偃卧，特來造訪耳。」復舉手前指曰：「此非月明林下美人來乎？」六如回顧，有美人姍姍來前，則崔瑩也。于是兩人携手整襟，向六如拜謝合葬之德。六如方扶掖之。忽又聞有人大呼曰：「我高季迪梅花詩乃千古絶唱，何物張靈，安稱才子，改雪爲花，定須飽我老拳。」六如轉瞬之間，靈、瑩俱失所在。其人直前呼曰：「當捶此改詩之賊才子。」摔六如欲毆之。六如驚寤，則半窗明月，闃其無人。六如憮然，始信真才子與真佳人蓋死而不死也。因匡坐梅窗下，作張靈崔瑩合傳，以紀其事。然今日六如集中，固未嘗見此傳也，余又安得而不亟補之哉！畸史氏曰：嗟乎！蓋吾閲十美圖編，而後知世間真有才子佳人也。從來稗官家言，大抵真贋參半。若夢晉之名，既章章于六如集中，但素瓊之名，無從考證。雖然，有其事何必無其人？且安知非作者有爲而發乎？下略　虞初新志卷十三黄周星補張靈崔瑩合傳

按：徐禎卿新倩籍張靈傳云：「内無僮僕，躬操力作，饔飧不繼。父母妻子，愁思無聊。」禎卿撰此約在弘治

九年，監察御史方誌尚未督學至蘇，張靈未爲斥罷之前，時唐寅年廿七歲，張靈已有妻子。又崔瑩事，祝、唐、文、徐諸詩文集皆未見涉及。黄周星撰傳失實。

正德丙寅年，六如爲一狎客作水墨桃杏二枝在一扇頭，將伺暇作新詞題之。其人持去，爲狂生大書詩句于前。六如見之，怒甚，取筆泚墨，淋漓一抹，詩畫盡墨。時楊儀部五川，年方十九，在側，就案以水筆洗滌新墨，狂生之跡幾滅。計不能盡去，乃因字删改。良久，扇亦曝乾，遂填補成長相思一調云：「桃花紅，杏花紅；兩樣春光便不同，各自逞芳容。倚東風，笑東風；緑葉青枝共一叢，静愛碧烟籠。」六如甚加嘆賞。戒庵老人漫筆卷六　曹刻彙集外集紀事　袁評本外集紀事　六如居士外集卷二詩話

聞唐伯虎讀書山寺，積雪無聊，椎村犬，拾佛廬中木牌位作薪，煮食之，狂飲浩歌自樂。鄰寓一措大窺之，伯虎憐其寒寂，分啖數臠。措大歸，即大病，爲鬼語呵責之曰：「我寺之伽藍神也。」措大辨曰：「事由唐寅，奈何偏苦我耶？」神曰：「唐寅則可。且汝何人，敢效唐寅！」紫桃軒雜綴卷二

余嘗訪之蘇人，言六如晚年亦寡出，與衡山雖交款甚厚，後亦不甚相見。家住吴趨坊，常坐臨街一小樓。惟求畫者携酒造之，則酣暢竟日。雖任適放誕，而一毫無所苟。其詩有「閒來寫幅青山賣，不使人間作業錢」之句，風流即可想見矣。四友齋叢説卷十五

伯虎與客出游，見一果園茂甚，乃戲踰垣盜果，忽墮厠中。諸客從墻外伺之，寂如也。客私謂伯虎且已飽啖矣。一客少年，曰：「吾輩盍往從之。」遂先諸客踰垣，亦墮厠中，見伯虎蹲踞其右，曰：「君亦來享此耶？幸勿言，當與諸君共之。」少頃，諸客相繼踰垣，俱仆厠中，伯虎相顧大笑。其狂誕如此。何刻外編卷三遺事　六如居士外集卷一遺事

伯虎一日與諸友人浪游大醉，時酒興未闌，徧索杖頭，無有也。乃悉典諸友人衣以佐酒資，與諸友豪飲，竟夕忘歸。乘醉涂抹山水數幅，明晨得錢若干，盡贖諸典衣而返。其曠達如此。錫山孫寄生談　何刻外編卷三遺事　六如居士外集卷一遺事

唐六如題虎丘劍池石壁云：「弘治乙丑十一月十日，侍郎王鏊、少卿李旻、憲副朱文來游，諸生唐寅等從。」雖閱歲滋久，莓苔剥落，而石刻宛然，聊爲識之。

按：虎阜志云：「王鏊等題名：弘治乙丑侍郎王鏊來游，諸生唐寅侍從。在劍池石壁。」何刻外編卷三遺事　六如居士外集卷一遺事

唐寅中南京解元，月夜乘白驢至虎丘。以讒罷廢。虎阜志

唐寅字子畏，一字伯虎，中南京解元，有詩畫名。月下嘗乘白騾至虎丘。以讒罷廢。虎丘志　何刻外編卷三遺事　六如居士外集卷一遺事

唐子畏先生，高朗士也。一日，偶同顧東橋尚書燕于治平寺。坐中客曰：「宜行一令以

佐酒。」衆皆曰：「可。」子畏獨曰：「夫行令妝戲，可施于官府，及接客市井之家。蓋官府會聚言談之間，恐有差失，或致事端。而接客之家，所集者皆四方之人，言語不通，故借此了事耳。吾輩會集，自有道誼雅談，何必以此爲樂？」自醉璅言　何刻外編卷三遺事　六如居士外集卷一遺事

梁溪舊俗，元旦無春帖，第以雙紅箋著兩門楣而已。唐先生嘗薄游，歲暮馳歸，抵梁溪，已除夕矣，遂不能復前。旅夜無賴，呼奚奴研隃麋斗許，爲各題二句云：「閉門家裏坐，禍從天上來。」一城幾徧。詰朝門啓，相與爲神怪也。余與君立飲孫子長師許，偶譚及此。君立方鳩先生遺蹟，促余志之。王道衡私記　何刻外編卷三遺事　六如居士外集卷一遺事

伯虎嘗見降仙，令對云：「雪消獅子瘦。」乩即書云：「月滿兔兒肥。」又令對云：「七里山塘，行到半塘三里半。」乩即書云：「九溪蠻洞，經過中洞五溪中。」堯山堂外紀　何刻外編卷三遺事　曹刻彙集外集紀事　袁評本外集紀事　六如居士外集卷一遺事

唐伯虎雅不喜燒煉。一日，有術士求見，出扇乞詩。唐大書于扇曰：「破布衫中破布裙，逢人便説會燒銀；君何不自燒些用？擔水河頭賣與人。」士大慚而去。堯山堂外紀

唐六如雅不喜燒煉。一日有術士求見。唐問：「君術何如？」術士具述其妙，以爲世莫有遇之者。唐云：「先生既有此妙術，何不自爲，而睨及于鄙人耶？」術士云：「此術雖

吾所有，而仙福不易。吾閲人多矣，而仙風道骨，無如君者。今君有此福，而遇吾有此術，合而爲之，鮮不濟矣。」唐笑曰：「如此則易矣，吾有空房在北城，頗僻静。吾但出仙福，君爲修煉，煉成而各分之，無不可者。」袁宏道云：「妙甚快甚。」其人猶未之悟，自造門，乃出一扇乞詩。唐大書于扇曰：「破布衫中破布裙，逢人便説會燒銀；君何不自燒些用？擔水河頭賣與人。」始大慙而去。已見堯山堂外紀，而説圃識餘所載特詳，因并録之。說圃識餘　何刻外編卷三遺事　曹刻彙集外集紀事　袁評本外集紀事　六如居士外集卷一遺事

袁宏道評云：此等人今尚遍世界也，更可發笑。

有客登山賦詩，伯虎作乞兒狀，戲謂曰：「諸君今日賦詩，能容乞子屬和乎？」客大詫，已而戲曰：「試爲之。」伯虎索紙筆，大書「一上」字畢，遂行。客大笑追之，伯虎疊書「一上」四字畢求去。客曰：「吾固知乞兒無能爲也。」伯虎笑曰：「吾性嗜酒，必飲而後作詩，君能惠我以酒乎？」客遂浮白示之曰：「若能賦，當令若盡醉；不然，難免若責也。」伯虎復大書「又一上」三字。客撫掌相謂曰：「此可謂能詩耶？」益窮之。伯虎復書「一上」二字，諸客皆絶倒。伯虎進曰：「吾待飲久矣，真欲先生作詩乎否耶？」遂舉酒一飲輒盡，援筆續成一絶云：「一上一上又一上，一上直到高山上；舉頭紅日白雲低，四海五湖皆一望。」客大奇之，相與即席盡醉而返，竟不知其何許人也。何刻外編卷三遺事　曹刻

彙集外集紀事　袁評本外集紀事　六如居士外集卷一遺事

袁宏道評云：此事大奇，亦大趣。

伯虎曾出游遇雨，過一皂隸家，出紙筆乞畫。伯虎戲作海獅數百，遂題其上云：「非螺非蛤亦非蟶，海味之中少此君；千呼萬呼呼不出，只待人來打窟豚。」何刻外編卷三遺事

曹刻彙集外集紀事　袁評本外集紀事　六如居士外集卷一遺事

袁宏道評云：反爲占地步矣。

吴令欲于虎丘採茶，命役賫牌，嚴督諸僧。役奉牌需索，僧無以應命，役即繫僧歸。邑令大怒，笞之三十，號令通衢。僧惶遽，計無所出；知令雅重伯虎，厚幣求之，伯虎拒不納。一日出游，乃戲題其枷上曰：「皂隸官差去採茶，只要紋銀不要賒；縣裏捉來三十板，方盤托出大西瓜。」令出見，詢僧，僧對云：「唐解元所題也。」因大笑釋之。何刻外編卷三遺事　曹刻彙集外集紀事　袁評本外集紀事　六如居士外集卷一遺事

伯虎一夕醉歸，道遇邏卒，被攝見指揮使者。使者窮詰之，伯虎大笑，答以詩云：「舟泊蘆花淺水堤，隔江邀我泛金卮；因觀赤壁兩篇賦，不覺黄州半夜時。城上將軍原有令，江南才子本無知；賢侯若問真消息，也有聲名在鳳池。」使者大慚而退。何刻外編卷三遺事

六如居士外集卷二詩話

唐伯虎一日浴澡，一客過之，唐以浴辭，客不悦。及六月六日，唐往謁，客亦辭以浴。伯虎戲題其壁曰：「君昔訪我我沐浴，我今訪君君沐浴；我昔沐浴三月三，君今沐浴六月六。」詩話解頤　六如居士外集卷二詩話

余聞之長者，有大帥從唐子畏先生乞詩，爲題其箑云：「隨心燈下窗前筆，濺血模糊陣上人。」大帥感泣而去。嗟乎！材官之吏，飲刃成功，迺藉口籌幄者，偃然居之；或反操文墨，而議其後。迨異日之史椽，又以私意褒誅之。語謂「君子畏三端」，由斯以觀，鋒端又當畏筆端矣！因先生詩而聊以志慨。王道衡私記　何刻外編卷三遺事　六如居士外集卷二詩話

吴僧柏子亭與子畏最善。一日，僧往支硎山，憩一店舍，其主人出紙筆求詩，僧遂援筆戲書一絶云：「門前不見木樨開，惟有松梅兩處栽；腹内有詩無所寫，往來都把轎兒抬。」揭之于壁，久無解者。一日，子畏偶憩其舍，忽指壁間大笑云：「此詩誰人所作？蓋嘲店中無香燭紙馬耳。」同游者爽然。風流逸響　何刻外編卷三遺事　六如居士外集卷二詩話

杜允高宴於卧佛寺，舟子偷去庖丁腰圍，又竊僧鞋。六如戲覆之云：「昨日蒙君訪客齋，席間并没雜人來；既偷廚子圍腰布，又取山僧靸脚鞋。不是撑船黄矮賊，定然燒火白奴才；如何手脚能零碎？字到煩君賞劈柴。」風流逸響　何刻外編卷三遺事　六如居士外集

卷二詩話

右東觀餘論宋秘書郎黄伯思長睿撰。歲旃蒙單閼十二月廿日從唐子畏借觀因題。甫田集三十五卷本卷二十一

右小字石經殘本百葉，約萬有五千言。前後斷缺，無書人名字。余考之，蓋宋思陵書也。唐君伯虎寶藏此帖，余借留齋中累月，因疏其本末，定爲思陵書無疑。正德十二年歲在丁丑夏端陽日跋。甫田集三十五卷本卷二十二

高杏東先生得杜氏通典一部，唐子畏所校也。子畏每夜盡一卷，用朱黄識其旁。卷盡輒寫山水人禽竹木其端，或書小詩，或括前意爲一二語，或記日月，誠一時佳玩也。先生甚加秘惜，不欲示人。予特愛其繪像，請之輒得，憐予稚小故。今書不知所在矣。梅花草堂集筆談卷四

成玄英疏莊子二十卷，南京解元唐寅藏書，北宋槧本之極佳者。讀書敏求記　藏書紀事詩卷二

三辰通載，南宋槧本。有南京解元、唐寅印記並題字。讀書敏求記　藏書紀事詩卷二

新雕注解珞琭子三命消息賦三卷、校正李燕陰陽三命二卷，勝朝登學圃堂。士禮居藏書題跋記　藏書紀事詩卷二

宋版童溪王先生易傳，公是先生七經小傳，唐寅藏書，皆有唐伯虎印。群經音辨有唐伯虎、夢墨亭二印。班馬字類有唐居士印。天禄琳琅　藏書紀事詩卷二

臯廡來觀覆瓿經，尊壺巾卷并充庭；邢參寂默張靈笑，一醉同登夢墨亭。藏書紀事詩卷二

余在滂喜齋見宋刻袁樞通鑑紀事本末，唐子畏藏書，有「南京解元」印。每卷後皆有子畏題字。一云：「蘇臺唐寅子畏甫學圃堂珍藏書籍。」一云：「晉昌唐寅醉中讀。」一云：「唐子畏夢墨亭藏書。」一云：「吴郡唐寅桃花庵中夢墨亭書。」其餘大致略同。藏書紀事詩卷二

唐寅藏校宋本通鑑紀事本末，於卷第二十一下後半頁行書一行識云：「唐子畏夢墨亭藏書。」前半頁末有行書二行云：「晉昌唐寅醉中讀南北交兵起。」美術生活第三十七期吴中文獻特輯

陳雲濤舍人招同汪竹香、張秋濤觀宋鈔司馬温公集注揚子太元凡六卷。後四卷則襄陽許翰解擬韓康伯注繫詞之例，今爲十卷。明時爲唐子畏所藏，後歸錢同愛。竹汀先生日記鈔

太玄集注六卷、太玄解四卷、附太玄曆一卷，宋鈔本。「弘治乙卯臘月，葑溪邢參觀於臯橋唐伯虎家。」「此本舊藏唐子畏家，後以贈錢君同愛。更無副本，唯賴此傳誦耳，錢君

幸珍藏之。丁巳冬徐禎卿識。」鐵琴銅劍樓藏書題跋集録

伯虎集一卷萬卷堂書目

唐寅六如居士集四卷吴縣人，南京戊午解元　文瑞樓書目

唐寅畫册三卷　六如居士集二卷　重編唐伯虎集四卷吴縣志有注云「一本五卷，唐仲冕編」　乾隆本蘇州府志卷七十五藝文　道光本蘇州府志卷一百二十三藝文二　光緒本蘇州府志卷一百三十七藝文　民國本吴縣志卷五十六藝文考

唐子畏在孫思和家有一巨本，録記所作。簿面題二字曰「利市」。戒庵老人漫筆卷一文士潤筆

歙人羅小華善制墨，稱華道人。唐伯虎已矜其墨爲難得。當時名士氣習可知。一亭考古

雜記

蘇門公嘯有六如：一如深溪虎，一如大海龍，一如高柳蟬，一如巫峽猿，一如華丘鶴，一如瀟湘雁。唐子畏號六如，取佛書之説，不如前説更爲脱灑，有意趣。或者當時所取在此，而更托之彼；使人不可測耶？湧幢小品卷三

祝枝山豐頤高額，鬚長至胸，耳下亦有鬚。唐六如面上圓下狹，眉目微竪，三綹微鬚。文待詔面方色黄，多皺文，鬚不多，右髩有黑子數點。南潯楛語卷六祝唐等像

唐伯虎小像，簷帽緑衫，微髭遶喙，鬢毛下至頰，蓋以骨勝者。後段烏絲精素，祝允明小

楷書自作伯虎傳，精品也。味水軒日記

前輩文王唐祝諸名家，字落碑版，或短長伸縮之用，未盡靈變，石工章簡甫輒爲搬涉，其韻愈勝。梅花草堂集筆談卷十三

唐寅字伯虎，一字子畏，吴縣吴趨里人，號六如居士。私印曰：「江南第一風流才子。」又曰：「普救寺婚姻案主者。」堯山堂外紀　何刻外編卷三遺事　六如居士外集卷一遺事

唐宋皆無印章，至元時始有之，然少佳者。停雲館爲三橋所鎸，唐解元印亦三橋筆。松壺畫憶

伯虎領鄉薦第一後，試春官，以題字見疑，卒被黜。有一圖書云：「龍虎榜中名第一，烟花隊裏醉千場。」功名不終兆是矣。國朝圖書印譜　何刻外編卷三遺事　六如居士外集卷一遺事

先生諱寅，因字伯虎。因虎而復字子畏，幾于戲矣。别號六如，蓋取金剛偈中語也。余從諸博古家搜討先生遺蹟，見其所行圖書，如「百年障眼書千卷，四海資身筆一枝」，如「天上閑星地下仙」，如「秋榜才名標第一，春風弦管醉千場」，蓋取詩中得意語也。如「江南第一風流才子」，如「普救寺婚姻案主者」，真是眼空一世。風流逸響　何刻外編卷四志傳　六如居士外集卷二詩話

王季銓編明清畫家印鑑，於唐寅之字號下有「六如」、「六如居士」、「伯虎」、「子畏」、「桃

花庵主」、「魯國唐生」、「逃禪仙吏」、「江南第一風流才子」。又有「學圃堂」及「夢墨亭」諸印鑑。唐寅年譜

樂壽堂在東檜鄉圩，承事郎顧寬所居，吴縣方伯陳鎏書額。中有同心堂，唐寅撰記。同里志

東禪寺紅豆一本，結爲連理枝，高至三丈。花時，沈啓南、文徵仲、唐子畏、湯子重諸君，恒修文酒之會。後爲疾風所拔。吴門補乘

東禪寺清溪堂，前明天機禪師與吴匏庵沈石田唐伯虎文衡山祝枝山諸君子往來倡和于此。石田題其額曰「伴月」。吴門補乘

治平教寺在縣西南一十二里，臨石湖之北。梁天監二年造，舊亦名楞伽寺，宋治平元年改今額。明嘉靖元年作石湖草堂及竹亭。今寺有五賢祠，置唐寅、文徵明、王守、王寵、湯珍木主其中。乾隆本蘇州府志卷二十四寺觀一

正覺寺，在城東南隅。初爲宋楊存中別墅。元陸志寧居之，捨爲大林庵。明洪武初，歸并萬壽寺，遂廢。永樂間重建，賜今額。以上縣志作：「正覺寺，即大林庵廢基，明宣德十年滇僧弘此宗再建，奏賜今額。吴寬記。」寺多美竹，故俗稱竹堂寺。唐寅嘗畫羅漢像於壁，并書贊。今寺圮，畫像亦毁，而贊猶存。乾隆本蘇州府志卷二十五寺觀二　乾隆本長洲縣志

崇禎甲申暮春既望，余與徐元歎、葉羽遐、毛子晉、馬人伯、孫月在、釋石林放舟於吴門之横塘，羽遐指野人叢薄間曰：「是爲唐伯虎先生之墓。童烏之嗣既乏，若敖之鬼已餒矣。今其墓牛羊是踐，是可悲。」余遂與諸友人披荆拜之。訪於田夫之鄰者，問其遺族，云：「族并乏，止有城内桃花塢一老嫗，尚是伯虎侄孫婦之孀者。」余與友淒然嘆曰：「是朋友之罪也。千載下讀伯虎之文者皆其友，何必時與並乎？理厥封樹，構數楹而祠之，是在吾儕今日耳。」子晉欣然任之。同儕各賦詩以紀。閲二月，祠成，更勒石以遺千古之有心者。雷起劍重修唐解元墓記　楊静盦唐寅年譜

康熙癸酉暮冬，予寓居家阮明生之鶴圃，即唐六如先生之故墅也。聞其墓毁没於野人草舍中，近在數武，乃往觀焉。明日，適赴宋中丞漫堂之招，談及先賢遺壟，零落至此。中丞遂於今年春首，躬詣墓上，捐金表之。予重過吴門，復寓其地，瞻拜之餘，喜而有作，并索諸同學和歌，以紀勝事云。時甲戌重五前十日。「蒿徑苔碑二百年，偶然清話及荒阡；中丞自是風流主，憐取桃花小劫仙。」「重來已結數椽雲，細水陂塘燕尾分；一塢紅香埋骨好，春游多上解元墳。」「玩世羞爲齷齪官，六如遺墨比珠玕；他家豈少高麟塚，香殺才人土一丸。」「狂應識我亦飄零，新草傷心似有靈；買盡吴姬猩血酒，澆君不到九原青。」沈季友重表唐解元遺墓詩并序

維康熙三十三年夏四月四日，鄉里後學尤侗、何棅、余懷、莊朝生、孫暘、孟亮揆、朱典、繆彤、韓菼、彭定求、蔡方炳等，謹以香楮酒肴之儀，致祭於明故解元江南第一風流才子伯虎唐先生之靈曰：「嗚呼先生！古之狂也。天才不羈，軼群龍馬。千里一蹶，遂放田野。奇氣橫逸，筆墨自寫。胸中傀儡，澆之杯斝。逢場作戲，洸洋瀟灑。生世不諧，知音殆寡。無妻無子，中年殂謝。一棺入土，萬事飄瓦。零落百年，誰與弔者？幸有殘碑，尚存茅舍。樵牧不顧，行人嘆訝。邂逅中丞，鼓吹風雅。偶駐軒車，爰封松檟。築其墻垣，間以臺榭。春草池塘，桃花蘭若。先生居中，可消長夜。身在天上，名在天下。衆人欲殺，山川其舍。吾輩後生，薦此酒炙。臨風悲歌，涕淚盈把。魂兮來歸，一醉而罷。尚饗！」同祭者：盛符升、錢廣居、周茂藻、繆慧隆、錢陸粲、唐大陶、錢鍈、楊無咎、馮勗、文點、王喆生、徐樹穀、徐秉義、徐炯、潘耒、范景、徐凱、顧三典、徐如玉、錢顧琛、高簡、何焯、朱表、何炯、顧嗣立、顧嗣曾、汪立名。尤侗公祭明解元唐伯虎先生文　六如居士外集卷五

桃花塢中有狂生唐伯虎，狂生自謂我非狂，直是勞騷不堪吐。漸離筑，禰衡鼓，世上英雄本無主。梧枝旅霜真可憐，兩袖黃金淚如雨。江南才子足風流，留取圖書照千古。且痛飲，毋自苦；君不見：可中亭下張秀才，朱衣金目天魔舞。尤侗明史樂府桃花塢　六如

居士外集卷五

蘇州開府旌門東西綽楔，曰「澄清海甸」，曰「保障東南」。宋太宰漫堂犖撫吴時，修蘇子美滄浪亭，又剏才子亭于唐伯虎墓次。中吴士大夫謂公點綴滄浪，留連才子，爲中丞韻事。乃有各增三字于綽楔云：「澄清海甸滄浪水，保障東南才子亭。」則美而刺矣。 不下帶編卷一

宋牧仲尚書撫蘇時，爲唐六如修墓，建亭其傍，題曰才子亭。韓慕廬宗伯作楹聯云：「在昔唐衢常痛哭，祇今宋玉與招魂。」余嘗過桃花塢訪之，其亭久圮矣。 楹聯叢話卷六勝跡上

近聞蘇城建唐伯虎祠，復增塑文衡山、祝枝山二像，并坐其旁。不知文乃唐之師，祝亦唐之前輩；伯虎有知，其能安乎？ 鷄窗叢話

蘇州準提庵，唐伯虎夢墨亭舊址。 骨董瑣記

康熙中，閶門内居民於準提庵西掘得一碑，大書「明唐解元之墓」六字。右傍分書「中議大夫贊治尹直隸蘇州府知府天水胡纘宗書」。左書「嘉靖五年歲次丙戌冬十二月上浣吉旦，弟申立石」。墓之東南有桃花庵，今名準提庵。庵前高樓一座名魁星閣，即先生讀書處。有大小二塑像。寺僧云：「小者向在閣上，相傳爲六如真像。」未知是否？ 無

名字抄本　六如居士外集卷一遺事

桃花塢準提庵，即唐六如桃花庵也。有跳唐樓，相傳六如讀書其上，寧王遣使來聘，跳而避去，後人因以名之。庵内有瘞文冢。康熙間宋漫堂撫吴，重修葺之。碑題「唐六如先生墓」。其實墓在横塘之王家邨。見郡志。鐙窗雜録

準提庵在西北隅桃花塢廖家巷，即唐解元桃花庵。明萬曆十年，僧旭小構。天啓丙寅，楊大濚奉準提像於此，改今名。時湀池得唐解元桃花庵歌碑，又得祝京兆允明庵額，因肖唐祝二公像及文待詔像于庵中。道光本蘇州府志卷四十僧寺一

五賢祠，在治平寺西南。房祀明鄉賢唐寅、文徵明、王守、王寵、湯珍。清乾隆中，祠隨寺廢。民國本吴縣志卷三十三壇廟祠宇

唐解元寅宅，在桃花塢，今尚存六如古閣。又有桃花庵，今爲準提庵。道光本蘇州府志卷四十六第宅園林一

唐解元祠，在桃花塢準提庵内，祀明解元唐寅。國朝嘉慶六年，吴縣知縣唐仲冕建，以祝允明、文徵明配。咸豐十年圮。同治中重修，乃復以江蘇巡撫宋犖及仲冕附。光緒本蘇州府志卷三十六壇廟祠宇　民國本吴縣志卷三十三壇廟祠宇

唐解元寅宅，在桃花塢。後僅存六如古閣。又有桃花庵，改爲準提庵。以上同治府志、五畝

園小志。凌泗按云：「同治府志引百城烟水云：『順治初，雲間沈明生徙蘇得之。構亭臺，植竹木。有池曰長寧，跨池作亭曰蓉鏡。又有夢墨樓、六如亭、桃花庵。明生精岐黄，當時稱國手。』百城烟水無此文，不知府志何據？其牽涉桃花庵濫觴于此。」又謝家福按云：「府志謂：『唐解元宅在桃花塢，後僅存六如古閣。又有桃花庵，改準提庵。』是庵與宅本非一處。庵在廖家巷内；宅在五畝園西。今寶華庵即明生所構之唐家園也。」康熙中，巡按宋犖重加修葺。乾隆中邑令唐仲冕復拓庵東隙地爲别室，并祀唐、祝、文三先生，署曰桃花仙館。民國本吴縣志卷三十九第宅園林

解元唐寅墓，在横塘王家村。明末，雷起劍重修。清康熙中，居民於寅讀書之準提庵西掘得一碑，大書「唐解元墓」，蘇守胡纘宗書也。時商丘宋犖撫吴，亟臨祭之，爲構才子亭於其旁，宗伯韓菼記以詩。然唐墓實在横塘，當時未詳考爾。嘉慶六年，知吴縣事唐仲冕再修。今又荒蕪矣。民國本吴縣志卷四十冢墓一

唐寅集附録四

評論詩話

吴自季札、言游而降，代多文士。中略至於我明受命，郡重扶馮，王化所先。英奇瓌傑之才，應運而出，尤特盛於天下。洪武初，高楊四隽，領袖藝苑。永宣間，王陳諸公，矩矱詞林。至於英孝之際，徐武功、吴文定、王文恪三公者出，任當鈞冶，主握文柄。天下操觚之士，嚮風景服，靡然而從之。時則有若李太僕貞伯、沈處士啓南、祝通判希哲、楊儀部君謙、都少卿元敬、文待詔徵仲、唐解元伯虎、徐博士昌國、蔡孔目九逵，先後繼起，聲景比附，名實彰流，金玉相宣，黼黻并麗。吴下文獻，於斯爲盛，彬彬乎不可尚已。陸師道袁永之文集序

江左風流，至唐伯虎、桑民懌、文徵仲、沈石田、祝希哲諸公盡矣。他或雄於才，而品不勝；或富於學，密於檢押，而韻不勝。即才品風韻中，詩若文不兩擅也。姑蘇名賢後紀徐闇

風傳

桑民懌高自稱許，今睹其集，體格卑弱之甚，可謂大言無當。吴中徐昌穀，同時祝希哲、唐伯虎、沈啓南、王履吉，才皆高出一代，而皆以書畫掩之。亦以偏工書畫，不能致力耳。詩藪　何刻外編卷四志傳　六如居士外集卷二詩話

古之異人，不可勝數。予所知當世如桑民懌、唐伯虎、盧次楩與山陰之徐文長其著者也。唐、盧俱有奇禍，而文長尤烈。黄汝亨徐文長集序　何刻外編卷四志傳　六如居士外集卷三題跋

世目唐子畏爲輕薄浮浪人，不曾得子畏真身也！子畏年長于衡山，傾心讋服其品，今之文士能如此虚心乎？家起屠賈，輕財好施，今之富人能如此慷慨乎？以彼其才，稍稍貶節，何患奥援無人？一跌不振，脱屣流外，自重之道得也。「閒來寫幅青山賣，不使人間作業錢」，其廉介又如此。若夫逆料宸濠之叛，佯狂却聘，得聖賢歸潔其身之義，尤其生平卓絶千古者！至其爲乞兒，爲傭奴，爲募緣道士，大丈夫不得志，聊寄其情于幻夢之中耳。莊周化蝴蝶，可得謂蝴蝶即莊周耶？巢林筆談卷五

唐六如最近名，故爲人所忌。失意後，恣酒狂放，自稱「江南第一風流才子」；又有印文以「名第一」對「醉千場」，頗欠高雅。其書畫喜用「南京解元」印，可謂結習未忘。夫解

元何止什百？而如公之名重不朽者幾何？乃詩中牢騷感慨，至不可解。使公果籍科名以顯，則傳亦淺矣，何取乎哉？特其避却寧王幣聘事，最爲卓識高致，不徒恃狂以免也；故畫品能入神。一亭考古雜記

蔡羽、文璧、沈周、唐寅、祝允明、陸治及壁子文彭、文嘉皆吾吴先賢之彬彬者也。其人咸多技能，好古笁學，知考藏金石，搜弆古今圖書無倦意。又嫻于吟詠，工文章，擅書畫，故當時莫不有鄭虔三絶之譽。而流風所被，天下承其應響。四方人士之道出吴門者，無不欲一登龍門，以幸睹其丰采，故其閭巷車轂，日争輳焉。而乞得寸縑尺帛以去者，尤以諸老不白眼，承拂拭云。嗚呼盛矣！五石脂

伯虎詩初甚纖麗，得晚唐氣象。後益縱放，超脱軌度，至雜以諧謔，或譏彈時輩，往往多不平語。蓋其不偶于時，故爲落魄如此，可悲也。景司成爲舜承題卷，重嘆其澐逝。今司成亦已物故，哲人凋謝，賴有翰墨爲不朽事。斯文之重，端在于此。舜承其寶藏之。乙酉九月廿五日。廬山段金。唐六如行書詩卷墨蹟

沈啓南周詩學陸放翁，故造語粗淺，亦多佳句。吴文定公云：「聖俞既仕而得乎窮名，啓南不出而全乎隱節，其詩之工一也。」唐子畏寅詩，早年甚精嚴，晚歲平易疏暢，蓋學元白，具體而微者。許子襲妄議云：「石田詩畫冒虚誇，子畏才名亦浪加；若説中吴誰

膾炙，高楊千古擅行家。」予答子襲有云：「怪得放翁語太誇，惡詩直把古人加；丈夫恥向隨人後，要立文章自一家。」山樵暇語

唐寅字伯虎，又字子畏，吴人也。舉鄉薦第一，坐事除名。評曰：「寅實異才，中道齟齬；既伏吏議，任誕以終。詩少法初唐，如鄠杜春游，金錢鋪埒；公子調馬，胡兒射雕。暮年脱略傲睨，務諧俚俗；西子蒙垢土，南珠襲魚目，狐白絡犬皮，何足登床據几，爲珍重之觀哉？明詩評卷二　鳳洲筆記　何刻外編卷四志傳　六如居士外集卷二詩話

祝希哲如盲賈人張肆，頗有珍玩，位置總雜不堪。文徵仲如仕女淡妝，維摩坐語。又如小閣疏窗，位置都雅，而眼境易窮。唐伯虎如乞兒唱蓮花落，其少時亦復玉樓金埒。徐昌穀如白雲自流，山泉冷然，殘雪在地，掩映新月。又如飛天仙人，偶游下界，不染塵俗。藝苑卮言卷五　何刻外編卷四志傳　六如居士外集卷二詩話

唐伯虎桃花庵歌當有圖，不知落何人手。予後得一幀，意頗與歌似，而秀潤婉麗，妙入趙吴興三昧；因裝潢成卷。按二科志載伯虎首篇作倀倀行，又有「何處逢春不惆悵？何處逢春不可憐」二語，今皆削去。伯虎此詩，如父老談農，事事實際；中間作宛至情語，當由才未盡耳。然過此則胡釘鉸矣。余十年弄筆墨，不敢置眼睫間。今老矣，愛此畫不妨併讀此詩，一再過也。弇州山人續稿　六如居士外集卷三題跋

唐伯虎在東吴人物中，辭翰丹青之美，咸爲世重。此卷書姚舜承者，皆得意之作，尤超逸可愛。惜負寸盤鬱胸中，忽忽發攄流衍，猶天馬脱御，不可範以馳驅，故適意醉吟。晚年詩則似樂天。書則初學懷仁，婉有風致。後復縱筆，不經規檢。蓋其平日風情瀟灑，名知禪悦，視世有爲，一切夢幻，所謂不與法縛者也。然詩中往往多窮愁憤疾之語，而欲鳴不平，何邪？簡兮之詩，張子以朔似之，信然。嘉靖壬辰之歲二月初吉，兼山徐充。唐六如行書詩卷墨蹟

唐寅，字伯虎，一字子畏。弘治十一年應天鄉試第一。及試南宫，大學士李東陽、禮部侍郎程敏政同主試事，尚未撤棘，道路紛紜謂敏政以賄漁士；給事華昶、林廷玉相繼疏論舉子唐寅、徐經等十餘人，皆敏政所漁者也。於是敏政鐫職，遂以憤卒。寅等悉謫爲縣掾，悉錮其身。夫寅一窶人子耳，甫脱逢掖，安所得賄？敏政以奇童掇巍科，弱冠輒踐清華，且爲故相李文達公快婿，分席秩宗矣；何急於賄？而兩人者，卒被此名也！毋亦柄文如敏政，喜於得士；躁進如寅，勇於酬知；相噉以名，相授以罅，遂令娼疾之輩，讒慝之口，得以兩敗而俱傷之；如往年余友湯太史嘉賓、韓太史求仲輩之爲者。嗟夫！悲夫！文爲命憎，名爲物忌，古今冤酷，豈特一寅而已哉！寅故精繪事，以吟咏自喜。一遭無妄，輒頹然自放，以耗其雄心於翰墨之間，時以自寫其侘傺無聊之意。故

一往奔詣，技日益進，而名日益高。片紙隻字，世争購焉。余藏寅畫頗多，如夜雨重泉圖、木橋清曉圖及此卷，皆其最合作者。大諦寅之畫勝詩，詩勝字，其畫自宋李營丘、范寬、李唐、馬遠、夏圭以至元之趙吴興、王叔明、黄黄鶴，無所不涉入。而此卷則秀潤婉麗，且行筆縝密，寓意冲雅，迥異他作。王元美謂「寅畫有韻度，惜小弱耳」，殊不爾也。又謂「其詩如乞兒唱蓮花落，其少時亦復玉樓金埒」，又謂其「如父老談農桑，事事實際，中間作宛至情語，當由才未盡，過此則胡釘鉸矣」。此落花詩十章，宛至情語，固其所饒。而柔情綽態，如泣如訴。以寅之才，遭寅之禍，而永言及此，固以自况，亦以自悲也；胡至作蓮花落，又胡至作胡釘鉸耶？余展其畫，數讀其詩，不勝身世之感。欲追和之，以綴卷末；惟讀至「風情多少愁多少，百結愁腸説與誰」，又爲之憮然輟筆者數矣。第寅固自稱爲六如居士者，蓋取金剛經偈語如夢如幻，寅宜自了了，而詩畫圖章，往往稱「南京解元」。豈破甑尚足顧，而落花辭條，尚有故林之思耶？一笑一笑。萬曆乙卯冬十月，西園公題於清涼界中。西園題跋卷二題唐寅落花詩卷

「我觀古昔之英雄，慷慨然諾杯酒中；義重生輕死知己，所以與人成大功。吾觀今日之才彦，交不以心惟以面；面前斟酒酒未寒，面未變時心已變。區區已作老村莊，英雄才彦不敢當；但恨今人不如古，高歌伐木天蒼蒼。感君稱我爲奇士，又言天下無相似；

庸庸碌碌我何奇？有酒與君斟酌之。」此唐子畏席上酬王履吉詩也。李青蓮云：「不同珠履三千客，別欲論交一片心。」一片有心人，即在三千珠履中。子畏此詩，定是徐經事敗後作。人言「子畏跳浪不自貴重」，乃不知其穢宸濠之席，投金灘上，竟以身免；輕猥人有此作用否？士抱不世之才，偶遭負俗之累，委身草澤，與賣菜傭編户而處；而角巾措大，猶指之爲猥爲佻也，不亦悲夫！　梅花草堂集筆談卷一

生平閉目摇手不道長慶集，如吾吴唐伯虎，則長慶之下乘也。閻秀卿刻其悵悵、擁鼻二詩，余每見之，輒悢悢悲歌不已。詞人云：「何物是春情濃？」少年輩酷愛情詩，如此情，少年那得解？　藝圃擷餘　六如居士外集卷二詩話

姑蘇唐寅，字伯虎。發解南畿，旋被詬削籍。放浪丹青山水間，以此自娱，亦以自闊。嘗題所畫小景云：「不煉金丹不坐禪，不爲商賈不耕田；興來只寫江山賣，免受人間作業錢。」又題一釣翁畫云：「直插漁竿斜繫艇，夜深月上當竿頂；老漁爛醉唤不醒，滿船霜印簑衣影。」此等語皆大有天趣，而選刻伯虎詩者都删之，蓋以繩尺求伯虎耳。晉人有云：「索能言人不得，索解人亦不得。」誠然。　雪濤小書

詩人志向，各自不同。如題漁父之作，有美其山水之樂者，有憫其風波之苦者。如陸龜蒙云：「一艇輕楫看晚濤，接羅抛下漉春醪；相逢便倚蒹葭浦，更唱菱歌劈蟹螯。」鄭谷

云：「白頭波上白頭翁，家逐船移浦浦風；一尺鱸魚新釣得，呼兒吹火荻花中。」江陰卞户部華伯云：「天外閑雲物外情，功名真似一絲輕；浪花深處船如舞，只爲心安不受驚。」祝希哲云：「荻花風緊水生鱗，山色浮空淡抹銀；總道江南好風景，從前都屬打魚人。」是皆羨其樂也。李西涯云：「漁家生事苦難勝，盡日江頭未滿罾；回首不知天已暮，晚風吹浪濕鬅鬙。」唐子畏云：「朱門公子饌鮮鱗，争詫金盤一尺銀；誰信深溪浪花裏，滿身風雨是漁人。」文徵明亦云：「小舟生長五湖濱，雨笠風蓑不去身；三尺銀鯿數斤鯉，長年辛苦只供人。」是皆憐其苦也。屬意雖不同，寫景詠物，而各極其妙。山樵暇語

余一日（此三字佳話作「余子容弁」）訪唐子畏于城西之桃花塢别業，子畏適作山水小筆，詩云：「青藜拄杖尋詩處，多在平橋緑樹中；紅葉没脛人不到，野棠花落一溪風。」余曰：「詩固佳，但恐脛字押平聲未安。」子畏曰：「汝出何處？」余答以老杜云：「黄獨無苗山雪盛，短衣數挽不揜脛。」子畏躍然曰：「幾誤矣！」遂改「紅葉没鞋人不到」。吁！子畏之服善也如此！與世之强辨飾非者，殆逕庭矣。山樵暇語　逸老堂詩話卷上　何刻外編卷三

烏衣佳話

梅聖俞每醉，輒叉手温語，坡公謂其非善飲者，習性善也。余友唐解元子畏每酒酣，喜謳劉後村詩云：「黄童白叟往來忙，負鼓盲翁正作場；死後是非誰管得？滿村聽説蔡

中郎。」子畏匪好此詩，但自寓感慨云。逸老堂詩話卷下

秦少游侍兒朝華，年十九。少游欲修真，遣朝華歸父母家，使之改嫁。既去月餘，父復來，云：「此女不願嫁。」少游憐而歸之。明年，少游倅錢塘，謂華曰：「汝不去，吾不得修真矣。」臨別，作詩云：「玉人前去却重來，此度分携更不迴；腸斷龜山離別處，夕陽孤塔自崔嵬。」未幾，遂竄南荒。余友唐子畏閱墨莊漫録，偶見此事，以詩嘲少游云：「淮海修真黜朝華，他言道是我言差；金丹不了紅顔別，地下相逢兩面沙。」又題陶穀郵亭圖云：「一宿姻緣逆旅中，短詞聊以識泥鴻；當初我做陶承旨，何必尊前面發紅？」語意新奇，如醉後啖一蛤蜊，頗覺爽口。逸老堂詩話卷上

唐寅，字子畏，吴縣人。博學有逸才，詩文多婉麗；爲人放浪不羈，晚年漫不經思，失之熟俗。弘治間，省試南都第一。試禮部，爲市科目事逮繫而歸。歸又緣故出其妻。初爲諸生時，作倀倀詩云：「倀倀莫怪少時年，百丈游絲意惹牽；何處逢春不惆悵？何處逢情不可憐？杜曲梨花杯上雪，灞陵芳草夢中烟；前程兩袖黄金淚，公案三生白骨禪；老後思量應不悔，衲衣持鉢院門前。」豈非詩之讖乎？予嘗見其與文徵明一書，其情悲慘，其文炫然。使得位成名，當數爲吴人第一；惜身不檢而遂致淪落。其私印有「江南第一風流才子」，又有「龍虎榜中名第一，烟花隊裏醉千場」，又曰「普救寺婚姻案

主者」，觀此可知矣。七修類稿

唐子畏傀儡詩：「紙作衣裳綫作觔，悲歡離合假成真；分明是個花光鬼，都在人前人類人。」文衡山子弟詩：「末郎旦女假爲真，便説忠君與孝親；脱却戲衣還本相，裏頭不是外頭人。」二詩亦足以警世。北窗瑣語

中吴文徵仲寄義興杭道卿有詩云：「坐消歲月渾無跡，老惜交游苦不齊。」唐子畏解元詠帽有詩云：「堪笑滿中皆白髮，不欺在上有青天。」人多傳誦。及讀李太師懷麓堂稿上元客罷云：「春回花柳元無跡，老向交游却有情。」謝人惠東坡巾云：「分明木假山前地，不愧烏紗頂上天。」其氣味每相似。存餘堂詩話

解元唐寅子畏，晚來作詩專用俚語，而意愈新。嘗有詩云：「不煉金丹不坐禪，不爲商賈不耕田；閒來寫幅青山賣，不使人間造業錢。」君子可以知其養矣。夷白齋詩話　唐刻全集外集卷四

吴趨唐解元伯虎赴省試，有忌其文名壓己者，中禍黜歸。行素不羈，至是益游酒人以自娱，故爲俚歌勸人及時行樂。其辭曰「人生七十古來少」，詩略，見卷一「七古」一世歌又題子胥廟云「白馬曾騎踏海潮」，詩略，見卷三「七絶」其胸中感憤，可想見已。説廳卷上　何刻外編卷三　唐刻全集外集卷二

唐六如嘗作悵悵詞，其詞曰「悵悵莫怪少時年」，詩略，見卷一「七古」此詩才情富麗，亦何必減六朝人耶？四友齋叢説卷二十六

姑蘇唐子畏寅嘗過閩寧德，宿旅邸。館人懸畫菊，子畏愀然有感，題曰：「黄花無主爲誰容？冷落疏籬曲逕中。盡把金錢買脂粉，一生顏色付西風。」蓋自況云。駒陰冗記

昔人謂詩有別才，非關學也。誠然矣。其謂詩有別趣，非關理也，則殊未是。杜子美詩所以爲唐詩冠冕者，以理勝也。彼以風容色澤，放蕩情懷爲高，而吟寫性靈，爲流連光景之辭者，豈足以語三百篇之旨哉！近唐寅送人下第詩曰：「王家空設網，儒子尚懷珍。」唐荊川以爲是有怨意，因舉唐人詩曰：「明主胡不遇？青山胡不歸？」如此胸次，方無係累也。此見詩之命意，當主於理矣。新知録

唐解元子畏，名成而身廢。閒居作美人圖，好事者多傳之。予覽其遺跡，未嘗不嘆其志之有托也。一日，宿旅邸，館人懸畫菊，題云「黄花無主爲誰容」，見前，亦見集卷三蓋自況云。水南翰記

唐伯虎落魄半生，托致豪宕。借丹青以自娱，有「閒來寫得青山賣，不使人間作孽錢」之句。三復之，自覺形穢。磯園稗史　西山日記

徽客徐弱水持看唐子畏白描鐵綫勾，一人持杯對月坐，脱巾露頂，氣骨孤勁，神采奕奕。

上題云：「烏臺十卷青蠅案，炎海千程白髮臣；人盡不堪公轉樂，滿頭明月脱紗巾。」兒亨曰：「觀此詩意，蓋贈一遷謫巨公者，其徐天全之流乎？」竹嬾曰：「不然，必我坡翁。」六硯齋二筆

唐伯虎疏狂玩世，嵇阮之流也。詩雖不甚雅馴，而一段天然之趣，自不可及。如：「去日苦多休檢曆，知音諒少莫修琴。」「生涯畫筆兼詩筆，蹤跡酒船與花船。」「秋榜才名標第一，春風絃管醉千場。」「苦拈險韻邀僧和，煖簇薰籠與妓烘。」皆自寫胸次，非若組織套語者也。筆精　明詩紀事

唐解元寅廢棄詩云：「一失脚成千古恨，再回頭是百年人。」晚更狂蕩，嘗有二絶句云：「五陵鞍馬少時年，三策經綸聖主前；零落而今轉蕭索，月明胥口一江烟。」又曰：「緑簑烟雨江南客，白髮文章閣下臣；同在太平天子世，一雙空手掌絲綸。」其二則壽王太傅詩也，其傲慢不恭如此。嘗刻其所用石記文曰：「龍虎榜中名第一，烟花隊裏醉千場。」何刻外編卷三遺事　六如居士外集卷二詩話

唐子畏客江陰夏氏，欵洽浹旬，乞畫久未落筆。一日晨起，作鶯鶯圖題詩云：「扶頭酒醒寶香焚，戲寫蒲東一片雲；昨夜隔墻花影動，猛聞人語喚雙文。」大凡詩畫，興至則工，況名流乎？何刻外編卷一遺事　六如居士外集卷二詩話

有人以列仙圖求子畏題詩，即援筆云：「但聞白日昇天去，不見青天走下來。偶然一日天破了，大家都叫阿癐癐。」阿癐癐，吴俗小兒群奔之聲，載輟耕録。　風流逸響　何刻外編卷三遺事　六如居士外集卷二詩話

吴郡一僧，以犯姦事發架號通衢。伯虎戲對僧吟曰：「精光頂上着紫光頂，有情人受一無情棒；出家人反做在家人，小和尚連累大和尚。」一時聞者，無不絶倒。　風流逸響　何刻外編卷三遺事　六如居士外集卷二詩話

金陵有一詩妓，慕六如而未識。六如一日故衣敝裘，作落魄寒酸狀，突過其舟。妓憑欄含笑，略弗爲禮。六如指妓曰：「倚樓何事笑嘻嘻？」妓應聲曰：「笑你寒儒穿布衣。」六如續云：「錦繡空包驢馬骨，那人騎過這人騎。」　風流逸響　何刻外編卷三遺事　六如居士外集卷二詩話

伯虎嘗畫臨江一小亭，衆山環之。一人角巾白帢，憑欄遠眺，超然有象外意。伯虎題詩其上云：「落日山逾碧，亭孤景自幽；蒼江寒更急，客興自中流。」詩中「蒼」字，其左方原點作「滄」，已而更作「蒼」字，正此老傲睨任達處。展玩間真令人有解衣盤礴之想，可貴也。但歲久神已脱幅矣，惜哉。　曹刻彙集外集紀事　袁詩本外集紀事　六如居士外集卷三題畫

弇州評子畏書，輭熟亦不惡；此紙更稜峭可畏。乃子畏自稱「江南第一風流才子」，又

曰「普救寺婚姻案主者」，而太原相業偉如，生平不二色，何嘆世詞相倡和至此？兒淵曰：「唐解元，狂者也。王文肅，狷者也。狂狷跡異而心同，宜其相契合乎？」然子畏作風態以遠宸濠，未嘗不介然自守耳。至詞調率意縱横，有如卮言「伯虎如乞兒唱蓮花落，少時亦復玉樓金埒」，故復不惡。研山山長汪珂玉識於盟鷗小檻。珊瑚網書録卷十六

吴人有唐子畏者，才子也。以文名，亦不專以文名。余爲吴令，雖不同時，是亦當寫治生帖子者矣。余昔未治其人，而今治其文。大都子畏詩文，不足以盡子畏，而可以見子畏。故余之評隲，亦不爲子畏掩其短，政以子畏不專以詩文重也。子畏有知，其不以我爲俗吏乎？唐伯虎先生外編卷四公安袁宏道中郎評

子畏之文，以六朝爲宗，故不甚慊作者之意。子畏之詩，有佳句，亦有累句。妙在不沾沾以此爲事，遂加人數等。小詞直入畫境。人謂子畏畫筆之妙，余謂子畏詩詞中有幾十軸也；特少徐、吴輩覽賞之耳。愚齋藏抄本唐六如集上硃批

伯虎以文章發科，作書畫有盛名，誌傳載之詳矣。易簀時，取絹一幅，題其上云：「生在陽間有散場，死歸地府亦何妨；黄泉若遇好朋友，即當飄零在異鄉。」觀此詩，乃知先生蓋不以生死介意者。愚齋藏抄本唐六如詩集上眉批

六如淪落明時，恒賣畫爲活。故其詩云：「領解皇都第一名，猖披歸卧舊茅衡；立錐莫

笑無餘地，萬里江山筆下生。」又云：「青山白髮老癡頑，筆硯生涯苦食艱；湖上水田人不要，誰來買我畫中山？」誦之淒然，足以悲矣，然於畫頗自矜貴，不苟作；而詩則縱筆疾書，都不經意。以此任達，幾於游戲。此袁永之輯其集，僅存少年之作，實未足以盡其長。余於集外從畫卷録其留題絶句八首，饒有風致，未至如乞兒唱蓮花落也。靜志居詩話

子畏詩才爛漫，好爲俚句。選家淘汰太遠，并其有才情者不録；此君真面不見。子畏領解後，以事下獄，可謂不幸。康熙間，宋牧仲撫吴，得嘉靖中蘇州太守胡纘宗題唐解元墓碑，爲之重修墓道，繚以短垣，前築丙舍。因子畏生平嘗自標置爲「江左第一風流才子」，遂榜爲才子亭，尤西堂有文紀之。嘉慶辛酉，子畏族裔仲冕來知吴縣，重葺桃花庵，遍徵名輩題詠，連編累牘。子畏身後，庶不落寞已。明詩紀事丁籤

唐伯虎詠落花詩，至「五更風雨葬西施」之句，不覺氣短。白石樵真稿

唐落花詠句云「五更風雨葬西施」，摹寫刻摯，尚未及徐昌國之自然渾成。沈、文二家原倡，各三十首云。一亭考古雜記

唐六如題釣翁詩：「直插魚竿斜繫艇，夜深月上當竿頂；老漁爛醉喚不醒，滿船霜印簑衣影。」此首天趣悠然，覺柳州西巖詩後二句真可删却。柳亭詩話卷三

六如名重一時，而不自檢飭，致有井中下石之禍。晚年益無聊賴，放浪於僧廬伎館。嘗有句曰：「秋榜才名標第一，春風絃管醉千場。」又曰：「難將萱草酬佳客，且摘蓮花供聖僧。」且曰：「吾之所藉以傳者，不在詩也。」然讀其倀倀歌，未嘗不爲之酸鼻云。柳亭詩話卷三

高季迪寄倪元鎮詩：「寒池蕉雪詩人畫，午榻茶烟病叟禪。」徐昌穀寄唐伯虎詩：「交朋零落看書札，花月蕭條問酒錢。」則知清閟閣、桃花塢，皆造物特地以處才士之阨窮者也；即謂倪、唐至今存可也。柳亭詩話卷四

伯虎戲題二女踏鞦韆，其詞云：「二八嬌娥美少年，緑楊影裏戲鞦韆；兩雙玉臂挽復挽，四隻金蓮顛倒顛。紅粉面看紅粉面，玉酥肩并玉酥肩；游春公子摇鞭指，一對飛仙下九天。」何刻外編卷三遺事　六如居士外集卷一遺事

伯虎嘗作春圖，其題詞云：「春來憔悴欲眠身，爾也温存，我也温存。纖纖玉手往來頻，左也消魂，右也消魂。條桑採得一籃春，大又難分，小又難分。惟貪纅繭合縉綸，吃不盡愁根，放不下愁根。右調一剪梅東海蟠桃花正紅，二士行來一徑通；不争他浪蝶狂蜂，鴛鴦核，齊下種。喜相逢，雲雨重重，兩邊情做一番兒用。説甚么乘龍卧龍，大寒來做一孔蟄蟲。右調水仙子山童背我去尋芳，出條鎗，入條鎗；一度登高，遭此兩重陽。不是

連連雙玉柱，撑不到武陵鄉。鮮魚一串柳條長，望潮郎，在中央。且對薰風，唱箇急三腔。雨過江南望江北，桃葉暗，木犀香。右調江神子 鴛鴦飛向蓮塘浴，回頭要啄湖田粟；蒹葭何幸依雙玉，東家食也西家宿，各唱單題曲。東家喫素徒供肉，西家有火無燈燭，三人各别誰歡足？教他都是半身惆悵，恨没專房福。右調□□□ 床下銀瓶，夜來側倒流香膩；從頭到底，一湊生雙蒂。前度劉郎，去後成何濟？春過矣，大家同醉，各一般滋味。右調點絳唇 昨夜八紅沉醉，連我大家同睡。孤鳳入鸞群，鬧殺不容成配。歡會！歡會！竟做一場空退。右調如夢令 何刻外編卷三遺事 六如居士外集卷一遺事

吾吴中以南曲名者，祝京兆希哲、唐解元伯虎、鄭山人若庸。希哲能爲大套，富才情，而多駁雜。伯虎小詞，翩翩有致。鄭所作玉玦記最佳，他未稱是。藝苑巵言附録卷一 何刻外編卷三

吴中以南曲名者，祝希哲、唐伯虎、鄭若庸三人媲美。京兆能爲大套，富麗而多駁雜。解元小詞，纖雅絶倫。鄭所爲玉玦記，見其一斑，它未足道。衡曲麈譚作家偶評

唐子畏僑居南京日，嘗宴集某侯家，即席爲六朝金粉賦。時文士雲集，子畏賦先成；其警句云：「一顧傾城兮再傾國，胡然而帝也胡然天。」侯大加賞。前句出李延年，後句出詩君子偕老篇。由是稱其名愈著。山樵暇語 何刻外編卷三 唐刻全集外集卷二

能改齋漫録云：「古來人君之亡，未有謚號，皆以大行稱之，往而不返之義也。秦始皇崩於沙丘，胡亥喟然嘆曰：『今大行未發，喪禮未終。』見李斯傳。」唐子畏著四庫碎金云：「皇帝崩後，未有謚號，故曰大行。行者，德行之行，讀作去聲。」二説未知孰是。逸老堂詩話卷上

天子初崩曰「大行」。按史記李斯傳：秦始皇崩于沙丘，胡亥喟然嘆曰：「今大行未發，喪禮未終。」「大行」二字始見于此。而陳澔曲禮「天王登假」句注云：「登假猶漢書稱大行，行乃循行之行，去聲，以其往而不反，故曰大行也。」又應劭風俗通云：「天子新崩，未有謚號，故曰大行皇帝。」而唐寅四庫碎金因其説，遂謂行即德行之行。豈以張守節謚法解序有「大行受大名」之語，故云爾耶？余按唐氏之説與陳注迥異，然讀爲去聲，與陳注正同。今人則俱讀作平聲，不復知其誤矣。柳南隨筆卷一

伯虎舉鄉試第一，坐事免。家以好酒益落，有妬婦斥去之，以故愈自弃不得。嘗作答文徵明書及桃花庵歌，見者靡不酸鼻也。藝苑巵言卷六　何刻外編卷三　唐刻全集外集卷二

李少卿報蘇屬國書，不必論其文及中有逗脱者，其傳合史傳，纖毫畢備，贋作無疑。第其辭感慨悲壯，宛篤有致，故是六朝高手。明唐伯虎報文徵明、王稚欽答余懋昭二書，差堪叔季。伯虎他作俱不稱。稚欽於文割裂，比擬無當者，獨尺牘差工耳。藝苑巵言卷六

何刻外編卷四　唐刻全集外集卷三

曩與同人戲爲文章九命，一曰貧困，二曰嫌忌，三曰玷缺，四曰偃蹇，五曰流竄，六曰形辱，七曰夭折，八曰無終，九曰無後。一貧困：中略國朝如聶大年、唐寅輩，咸旅食塵居，不堪其憂。三玷缺：中略邇時李獻吉氣誼高世，亦不免狂簡之譏。他若解大紳、劉原博、桑民懌、唐伯虎、王稚欽、常明卿、孫太初、王敬夫、康德涵皆紛紛負此聲者，何也？內恃則出入弗矜，外忌則攻摘加苦故耳。然寧爲有瑕璧，勿作無瑕石。藝苑卮言卷八

東橋稱唐六如廣志賦，即口誦其賦序數十許語。言賦甚長，不能舉其辭。序托意既高，而遣詞亦甚古，當是一佳作。今吴中刻六如小集，其詩文清麗，獨此賦下注一「闕」字，想其文遂不傳矣。四友齋叢説卷二十三

吴人唐寅有逸才，爲文艷冶駢麗，與郡人文林善。林自太僕出知温州，意殊不得，寅作書勸之，文甚奇偉。林以示蘇守曹鳳，鳳曰：「此龍門燃尾魚也，不久當化去矣。」寅從御史考，不售。鳳立薦之，果中式第一。汝南遺事

文林自太僕出知温州，意殊不得。唐寅作書勸之。林出其書示刺史曹鳳，鳳奇之曰：「此龍門燃尾之魚，不久將化去。」未幾，果中式。玉劍尊聞卷五識鑒

唐伯虎有金粉福地賦、汗巾賦，俱莫得其傳。今金粉賦已殺青，所闕者汗巾賦耳。孫伏生談瓢　何刻外編卷三遺事　六如居士外集卷二詩話

伯虎尚有廣志、昭恤二賦，俱不傳。曹寅伯校本　六如居士外集卷二詩話

姚江邵百朋云：「曾與永嘉何无咎同在榆陽，渠嘗口誦唐伯虎逸詩并小詞數闋，皆種種絶倒，皆集所未收。惜弟不記得，不録得耳。」燕中記　何刻外編卷三遺事　六如居士外集卷二詩話

伯虎咏破衣詩，有錢仁夫屬和，今不傳。燕中記　何刻外編卷三遺事　六如居士外集卷二詩話

余社友丁百原云：「伯虎有詞數闋，贈其父孝廉公壽，已裝潢成卷，奉爲世寶。俟南還，當檢付梓。」今丁尚家燕中，竟未知合璧何時也。燕中記　何刻外編卷三遺事　六如居士外集卷三題跋

作文不可倒却架子，爲二氏之文，須如堂上之人分别堂下臧否。韓柳曾王，莫不皆然。東坡稍稍放寬。至於宋景濂，其爲大浮屠銘，和身倒入，便非儒者氣象。王元美爲章篔谷誌，以刻工例之徵明、伯虎。太函傳查八十，許以節俠，抑又下矣。金石要例論文管見

凡爲人作詩文集序及墓誌銘，文末署名，于同輩當自稱同學，或友人，或友弟；于前輩當自稱後學，或後進，或通家子，方爲得體。若稱眷弟、眷姪及眷晚生，則陋甚矣。嘗見沈石田全集内附唐六如和詩，自稱「後生唐寅」，亦雅甚。柳南隨筆卷三

唐寅集附録五

交游詩文

與履庵爲唐寅乞情帖

吴寬

自使旆到吴中，不得一書，聞勑書已先到，亦未審何時赴浙中，極是懸懸。兹有□，今歲科場事，累及鄉友唐寅，渠只是到程處爲坐主梁洗馬求文送行，往來幾次。有妬其名盛者，遂加毁謗。言官聞之，更不訪察，連名疏内。後法司鞫問，亦知其情，參語已輕，因送禮部收查發落。部中又不分别，却乃援引遠例，俱發充吏。此事，士大夫間皆知其枉，非特鄉里而已。渠雖嘗奏訴數次，事成已無及矣。今便道告往浙省屠老大人，惜其遭此，定作通吏名目者。如渠到彼，切望與貴寮長楊韓二方伯大人及諸寮友一説，念一京闈解元，平生清雅好學，别無過惡，流落窮途，非仗在上者垂眄，情實難堪。俟好音到日，或有出頭之時，諒亦不忘厚恩也。冗中具此，不暇他及，惟冀心照不備。眷末吴寛再拜履庵大參大人親契執事。八月十九日。美術生活第三十七期吴中文獻特輯

和唐寅白髪

文林

氣羸髪先改，五十頭盡雪；豈無年差長，美鬢鬒如涅。顔頹詎足嘆？樹立恐中折；服善死所甘，僥枉生亦竊。葉脱根株固，貞元難遽絶；天地閟殺機，與奪誰窮詰？鏗壽今亦亡，回死有餘烈；數命人人殊，疾徐付甘節。大治範我形，堅脆任生滅。文温州集卷一　何刻外編卷五　六如居士外集卷四

戊午春將赴温州楊君謙禮部邀餞於虎丘同集者沈啟南韓克贊二老複巾杖篸韓從子壽椿與朱性甫青袍方巾唐子畏徐昌國并舉子巾服而余與君謙獨紗帽相對會凡八人人各爲侣適四類不雜

文林

鳥歌當離筵，東風逗微雨；會合飲中仙，兩兩各相侣。二老行紆徐，二妙足高舉；儒袍

聯魯生，烏紗對賓主。酒半散林壑，尋詩鏤肝腑；詞鋒挽落暉，酣戰走旁午。冥搜隘八極，光焰互吞吐；珠璣落吾手，拾襲誰敢侮。悠悠大塊内，何物不參伍；嗟余獨行邁，弃斥無所與。文温州集卷一　何刻外編卷五　六如居士外集卷四

送唐子畏之九仙祈夢　王　鏊

人生出處天難問，聞有靈山試扣之；三月裹糧真不異，一生如夢復何疑？天台雁蕩歸時路，秋月春風别後思；我亦有疑煩致問，蒼生貼息定何時？何刻外編卷五　六如居士外集卷四

正德壬申冬初過子畏解元城西之别業時獨有梅花一樹將開故詩中及之　王　鏊

十月心齋戒未開，偷閑先訪戴逵來；清溪詰曲頻迴棹，矮屋虚明淺送杯。生計城東三畝菜，吟懷墻角一株梅；棟梁榱桷俱收盡，此地何緣有逸材？吴越所見書畫録卷二明王文恪

公贈唐解元詩立軸　何刻外編卷五　六如居士外集卷五

次唐子畏韻自道鄙懷

錢仁夫

上疏乞恩歸故鄉，脱身名利是非場；兩湖風月久相待，三徑菊松全未荒。釣水采山聊自給，吟詩作字爲人忙；近來也有些兒懶，睡足日高纔下床。何刻外編卷五　六如居士外集卷四

和唐解元咏破衣

錢仁夫

領袖雖全半没襴，斬新做件也非難；縫紉細了反成好，綻裂多些轉覺寬。冒雨披風那便壞，捉襟露肘任教寒；自家修緝自家用，不换羊裘伴釣竿。何刻外編卷五　六如居士外集卷四

福濟觀別唐子畏口占一聯是夜枕上足成八句書寄子畏

王　鼎

僊客樓居無限好，解衣盤礴且維舟；炎埃久溷柴桑老，涼雨忽驚梧葉秋。我别已成三載隔，子來定作一句留；題詩莫更重違約，空使寒江滿眼流。何刻外編卷五　六如居士外集卷四

和唐子畏見贈休字韻

王　鼎

人間紙上無窮事，忍聽人言一醉休；碧嶺長慚周孔夢，青天不盡古今愁。夜深屢化蝶巡枕，春遠聊同子並舟；却笑南華病莊叟，欲除方内更何游？何刻外編卷五　六如居士外集卷四

贈唐寅次其韻

吴廷舉

洞庭氣岸自英英，不落燕臺第二名；物外空青于世貴，人間腐鼠任鳶争。尊無北海開賓館，水有東湖照客纓。把釣抛書驚歲晚，非熊何夢到三卿。何刻外編卷五　六如居士外集

卷四

虎丘閒泛與伯虎同賦

楊循吉

名巖佳麗冠吴州，永日逍遥傍綵舟；菡萏含嬌呈水面，蔦蘿垂蔭覆人頭。寂谷元蟬藏影嘒，長阿蒼狖領群游；翠幌金樽何限樂，欣逢絶咏媿難酬。何刻外編卷五　六如居士外集卷四

用贈謝伯一舉人韻贈唐子畏解元

楊一清

豐姿楚楚玉同温，往日青蠅事莫論；筆底江山新畫本，閒中風月舊琴樽。清時公是年來定，發解文明海内存；長聽金聲愛詞賦，天台未許獨稱孫。何刻外編卷五　六如居士外集卷四

别唐寅

祝允明

長河堅冰至，北風吹衣涼。户庭不可出，送子上河梁。握手三數語，禮不及壺觴。前轅有征夫，同行竟異鄉。人生豈有定？日月亦代明。毛裘忽中卷，先風欲飛翔。南北各轉首，登途勿徊徨。何刻外編卷五　六如居士外集卷四

爲唐子畏索劍

祝允明

昔年承唐子惠愛，曾以雙劍贈答其意，别來恒念之。其一鏤「青萍」二文者，尤憶。間以一章問之，或肯假，抑更惠乎。

手解青萍昔贈君，仗來多少截妖氛；知君道就□□後，把與東人刲白雲。何刻外編卷五　六如居士外集卷四

伯虎樓壁

祝允明

宅此心體，沉矣洞洞；爽氣西納，妙月東逢；時臨長津，以鑒群動。枝山先生詩文集

輓唐子畏二首 詩文集作「哭子畏」

祝允明

天道難公也不私，茫茫聚散底須知；水衡於此都無準，月鑑由來最易虧。不泯人間聊墨草，化生何處産靈芝？知君含笑悲詩文集作「歸」兜率，祇爲斯文世事悲。

萬妄安能滅詩文集作「滅」一真？六如今日已無身；周山既不容神鳳，魯野何須哭死麟。顔氏道存非詩文集作「誰」謂夭，子雲玄在豈稱貧；高才賸買紅塵妒，身後猶聞樂禍人。何刻外編卷五　六如居士外集卷四　枝山先生詩文集

又 列朝詩集作「再輓子畏」，詩文集作「再哭子畏」

祝允明

少日同懷天下奇，中年詩文集、列朝詩集作「中來」出世也曾期；朱絲竹絶詩文集作「再絶」，列朝詩

集作「并絶」桐薪韻，黄土生埋詩文集作「深埋」玉樹枝。生老病餘吾尚在，去來今際子先知；當時欲印樞機事，可解中宵入夢思。何刻外編卷五　六如居士外集卷四　枝山先生詩文集　列朝詩集

夢唐寅徐禎卿亦有張靈

祝允明

唐子白虹寶，荆砥夙磨礱；江河鯤不徙，魯野遂戕麟。徐子十□周，邃討務精純；遑遑訪魏漢，北學中離群。伊余守初質，温故以知新；誰出不由户，貌别情還均。濁世二三子，厭弃猶爲人；相逢靡幽明，隔域豈不親？兹塗無爾我，相泯等一真；昔亦念張孺，猶能逐冥塵。何刻外編卷五　六如居士外集卷四　列朝詩集

夢墨亭記

祝允明

子畏天授奇穎，才鋒無前，百俊千傑，式當其選，形拔而勢孤，立峻則武狹。童幼所志，以爲世勳時位，茂禄侈富，一不足爲我謀。少長，縱横古今，肆恣千氏。一日，忽念欲了

其先人之遺望，且以畢小品作「乖」近易事。遂乃苞銛坊滔，萃神於科第業。閉户一歲，信步闈場，遂録薦籍，爲南甸十三郡士冠；人駭之，而子畏自顧折草爾。由益信人間事無必小品作「不」繁智慮者。當是時，且以爲崇爵顯章，晨金午玉，階升而矢流耳。曾傲朕於閩之神所謂九鯉湖者，夢神惠之墨萬箇。子畏謂塗楮畫素，或但成細瑣蓺玩，殆澀儒腐生之業，亦何直許云，是殆匪如響者也。領薦之明年，會試禮署，乃用文法詿誤，卒落薦籍；人又駭之，而子畏夷如也。去覈求神鈐天軌，至理極事，山負海茹，鑽琢窈惚。於是心益精，學益大，而跡益放。或布濩小品作「獲」餘蓄以爲圖繪，日月山河，霄漢風氣，烟雲霧雨，花鳥樹石，仙崖鬼竇，奇夫曠人，俠子媚女，薪釣戎胡，墟市舟騎，千形萬模，皆務爲淩誇小品作「淩洿」横突，峻握小品作「掊掘」譎詭，周曲碎雜，無不求詣，各至妥帖。地必將躪古人或作「藉人」之轍踪，惴惴然懼一失足俗駕。當其妙解，超然冥會；乃復以爲業無大小，神適斯貴，是誠可以陶寫浩素，我心獲兮。比自四方而歸，結亭閶門桃花塢中，目之曰夢墨亭，章神符也。謂獨余爲可記，陳前故以來請。於戲！子畏自以爲志暢矣，神符章矣；余忖度之，其果謂之然哉？於戲！然而不盡者也。往者，王子安夢墨而以文章名，余亦嘗夢墨，未知以何名，審子畏之夢墨，其果以畫名哉？墨之用，獨畫哉？子畏之文，豈特余等，亦豈特欲勃等第哉？子畏不謂符文，以爲符畫；子畏格氣，乃果獨是哉？以爲符文，余且謂不然，小品作「不盡」又卑於文者哉？子畏以文自居，余猶進之，有盡墨之用者，猶爲非子畏志之真也；又以畫，余肯爲之真哉？設余第狗子畏云爾已矣，當不畏人笑失倫，又不畏神怒忽略苟且阿人哉！神之祥子畏，不唯是也必然矣。然而人之志，最易止止，子畏之志，無亦果本爾乎？或是則不可，不可必進以從余。如子畏不然，又何煩小品作「繁」以余文爲哉？何刻外編卷五　六如居士外集卷五　湧幢小品

與唐寅書

祝允明

足下之澤我厚矣！夙昔見足下才峻志遐，力量又捷；意鈍敝者後必爲所遺。每討論頃，輒不盡所詞，意足下之越吾也。至其後，足下之峻者益峻，遐益遐，捷益捷，僕之所深畏而終不遷者，計特足下一人耳！然幸到於今不遺。吾嘗謂今之學者，與昔大異；要異時所就，亦當大異。夫謂千里馬者，必其朝吴暮楚，果見其跡耳。非謂表露骨相，令識者苟以千里目，而終未嘗一長驅，駭觀於千里之人，令慕服譽讚，不容爲異詞也。吾昔窺是業甚蚤，及其漸深時，乃更以自淺；袖手瞪視者甚久，不敢姑一跳躍以得躓跲

焉。故且循涯而涉，至於今，雖略獲其躅武，然故乏踣鐵之蹄。料其後恐終不入伯樂氏目，極自惋也；然不能無望於中。每覽足下詩筆，必興觸此意。或相面，則輒爲家市薪米之語所先；氣已衰暗，此意竟不得大發而長鳴之。嗚呼！人相出在一城郡，其事業同，志思又略近似，乃不相有增長如是夫。歲暮，科程期迫，猝猝將各南北；又坐病不出百朝，分矣！奈何哉！奈何哉！夫善劍者必用名劍，今名劍具在，吾將以善劍鳴，必深其法而後用。苟術未諳，或中路而止；然且漫用之，則必有解指落腕之悔。凡今之自恕而不進者，其畏在此，厲哉！足下大詣勿止，毋敗指腕爲勞拙者笑。僕尚有論術一二語，忙不及告矣，或在後書。何刻外編卷五　六如居士外集卷四

與唐寅

祝允明

不肖心事支離，勉强出山。雖未知所之遂否，然深憂疏蹤，涉世牽掣之際，遂并失平生。伯虎英朗，所談類能中人肯綮；於此行，能以一文爲規助否？忉怛。何刻外編卷五　六如居士外集卷四

答唐子畏夢余見寄之作　辛亥　文徵明

故人别後千回夢，想見詩中語笑譁；自是多情能記憶，春來何止到君家？何刻外編卷五　六如居士外集卷四　甫田集四卷本卷一

月夜登南樓有懷唐子畏　甲寅　文徵明

曲欄風露夜醒然，彩月西流萬樹烟；人語漸微孤笛起，玉郎何處擁嬋娟？何刻外編卷五　六如居士外集卷四　甫田集四卷本卷一

簡子畏　又　文徵明

落魄迂疏不事家，郎君性氣屬豪華；高樓大叫秋觴月，深幄微酣夜擁花。坐令端人疑阮籍，未宜文士目劉叉；只應郡郭聲名在，門外時停長者車。何刻外編卷五　六如居士外集

飲子畏小樓 乙卯

文徵明

今日解馳驅，四卷本作「馳逐」投閒傍高廬；君家在皐橋，諠闐井市區。何以掩市聲？充樓古今書；左陳四五册，右傾三二壺。我飲良有限，伴子聊相娱；與子故深密，奔忙坐闊疏。旬月一會面，意勤情有餘；蒼烟薄城首，振袖復躊躇。何刻外編卷五　六如居士外集卷四　甫田集四卷本卷一

夜坐聞雨有懷子畏次韻奉簡 庚申

文徵明

皐橋南畔唐居士，一榻秋風擁病眠；用世已銷横槊氣，謀身未辦買山錢。鏡中顧影鸞空舞，櫪下長鳴驥自憐；正是憶君無奈冷，蕭然寒雨落窗前。何刻外編卷五　六如居士外集卷四　甫田集四卷本卷一

月下獨坐有懷伯虎　文徵明

經月思君會未能，空床想見擁青綾；若非縱酒應成病，除却梳頭即是僧。友道如斯誰汝念？才名自古得人憎！夜齋對月無由共，欲賦幽懷思不勝。詩稿册

致子畏　二小柬　文徵明

石丈書來，欲煩公作送周文襄乃孫書。且云：「子畏説五言已就，只欲促之耳。」想非漫言也。壁頓首，上子畏先生解元執事。明人尺牘墨寶　名賢手翰真蹟

閲畫册二十幀，悉仿唐宋諸家作也。或秀麗，或蕭疏，各極其致，真畫苑之集大成者。予愛慕之切，不忍釋手。昔米顛袖中有奇石，孰若此中丘壑，令人卧游不盡也。明人尺牘四卷

贈唐居士

徐禎卿

閑居嗒嗒醉嗚嗚，轉覺微情與世疏；貧剩氍毹猶讓鹿，伯虎時蓄一鹿病抛魚肉入列朝作「久」甘蔬。一龕碧火蒲團夜，十畝黄柑酒瓻車；兹事若成須報我，菟裘隨地着吾廬。何刻外編卷五　六如居士外集卷四　列朝詩集

簡伯虎

徐禎卿

麻紙功名笑浪傳，如今袖手了塵緣；交朋零落看書札，花月蕭條問酒錢。數里青山騎犢醉，一林黄葉擁秋眠；心期兀兀成幽病，誰與高人辨草廛？何刻外編卷五　六如居士外集卷四

懷伯虎

徐禎卿

聞子初從遠道回，南中訪古久徘徊；閩州日月虚仙觀，越苑風烟幾廢臺。賴有藜筇供

放迹，每於鸚鵡惜高才；滄江梅柳春將變，憶爾飄零白髮哀。何刻外編卷五　六如居士外集卷四

懷伯虎　徐禎卿

寒窗燈火張生夢，京路風霜季子金；兩地相思各明月，關山書尺幾銷沉。何刻外編卷五　六如居士外集卷四

唐生將卜築桃花之塢謀家無資貽書見讓寄此解嘲　徐禎卿

予昔攀白日，虹蜺干紫庭；浮沉帝座側，無人知歲星。暫侍公車無所歡，聊騎天馬出長安；南下滄江浮七澤，還携謝客弄波瀾。青倪中開秀衡嶽，瀑布灑入千峰寒；冥冥仙氣貫牛斗，直欲凌身燒大丹。迴裾西拂巫山浦，浩蕩歡心閑雲雨；歸來欲奏楚王書，漢主上林方好武；黄金不遇心自吁，白璧無媒翻見侮。昨日結交燕少年，酣歌擊筑市中眠；正逢天子失顏色，奪俸經時無酒錢。入門百結鸕鷀盡，笑立文君明鏡前；却思舊

日高陽侶，黄公酒壚何處邊？天下綈袍誰不憐；郗卿未具山中槖，何人爲買剡谿田！唐伯虎，真俠客；十年與爾青雲交，傾心置腹無所惜。擊我劍，拂君纓，請歌鸚鵡篇，爲奏朱絲繩，胡爲擾擾蒼蠅之惡聲。我今蹭蹬尚如此，嗟爾悠悠世上名。何刻外編卷五　六如居士外集卷五

和唐子畏東城夜游

陳淳

野寺鐘聲後，溪橋細雨時；水風吹緑鬢，山月印寒池。已擊闢人柝，初收酒市旗；一尊何處覓？燈下寫相知。何刻外編卷五　六如居士外集卷四　陳白陽集

贈唐伯虎

王寵

舉世皆羅網，憐君獨羽毛；百年渾醉舞，萬象總風騷。長袖嬌紅燭，飛花灑白袍；英雄未可料，腰下吕虔刀。何刻外編卷五　六如居士外集卷四

九日過唐伯虎飲贈歌

王寵

唐君磊落天下無，高才自與常人殊；騰驤萬里真龍駒，黄金如山不敢沽。秋風日落嘶長途，我亦垂眉下帝都；終軍錯弃咸陽繻，鯨鯢失水鱗甲枯，仰天擊劍歌嗚嗚。男兒落魄日月徂，相與把臂揮金壺；滿堂賓客照珊瑚，江東落落偉丈夫。千年嵇阮不可呼，後來豪飲非吾徒；氣酣争博叫梟盧，四座飛觴傾五湖。人生長若今日娱，何用錢刀衣紫朱？坐茵未暖行已晡，得不取樂窮須臾。君不見，少陵不保千金軀，醉後仔細看茱萸。

何刻外編卷五　六如居士外集卷四

唐丈伯虎桃花庵作

王寵

海内幾詞伯？當筵逢酒儔；竭來桃花塢，披草成獻酬。夫子嵇阮輩，簸弄天地浮；閉關嚼泥滓，袒裼參王侯。或時舞長袖，迴拂隘九洲；神龍不自惜，勺水甘垂頭。蒼蠅顧營營，一日千里游；蕭疏竹林聚，窅窕柴門求。形骸冗土木，辨難森戈矛；貫穿窮百氏，驅馳蹷千秋。氣酣盡感激，雪涕懷伊周；老鶴志霄漢，雄劍奔兜鍪。惜哉功名會，嵂屼日月遒；痛飲師古人，談玄恣冥搜。是時大火中，偃息宜林丘；松蘿在高户，菡萏披長流；沈冥我輩事，河朔同悠悠。何刻外編卷五　六如居士外集卷五

次唐子畏落花詩

胡　乾

怪爾東風多薄倖，曉來一片墮園西；羞將艷質輕隨水，寧使香魂自委泥。燕拾殘紅猶飾壘，蝶成新怨懶尋蹊；深閨應有惜顔色，坐見傷春嘆息啼。何刻外編卷五　六如居士外集卷五

唐氏園觀荷

黄省曾

虚閣中天携酒攀，芙蓉爛熳芳溪灣；緑竹高浮翡翠羽，白雲四結璚瑶山。風蟬雕檻近人響，霰露清尊傍汝間；欲折秋風惜遲暮，花前徙倚不知還。何刻外編卷五　六如居士外集卷五

桃花園宴

袁袠

靈雨晨復夕，新水滿陂池；輕舠駭纖鱗，朱榴耀錦葵。嬉游悦令節，嘉賓咸在斯；暢然神飈至，暑氣清華榱。芙蓉臨綺疏，菖蒲泛羽巵；圍棋間六博，既醉無愆儀。遂獻蓼蕭什，還稱頍弁詩；嘗聞西園讌，佚樂寧異兹。何刻外編卷五　六如居士外集卷五

唐家園懷子畏五首

徐應雷

借問桃花塢，新栽幾樹桃？園中老樹根，昔人箕坐處。

盛暑斷不出，門外有車馬；公卿排闥入，躶體松竹下。

名士故逃名，誰與共明月？夜半聞叩門，知是祝希哲。

漫應千金聘，笑擲千金裝；空手歸故園，正值菊花黄。

不買青山隱，却寫青山賣；物外有知心，人間徒問畫！何刻外編卷五　六如居士外集卷五

唐寅集附録六

年表

周道振
張月尊 輯撰

明憲宗成化六年庚寅（一四七〇）一歲

二月四日生于蘇州吴縣閶門内吴趨里皋橋。以庚寅歲生，因名寅，初字伯虎，更字子畏，號六如。父廣德，業賈。母丘氏。

沈周四十四歲　吴寬三十六歲　朱存理二十七歲

文林二十六歲　王鏊二十一歲　梁儲二十歲

曹鳳十四歲　楊循吉十三歲　都穆十二歲

祝允明十一歲

十一月初六日，文徵明生。

成化七年辛卯（一四七一）二歲

成化八年壬辰(一四七二)三歲

文林舉吴寬榜進士,授永嘉知縣。林字宗儒,長洲人。子即徵明。寬亦長洲人,字原博,號匏庵,本年會試廷試皆第一。成、弘間,以文章德行負天下重望。

成化九年癸巳(一四七三)四歲

江陰徐經生。

成化十年甲午(一四七四)五歲

王鏊鄉試第一。鏊字濟之,號守溪,吴縣人。博學有識鑒。

成化十一年乙未(一四七五)六歲

王鏊會試第一,廷試第三,授翰林院編修。

錢同愛生。

成化十二年丙申(一四七六)七歲。弟申生。申字子重。

顧璘生。

成化十三年丁酉(一四七七)八歲

朱應登生。

成化十四年戊戌(一四七八)九歲。從師習舉業。

成化十五年己亥（一四七九）十歲

文林以丁憂返吴。

徐禎卿生。

成化十六年庚子（一四八〇）十一歲

成化十七年辛丑（一四八一）十二歲

成化十八年壬寅（一四八二）十三歲

文林起復，知博平縣，子徵明隨侍。徵明初名壁，字徵明。後以字行，更字徵仲，號衡山。爲人和而介，工詩文書畫。

成化十九年癸卯（一四八三）十四歲。與祝允明訂交約在本年。允明字希哲，號枝山，長洲人。文章有奇氣，尤工書法。好酒色六博，不修行檢。

成化二十年甲辰（一四八四）十五歲。入縣學爲生員。

楊循吉舉進士，授禮部主事。循吉字君謙，號南峰，吴縣人。

閻起山生。孫一元生。陳淳生。

成化二十一年乙巳（一四八五）十六歲。與文徵明訂交。因徵明謁其父林，以文請教益。

林是年補南京太僕寺丞，謁告返里。

成化二十二年丙午(一四八六)十七歲。補府學生員。交同里張靈。靈字夢晉。文思敏捷，善畫，人物高遠，嗜酒傲物。

文徵明隨父文林至滁州太僕寺任。

成化二十三丁未(一四八七)十八歲。曾與祝允明題沈周爲王槃畫壑舟園圖。槃，王鏊從兄，不仕。

明孝宗弘治元年戊申(一四八八)十九歲。娶徐氏，徐廷瑞次女。

文徵明返吴，入長洲縣學爲生員。

楊儀生。華雲生。

弘治二年己酉(一四八九)二十歲。與文徵明、祝允明、都穆倡爲古文辭。宜興杭濂亦來共游。穆，吴縣人，字元敬，好學不倦，善爲文。濂字道卿，工詩文。

弘治三年庚戌(一四九〇)二十一歲。曾題周臣聽秋圖卷。臣字舜卿，號東村，吴縣人。工山水。寅初從之學畫。其後名盛，求者衆，頗假臣手。

應朱存理囑，録所作送春詩于沈周畫楊花卷中。存理字性甫，號野航，長洲人。篤學，以課徒爲業。周字啓南，號石田，長洲相城人。世以高隱稱。詩文書畫，爲世所重。
文徵明以省父去滁州。
弘治四年辛亥（一四九一）二十二歲。念文徵明甚，作詩以寄，徵明有答。
撰劉嘉絹墓志銘。嘉絹字協中，吴人，能詩。與寅及文徵明爲摯友。子穉孫，後娶徵明兄女。楊循吉亦爲嘉絹撰墓志。時循吉已致仕歸。結廬支硎山下。
秋，文徵明自滁返里。
弘治五年壬子（一四九二）二十三歲
文林自南京太僕寺丞移病歸。每因寅之請謁，規其過失，不少假借；愛其才藝，不厭説項。蓋所從往還如祝允明、錢同愛輩皆流連聲色，惟文徵明獨能自外。然情尚不同，而交情不替。同愛字孔周，長洲人。博學工文，好結納，喜蓄書。
二月既望，爲王觀畫款鶴圖。觀字惟顒，號款鶴，長洲人，善醫。
秋，祝允明舉於鄉。
弘治六年癸丑（一四九三）二十四歲。時父廣德已先卒，母、妻及子相繼歿。
撰沈隱君墓碣銘。隱君名誠，長洲老儒，以教讀爲生。
秋，文徵明至江浦從莊昶學，冬歸。昶嗜古博學，世稱定山先生。

弘治七年甲寅(一四九四)二十五歲。感時傷遇,作昭恤賦。

正月,撰秦裕伯像贊。裕伯字景容,大名人。博辨善論説。元末官福建行省郎中。國初徵授侍讀學士,出知隴州,卒于任。

與徐禎卿訂交。禎卿字昌國,吴縣人。貌寢,性穎利,家無蓄書,而無所不通。寅薦之沈周、楊循吉,由是知名。以與祝允明、唐寅、文徵明號「吴中四才子」。所撰新倩籍,首爲唐寅,次文徵明云。

有白髮詩,文林有和作。

時寅頗嗜聲色,文徵明有秋夜懷唐寅及簡唐寅詩。詩有「人語漸微孤笛起,玉郎何處擁嬋娟」及「高樓大叫秋觴月,深幄微酣夜擁花」句。

撰吴東妻周令人墓志及徐君墓志銘。吴東,文徵明妻兄。徐君,山西永年人,讀書不仕。

都穆在無錫華昶家教讀。昶字文光。

王寵生。

弘治八年乙卯(一四九五)二十六歲。與沈周、文徵明夜游太湖,周作夜游熨斗柄横卷。

應吴大淵請,與文徵明、張靈、邢參、朱凱、吴奕題沈周畫壽其岳父張西園。參字麗文，沉静藴藉，以著述自娱；凱字堯民，讀書不樂仕進，與參皆長洲人，皆教授鄉里。凱與朱存理人稱兩朱先生。奕，寬姪，字嗣業，號茶香，工書能詩。

秋，文徵明來訪，飲于小樓，徵明有詩。嘗與徵明商酌畫法，皆以李晞古畫可爲初學楷模。

深秋，登鸚鵡皋岑，玩桂香亭畔，于舟次對景寫桂香亭圖并題。

十二月，邢參、文徵明等來皋橋，觀所藏書。邢參題識太玄集注、太玄解後；文徵明借觀東觀餘論，有跋。

撰許天錫妻高氏墓志銘。

顧璘、徐經、都穆舉鄉試。璘字華玉，號東橋，吴縣人，徙金陵。少負才名，與陳沂、王韋稱金陵三俊。經字直夫，一字衡甫，江陰人。能詩文。

弘治九年丙辰（一四九六）二十七歲。嘗著廣志賦暨連珠數十首，傾動群類。爲倪岳所稱。岳，上元人，時官南京吏部尚書。通達國體，天下想望其風采。

仍落落不屑事舉業，祝允明勸之，乃閉户繙討。時吴寬以吏部侍郎居繼母憂於家，寅有上吴天官書。

嘗祈夢九鯉湖，夢有人贈墨一擔。又嘗月夜騎白驢至虎丘。

爲袁鼒撰中州覽勝序。鼒，吴縣人，方北游自大梁歸，繪所歷爲圖。

畫俞節婦刺目圖約在本年。烈婦，文徵明姑母文玉清之女。

顧璘、華昶舉進士。

徐經刻孫作滄螺集，都穆爲校訂。作，江陰人，國初官國子司業。

弘治十年丁巳（一四九七）二十八歲。上文林書，勸其赴官。以林起復知温州而疏辭也。

文林以書示蘇州知府曹鳳，同以爲文詞奇偉。鳳字鳴岐，新蔡人。時稱賢有司。

鄞縣方誌以監察御史督學南畿。惡唐寅與張靈跅跑，科考皆下第。以曹鳳薦，黜靈而寅隸名末。誌字信之，成化進士。取士先德行而後文藝，門下士咸厲風檢。

與楊循吉、祝允明、徐禎卿等披讀錢同愛所藏文選，各題名書後。

無錫華察生。

弘治十一年戊午（一四九八）二十九歲。春，與沈周、韓襄、朱存理、徐禎卿等應楊循吉邀，餞文林赴温州任於虎丘。沈周有圖，寅另有詩文送行。襄字克贊，長洲人，善醫。

秋，與文徵明同試應天，與顧璘相識約在是時。璘舉進士後，肆力於學。嘗得寅所作廣志賦，每對客稱誦。

既試，座主洗馬梁儲校寅卷，奇之，謂：「解元在是矣。」遂中第一。儲，廣東順德人，成化十四年傳臚，仕至吏部尚書華蓋殿大學士，於朝政多切諫。文徵明不售。有謝座主詩。是科，經魁陸山，鎖榜陸鍾，皆吴人。故知府曹鳳作繡旗制聯語榮其歸。

在南京時，于某通侯家，即席撰金粉福地賦。

梁儲還朝，以唐寅文示學士程敏政，敏政亦奇之。敏政，河間人。十歲以神童薦，學問該博，爲一時冠。仕終禮部右侍郎。

宜興杭濂來訪，留宿西樓；文徵明有詩。

冬，與徐經同入京會試。十二月，具幣乞程敏政文以餞梁儲，時儲奉使册封安南。

弘治十二年己未（一四九九）三十歲。上元，于京城看鰲山燈有詩。

程敏政與李東陽同主會試。二場后，給事中華昶疏劾敏政與徐經有私，語連唐寅。時榜未發，詔東陽覆閲敏政所取卷，無徐、唐。言者猶未已，下程敏政、唐寅、徐經及華昶于詔獄。坐經嘗執贄見敏政、寅嘗乞敏政文，同黜爲吏。敏政勒致仕，昶言事不實，調南太僕主簿。東陽字賓之，茶陵人。仕至吏部尚書華蓋殿大學士。立朝五十年，清節不渝。

都穆中進士。華昶之發難，穆實嗾之，故寅誓不與相見，吳中諸公皆薄之。穆晚年亦悔之。

寅黜爲浙藩吏，吳寬致書浙大吏爲之左右。或勸寅往就，爲後來地，異時不失一命；終恥之，不就。

秋歸里，繼室時與寅反目。

十一月廿七日，撰文具儀往祭文林。林以六月七日卒於任，七月文徵明扶柩歸。

有送曹鳳入覲詩。鳳尋陞山西布政司參政。

以所藏舊刻歲時雜記抵銀一兩五錢，佐朱存理買驢；以徐禎卿方具疏爲募資。

弘治十三年庚申（一五〇〇）三十一歲。家居沈湎，生計日薄；繼室反目仳離。

致文徵明書，歷叙款曲；告以欲遠游東南，以弟申爲托。

夏，張靈爲作荷塘清夏圖。靈又爲錢秉良畫鶴聽琴圖，吳寬、朱存理、唐寅皆有題。後廿七年，文徵明亦爲作圖并題。秉良號友琴，善琴。

秋，有詩寄文徵明，徵明次韻有「用世已銷横槊氣，謀身未辦買山錢」句。時寅有治别業之意。

爲新安吳文舉兄弟畫椿樹秋霜圖卷，沈周、祝允明、都穆題。

有送周廷器還吉水詩。廷器故吳撫忱之孫。忱大有利於民，郡人爲忱建祠，廷器以忱像來。歸時，沈周徵詩文送行。
與金琮、祝允明、文徵明等題沈周石泉圖卷約在是年。琮字元玉，金陵人，工書能詩。明年卒。
弘治十四年辛酉（一五〇一）三十二歲。出游祝融、匡廬、天台、武夷，觀海於東，南浮洞庭、彭蠡，所經有詩。
陳沂、徐禎卿中鄉舉。沂字魯南，金陵人。詩婉麗多致。
弘治十五年壬戌（一五〇二）三十三歲。倦游返里。徐禎卿以詩問慰。
因病不復出，托丹青以自娱。
文徵明有月夜懷念詩，有「若非縱酒應成病，除却梳頭即是僧」句。
作送別圖贈韓世貞。
八月望，陳克養過桃花塢，爲題所作蕉石圖軸。
爲丘舜咨作黄茆小景卷，祝允明、文徵明題，張靈書引首并題。陸南、錢貴等亦有題。南字海觀，吴人。貴字元抑，家長洲漕湖上。兩人皆博學工詩文。
袁袠生。
弘治十六年癸亥（一五〇三）三十四歲。頻年頽放，落魄愈甚，與弟申亦異炊。文徵明規勸之，有答文徵明書。

治圃于屋北桃花塢中，中植桃樹。

於劉纓家見牡丹有女兒嬌者，因爲圖之。纓，吴縣人。時以右副都御史予告歸里。

撰潘孺人任氏墓志銘，張靈書篆。

閻起山撰吴郡二科志，于寅傳論云：「其所逮事不可知，就其家論之，不裕。」又曰：「惟其不克令終，豪士亦解骨也。」起山，蘇州衛人。好學不倦，以教讀爲生。早卒。

王鏊以丁父憂歸。

王穀祥生。

弘治十七年甲子（一五〇四）三十五歲

二月，與祝允明、文徵明游東禪寺。寺僧天璣能詩，與寅及吴寬、沈周、祝允明、文徵明等往來倡和。寺有紅豆樹一本，寅與沈周、文徵明恒於花時修文酒之會。

與蔡羽、文徵明、徐禎卿放舟虎丘，文徵明有詩并圖。羽字九逵，世居吴縣包山，工詩文。

春，沈周作落花詩十首，文徵明、徐禎卿及吕㦂皆有和詩。寅和作三十首，其「五更風雨葬西施」句，爲人稱誦。㦂字秉之，秀水人。詩名甚著。

與沈周、吴寬、顧大典等題文徵明畫林亭秋色約在是時。大典，吴江人，工書畫，能詩。隆慶間進士。

四月，畫坐臨溪閣圖贈姚丞。丞字存道，吴縣人。工詩，隱居不仕。

七月十日，禮部尚書吴寬卒於官，年七十。

陪王鏊游林屋洞，題名石壁。時鏊以父憂在里。

冬，徐禎卿北上會試。

弘治十八年乙丑（一五〇五）三十六歲。游齊雲山有詩并聯句。于歙縣撰澤富祠堂記，爲吴民道撰竹齋記。

二月，畫南游圖卷贈琴師楊季静往金陵。吴奕、文徵明、徐元壽、王渙、劉布、黄雲、祝允明等皆有題。元壽字尚德，經叔，博學能詩。渙字渙文，長洲人，少與陸南、文徵明齊名。布字時服，亦長洲人。雲字應龍，崑山人，熟典故，工詩文，由歲貢仕瑞州府學訓導。

徐禎卿、王韋等舉進士。禎卿以貌寢授大理寺評事。時户部郎中李夢陽、中書舍人何景明等倡言：文必秦、漢，詩必盛唐。禎卿既與李、何游，遂悔其少作。時李、何以復古自命，並有國士風。

三月，桃花塢小圃桃花盛開，作桃花庵歌。

十月八日，沈周重題所作匡山新霽圖，寅亦有題。

十一月十日，陪王鏊等游虎丘，題名劍池石壁。

十二月上旬作寒林高士圖。

是年有次韻張秋江于長至日訪沈周詩，即題于陸復贈沈周墨梅長卷後。復字明本，吴江人。

書醉時歌呈浮觀。

明武宗正德元年丙寅（一五〇六）三十七歲。再赴九仙山祈夢，王鏊有詩相送。夢有人示以「中吕」二字，不解其意。以問鏊，亦不知。

謀於桃花塢小圃築屋宇，于貽徐禎卿書及之。禎卿有詩解嘲。時禎卿坐失囚，貶國子博士。出京遨游，返里小住。

正月，畫張果老像。又畫千山萬木圖，祝允明題詩。

春，畫蘭亭圖，與文徵明書蘭亭叙合卷。

穀雨日，行書所作七言排律一首。

與王鏊登歌風臺；鏊有詩，次韻。尋又作歌風臺實境圖。

四月，作出山圖贈王鏊，時鏊以吏部左侍郎召入京。朱存理、祝允明、徐禎卿、張靈、吴奕、盧襄等皆有詩。襄字師陳，吴縣人，與兄雍皆有文名，時稱二盧。十二月，鏊任户部尚書文淵閣大學士。

五月四日，畫關山行旅圖，吴奕題。

九月，有兵勝雨晴詩。初海寇鈕東山沿海鹵掠擾民，巡按御史曾大有、都御史艾璞討平之。蘇人士相率爲詩歌頌其事，文徵明撰靖海頌言序。

爲楊遵吉畫復生圖。遵吉，循吉弟。年四十餘得奇疾，垂死而生，因號復生。嘗作水墨桃杏扇面，爲狂生妄題。寅怒，以墨筆批抹。楊儀時年十九，在座；洗滌新墨，因餘字填補爲長相思詞。儀字夢羽，常熟人。家富藏書，性亢簡，官至山東副使，以廉能稱。

正德二年丁卯（一五〇七），三十八歲。桃花塢小圃中次第築桃花庵、夢墨亭、學圃堂、寤歌齋等約在是年前後，祝允明撰夢墨亭記。

桃花庵初成，與沈周、黄雲、祝允明小集同賦。時文徵明因兄以事遘難，百計調解，未遑參與。

二月三日，祝允明書高士贊于寅所畫高士圖上。

三月，畫盧鴻終南十景，吴奕各題行楷騷體詩一首。

夏，祝允明爲曹駿才題趙雍畫天閑騏驥圖，寅亦有題。

摹王蒙松陰高士圖。

吕㦂自南太常寺卿致仕歸，次沈周韻題寅所畫贈吴爟江深草閣圖，有「唐君非畫師，英華發于積」句。沈周亦有「願子斂光怪，以俟歲月積」句。爟字次明，吴人。詩文清簡，能鑒古。　是年有水墨畫山茶梅并題。

王鏊晉少傅兼太子太傅武英殿大學士。

徐經卒，年三十五歲。著貢感集，文徵明爲撰序。

正德三年戊辰（一五〇八）三十九歲。

正月燈夕，訪蠡谿，留宿數日，作圖并詩。

二月十六日，畫杏花草閣圖。

三月十日，與文徵明、朱凱、吴奕等同集竹堂寺。與文徵明各有圖，朱凱、吴奕等題。

春，畫許由挂瓢圖。

爲朱立夫畫鰣魚圖，沈周題。

弟申長子長民死，九月葬，爲撰墓志。

四月，畫驟雨圖并題。

八月，有詩及畫送戴昭還休寧。昭嘗爲齊雲巖紫霄宫養素道人汪太元乞撰齊雲巖紫霄宫玄帝碑銘。昭字明甫，曾從寅學詩。沈周、朱存理、祝允明、楊循吉、邢參、陸南、文徵明等皆有贈行詩。

秋，畫夏山欲雨卷。又畫板橋曳杖及絶壁流泉兩扇面。

題錢貴小像。同題者徐禎卿、陳沂、祝允明、都穆、文徵明、張靈、邢參等十餘人。

正德四年己巳（一五〇九）四十歲。有答文徵明元旦詩。

於桃花庵作四十自壽詩及圖。王鏊、張傑、沈周、吕㦂等題唐寅像贊於唐寅像册約在是時。傑，鳳翔人。正統時領鄉薦。以講學爲事，名重一時。

畫文會圖寄壽王鏊六十。又賦七絶壽詩，補繪弘治甲子林屋洞題壁圖等以寄。

與沈周題文徵明雲山圖。

二月，應譚維時請，畫槐陰高士圖壽其岳父陳可竹，吴奕、文徵明各有題。

三月，祝允明爲王聞撰存菊解于文徵明畫存菊圖卷後，寅亦有詩。聞字達卿，三世業醫。

畫秋林野興圖，并題五絶一首。

四月，補竹爐圖，與祝允明和吴寬竹罏詩合卷。初吴寬于成化間觀無錫盛舜臣所藏竹罏，乃倣惠山元僧之制，舜臣叔盛顒有銘，因賦七律一首。祝允明有和。顒，無錫人，景泰進士，官至左都御史，有治績。

與祝允明等游支硎、天平、一雲等寺，歸至閶門，邀過小樓小飲，觀所藏褚摹蘭亭，祝允明題。

聞王鏊乞休，有詩寄呈。鏊見宦官劉瑾專權，事不可爲；乞休，允之。賜璽書乘傳歸。應顧璘、陳沂、王韋等請以兩漢循吏爲題，賦詩以贈朱應登出守延平府。寅所作爲合浦太守孟嘗。文徵明爲作劍浦春雲圖。應登字升之，號淩谿，寶應人。

八月二日，沈周卒，年八十三。

九月望日，與王鏊往相城弔沈周之喪，宿宗讓家。是年吳中初旱繼淫雨爲灾。宗讓頗多牢愁；王鏊爲詩歌慰之。寅作野望憫言圖并題以贈。

九月廿日，與陳良器觀陳頤畫盆石菖蒲圖，因題。頤字克養，蘇人，工山水花卉，良器師事之。

十月十日，出郭訪張靈，作畫記途中所見并題。

十二月六日，在江陰與薛章憲再宿朱承爵存餘堂中，時風雪交作，畫梅并題，且索章憲和作。章憲字堯卿，工詩文，與徐經爲表兄弟，隱居不仕。承爵字子儋，工詩文，能畫。

有贈蘇州府儒學朱泰詩。泰字世泰，號簡庵，莆田人。本年來任。

題周臣畫七古一首。

正德五年庚午（一五一〇）四十一歲

至吴江史氏，閱所藏畫數日，歸而追憶爲圖十一幀。四月廿五日題而贈之史德弘。

夏，仿李唐作山水。

秋作畫壽黄古溪并題。七月，祝允明撰記。

爲王獻臣作西疇圖。獻臣字敬止，吴縣人。進士，由行人擢御史，峻潔有直臣風。爲西廠所中，謫官。時以高州通判丁父憂歸。築拙政園，遂不復出。

十一月廿四日，以舟往無錫，於文林邂逅嘉定沈壽卿、無錫吕叔通。酒闌聯句，成七律一首。冬寓居錫山成趣園，雪中摹李晞古山陰圖卷。

正德六年辛未（一五一一）四十二歲

有竹堂寺看梅和王鏊韻七絶詩，即書于所作墨梅圖上。

四月廿二日，仿宋人設色作鬭茶圖。

模宋陳居中臨唐人畫崔鶯鶯像并題過秦樓詞。

與文徵明等追和孫一元夜泛石湖詩。一元字太初，自稱秦人。風儀秀朗，善詩。先一年夏夜，與沈周夜泛石湖，有倡和詩。

題姚廣孝畫墨竹。廣孝，長洲人。本醫家子，度爲僧名道衍，勸燕王起兵；燕王立，拜太子少卿，復姓賜名。

爲徐梅谷畫。崑山知縣方豪、嘉定知縣王應鵬及都穆均有題。豪，開化人，字思道；應鵬，鄞人，字天宇，皆正德三年進士，均端方有善政。

吴縣沈津輯欣賞編十種共十四卷成。寅爲其中譜雙作序。津字潤卿，家世業醫，蓄法書名繪頗多，文徵明、徐禎卿等時往賞鑒。

十二月上浣，畫賞梅圖并題

吕㦤卒，年六十三。徐禎卿卒，年三十三。

正德七年壬申（一五一二）四十三歲

正月，與王鏊及鏊子延陵等觀吴王墓門於虎丘劍池，題名石壁。時劍池枯。

二月，得倪瓚舊藏漢長生未央瓦當硯，篆書題識。寅藏硯亦多，曾以硯請文徵明題識。其墨霞寒翠硯，後爲文徵明所得。

五月望日，賦七律一首餞日本彦九郎還國。

中秋，于韓君東齋頭爲題倪瓚畫册。
九月畫山静日長圖册。
十月，王鏊來訪，有贈詩，時梅花一樹將放，詩及之。
與祝允明、文徵明、薛章憲、陳沂、王韋、王寵等追和王冕畫梅原韻，即書于畫幅四周綾上。冕，國初人，善畫梅花竹石。寵字履吉，號雅宜，吴縣人，工書善詩，時年十八歲。
是年，寧王朱宸濠來聘，并及文徵明、謝時臣、章文等。徵明託病拒不見。時臣工畫，文善鎸刻。
都穆致仕。
朱凱卒。
正德八年癸酉（一五一三）四十四歲
三月，着色畫山静日長圖十幅，王寵於對幅分書山居篇。
四月廿六日，爲張冲畫雲槎圖。又曾爲冲父畫賓鶴圖。冲字應和，號雲槎，業賈，以孝義聞，有俠士風。
五月，畫倦繡圖并題。

重陽日，王寵來飲，有歌。時寵與文徵明鄉試皆落第，故有「秋風日落嘶長途，我亦垂眉下帝都」句。

爲吴縣知縣何竛畫山水并題。竛，江夏人，以進士來任，即于本年以憂去。

書長詩贈謝雍。雍字元和，號雲莊，好讀書，爲人孝友。稱寅爲「奇士」。雍與祝允明爲摯友。

十二月九日，有詩并序送陶太癡教諭臨川。

朱存理卒，年七十歲。

正德九年甲戌（一五一四）四十五歲

三月，與劉麟、顧璘、祝允明觀文徵明畫扇皆有題。麟字元瑞，金陵人。時赴陝西布政使任過吴。

四月，陳淳畫花石扇，寅與祝允明、文徵明皆有題。淳字道復，號白陽山人，工詩善畫。徵明入室弟子。

重陽日，在夢墨亭爲丁文祥撰三也罷説，祝允明爲撰記。文祥字瑞之，以教讀爲業。

秋，祝允明謁選得興寧令，有書來問規謀。冬赴任。

赴江西，應寧王朱宸濠聘。在江西有許旌陽鐵柱記及荷蓮橋記等作。謝時臣、章文亦應聘往。

有上寧王詩，末云：「是非滿目紛紛事，問我如何總不知。」

十一月，有致陳春山書，托向無錫華珵等取花木，於冬間移植。珵字汝德，無錫人，性好古，築尚古齋以貯書畫文物，因號尚古生。

正德十年乙亥（一五一五）四十六歲。在江西寧邸，見宸濠所爲多不法，知其必反，乃佯狂自處。宸濠使人饋物，寅裸形箕踞譏訶。使者以告，宸濠曰：「孰謂唐生賢，直一狂生耳。」遂遣之歸。初，崑山王秩官江西副使，備兵南贛，知宸濠有異志，曾向寅示意。

二月中旬，游錦峰上人山房，爲畫梅枝。

三月中旬回吴。

致姜龍書，告以往江西景況，曰：「所謂興敗而返也。」龍字夢賓，號時川，太倉人。正德進士。官雲南按察使，在滇四年，番漢大和。

又致文徵明書，願按顏路年長師孔子例，以徵明爲師。且曰：「非詞伏也，蓋心服也。」

十一月十八日象圓社長過桃花庵論詩，爲書新作。

正德十一年丙子（一五一六）四十七歲

書近作詩贈吴縣知縣李經；又爲畫山水并題。經，真陽人。以進士於九年任。

長洲知縣高第來訪，失于迎迓，賦詩以謝。第，綿州人，進士，儒雅以文學飭治。

撰送徐朝咨歸金華序。朝咨爲蘇州知府徐讚字朝儀之弟，以省母來蘇。

重陽日，文徵明等來集桃花塢，徵明有詩。

撰吴國潤夫婦墓表。國潤，吴人，曾從學王鏊。

正德十二年丁丑（一五一七）四十八歲

清明日，追和倪瓚江南春并書。

三月，於夢墨亭作畫并題。

端陽，文徵明跋所借石經來還，考定爲宋高宗書。

夏，避暑石湖，臨李公麟飲仙圖并書飲中八仙歌，祝允明題。

八月，於學圃堂畫秋樹豆藤圖。

十一月十五日，夜宿廣福寺有詩。

題文徵明贈楊進卿飛鴻雪蹟圖。時進卿將歸金陵。

有送吴縣知縣李經詩。經以陞户部主事去任。

正德十三戊寅（一五一八）四十九歲

二月社日，爲徐子芳書所撰秋庭記。

春，與崑山鄭若庸等至丹陽，與孫育同修禊。育字思和，號七峰，隱居不仕。若庸精古文辭，工詩善度曲，名聞海内。

四月中旬，於丹陽孫氏七峰精舍畫丹陽景圖，并題七絶八首。

八月十四夜，夢草制一聯。又有夢下科場詩。

撰岳母徐廷瑞妻吴孺人墓志銘。

正德十四年己卯（一五一九）五十歲。有五十自壽詩。

製七律一首及柱國少傅守谿先生七十壽叙以壽王鏊。

正月，繪琵琶行圖，後三年文徵明書琵琶行詩于上。

三月畫尋梅圖扇面及唐人詩意畫軸。

春，畫荷浄納涼扇面及山水卷并題。

中秋，無錫華雲邀過劍光閣翫月，詩酒盤桓浹旬，爲約略山静日長一則爲十二幅，三月始畢。王守仁爲按圖書文於對頁。雲字從龍，號補庵，師事邵寶，游王守仁門。官刑部郎中乞休。富收藏。與文徵明交往頗密。守仁，餘姚人。弘治進士，以平宸濠功，擢南京兵部尚書，封新建伯。勳業、氣節、文章，皆爲人稱頌。

秋，作會琴圖并題。

爲西洲作畫，即録五十自壽詩于上。又書漫興等詩八首以贈，文徵明補圖。

爲富谿汪君作雙鑑行窩圖册。

沈德徵、郁子江、顧廷茂置酒禪寺招飲，賦詩以謝。

有送王守赴京會試詩。守，寵兄，字履約。本年舉鄉試。明年會試未第。

本年四月，寧王朱宸濠舉兵。七月，王守仁敗擒之。謝時臣、章文先事遁逃，僅以身免。

十二月，重裝李嵩渡海羅漢圖并跋。

正德十五年庚辰（一五二〇）五十一歲

二月，畫採蓮圖。其後項元汴以文彭書採蓮曲配合成卷。元汴字子京，號墨林，秀水人。博物好古，富收藏，善繪事。彭字壽承，號三橋，徵明子。工書善詩。又善鎸刻，寅所用印章大多出彭手。

與祝允明、楊一清、張寰、陳沂等修禊于丹陽孫育所居之南山石壁下。楊一清于懸崖揮毫題名，寅作圖并于幀首題長句。一清字應寧。博學愛才，曉暢邊事，官至吏部尚書武英殿大學士。寰字允清，正德進士，以通政使參議致仕，讀書自娱。
三月，畫吹簫仕女圖。
四月十六日，泊舟梁溪，爲心菊書水龍吟二首。廿日設色畫山水扇。
五月，於學圃堂畫墨牡丹。
爲晉陵丁潛德畫西山草堂圖。七月既望，錢貴爲撰草堂記。
七月十六日用李晞古法畫溪橋聽笛圖於桃花庵。
八月畫落花圖并録落花詩。
秋，設色畫蕉石扇面。
十月廿日，畫古梅數枝并題。
冬，書舊作七絶二首於寤歌齋。
是年，有尋山圖扇面作于寤歌齋。
十二月，寧王朱宸濠伏誅。
孫一元卒于吴興，年三十七歲。
正德十六年辛巳（一五二一）五十二歲
修禊日，于學圃堂畫歸牧圖扇面。

三月，畫觀杏圖。又畫携琴訪友圖卷。

春，畫菖蒲壽石圖，文徵明題。

五月七日，長洲惠茂卿來，一再鼓琴，因于夢墨亭作圖以贈。茂卿號桐庵。十五日，畫應真圖于桃花庵。十七日，畫山水軸。是月，於夢墨亭仿郭熙畫山水長卷，後五年祝允明跋。

夏，結夏福濟院，作畫并賦詩遣興。

八月，在文徵明家，於玉磬山房爲畫瀟湘八景册。

又于夢墨亭作品茶圖卷。

重陽日，爲張詩畫竹於扇，詩愛其早起等七絶能道意中事，因録十二首于上。詩字子言，北平人，工詩。

九月，畫松濤雲影圖并題。

秋，戲畫鷄，爲王穀祥所得。穀祥，觀次子。時年廿一歲。

冬，在桃花庵畫雪景扇并題。

祝允明遷應天府通判，不久即致仕歸。

明世宗嘉靖元年壬午（一五二二）五十三歲。元旦，有詩。正月，書一年歌及人日試筆詩于扇，另畫墨竹于另一面并題。又，作奇峰古木圖，祝允明題。
清明，行書落花、漫興等詩卷。
三月，于寤歌齋畫梅鶴扇面。
四月，王寵來訪，爲書五柳先生傳于所藏趙孟頫畫陶潛像上。寅自有跋并書籤。
八月十六日，撰治平寺造竹亭疏，陳淳書，釋正方立石。
重陽後，畫松林書屋扇面。是月，爲鈕惟賢畫墨蓮，以壽其友侯生。
十月于學圃堂畫竹林七賢圖扇面。
送吴縣知縣劉輔宜調知沛縣詩。輔宜字伯畊，廬陵人。

嘉靖二年癸未（一五二三）五十四歲

元旦有詩。
春，向王延喆借閲沈周三畫，與文徵明各有跋。延喆字子貞，鏊長子。
文徵明于二月以歲貢入京。以尚書李充嗣薦，授翰林院待詔。
白描達磨像。　設色秋林圖扇面。　王寵時讀書石湖精舍，題寅畫溪山漁隱圖。
春小病，四月病起，橅沈周牧牛圖于扇，并録沈周、文徵明原題；末云：「以待厥然者贈之。」戲以贈祝允明。允明亦題詩有「偶然醉寤朦朧覷，恍若桃花塢裏人」句而還之。

四月十六日，畫鍾進士象于桃花庵。

六月，畫松林講道扇面。

文伯仁畫楊季静小像，寅與祝允明、王渙、王穀祥、徐伯虬、文彭兄弟、王守兄弟、袁袠、朱承爵等皆有題。伯仁字德承，工畫，徵明姪。伯虬，禎卿子。袁袠，字永之，號胥臺，吴縣人。工詩，嘉靖丙戌進士。

中秋日，于學圃堂摹杜堇絶代名姝十幅，評論作跋。祝允明各于對頁題詩。堇，丹徒人，號檉居，工畫。寅嘗有詩贈之。

十月，跋劉松年層巒晚興圖卷。

行書七律廿一首贈姚舜咨。

撰陳孝子歌，頌元季孝子陳立興事，已賦百四十六句。後錢貴以不及終篇，遂成絶筆，因效其體補五十四句。

往訪王鏊山中，見壁間揭蘇軾書滿庭芳詞，下有「中吕」二字。驚而誦其詞，有「百年强半，來日苦無多」句，默然歸。

十二月初二日以病卒。卒前取絹一幅，書絶命辭七絶一首，擲筆而逝。墓在横塘王家村。祝允明撰墓志銘。繼妻沈氏，生女一，許字王國士。國士，寵子。

嘉靖三年甲申（一五二四）卒後一年

王鏊卒。

嘉靖四年乙酉（一五二五）卒後二年

都穆卒。

嘉靖五年丙戌（一五二六）卒後三年

十月，文徵明致仕出京，明年春到吴。

十二月，蘇州知府胡纘宗書墓碑。弟申立石。因故未及植墓前，留桃花庵故居。

華察舉進士。察字子潛，號鴻山，官至侍讀學士掌南京翰林院。

祝允明卒。

嘉靖十三年甲午（一五三四）卒後十一年

袁袠刻唐伯虎集二卷。

嘉靖廿二年癸卯（一五四三）卒後二十年。弟申前一年已卒，遺命以次子兆民嗣寅。

春，兆民撰遺命記。

嘉靖四十四年乙丑（一五六五）卒後四十二年

無錫俞憲選袁袠刻唐伯虎集中詩十七首入盛明百家詩中唐伯虎集。

明神宗萬曆二十年壬辰（一五九二）卒後六十九年

何大成重刻袁袠所刻唐伯虎集二卷。

萬曆三十五年丁未（一六〇七）卒後八十四年

何大成刻唐伯虎先生外編五卷。

萬曆四十年壬子（一六一二）卒後八十九年

曹元亮刻解元唐伯虎彙集四卷。後人以袁宏道評解元唐伯虎彙集本刻爲袁中郎先生批評唐伯虎彙集。

萬曆四十二年甲寅（一六一四）卒後九十一年

何大成刻唐伯虎先生外編續刻十二卷及畫譜三卷。又以所刻三種共廿二卷彙合爲唐伯虎先生全集。

明熹宗天啓六年丙寅（一六二六）卒後一百零三年

楊大濚奉準提像於桃花庵，因改名準提庵。浚池得寅書桃花庵歌碑，又得祝允明書庵額，因肖唐祝文三公像于庵中。

明思宗崇禎十七年甲申（一六四四）卒後一百二十一年

毛晉重修寅墓并建祠，雷起劍撰重修唐解元墓記。

清聖祖康熙三十三年甲戌（一六九三）卒後一百七十年

居民於桃花庵舊址掘地得明胡纘宗所書墓碑。時商丘宋犖撫吳，爲構才子亭其旁。四月四日，尤侗、韓菼等十一人，與同祭者文點、徐釚、何焯等廿七人撰文致祭。

清仁宗嘉慶六年辛酉（一六〇一）卒後二百七十八年

吴縣知縣唐仲冕修葺横塘墓暨桃花庵。拓庵東隙地築别室爲唐解元祠，祀唐祝文三公，署曰桃花仙館。刻六如居士全集十六卷。

清穆宗同治間（一八六二——一八七四）卒後三百三十九年至三百五十一年間

唐解元祠圮於咸豐十年（一八六〇）。同治中重修，乃更以宋犖及唐仲冕爲配。

唐寅集引證書目

唐伯虎集二卷　明嘉靖十三年袁袠刻本
唐伯虎先生集二卷　明萬曆二十年何大成重刻
唐伯虎先生外編五卷　明萬曆三十五年何大成刻
解元唐伯虎彙集四卷　明萬曆四十年曹元亮刻
袁中郎先生批評唐伯虎彙集　袁宏道評
唐伯虎先生外編續刻十二卷　萬曆四十二年何大成刻
唐伯虎先生全集二十二卷　何大成彙編
唐伯虎集　俞憲盛明百家詩
唐六如集抄本　愚齋藏本　今藏上海圖書館
六如居士全集七卷　附補遺　清嘉慶六年唐仲冕編
六如居士外集六卷　唐仲冕編
唐伯虎題畫詩　蘇州市吴門畫派研究會
唐解元仿古今畫譜(唐六如畫譜)北京文物出版社
文温州集　文林
王文恪公集　王鏊
震澤長語　王鏊
懷星堂集　祝允明
祝氏集略　祝允明
枝山先生詩文集　祝允明
甫田集四卷本　文徵明
甫田集三十五卷本　文徵明
新倩籍　徐禎卿

吴郡二科志　閻秀卿
國寶新編　顧璘
陳白陽集　陳淳
袁永之集　袁袠
治世餘聞　陳洪謨
西園雜記　徐咸
七修類稿　郎瑛
山樵暇語　俞弁
逸老堂詩話　俞弁
吴中故實記　黄魯曾
存餘堂詩話　朱承爵
説聽　陸延枝
吴都文粹續集　錢穀
水南翰記　李如一
吴郡丹青志　王穉登
吴騷集　王穉登
吴騷合編　王穉登
礠園稗史　孫麟芳
北窗瑣語　余永麟
弇州山人續稿　王世貞
藝苑巵言　王世貞
藝苑巵言附録　王世貞
明詩評　王世貞
鳳州筆記　王世貞
二酉委譚　王世懋
夷白齋詩話　顧元慶
戒庵老人漫筆　李詡
游石湖紀事　秦西巖
故劍篇　秦西巖（何刻外編卷三）
馮元成集　馮時可
西園題跋　張萱
萬卷堂書目　朱睦㮮

續吴先賢讚　劉鳳
蕉窗雜録　項元汴
味水軒日記　李日華
六硯齋筆記　李日華
六硯齋二筆　李日華
紫桃軒雜綴　李日華
紫桃軒又綴　李日華
真蹟日録　張丑
清河書畫舫　張丑
梅花草堂筆談　張大復
姑蘇名賢小記　文震孟
駒陰冗記　闌莊
湫帚軒剩語　沈德符
筆精　徐𤊹
湧幢小品　朱國祚
玉堂叢話　焦竑
焦氏説楛　焦竑
西山日記　丁元薦
游居柿録　袁中道
堯山堂外記　蔣一葵
白石樵真稿　陳繼儒
珊瑚網書録　汪砢玉
珊瑚網畫録　汪砢玉
舌華録　曹臺之
明史竊　尹守衡
詞林逸響　許宇
明畫録　徐沁
平生壯觀　顧復
汝南遺事　李本固
説圃識餘　（何刻外編卷三）
自醉璅言　（又）
錫山孫寄生談　（又）

皇明世說新語　（又）
王道衡私記　（又）
國朝圖書印譜　（又）
詩話解頤　（又）
趙元度談　（又）
燕中記　（又）
孫伏生談觚　（又）
風流逸響　（又）
孫允伽記　（又）
娱野園隨筆　（又）
詩藪　（又）
畫譜　（又）
墨池編　（又）
無名字抄本　缺名
郁氏書畫題跋記　郁逢慶
續書畫題跋記　郁逢慶

詠歸堂集　陳曼
韻石齋筆談　姜紹書
無聲詩史　姜紹書
雪濤小書　江進之
古今奏雅　吴長公
玉劍尊聞　梁維樞
金石要例　黄宗羲
列朝詩集　錢謙益
明書　傅維麟
柳亭詩話　宋長白
虞初新志　張潮
明史擬稿　尤侗
明史樂府　尤侗
公祭解元唐伯虎先生文　尤侗（六如居士外集）
鷄窗叢話　蔡澄
式古堂書畫彙考畫録　卞永譽

江邨銷夏録　高士奇
明史稿　王鴻緒
好古堂家藏書畫記　姚際恒
大觀録　吴升
柳南隨筆　王應魁
寓意録　繆曰藻
不下帶編　金埴
明史　張廷玉等
墨緣彙觀録　安岐
石渠寶笈　清高宗敕撰
天禄琳琅　清高宗敕撰
湘管齋寓賞編　陳焯
吴越所見書畫録　陸時化
三萬六千頃湖中畫船録　迮朗
山静居論畫　方薰
西清劄記　胡敬
巢林筆談　龔煒
鐙窗雜録　吴翌鳳
文瑞樓書目　金星檀
一亭考古雜記　毛慶臻
散花庵叢語　葉璜
吴郡名賢圖傳贊　顧沅
松壺畫憶　錢杜
自怡悦齋書畫録　張大鏞
聽颿樓書畫記　潘正煒
退庵金石書畫記　梁章鉅
浪跡續談　梁章鉅
楹聯叢話　梁章鉅
南漘楛語　蔣超伯
無事爲福齋隨筆　韓泰華
藤花亭書畫跋　梁廷枏
明代名人尺牘精華四卷　王元勳　程化騄

愛日吟廬書畫録　葛金烺
愛日吟廬書畫續録　葛金烺
嶽雪樓書畫録　孔少唐
別下齋書畫録　蔣光煦
藏拙軒珍賞　拙道人
書畫鑑影　李佐賢
桐下听然　褚人穫
重表唐解元遺墓詩并序　沈季友（六如居士外集）
藝圃擷餘　（六如居士外集）
書畫所見録　謝堃
夢園書畫録　方濬頤
過雲樓書畫記書類　顧文彬
過雲樓書畫記畫類　顧文彬
士禮居題跋　黄丕烈
古芬閣書畫記　杜瑞聯
穰梨館雲烟過眼録　陸心源

穰梨館過眼續録　陸心源
國史唯疑　（明詩紀事）
古緣萃録　邵松年
姑蘇名賢後記　褚亨奭
三松堂書畫記　潘榕皋
筆嘯軒書畫録　胡積堂
鐵琴銅劍樓藏書題跋集録　瞿良士
壬寅銷夏録　端方
通俗編　翟灝
虚齋名畫録　龐萊臣
虚齋名畫續録　龐萊臣
讀書敏求記　錢曾
寶迂閣書畫録　陳夔龍
壯陶閣書畫録　裴景福
藏書紀事詩　葉昌熾
愛日吟廬書畫續録　葛嗣彤

骨董瑣記　鄧之誠

五石脂　陳去病

烟雲寶笈成扇目録　吴景洲

秦景容先生事跡考　秦錫田

唐寅年譜　楊静盦

古文新選　民國十三年上海尋源中學印本

蘇州府志　乾隆本

蘇州府志　道光本

蘇州府志　光緒本

吴縣志　民國本

長洲縣志　乾隆本

江陰縣志　乾隆本

江陰縣志　光緒本

崑山新陽合志　乾隆本

具區志　翁澍

虎阜志　任兆麟　陸兆域

同里志　周之禎

吴門補乘　錢思元

江南通志

唐寅行書七古詩卷贈雲莊　北京故宫博物院藏

唐寅行書七言詩卷（又）

唐寅行書落花詩卷　北京中國美術館藏

唐寅與西洲詩畫卷墨蹟　上海博物館展出

唐六如行書詩卷墨蹟　上海博物館一九八二年展出劉靖基藏本

唐寅行書七律詩卷　上海博物館藏

唐寅水閣納涼圖軸　一九六一年上海博物館明四大家畫展

唐寅雪霽看梅圖軸　上海博物館一九八二年展出劉靖基藏本

唐寅拔嶂懸泉圖軸　上海博物館一九八二年展出

唐寅春山伴侣圖軸（又）
唐寅漫興詩軸　蘇州博物館展出
吴湖帆臨文點摹唐寅畫軸　香港拍賣會刊出
唐寅送别圖軸　上海博物館藏畫刊出
明賢翰墨册　嚴小舫舊藏
文徵明詩稿册　上海圖書館藏
唐寅跋吴奕書千字文幅　上海博物館一九八四年展出華篤安珍藏文物展覽
唐寅行書新燕詞扇頁　上海博物館扇面一九六二年展覽
唐寅行書花下酌酒歌扇頁　上海博物館展出
唐寅書城西詩扇頁（又）
唐寅牡丹圖扇頁（又）
唐寅行書春來書寄社友扇頁　上海張孝賢舊藏
王右軍感懷帖拓本
文唐合璧江南春拓本　正德丁丑

唐寅桃花庵歌拓本　弘治乙丑　蘇州博物館展出
唐寅萱花圖拓本　蘇州博物館展出
唐寅寒山寺化鐘疏　石藏蘇州寒山寺
潘孺人任氏墓志銘　石藏蘇州碑刻博物館
寄暢園法帖
澄觀樓帖
蔬香館法帖
環香堂法帖
經訓堂法書
天香樓藏帖
清歗閣藏帖
湖海閣藏帖
海山仙館藏真三刻
康肇簋齋刻帖
蘭言室藏帖

千墨庵帖
十二梅花書屋帖
適園藏真集刻
湖社月刊
藝林月刊
美術生活　吴中文獻特輯
國光藝刊
參加倫敦中國藝術國際展覽會出品圖説
域外所藏中國古畫集
中國名畫　有正書局
故宫週刊
故宫日歷　民國廿二年　民國廿三年　民國廿五年　民國廿六年
明吴門四君子法書
明代名賢手札墨蹟　有正書局
明賢墨蹟　商務印書館
明人尺牘墨寶　中華書局
明代名人墨寶　淮安周氏本
明清藏書家尺牘　潘博山本
明清畫苑尺牘（又）
晉唐五代宋元明清書畫集
名賢手翰真蹟　西泠印社本
箑齋藏扇
唐六如墨妙畫册　彩印
沈石田唐六如張夢晉花卉合卷　神州國光社印本
唐六如畫集
明代名畫選　上海人民美術出版社
文物　文物出版社
藝苑掇英　上海人民美術出版社
書法　上海書畫出版社
書法叢刊　文物出版社

金石書畫
唐寅落花詩册　文物出版社
中國古代書畫圖目一
中國古代書畫圖目二
中國古代書畫圖目三
中國古代書畫圖目六
中國古代書畫圖目七
中國古代書畫圖目九
中國古代書畫圖目十二
中國古代書畫圖目十三
中國古代書畫圖目十四
中國美術全集
南京博物館藏畫集
中國博物館叢書遼寧博物館　文物出版社

明代吴門繪畫
吴門畫派
吴派畫九十年展　臺北故宫博物院
明代沈周唐寅文徵明仇英四大家書畫集　臺灣歷史博物館
世界各博物館珍藏中國書法名蹟集
虚白齋藏中國書畫選
書道全集　日本平凡社
明賢尺牘　日本博文堂
日本京都博物館藏畫
中國繪畫總合圖録　日本東京大學
中國歷代書法鑒賞大辭典
收藏

牧齋初學集詩注彙校	[清]錢謙益著　[清]錢曾箋注 卿朝暉輯校
李玉戲曲集	[清]李玉著 陳古虞、陳多、馬聖貴點校
吴梅村全集	[清]吴偉業著　李學穎集評標校
歸莊集	[清]歸莊著
顧亭林詩集彙注	[清]顧炎武著　王蘧常輯注 吴丕績標校
安雅堂全集	[清]宋琬著　馬祖熙標校
吴嘉紀詩箋校	[清]吴嘉紀著　楊積慶箋校
陳維崧集	[清]陳維崧著　陳振鵬標點 李學穎校補
屈大均詩詞編年校箋	[清]屈大均著　陳永正等校箋
秋笳集	[清]吴兆騫撰　麻守中校點
漁洋精華録集釋	[清]王士禛著 李毓芙、牟通、李茂肅整理
聊齋志異會校會注會評本	[清]蒲松齡著　張友鶴輯校
敬業堂詩集	[清]查慎行著　周劭標點
納蘭詞箋注	[清]納蘭性德著　張草紉箋注
方苞集	[清]方苞著　劉季高校點
樊榭山房集	[清]厲鶚著　[清]董兆熊注 陳九思標校
劉大櫆集	[清]劉大櫆著　吴孟復標點
儒林外史彙校彙評	[清]吴敬梓著　李漢秋輯校
小倉山房詩文集	[清]袁枚著　周本淳標校
忠雅堂集校箋	[清]蔣士銓著　邵海清校 李夢生箋

揭傒斯全集　　[元]揭傒斯著　李夢生標校
高青丘集　　[明]高啓著　[清]金檀注
徐澄宇、沈北宗校點
唐寅集　　[明]唐寅著　周道振、張月尊輯校
文徵明集(增訂本)　　[明]文徵明著　周道振輯校
震川先生集　　[明]歸有光著　周本淳校點
海浮山堂詞稿　　[明]馮惟敏著
凌景埏、謝伯陽標校
滄溟先生集　　[明]李攀龍著　包敬第標校
梁辰魚集　　[明]梁辰魚著　吴書蔭編集校點
沈璟集　　[明]沈璟著　徐朔方輯校
湯顯祖詩文集　　[明]湯顯祖著　徐朔方箋校
湯顯祖戲曲集　　[明]湯顯祖著　錢南揚校點
白蘇齋類集　　[明]袁宗道著　錢伯城校點
袁宏道集箋校　　[明]袁宏道著　錢伯城箋校
珂雪齋集　　[明]袁中道著　錢伯城點校
隱秀軒集　　[明]鍾惺著　李先耕、崔重慶標校
譚元春集　　[明]譚元春著　陳杏珍標校
張岱詩文集(增訂本)　　[明]張岱著　夏咸淳輯校
陳子龍詩集　　[明]陳子龍著
施蟄存、馬祖熙標校
夏完淳集箋校(修訂本)　　[明]夏完淳著　白堅箋校
牧齋初學集　　[清]錢謙益著　[清]錢曾箋注
錢仲聯標校
牧齋有學集　　[清]錢謙益著　[清]錢曾箋注
錢仲聯標校
牧齋雜著　　[清]錢謙益著　[清]錢曾箋注
錢仲聯標校

東坡樂府箋	[宋]蘇軾著　[清]朱孝臧編年 龍榆生校箋
東坡詞傅幹注校證	[宋]蘇軾著　[宋]傅幹注 劉尚榮校證
欒城集	[宋]蘇轍著　曾棗莊、馬德富校點
山谷詩集注	[宋]黄庭堅著　[宋]任淵、史容、史季温注　黄寶華點校
山谷詩注續補	[宋]黄庭堅著　陳永正、何澤棠注
山谷詞校注	[宋]黄庭堅著　馬興榮、祝振玉校注
淮海集箋注	[宋]秦觀撰　徐培均箋注
淮海居士長短句箋注	[宋]秦觀著　徐培均箋注
清真集箋注	[宋]周邦彦著　羅忼烈箋注
石林詞箋注	[宋]葉夢得著　蔣哲倫箋注
樵歌校注	[宋]朱敦儒著　鄧子勉校注
李清照集箋注(修訂本)	[宋]李清照著　徐培均箋注
陳與義集校箋	[宋]陳與義著　白敦仁校箋
蘆川詞箋注	[宋]張元幹著　曹濟平箋注
劍南詩稿校注	[宋]陸游著　錢仲聯校注
放翁詞編年箋注(增訂本)	[宋]陸游著　夏承燾、吴熊和箋注 陶然訂補
范石湖集	[宋]范成大撰　富壽蓀標校
于湖居士文集	[宋]張孝祥著　徐鵬校點
稼軒詞編年箋注(定本)	[宋]辛棄疾撰　鄧廣銘箋注
辛棄疾詞校箋	[宋]辛棄疾著　吴企明校箋
姜白石詞編年箋校	[宋]姜夔著　夏承燾箋校
後村詞箋注	[宋]劉克莊著　錢仲聯箋注
雁門集	[元]薩都拉著 殷孟倫、朱廣祁校點

長江集新校	[唐]賈島著　李嘉言新校
張祜詩集校注	[唐]張祜著　尹占華校注
三家評注李長吉歌詩	[唐]李賀著　[清]王琦等評注
樊川文集	[唐]杜牧著　陳允吉校點
樊川詩集注	[唐]杜牧著　[清]馮集梧注
温飛卿詩集箋注	[唐]温庭筠著　[清]曾益等箋注
玉谿生詩集箋注	[唐]李商隱著　[清]馮浩箋注 蔣凡校點
樊南文集	[唐]李商隱著　[清]馮浩詳注 錢振倫、錢振常箋注
皮子文藪	[唐]皮日休著　蕭滌非、鄭慶篤整理
鄭谷詩集箋注	[唐]鄭谷著 嚴壽澂、黄明、趙昌平箋注
韋莊集箋注	[五代]韋莊著　聶安福箋注
李璟李煜詞校注	[南唐]李璟、李煜著　詹安泰校注
張先集編年校注	[宋]張先著　吴熊和、沈松勤校注
二晏詞箋注	[宋]晏殊、晏幾道著　張草紉箋注
乐章集校箋	[宋]柳永著　陶然、姚逸超校箋
梅堯臣集編年校注	[宋]梅堯臣著　朱東潤編年校注
歐陽修詩文集校箋	[宋]歐陽修著　洪本健校箋
歐陽修詞校注	[宋]歐陽修著　胡可先、徐邁校注
蘇舜欽集	[宋]蘇舜欽著　沈文倬校點
嘉祐集箋注	[宋]蘇洵著　曾棗莊、金成禮箋注
王荆文公詩箋注	[宋]王安石著　[宋]李壁箋注 高克勤點校
王令集	[宋]王令著　沈文倬校點
蘇軾詩集合注	[宋]蘇軾著　[清]馮應榴注 黄任軻、朱懷春校點

玉臺新咏彙校	吴冠文、談蓓芳、章培恒彙校
王梵志詩集校注（增訂本）	［唐］王梵志著　項楚校注
盧照鄰集箋注	［唐］盧照鄰著　祝尚書箋注
駱臨海集箋注	［唐］駱賓王著　［清］陳熙晉箋注
王子安集注	［唐］王勃著　［清］蔣清翊注
陳子昂集（修訂本）	［唐］陳子昂撰　徐鵬校點
孟浩然詩集箋注（增訂本）	［唐］孟浩然著　佟培基箋注
王右丞集箋注	［唐］王維著　［清］趙殿成箋注
李白集校注	［唐］李白著　瞿蜕園、朱金城校注
高適集校注（修訂本）	［唐］高適著　孫欽善校注
杜詩趙次公先後解輯校	［唐］杜甫著　［宋］趙次公注 林繼中輯校
杜詩鏡銓	［唐］杜甫著　［清］楊倫箋注
錢注杜詩	［唐］杜甫著　［清］錢謙益箋注
杜甫集校注	［唐］杜甫著　謝思煒校注
岑參集校注	［唐］岑參著　陳鐵民、侯忠義校注
戴叔倫詩集校注	［唐］戴叔倫著　蔣寅校注
韋應物集校注（增訂本）	［唐］韋應物著　陶敏、王友勝校注
權德輿詩文集	［唐］權德輿撰　郭廣偉校點
王建詩集校注	［唐］王建著　尹占華校注
韓昌黎詩繫年集釋	［唐］韓愈著　錢仲聯集釋
韓昌黎文集校注	［唐］韓愈著　馬其昶校注 馬茂元整理
劉禹錫集箋證	［唐］劉禹錫著　瞿蜕園箋證
白居易集箋校	［唐］白居易著　朱金城箋校
柳宗元詩箋釋	［唐］柳宗元著　王國安箋釋
柳河東集	［唐］柳宗元著　［宋］廖瑩中輯注
元稹集校注	［唐］元稹著　周相録校注

《中國古典文學叢書》已出書目

詩經今注	高亨注
楚辭今注	湯炳正、李大明、李誠、熊良智注
司馬相如集校注	[漢]司馬相如著　金國永校注
揚雄集校注	[漢]揚雄著　張震澤校注
張衡詩文集校注	[漢]張衡著　張震澤校注
阮籍集	[魏]阮籍著　李志鈞等校點
陸機集校箋	[晉]陸機著　楊明校箋
陶淵明集校箋(修訂本)	[晉]陶潛著　龔斌校箋
世説新語箋疏(修訂本)	[南朝宋]劉義慶撰　余嘉錫箋疏　周祖謨等整理
世説新語校釋(增訂本)	[南朝宋]劉義慶撰　[南朝梁]劉孝標注　龔斌校釋
鮑參軍集注	[南朝宋]鮑照著　錢仲聯增補集説校
謝宣城集校注	[南朝齊]謝朓著　曹融南校注集説
江文通集校注	[南朝梁]江淹著　丁福林、楊勝朋校注
文心雕龍義證	[南朝梁]劉勰著　詹鍈義證
詩品集注(增訂本)	[梁]鍾嶸著　曹旭集注
文選	[梁]蕭統編　[唐]李善注
蕭繹集校注	[南朝梁]蕭繹著　陳志平、熊清元校注